ANN GRANGER

Mord ist eine harte Lehre

Weitere Titel der Autorin

Aus der Mitchell-und-Markby-Reihe:
Mord ist aller Laster Anfang
Fuchs, du hast die Gans gestohlen
Warte, bald ruhest auch du
Messer, Gabel, Schere, Mord
Wer andern eine Grube gräbt
Ein schöner Ort zum Sterben
Blumen für sein Grab
Kerzenlicht für eine Leiche
Ein Hauch von Sterblichkeit
Ihr Wille geschehe
Tote kehren nicht zurück
In dunkler Tiefe sollst du ruhn
Mord wirft lange Schatten
Der Fluch der bösen Tat
Und sei getreu bis in den Tod
Ein unerledigter Mord

Aus der Lizzie-Martin-und-Benjamin-Ross-Reihe:
Wer sich in Gefahr begibt
Neugier ist ein schneller Tod
Ein Mord von bessrer Qualität
Ein guter Blick fürs Böse
Die Beichte des Gehenkten
Die Tote von Deptford
Mord ist eine harte Lehre

Aus der Jessica-Campbell-Reihe:
Stadt, Land, Mord
Mord hat keine Tränen
Asche auf sein Haupt
Mord mit spitzer Feder
In des Waldes düstren Gründen
Ein unerledigter Mord

Titel in der Regel auch als E-Book erhältlich

Über die Autorin:

Ann Granger war früher im diplomatischen Dienst tätig. Sie lebt heute mit ihrer Familie in der Nähe von Oxford. Bestsellerruhm erlangte sie mit der Mitchell-und-Markby-Reihe und den Fran-Varady-Krimis. Nach Ausflügen ins viktorianische England mit den Lizzie-Martin-Romanen knüpft sie mit der Serie um Inspector Jessica Campbell wieder unmittelbar an die Mitchell-und-Markby-Reihe an.

ANN GRANGER

MORD IST EINE HARTE LEHRE

EIN FALL FÜR
LIZZIE MARTIN UND
BENJAMIN ROSS

Kriminalroman

Übersetzung aus dem Englischen
von Axel Merz

lübbe

MIX
Papier aus verantwortungsvollen Quellen
FSC® C014496
FSC
www.fsc.org

Dieser Titel ist auch als Hörbuch und E-Book erschienen

Vollständige Taschenbuchausgabe
der bei Bastei Lübbe erschienenen Hardcoverausgabe

Titel der englischen Originalausgabe: »The Murderer's Apprentice«
Originalverlag: First published in Great Britain in 2019
by HEADLINE PUBLISHING GROUP

Textredaktion: Gerhard Arth
Lektorat: Stefan Bauer
Titelillustration: David Hopkins/Phosphorart
Umschlaggestaltung: Kirstin Osenau
Satz: Dörlemann Satz, Lemförde
Gesetzt aus der Goudy Oldstyle
Druck und Verarbeitung: GGP Media GmbH, Pößneck
Printed in Germany
ISBN 978-3-404-18335-7

2 4 5 3 1

Sie finden uns im Internet unter luebbe.de
Bitte beachten Sie auch: lesejury.de

Dieses Buch erinnert an Jack Martin. Er reparierte Schuhe in einer Werkstatt, die in einer Garage aus Wellblech eingerichtet worden war. Als Kind verbrachte ich viel Zeit damit, ihm bei der Arbeit zuzusehen. Er erklärte mir genau, was ein gutes Stück Leder von einem minderwertigen unterschied. Ich beobachtete fasziniert, wie er freihändig die Form einer Sohle zeichnete, sie ausschnitt und auf Passgenauigkeit reduzierte. Er erlaubte mir, mithilfe eines großen Magneten heruntergefallene Nägel und Reißzwecken vom Boden aufzusammeln, sie zu sortieren und in Marmeladengläser zu legen. Gelegentlich ließ er mich einer Reparatur den letzten Schliff geben, indem ich mit Polierwachs die Absätze zur glänzenden Perfektion brachte. Ich durfte das nicht sehr oft, weil ich zu viel Material verbrauchte.

Ich denke manchmal, dass das Schreiben eines Buches dem Reparaturprozess sehr ähnlich ist, den ich vor so vielen Jahren beobachtet habe. Die verschiedenen Ideen werden hier aufgegriffen und warten dort im Äquivalent von Marmeladengläsern in meinem Kopf. Der Plan des Buches wird grob skizziert, und dann wird er reduziert, überarbeitet, und wenn er richtig ist, zusammengesetzt und mit einem letzten Schliff abgeschlossen.

Autoren verdanken der mitfühlenden Unterstützung und dem Adlerauge ihrer Redakteure viel. Mein Dank geht an die gegenwärtige Redakteurin Clare Foss für ihre Ermutigung und Unterstützung. Ich hoffe, dieses Buch gefällt Ihnen, Clare!

Ich möchte auch meiner Freundin und Schriftstellerkollegin Angela Arney danken, die mich nach Salisbury gefahren und mich beim Besuch der Stadt begleitet hat.

Eine Anmerkung zur Beschreibung des als Stonehenge bekannten Denkmals auf der Ebene von Salisbury, das Ben Ross im Laufe dieses Buches besucht: Als er Stonehenge 1870 gesehen hat, sah es noch nicht so aus wie nach den umfangreichen Restaurierungsarbeiten im zwanzigsten Jahrhundert. Ich habe Bens Sichtweise auf das Gemälde von John Constable von 1836 gestützt.

Nebel überall. Nebel stromauf, wo der Fluss zwischen Buschwerk und Wiesen dahinfließt; Nebel stromab, wo er sich schmutzig zwischen Reihen von Schiffen und dem Uferunrat einer großen (und dreckigen) Stadt durchwälzt … Die meisten Läden haben zwei Stunden vor der Zeit die Beleuchtung angezündet, und das Gaslicht scheint es zu wissen, denn es sieht schmal und mürrisch aus.

Charles Dickens, Bleakhaus, 1853

Kriminalfälle drehen sich immer wieder um diesen einen Punkt. Ein Mann wird eines Verbrechens verdächtigt, vielleicht Monate, nachdem es begangen wurde. Seine Wäsche oder seine Kleider werden untersucht, und man findet bräunliche Flecken. Sind das Blutflecken oder Lehmflecken oder Rostflecken oder Obstflecken oder was? Das ist eine Frage, über die sich viele Experten den Kopf zerbrochen haben, und warum? Weil es keine zuverlässige Probe gab.

Sherlock Holmes in Eine Studie in Scharlachrot,
Arthur Conan Doyle, 1887

KAPITEL EINS

Inspector Ben Ross

Die Londoner sind zu Recht stolz auf ihre Gasbeleuchtung, die die Straßen nachts so viel sicherer gemacht hat als zu Zeiten ihrer Großväter. Achtbare Londoner, um genau zu sein. Es gibt jedoch auch viele Einwohner, die nicht wollen, dass auf ihre Geschäfte zu viel Licht fällt. Es sind diese Leute, die mich und jeden anderen Polizeibeamten der Stadt interessieren.

Leider gibt es eine Sache, die die Gaslampen fast nutzlos macht und viel Schutz für Untaten jeder Art bietet: Das ist der Londoner Nebel. Als hätte das Böse sein natürliches Milieu gefunden, das sich unbemerkt in jeden Winkel und jede Ritze schleicht. Nebel ist der willige Komplize eines jeden Schurken und der schnell lernende Geselle des Mörders.

Die ersten Monate des Jahres 1870 hatten unser Durchhaltevermögen bis zum Zerreißen auf die Probe gestellt. Es war inzwischen März, doch der Schnee lag noch immer hoch aufgetürmt und rußbeladen in geschützten Ecken. Der bitterkalte Wind zwickte an Nasen und Ohren, und selbst die besten Handschuhe vermochten die kalten Finger nicht zu wärmen. Die Menschen hatten angefangen, wehmütig über den Frühling zu murmeln, als erinnerten sie sich an einen alten verstorbenen Freund. Optimistischere Herzen sprachen davon, dass es sich höchstens noch um ein paar Wochen handeln konnte, zumindest nach dem Kalender.

Als wäre das alles nicht genug, war London in der vergangenen Woche zusätzlich zur Kälte von einer übel riechenden, erstickenden Waschküche heimgesucht worden. Nebel rollte vom Meer flussaufwärts und traf auf den Kohlenqualm, der aus sämtlichen Schornsteinen quoll, seien es die der Häuser oder diejenigen der Fabriken. Die Lokomotiven, die in unsere großen Bahnhöfe hinein- und wieder herausfuhren, trugen ebenso ihren Teil dazu bei, genau wie die Gerüche der riesigen Gasometer, die schädlichen Dämpfe aus der Themse, der Gestank des Flussschlamms bei Ebbe, die verrottenden Müllhaufen in den Hinterhöfen und der namenlose Abfall in den Rinnsteinen. All das zusammen bildete ein ganz spezielles Londoner Gemisch. Es wickelte sich um alles und jeden wie eine schmutzige gelbe Decke, waberte in die Häuser, sobald man eine Tür öffnete, und fand jede Ritze in einem Fensterrahmen. Doch auch darauf sind die Londoner auf eine geradezu perverse Weise stolz. Nebel ist etwas, das sie besser können als jeder andere.

Bettler und Landstreicher erfroren über Nacht auf den Straßen. Betrunkene Nachtschwärmer torkelten aus den Tavernen und schlugen auf dem Kopfsteinpflaster der Länge nach hin. Außerstande, sich selbst zu helfen, und unsichtbar für andere Passanten in der trüben Dunkelheit, wurden ihre steifen Leichen oft erst entdeckt, wenn eine andere Person über sie stolperte.

Wo der Schnee geschmolzen war, hatte er sich in eisigen Matsch verwandelt. Die Pferde hatten Sackleinen über die Hufe gebunden, um ein Ausrutschen zu verhindern, und sicherlich hätten sie in diesen Winterstiefeln einen komischen Anblick geboten – wenn man sie in der Dunkelheit nur hätte sehen können. Wie die Sache jedoch stand, klang das vertraute Klappern ihrer Hufe nur gedämpft durch die Straßen, und man hörte sie nicht immer rechtzeitig kommen. Ein plötzliches Rasseln von Rädern irgendwo da draußen im gräulich gelben Dunst, ein stumpfes Klopfen, vielleicht ein plötzliches nervöses Wiehern, gefolgt von einem warnenden Schrei des Kutschers oder anderen Fahrern. Der Fußgänger musste zur Seite springen, in der Hoffnung, dass er dabei die richtige Richtung wählte. Verständlicherweise waren Unfälle an der Tagesordnung.

Das wirbelnde Monster verhauchte in seinem feuchten, aufdringlichen Atem Krankheit und Tod. Die ganz Jungen und die ganz Alten waren die ersten Opfer, aber niemand war vor ihm sicher. Auf allen Seiten war in der Dunkelheit das Husten und Keuchen der Leidenden zu hören und diente besser als jede Laterne bei der Ortung von Fußgängern. Es schien beinahe so, als wäre der größte Teil der Londoner angeschlagen. Die wenigen Zimmer der Armenhäuser waren voll. Jeden Abend bildeten sich neue hoffnungsvolle Warteschlangen, aber die meisten Bittsteller wurden abgewiesen. Die Kinder der Armen wurden in Leibchen aus wattierter Baumwolle eingenäht, um erst im Frühjahr wieder herausgeschnitten zu werden und wie Motten aus einer Puppe aufzutauchen – wenn sie bis dahin überlebt hatten.

Die Woche hatte bei Scotland Yard an jenem Montagmorgen nicht gut begonnen. Wir hatten unseren angemessenen Anteil an Kranken, bedingt durch Kälte und Feuchtigkeit. Selbst ein scheinbar unerschütterliches Stück Inventar wie Superintendent Dunn war betroffen. Er lag unter den wachsamen Augen von Mrs. Dunn zu Hause im Bett, mit einem Senfumschlag auf der Brust und den Füßen auf einem wärmenden Ziegelstein. Seine Abwesenheit befreite uns von seinen ständigen Forderungen zu erfahren, was jeder Einzelne gerade machte und warum dieser oder jener Verbrecher noch nicht festgenommen worden war. Aber es verlangsamte auch die Entscheidungsfindung. Damit fiel mir viel Tagesgeschäft zu. Es machte mir nichts aus, aber ich fragte mich, was wohl passieren würde, wenn Dunn in den Dienst zurückkehrte, wieder zu Kräften gekommen, und sein Adlerauge auf alles richtete, was ich in seiner Abwesenheit in Gang gesetzt hatte.

Ein weiterer Inspector sowie drei Constables hatten sich krankgemeldet, was meine Arbeit weiter vermehrte. Als wäre das nicht genug, hatte mein getreuer Sergeant Morris, auf den ich mich blind verließ, wie ein Ochsenfrosch zu krächzen angefangen. Er versicherte mir zwar unablässig, dass alles in Ordnung wäre, aber er sah nicht danach aus. Und Constable Biddle hatte ebenfalls eine Erkältung.

Man könnte jetzt denken, dass Biddles Erkältung noch die geringste meiner Sorgen war, doch so verhielt es sich in Wirklichkeit nicht, im Gegenteil. Biddle traf sich regelmäßig mit unserem Mädchen für alles, Bessie. Er war am Abend zuvor in unserer Küche angetroffen worden, den Kopf über einer Schüssel dampfenden Wassers, versetzt mit Friar's Balsam, und einem Handtuch über allem. Hinter ihm hatte Bessie gestanden, und jedes Mal, wenn er das Handtuch zurückwerfen und das gerötete, schwitzende Gesicht hatte heben wollen, hatte sie seinen Kopf wieder nach vorn gedrückt und das Handtuch erneut darüber gelegt. Seine unterdrückten Hilferufe hatten Lizzie, meine Frau, angelockt, die nachsehen gegangen war und die Szene entdeckt hatte. Sie empfand zwar Mitgefühl für den armen Biddle, doch sie hatte ihn unverzüglich aus dem Haus verbannt, bis seine Erkältung abgeklungen war. »Sonst stecken wir uns noch alle bei ihm an«, hatte sie entschlossen verkündet.

Bessie war untröstlich und Lizzie unnachgiebig gewesen und hatte sie daran erinnert, dass Biddle eine Mutter hatte, die sich um ihn kümmern konnte. Bessies Haare richteten sich jedes Mal auf, sobald Mrs. Biddle erwähnt wurde. Offensichtlich gab es zwischen den beiden Spannungen. Mrs. Biddle behauptete,

Bessie wollte ihr den Sohn rauben, ihre einzige Stütze, und sie ganz allein zurücklassen. »Und das bei meinen Knien!«, wie sie dann jedes Mal hinzuzufügen pflegte.

Das war die allgemeine Lage, als eines dunklen Nachmittags um zwei Uhr – sämtliche Gaslampen im Gebäude fauchten bereits – der Officer unten am Empfang von einer durch die Eingangstür platzenden Erscheinung in Schrecken versetzt wurde.

Die Kombination aus einer bis über die Ohren gezogenen Schottenmütze und einem um den Hals geschlungenen dicken roten Schal verbarg das Gesicht des Besuchers. Er war höchst absonderlicherweise in einen abgewetzten, bodenlangen Pelzmantel von beträchtlichem Alter gehüllt. Dampfschwaden und der Gestank nach Rauch stiegen von ihm auf.

»Ich dachte zuerst, er wäre ein Tanzbär auf den Hinterpfoten mit einem Hut auf dem Kopf«, erzählte der Officer vom Empfang später. »Ich habe mich vielleicht erschrocken!«

Wie dem auch sei, der Neuankömmling wand den Schal vom Gesicht und deklarierte in aufgeregtem Ton: »Ich muss einen schrecklichen Mord melden!«

KAPITEL ZWEI

Der Besucher erklärte, dass in der Mülltonne draußen im Hof hinter dem Restaurant, wo er als Küchenhelfer arbeitete, die Leiche einer jungen Frau gefunden worden war. All das war mehr als genug für den Officer vom Dienst. Der Besucher wurde augenblicklich zu mir nach oben gebracht.

Inzwischen hatten sich auch Morris und Biddle mitsamt seiner Erkältung sowie einem Notizbuch zum Niederschreiben einer Aussage in meinem beengten Büro eingefunden.

Nachdem der Informant sich seiner kunterbunten Überbekleidung entledigt hatte, erwies er sich als junger Mann von vielleicht sechzehn oder siebzehn Jahren. Er trug noch seine schmuddelige Schürze, und seine untersetzte Statur ließ vermuten, dass er kurzen Prozess machte mit den Essensresten, die aus dem Lokal in die Küche zurückkamen. Ich war überrascht, dass überhaupt noch irgendetwas in den Mülleimer wanderte. Sein Kopf reichte mir nur bis zum mittleren Westenknopf, und mit seinem großzügigen Leibesumfang und den kurzen Beinen vermittelte er den allgemeinen Eindruck, dass seine Körpermaße mehr oder weniger in sämtliche Richtungen die gleichen waren, wie bei einem Würfel. Sein Name lautete Horace Worth.

»Es ist nicht meine Schuld, Gents!«, jammerte Horace zutiefst betrübt, zum einen, weil man ihn aus der warmen Küche geworfen und auf solch einen Botengang geschickt hatte, und zum anderen, weil er einen Mangel an Mitgefühl von unserer

Seite zu spüren vermeinte. »Ich weiß überhaupt nicht, warum jeder *mir* die Schuld gibt!«

»Wir geben dir keine Schuld, mein Junge«, rumpelte Morris. »Es sei denn natürlich, das alles stellt sich als ein Haufen Unsinn heraus.«

»Ich hab sie nicht da reingeworfen! Ich wusste nicht, dass sie dort war! Hätt' ich das gewusst, wär ich in der Küche geblieben und hätt' die Nase nicht aus der Tür gesteckt! Ich schwör' auf 'nen Stapel Bibeln, ich wusst' nich', dass sie dort ist! Es ist nicht meine Schuld, oder? Aber O'Brien, das Erste, was er macht, er haut mir die Suppenkelle über'n Kopf und …«

»Wer ist O'Brian?«

»Das ist der Koch. Er ist ein übellauniger Mist … Er ist ständig schlecht gelaunt. Als ich reingerannt kam und ihm erzählt hab, was für einen grässlichen Schrecken ich bekommen hab – und ich kann Ihnen sagen, ich hab mich zu Tode erschrocken, das könn' Sie mir glauben! Jedenfalls, er hat mich mit der Kelle geschlagen, auf den Kopf!« Er rieb sich bei der Erinnerung die Stelle an seinem Schädel. »Und dann ist Mr. Bellini gekommen und hat auch noch angefangen! Mr. Bellini ist der Besitzer. Schlimmer noch, dann taucht auch noch Mr. Bellinis Frau auf! Sie ist ein Drachen, das ist sie! Ein richtiger Drachen! … Sie hält ein Auge auf das Geld«, fügte er nach einer kurzen Pause vertraulich hinzu. »Die Händler und Lieferanten fürchten sie, weil sie um jede Kartoffel feilscht.«

»Wie ist der Name dieses Lokals?«

»Wir heißen die Imperial Dining Rooms«, verkündete Horace mit großer Geste. »Wir sind in der New Bond Street und wir sind ein hochklassiges Etablissement. Also Mr. Bellini, er sagt, ich soll zum Scotland Yard. Es ist ihm egal, wie viele Probleme ich hab herzukommen. Man sieht die Hand vor Augen nich' da draußen, und die halbe Zeit wusst' ich nich', ob ich nach Norden oder nach Süden geh'.« Er redete in einem nasalen Ton, der auf eine verstopfte Nase hindeutete.

»Du hättest den ersten Constable anhalten können, dem du begegnet bist, und ihn informieren«, krächzte Morris mitleidslos ob der Mühsal unseres Besuchers. »Er wäre mit dir an deine Arbeitsstelle zurückgekehrt und hätte ein wenig mehr über die Angelegenheit herausgefunden, bevor er einen detaillierten Bericht abgeliefert hätte.«

»Ich hab Ihnen doch schon gesagt, Mr. Bellini hat angeordnet, dass ich zum Yard soll!«, erwiderte Horace würdevoll. »Er hat gesagt, er will nicht, dass ein gewöhnlicher Streifenpolizist seine Nase in unser Lokal steckt und rumschnüffelt. Er will einen Officer, der weiß, was er mit einer Toten machen muss. Ich sollt' zum Scotland Yard und sonst nirgendwohin. Abgesehen davon hab ich unterwegs keinen Constable gesehen. Ich hab einen gehört, mitten auf der Piccadilly, wo er versucht hat, irgendein Handgemenge zwischen einer Kutsche und einem Straßenhändler zu schlichten. Ich konnt' ihn nicht sehen, nur brüllen hör'n. Alle ham' gebrüllt, der Kutscher, der Händler und ein paar andere Leute. Gemüse lag über die Straße verteilt. Ich bin auf einen Pastinak getreten.«

Als Beweis kramte er in seiner Manteltasche und brachte ein zerquetschtes Etwas zum Vorschein, das vielleicht einmal ein Pastinak gewesen war.

»Warum hast du ihn aufgehoben und mit hergebracht?«, wollte Morris mit heiserer Stimme wissen.

»Ich nehm' ihn mit zurück ins Lokal«, erwiderte Horace. »Er kann in die Suppe.«

»Wo immer dieses Etablissement ist«, murmelte ich an Morris gewandt. »Ich glaube nicht, dass ich Lust habe, dort zu essen.«

Horace hatte scharfe Ohren. »Es ist nichts verkehrt mit unser'm Lokal!«, protestierte er. »Sie können ruhig vorbeikommen und sich in unserer Küche umsehen. Alles ist blitzblank und sauber! O'Brian lässt mich die halbe Zeit putzen und Töpfe und Pfannen und Geschirr spülen und die Tische schrubben. Aber nicht die Böden, wissen Sie?«, fügte er hinzu. »Das macht eine alte Frau, die morgens vorbeikommt. Ich bin nämlich kein Handlanger. Ich lern' das Kochen. Ich seh' O'Brian zu. Meistens lässt er mich Kartoffeln schälen oder Sachen umrühren. Wenn er gute Laune hat, erklärt er mir, wie man Gebäck macht und so. Ich werd' eines Tages selbst ein richtiger Koch.«

»Der Himmel steh uns bei!«, murmelte Morris.

»Erzähle das Ganze dem Constable hier noch einmal, und er schreibt es auf!«, befahl ich, und Biddle machte sich mit seinem Notizbuch und einem Stift bereit. »Wen könnten wir hinschicken?«, fragte ich an Morris gewandt.

»Mullins ist draußen und untersucht einen Einbruch«, informierte Morris mich. »Jessop hat sich heute Morgen zum Dienst gemeldet, aber er hat so furchtbar geschnieft und geniest, dass ich ihn wieder nach Hause geschickt habe. Die anderen sind ebenfalls alle unterwegs, hauptsächlich wegen Überfällen oder Straßenraub. Es ist dieser Nebel, wissen Sie, Sir? Jedes Schlitzohr in ganz London nutzt die Gelegenheit für seine krummen Touren. Wir sind sehr knapp an Personal, Mr. Ross.«

»Constable Biddle?«

Biddle kam hinter einem großen Taschentuch zum Vorschein und blinzelte mich aus wässrigen, rot geränderten Augen an. »Sir?«

Ich seufzte. »Sie bleiben besser hier. Aber informieren Sie einen Polizeiarzt, der uns vor Ort treffen soll, ja? Nun denn, Morris, die Angelegenheit ist an Ihnen und mir, schätze ich!«

Wir benötigten eine gute Weile, um zu dem Lokal zu gelangen. Wir mussten zu Fuß gehen. Horace Worth führte uns. Er rief die ganze Zeit laut nach uns, sodass wir wussten, wo er war, denn der Nebel verschluckte ihn schon nach ein oder zwei Metern. Manchmal konnten wir seine stämmige Gestalt in dem dicken Pelz schemenhaft erkennen, doch die meiste Zeit war er nichts weiter als eine Stimme, die »in die Wildnis rief«, wie Morris in einem düsteren Versuch von Humor bemerkte. Sowohl Morris als auch ich trugen unsere Blendlaternen bei uns. Ihr gelbes Leuchten im Nebel diente dazu, unsere Position anzuzeigen, doch das war auch schon alles. Wir rannten in andere Fußgänger und stolperten über ungesehene Hindernisse. Endlich, nach einer halben Ewigkeit, erreichten wir die Imperial Dining Rooms.

Die Front des Lokals war schmal, doch einmal im Innern stellten wir fest, dass es sich wie ein Schlauch in einer Abfolge von drei kleinen Speiseräumen bis zur Rückseite des Gebäudes zog, was die Mehrzahl im Namen rechtfertigte, auch wenn es derzeit keine Gäste gab, die dort aßen. Hinter den Speiseräumen debouchierten wir in die Küche, wo uns eine willkommene Wärme, eine weniger willkommene feuchte Atmosphäre und ein geradezu feindseliger Empfang entgegenschlugen.

Sie waren drei an der Zahl, und ihre Gesichter glänzten vor Schweiß. Es dauerte nicht lange, und ich spürte unter meinem schweren Uniformmantel selbst den Schweiß zwischen den Schulterblättern herunterrinnen. Schnell fing ich an zu bedauern, das eine Temperaturextrem gegen das andere getauscht zu haben.

O'Brian, der Koch, war ein kleiner Mann mit einer fleckigen weißen Schürze über einer grau karierten Hose und mit einer Kochmütze auf dem Kopf. Er sah uns finster an und fuchtelte mit der Kelle, die er in der Hand gepackt hielt – es war unklar, ob zur Begrüßung oder als Herausforderung. Neben ihm stand ein stämmiger Gentleman, der sich als Mr. Bellini entpuppte, der

Besitzer des Etablissements. Er hatte einen prächtigen schwarzen Schnurrbart und sah wie der personifizierte italienische Restaurantbesitzer aus – bis er anfing, in reinstem Londoner Dialekt zu reden. Neben ihm stand Mrs. Bellini, gleichermaßen üppig proportioniert und in schwarzen Bombasin gehüllt. Ihr Gesicht war rot und ihr Haar noch viel röter. Es war in einem komplizierten Berg von Zöpfen arrangiert, die mich an ein Nest von sich windenden Nattern erinnerten. Obenauf saß eine kleine Spitzenhaube mit herabhängenden Bändern, die ihre breiten Gesichtszüge rahmten.

Alles in allem waren wir in der kleinen Küche ziemlich eng zusammengepfercht, und das Gedränge wurde alsbald durch einen Neuankömmling noch vergrößert. Die Hintertür ging auf, und herein kam ein Schwall Nebel zusammen mit einem Constable in einem schweren Übermantel. Er schien über dem Leichnam Wache gestanden zu haben.

»Mitchum, Sir«, informierte er mich, nachdem es ihm gelungen war, sich in den Raum zu quetschen und nachdem Morris und ich uns zu erkennen gegeben hatten. »Dieses Lokal liegt auf meiner Runde.«

»Dann ist man also losgegangen und hat Sie gerufen?«, grollte Morris mit einem finsteren Blick zu Horace Worth.

»Nein, Sir, eigentlich nicht«, erklärte Mitchum. »Ein Passant auf der Straße hat mich angehalten und mir berichtet, dass es hier im Lokal ein Problem gäbe. Er wäre soeben von hier gekommen, sagte er, und in der Küche gäbe es lautes Geschrei. Er konnte nicht genau feststellen, was vor sich ging, aber irgendjemand hätte gerufen, dass draußen im Hof eine Leiche läge. Also dachte ich, ich komme besser her und sehe mir die Sache an. Es ist tatsächlich eine Leiche. Ein Mädchen.«

»Ich wollte, dass sie hier weggeschafft wird!«, schnappte Mr. Bellini. »Ich will sie nicht in meinem Laden haben! Ich kann keine Kundschaft bewirten, solange sie hier ist, und ich verliere mein Geschäft!«

»Ich denke nicht, dass viel Geschäft zu verlieren ist, Sir«, entgegnete Morris. »Nicht bei diesem Nebel.«

»Es gibt immer etwas zu verdienen hier in der Nähe der Piccadilly«, entgegnete Bellini trotzig.

»Wir sind bekannt für unsere Rindfleisch-Pasteten!«, meldete sich Mrs. Bellini zu Wort. »Wir machen die beste Pastete in diesem Teil der Stadt.«

»Ich stehe seit sechs Uhr heute Morgen in der Küche und mache Pasteten«, meldete sich O'Brian zu Wort. »Aber wer soll sie bestellen, wenn Leichen im Laden herumliegen? Jeder kennt die Geschichte von Sweeney Todd, oder? Niemand rührt die Pasteten jetzt noch an, darauf können Sie Ihren letzten Penny verwetten!«

»Dieses Mädchen hat nicht das Geringste mit uns zu tun!«, rief Mrs. Bellini aufgebracht. »Sie ist eine gewöhnliche Prostituierte, das ist sie – oder besser, war sie! Mädchen wie sie enden immer tot in irgendeiner dunklen Gasse. Aber diese dort ist in unserem Hof gelandet, und das ist einfach nicht richtig!«

»Sie wird uns ruinieren, das wird sie!«, lamentierte ihr Ehemann.

»Mitchum, vielleicht könnten Sie uns zu der Leiche bringen?«, wandte ich mich an den Constable. »Alle anderen warten bitte hier. Wir werden Ihre Aussagen später schriftlich festhalten.«

»Was sollen wir schon darüber auszusagen haben?«, rief Mrs. Bellini, deren bereits rote Gesichtsfarbe inzwischen in ein alarmierendes Magenta übergegangen war. »Das alles hat nichts mit uns zu tun! Wir wollen nur, dass sie endlich weggeschafft wird!«

»Das wird sie auch, Madam. Das wird sie irgendwann«, versicherte Morris ihr. »Wir wollen uns nur zuerst umsehen. Warum gehen Sie nicht alle solange in den Speisesaal hinüber?« Er deutete auf die Tür, durch die wir die Küche betreten hatten. »Vielleicht würde eine schöne Tasse Tee helfen, Ihre Nerven ein wenig zu beruhigen.«

Morris' ruhige Art und seine Besorgnis für ihre Nerven besänftigten Mrs. Bellini, die daraufhin verkündete, sie wäre froh, dass sich jemand um ihre Gefühle sorgte. Anschließend bellte sie O'Brian an, er solle Tee machen. Wir überließen sie sich selbst.

Der Hinterhof war klein und auf drei Seiten von Gebäuden gesäumt. Die vierte Seite hatte ein Holztor in einer hohen Mauer, das hinaus auf eine Gasse führte. Das Tor war verschlossen, um Neugierige fernzuhalten, doch wir konnten auf der anderen Seite aufgeregt flüsternde Stimmen hören, und in der Luft lag der Geruch nach Tabak. Die Nachricht von der Toten hatte sich wie ein Lauffeuer verbreitet. Gleich neben der Hintertür zur Küche stand eine große Abfalltonne, eingeklemmt zwischen der Hauswand des Lokals und einem morschen Abort. Er sah aus, als wäre er früher als Zisterne benutzt worden. All das konnten wir nur unter Schwierigkeiten im Licht unserer Blendlaternen erkennen. Der Nebel waberte um uns herum und fand seinen Weg in unsere Kehlen. Ich zog meinen Schal enger und bedeckte damit meinen Mund, als ich anfing zu husten.

»Das ist es?«, wandte sich Morris an Mitchum. »Diese Abfalltonne, oder was auch immer?«

»Es ist nur für jene Abfall, die keine Verwendung dafür haben, Sergeant«, entgegnete Mitchum. »Man wirft die Reste aus der Küche hinein. Und dann kommen die Plünderer. Jemand von der Leimfabrik nimmt sämtliche tierischen Überreste mit, Knochen, Haut und so weiter. Dann kommt ein anderer Kerl, der in der Nähe Schweine hält, und er nimmt sämtliche Gemüsereste und alles sonst noch Essbare, was die Leimfabrik dagelassen hat. Wie Sie sicher wissen, fressen Schweine so gut wie alles. Das Lokal muss sich nie darum kümmern, den Behälter zu leeren. Sie werfen immer nur neuen Abfall hinein. Aber als der Junge heute nach draußen kam, um einen Eimer mit Küchenabfällen zu leeren, fand er das da.«

Mitchum hielt seine Laterne über die Abfalltonne, und wir spähten hinein.

Es war ein unglaublich trauriger Anblick. Sie sah kaum älter aus als ein Kind, aber sie war schätzungsweise achtzehn. Wer auch immer sie in dieser dreckigen Ausrede für einen letzten Ruheplatz zurückgelassen hatte, hatte sie dem Aussehen nach einfach hochgehoben und hineingeworfen. Sie war verkrümmt auf der Seite gelandet und sah aus, als würde sie schlafen, außer, dass ihre Augen offen standen und blicklos waren. Ein großer und starker Mann konnte das ohne Hilfe bewerkstelligen, dachte ich. Wären es zwei Kerle gewesen, die sie hochgehoben und hineingeworfen hätten, wäre sie vermutlich mit dem Gesicht nach unten gelandet. Nein, er hatte sie mit den Armen hochgehoben, über den Rand der Tonne, und sie einfach fallen lassen. Ihr Zuhälter vielleicht? Hatte sie versucht, vor ihm zu fliehen? Oder war es ein gewalttätiger Kunde gewesen?

Ihr hochgestecktes Haar hatte sich gelöst und fiel um ihr Gesicht herum, ohne es jedoch vollständig zu verdecken, sodass ich ihre kleine Nase und ihren Mund sehen konnte, der halb offen stand, wie um einen letzten Atemzug zu tun. So viel war im orangefarbenen Lichtschein der Laterne zu erkennen. Die schlechte Beleuchtung veränderte die Farben, und ihr Kleid erschien grau, obwohl es jeden Farbton hätte haben können. Ich bemerkte weder eine Haube noch einen Hut oder ein Tuch.

Für den Tatort eines ernsten Verbrechens hätten die Bedingungen nicht schlechter sein können. Wegen des Nebels war es vollkommen unmöglich, eine Fotografie anzufertigen. Wenigstens waren die Ratten noch nicht bis zu ihr vorgedrungen. Was vermutlich an den glatten Außenseiten dieser Metalltonne lag – die Kreaturen wussten zweifellos, dass sie dort war, doch sie hatten bisher noch keinen Weg gefunden, an sie heranzukommen. Mit genügend Zeit hätte sich das zweifellos geändert. Doch jetzt würde sie fortgeschafft werden, bevor es dazu kommen konnte.

Ich senkte die Laterne. »Schreiben Sie alles so detailliert auf, wie Sie nur können, Morris«, sagte ich. »Machen Sie eine Skizze von diesem Hof mit der Position der Tonne, des Tors und allem anderen, was Sie sonst noch sehen. Wenn Sie sich künstlerisch betätigen wollen, machen Sie eine Zeichnung.«

Ein dumpfes Brummeln von irgendwo im Nebel deutete an, dass Morris sich im Moment nicht besonders künstlerisch fühlte.

»Tun Sie, was Sie können«, redete ich ihm gut zu. »Wo ist dieser Junge?«

»Ich bin hier«, kam eine Stimme aus dem Bündel mottenzerfressenen Fells, das Horace Worth war.

»Um welche Zeit hast du ihren Leichnam gefunden?«

»Das habe ich Ihnen doch schon gesagt!«, erwiderte der Pelzmantel. »Etwas mehr als eine Stunde, bevor ich zu Ihnen gekommen bin. Es muss so gegen halb eins gewesen sein. Normalerweise haben wir um diese Zeit richtig viel zu tun, aber wegen dem Nebel war es leer.«

»Soll das heißen, du hattest vorher keinen Grund, in die Tonne zu sehen?«

»Ich war ein paar Mal draußen und hab Abfälle reingeworfen, aber ich hab nicht richtig reingesehen, könnte man sagen. Ich bin einfach nur so schnell wieder nach drinnen gegangen, wie ich konnte. Dann, beim letzten Mal, hab ich in die Tonne gesehen, und, na ja, da lag sie.«

»Sieht so aus, als müssten wir annehmen, dass sie während der Nacht oder zumindest sehr früh an diesem Morgen hineingeworfen wurde, Sir«, krächzte Morris. »Der Junge mag sie vielleicht vorher nicht gesehen haben, aber entweder er oder dieser Koch hätten sicher bemerkt, wenn jemand eine Leiche hereingetragen und in die Tonne gelegt hätte. Abgesehen davon muss er einen ziemlichen Lärm veranstaltet haben.«

Es war eine logische Schlussfolgerung, und ich pflichtete ihm bei. »Ich gehe nach drinnen und rede mit den Bellinis. Ich möchte wissen, ob sie sie richtig angesehen oder nur einen flüchtigen Blick auf sie geworfen haben. Ich schätze, wenn sie sie richtig ansehen, erkennen sie sie vielleicht. Constable!« Ich drehte mich zu Mitchum um. »Das ist Ihre Runde, sagen Sie? Sicher kennen Sie die meisten Mädchen, die auf diesen Straßen arbeiten, vom Sehen. Sie haben die Tote vorher noch nie bemerkt?«

»Ich denke nicht, Sir.« Mitchum schüttelte den Kopf. »Ich kenne ein paar der Mädchen vom Sehen, genau wie Sie sagen. Aber sie kommen und gehen. Abgesehen davon gibt es so viele von ihnen in der Piccadilly und in der Umgebung.«

Ich kehrte in das Gebäude zurück und fand die Besitzer und das Personal immer noch beieinander an einem der Esstische sitzend. Ein Kellner in mittlerem Alter in einer gestreiften Weste und einer weißen Schürze hatte sich zu ihnen gesellt. Die Oberseite seines Schädels war kahl, und das wenige noch an den Seiten wachsende Haar war sorgfältig über die Glatze nach vorne gekämmt und dort mit Pomade fixiert. Er starrte mich bitter aus tief liegenden Augen an und begrüßte mich mit: »Ich weiß überhaupt nichts von leichten Mädchen! Ich bin Methodist!«

Sie hatten vielleicht mit Tee angefangen – oder wenigstens Mrs. Bellini hatte etwas davon getrunken, denn ihre leere Tasse stand neben ihr –, doch inzwischen waren sie zu stärkeren Sachen übergegangen, denn auf dem Tisch stand eine angebrochene Flasche.

Ich stellte meine Fragen: Hatten sie die Tote gründlich in Augenschein genommen? Und falls nicht, hatten sie Einwände, alle nach draußen zu gehen und sie jetzt gründlich anzusehen? Für den Fall, dass sie sie kannten?

»Sie kennen?« Mrs. Bellini wich zurück, als hätte ich sie körperlich bedroht. »Woher sollten wir eine Dirne wie sie kennen? Das hier ist ein ordentliches Restaurant, kein Bordell!«

»Wenn sie in dieser Gegend gearbeitet hat, ist sie Ihnen vielleicht aufgefallen. Möglicherweise ist sie sogar das eine oder andere Mal mit einem Kunden in Ihr Restaurant gekommen, Sie wissen schon, mit einem Mann, den sie dazu überredet hat, ihr eine Mahlzeit zu spendieren.«

»Ganz bestimmt nicht!«, begehrte Mrs. Bellini empört auf. »Wenn ein Gast eine Dirne wie die da mit hereingebracht hätte, hätten wir ihn auf der Stelle gebeten, sie zu nehmen und wieder zu verschwinden!«

»Eine billige Straßendirne«, sagte der kahle Kellner. »Ich erkenne so was auf den ersten Blick.«

Sie murrten immer noch alle vor sich hin, doch sie ließen sich von mir nach draußen in den Hof führen, wo einer nach dem anderen in die Abfalltonne spähte, während Morris neben ihnen stand und ihnen mit der Laterne leuchtete. Ich griff nach unten und schob der Toten die Haare aus dem Gesicht, sodass mehr von ihr zu sehen war. Meine Finger streiften über ihre Wange. Sie war eiskalt.

Mrs. Bellini warf nur einen flüchtigen Blick in die Tonne und murmelte, dass es wirklich abscheulich wäre, bevor sie hastig zurück ins Lokal flüchtete. Von den anderen zeigte wenigstens O'Brian ein wenig Respekt. Er bekreuzigte sich und wünschte ihr, Gott möge ihrer Seele den ewigen Frieden geben. Doch er klang unbekümmert und philosophisch. Der kahlköpfige Kellner blieb am längsten von allen über der Tonne stehen und starrte auf die Tote hinunter. Ich erwartete ein passendes Bibelzitat, doch er schüttelte nur wortlos den Kopf und schlurfte davon. Sie alle bestritten, die Tote je zuvor gesehen zu haben.

Ich kehrte mit den Bellinis nach drinnen zurück und entdeckte einen Neuankömmling, der auf uns wartete. Er trug einen schweren Ulster und hatte den Hut bereits abgenommen. Darunter waren ein jugendliches Gesicht und ein Schopf roter Haare zum Vorschein gekommen.

»Wir haben geschlossen, Sir!«, erklärte Mr. Bellini in gequältem Tonfall. »Aber wir öffnen später wieder für das Tagesgeschäft – sobald ein kleines Problem geklärt wurde. Ich hoffe doch, wir dürfen mit dem Vergnügen Ihres Besuchs rechnen?«

»Ich bin Dr. Mackay«, antwortete der Neuankömmling mit starkem schottischen Akzent. »Und ich wünsche nichts zu essen. Ich bin der Polizeiarzt.« Er richtete seinen Blick auf mich. »Sind Sie Inspector Ross?«

»Ja, ich bin Ross, und Gott sei Dank, dass Sie da sind. Wir sind draußen im Hof, hinter der Küche, bitte folgen Sie mir!«

Die Bellinis sahen uns mit finsteren Blicken hinterher.

Mackay erwies sich als praktischer Mensch, der keine Zeit verschwendete. Er zog seinen Mantel aus und reichte ihn Morris. Dann kletterte er geschickt in den Abfallbehälter, um die Leiche zu untersuchen. Es dauerte nicht lange, bis er wieder herauskam und seinen Mantel überzog. »Ich hoffe, Sie wollen nicht von mir wissen, wann das Mädchen gestorben ist?«, fragte er, als er hineinschlüpfte.

»Eine grobe Schätzung wäre hilfreich«, antwortete ich ihm.

»Sicher, kann ich mir denken. Die Leichenstarre ist weit fortgeschritten. Unter normalen Umständen würde ich erwarten, dass sie bis morgen Vormittag vorbei ist. Falls sie allerdings schon die ganze Nacht unter Bedingungen nahe dem Gefrierpunkt dort gelegen hat, macht das die Sache kompliziert. Möglicherweise kann ich Ihnen Genaueres sagen, sobald ich sie in ordentlichem Licht untersuchen konnte.«

»Die Leichenschauhäuser sind allesamt voll, Sir«, warf Morris ein. »Wegen des Nebels, wissen Sie?«

»Das denke ich auch«, pflichtete Mackay ihm bei. »Sie könnten es bei den Bestattungsunternehmen versuchen. Es muss doch irgendwo in der Nähe eine Aufbahrungshalle geben. Vielleicht ist der Betreiber einverstanden, dass die Tote einstweilig dort hingeschafft wird.«

»Mitchum! Sie müssen doch wissen, wo in der Gegend die Aufbahrungshallen sind. Vielleicht nehmen Sie Sergeant Morris mit und suchen uns eine.«

Ich beugte mich über den Abfallbehälter, um einen letzten Blick auf das Opfer zu werfen. Als ich mich wieder aufrichtete und umwandte, sah ich, dass Mackay mich beobachtete. »Sie brauchen mich im Moment nicht länger«, sagte er auf seine forsche schottische Art, und mit einem letzten Nicken stapfte er zurück in die Küche und verschwand.

In diesem Moment klopfte es laut und sehr energisch an der verschlossenen Holzpforte auf der Rückseite des Hofs, die in die Gasse führte.

»Kein Zutritt!«, rief Mitchum. »Polizeiangelegenheit.«

»Wenn Sie ein Constable sind«, entgegnete eine ältere, jedoch selbstsichere weibliche Stimme in gebildetem Tonfall, »dann seien Sie doch bitte so freundlich und öffnen diese Tür. Ich möchte mit einem Verantwortlichen reden.«

KAPITEL DREI

»Gehen Sie nachsehen, Constable«, befahl ich.

Mitchum näherte sich vorsichtig der Pforte, öffnete sie einen Spaltbreit und spähte hinaus. Ich hörte ihn leise rufen, dann griff er nach draußen, zog jemanden durch die schmale Lücke und schloss die Tür rasch wieder, bevor jemand anders folgen konnte.

»Ich wusste nicht, dass Sie das sind, Ruby!«, sagte er. »Was machen Sie bei diesem Nebel hier draußen? Sie sollten zu Hause im Warmen sitzen.«

»Ich wäre Ihnen dankbar, wenn Sie mich mit Miss Eldon anreden würden!«, schnappte sein Gegenüber. »Ist ein leitender Officer da? Falls ja, wünsche ich ihn zu sprechen. Ich habe Informationen.«

Mitchum kam zu mir. »Ihr Name ist Ruby Eldon, Sir«, sagte er leise. »Sie wohnt in der Gegend. Sie ist, äh, ein Original, Sir.«

»Bringen Sie sie in die Küche«, ordnete ich an.

Mitchum führte die Besucherin mit einer gewissen Feierlichkeit in die Küche und ließ sie auf einem Holzstuhl Platz nehmen. Sie entpuppte sich als eine Person von außergewöhnlichem Erscheinungsbild, sehr klein, mit der Statur eines vielleicht zwölfjährigen Kindes. Sie war sorgfältig gekleidet, doch in der Mode der 1830er-Jahre, mit Glockenrock und Übermantel mit Ballonärmeln und abfallenden Schultern. Eine große Haube und Ringellöckchen, die unter dem Saum hervorquollen wie Laub aus einem Korb, rahmten ihr Gesicht. Ich nahm an, dass die

Löckchen falsch waren, denn sie glänzten und waren von einem satten Rostbraun ohne jede Spur von Grau, und das, obwohl die Besucherin offenkundig in recht fortgeschrittenem Alter sein musste. Ihre Haut war zart und ohne Flecken, doch mit einer Textur wie von zerknittertem Pergament. Sie saß sehr aufrecht und hatte die Hände auf einem vor ihr stehenden Regenschirm gefaltet. Sie musterte mich eingehend aus wachen Augen, und ich fühlte mich an ein Eichhörnchen erinnert. Sie schien auf etwas zu warten, und ich begriff, dass ich mich noch nicht vorgestellt hatte. Ich beeilte mich, mein Versäumnis nachzuholen.

»Sehr gut«, sagte Miss Eldon mit einem graziösen Neigen der Haube und der Locken. »Ich erkenne an Ihrem Tonfall, dass Sie kein geborener Londoner sind. Wer war Ihr Vater?«

»Mein Vater war Minenarbeiter, Ma'am, in Derbyshire.«

»Warum sind Sie dann in London und warum sind Sie Police Officer?«

»Das ist eine lange Geschichte, Ma'am. Wie kann ich Ihnen helfen?«

»Die Leute da draußen …« Sie nahm eine winzige behandschuhte Hand vom Griff des Schirms und deutete in Richtung des Hofs. »Sie sagen, dass die Leiche einer Frau hier gefunden wurde. Ist das so?«

»Ich fürchte, das ist so, Ma'am. Nicht im Haus, sondern draußen im Hof.«

»Ich möchte sie sehen«, sagte Miss Eldon gefasst.

»Ich glaube kaum, dass das klug wäre, Ma'am, oder sich ziemen würde.«

»Ihre Besorgnis ehrt Sie, Inspector Ross, aber ich möchte die Unglückselige trotzdem sehen. Es wäre möglich, dass ich sie kenne.«

Mitchum war im Raum geblieben und stand wie ein Diener hinter ihrem Stuhl. Er begegnete meinem Blick, hob eine Faust an den Mund und räusperte sich. »Miss Eldon wohnt über der Queen-Catherine-Taverne, ein paar Straßen von hier entfernt. Sie kennt viele der Anwohner, wenigstens vom Sehen.«

Miss Eldon klopfte energisch mit der Schirmspitze auf den gefliesten Boden. »Ich wohne nicht *über der Taverne*, Constable Mitchum. Ich habe Räumlichkeiten in diesem Gebäude bezogen, im obersten Stockwerk. Der Wirt und seine Familie wohnen *über der Taverne*, wie Sie es nennen, auf der Etage unter mir.«

Ich zögerte. »Es ist kein schöner Anblick, Ma'am«, sagte ich.

»Ich bin nicht leicht aus der Fassung zu bringen, Inspector Ross.« Sie erhob sich. »Wenn Sie vorausgehen würden?«

»Also schön«, gab ich nach. Mir war klar geworden, dass sie sich nicht von ihrem Vorhaben abbringen lassen würde.

Ich führte sie in den Hof, wo wir vor einem weiteren Problem standen. Die Lady war zu klein, um über den Rand des Abfallbehälters zu sehen.

»Constable!«, befahl Miss Eldon. »Wenn Sie mir behilflich wären!«

»Jawohl, Ma'am«, sagte Mitchum. Er schlang die Arme um ihre Taille und hob sie hoch wie ein Kind, sodass sie sich vorbeugen und in die Mülltonne sehen konnte. Morris leuchtete mit seiner Blendlaterne.

»Du meine Güte, nein«, sagte Miss Eldon. »Das ist sie nicht. Das ist nicht das Mädchen.«

Mitchum stellte sie behutsam zurück auf ihre eigenen Beine.

»Welches Mädchen meinen Sie?«, beeilte ich mich zu fragen.

»Nicht das, von dem ich dachte, sie könnte es sein. Ich kann Ihnen nicht helfen, Inspector Ross. Constable Mitchum, wenn Sie mir die Pforte öffnen würden? Ich möchte zurück in meine Wohnung.«

»Miss Eldon!«, sagte ich einer Eingebung folgend. »Ich frage mich, ob ich vielleicht jemanden zu Ihnen schicken dürfte … um Sie zu besuchen?«

»Ich empfange keine Herren in meinen Räumlichkeiten«, entgegnete Miss Eldon steif. »Mein Vater war ein Gentleman.«

»Selbstverständlich, Ma'am. Vielleicht dürfte ich meine Frau Elizabeth vorbeischicken, wäre das akzeptabel?«

»Zwischen zwei und vier Uhr nachmittags«, sagte Miss Eldon. Zum ersten Mal erschien sie mir für einen Moment verwirrt. »Die Queen-Catherine-Taverne ist in der Tat ein Lokal. Der Wirt und seine Frau sind anständige Leute, doch das kann man nicht von ihrer gesamten Kundschaft sagen. Mrs. Ross sollte nicht ohne Begleitung kommen.«

»Unser Dienstmädchen wird sie begleiten.«

»Schön, dann habe ich keine weiteren Einwände.« Sie nickte mir gnädig zu, dann wandte sie sich ab und trat durch die Pforte hinaus auf die Gasse, wo sie einen Augenblick später vom Nebel verschluckt wurde.

»Also gut, Constable Mitchum!«, sagte ich. »Vielleicht könnten Sie jetzt mit Sergeant Morris losgehen und jemanden suchen, zu dem wir die Leiche schaffen können.«

»Du möchtest, dass ich zu dieser alten Dame gehe und mit ihr rede?«, fragte Lizzie mich an diesem Abend. Wir saßen vor dem Feuer, und ich hatte ihr soeben die Ereignisse des Tages geschildert. »Ist sie denn noch bei Sinnen?«

»Ich schätze, sie ist sogar vollkommen bei Sinnen, vorausgesetzt, du bist ihr gegenüber offen«, sagte ich. Lizzies Augenbrauen schossen in die Höhe. »Und ich weiß, dass du sehr offen bist«, beeilte ich mich hinzuzufügen.

»Nun gut«, sagte Lizzie nachdenklich. »Ich gehe hin. Ich gestehe, ich bin neugierig, sie zu treffen. Du begleitest mich, Bessie.«

»Jawohl, Missis!«, sagte Bessie von der Tür her, wo sie verweilte, um meinen Bericht mitzuhören.

»Miss Eldon wird dir vermutlich als recht exzentrisch vorkommen, aber sie hat mir nicht den Eindruck gemacht, als wäre sie ...« Ich zögerte.

»Verrückt?«, schlug Bessie vor.

»Nicht im Geringsten, nein, nur, wie Constable Mitchum es nannte, ein wenig originell.«

Lizzie konzentrierte sich auf die Flammen, die von den Kohlen auf dem Gitterrost aufstiegen. Das Messingbesteck an seinem Halter neben dem Kamin leuchtete wie Gold. Ich hatte sie zum ersten Mal gesehen, als sie noch ein Kind gewesen war, vor einer Ewigkeit, wie es mir schien, obwohl es in Wirklichkeit nicht mehr als fünfundzwanzig Jahre her war. Die Ereignisse hatten uns getrennt und nach langer Zeit und vielen Veränderungen wieder zusammengebracht. Doch selbst heute noch konnte ich, wenn ich sie so ansah, den Wildfang erkennen, der sie als Kind gewesen war.

»Was genau willst du in Erfahrung bringen?«, fragte sie nun, als sie aufblickte und mich ansah. »Du sagst, sie hätte bestritten, die Tote zu kennen.«

»Und ich glaube ihr. Sie kannte sie nicht. Allerdings vermute ich, dass sie ein anderes Mädchen kennt und Grund hat zu der Annahme, dass es in Gefahr schwebt. Ich bin sogar sicher, dass es so ist. Ich würde gerne herausfinden, was sie vermutet. Mein Eindruck war, dass Miss Eldon alles andere als auf den Kopf gefallen ist.«

»Was ist eigentlich aus der Toten geworden?«, fragte Lizzie unvermittelt.

»Der Leichnam liegt in der Aufbahrungshalle eines Bestatters in der Nähe des Lokals, wo sie gefunden wurde. Die öffentlichen Leichenhallen sind im Moment überfüllt mit Toten. Es ist dieser elende Nebel. Morris war froh, jemanden so nah beim Tatort gefunden zu haben. Ein Polizeiarzt mit Namen Mackay wird morgen Früh eine Autopsie vornehmen, weil niemand anders frei ist. Er denkt, dass es schwierig werden könnte, den exakten Todeszeitpunkt festzustellen, weil der Leichnam für eine unbestimmte Zeit bei Temperaturen nahe dem Gefrierpunkt in dieser Mülltonne gelegen hat.«

Wo wir davon redeten, wie kalt und ungemütlich es draußen war, hatte ich das Gefühl, eine Entschuldigung wäre angebracht. »Es tut mir wirklich leid, dich darum zu bitten, Miss Eldon einen Besuch abzustatten, Lizzie, angesichts dieses elenden Wetters da draußen. Du musst mehrere Straßen überqueren, um zur Piccadilly zu gelangen, und du musst wirklich aufpassen. Es hat viele Unfälle gegeben in den letzten Tagen. Ich schlage vor, du nimmst eine Kutsche, aber selbst wenn dein lieber Kutscher Wally Slater dich hinbringt, wäre es im Moment nicht sicherer. Nicht weit von Scotland Yard hat es einen Unfall mit einer Kutsche gegeben, sie war umgekippt und das Pferd hing noch im Gespann. Sie waren gerade dabei, es loszuschneiden, als ich vorbeikam.«

»Besser, man ist auf den eigenen Füßen unterwegs«, beobachtete Bessie altklug. »Keine Sorge, Mr. Ross, Sir, uns passiert nichts.«

»Ah, Bessie – solltest du nicht in der Küche sein und abwaschen?«

Bessie schniefte indigniert und zog sich in die Küche zurück. Kurze Zeit später kündete das laute Klappern von Töpfen und Geschirr davon, dass sie auf ihre eigene energische Weise den Abwasch erledigte.

Lizzie starrte in das Feuer. »Denkst du, das Mädchen hat als Prostituierte gearbeitet?«

»Die Bellinis scheinen nicht daran zu zweifeln. Die Piccadilly

Street ist berüchtigt dafür, die Damen der Nacht anzuziehen … und des Tages obendrein. Vermutlich haben die Bellinis recht.«

»Was hatte sie an?«

Ich musste einräumen, dass ich keine Details nennen konnte. »Es war fast nichts zu sehen da draußen im Hof, wegen dem Nebel, und außerdem war es schon beinahe dunkel. Irgendein Kleid, nehme ich an.«

»Was ist mit einem Hut?«

Ich kannte meine Frau gut genug, um zu begreifen, dass sie ihre Fragen nicht ohne Grund stellte, doch diese letzte verwirrte mich.

»Ich habe keinen Hut gesehen. Er muss heruntergefallen sein.«

»Dann müsst ihr ihn suchen. Wenn er heruntergefallen ist, als sie angegriffen wurde, könnte das den genauen Tatort verraten, oder nicht? Ich meine, sie tragen doch alle Hüte, diese Mädchen«, schloss sie.

Sie hatte recht. Sich hübsch zurechtzumachen war ein wichtiger Bestandteil des Geschäfts. Ich hatte Prostituierte gesehen – die auf die wohlhabendere Kundschaft aus waren –, die gekleidet waren wie Modepuppen. Selbst die armen kleinen Dinger, die sich an den Docks und vor den Hafenkneipen herumtrieben, trugen irgendwelche Hüte, die sie an ihre – falschen oder echten – Locken gepinnt hatten. Ich musste an die Menge denken, die sich bereits hinten in der Gasse bei der Pforte versammelt hatte, als Morris und ich eingetroffen waren, und ich hielt unsere Chance, irgendetwas zu finden, geschweige denn ein so begehrtes Objekt wie einen Hut, für äußerst gering.

»Wahrscheinlich hat ihn irgendjemand entdeckt und mitgenommen«, sagte ich. »Es wäre sinnlos gewesen, in der Dunkelheit und bei dem dichten Nebel danach zu suchen.«

»Was ist mit einem Schal oder einem Tuch?«

»Nein, ich habe keinen Schal gesehen.« Ihre Fragen machten mich allmählich nervös. »Worauf willst du hinaus, Lizzie?«

»Oh«, entgegnete meine Ehefrau vage. »Nichts Besonderes. Ich habe mich nur gefragt, ob sie vielleicht in einem Haus war, als sie ermordet wurde, verstehst du?«

Das gab mir etwas zum Nachdenken. Ich überlegte, ob Morris und ich am Ende noch sämtliche Bordelle abklappern mussten.

KAPITEL VIER

Meine erste Handlung am nächsten Morgen bestand darin, beim Yard vorbeizuschauen und zu fragen, ob jemand eine junge Frau als vermisst gemeldet hatte. Niemand hatte, doch ich war nicht großartig überrascht deswegen. Die Bellinis hatten vermutlich recht, überlegte ich, und die nicht identifizierte Leiche in ihrer Mülltonne war die einer Prostituierten, eines der vielen jungen Mädchen, die in der Gegend arbeiteten. Die Zuhälter und Puffmütter, die den Handel kontrollierten, meldeten den Tod oder das Verschwinden eines ihrer Mädchen nur selten. Allzu oft war das Mädchen entweder durch ihre eigenen Hände oder durch die eines Kunden gestorben. In beiden Fällen waren Fragen der Polizei nicht willkommen. Die Entsorgung der Leiche war für die Verantwortlichen wichtiger. Aber warum im Hof der Bellinis? Warum nicht die Leiche im Schutz des Nebels hinunter zum Fluss schaffen? Junge Frauen wurden mit deprimierender Regelmäßigkeit aus der Themse gefischt.

Als Nächstes ging ich zu dem Bestattungsunternehmer, zu dem die Leiche gebracht worden war, um mich dort mit Dr. Mackay zu treffen. Ich hätte es vorgezogen, wenn Dr. Carmichael vom St. Thomas Hospital die Autopsie durchgeführt hätte, zumal angesichts der Komplikation, dass die Tote so lange in der Kälte gelegen hatte und der Todeszeitpunkt entsprechend schwer festzulegen war. Doch jeder Arzt war seit Tagen auf den Beinen. Abgesehen davon hatte Mackay bei unserer ersten Begegnung einen kompetenten Eindruck bei mir hinterlassen.

Der Nebel hatte sich ein klein wenig gelichtet, doch der Tag war noch jung. Er würde im Verlauf des Tages wieder dichter werden. Die Leichenhalle war, wie angesichts ihrer Lage in der Nähe der Piccadilly zu erwarten, ein beeindruckendes Ding. Marmorsäulen rahmten den Eingang. Ein mit purpurnem Samt umhülltes Bleiglasfenster zeigte eine Anordnung von Wachsblumen unter einer Glaskuppel sowie ein Paar sorgenvoll dreinblickender steinerner Cherubim.

Der Bestatter war ein wohlhabend aussehender Kerl, passend zu seinem Unternehmen. Er hatte einen Backenbart und trug einen hochwertigen Gehrock sowie eine verzierte Seidenweste, beides aus tiefstem Schwarz. Die düstere Farbe der Weste wurde ein wenig abgemildert durch die Pracht der schweren goldenen Albert-Kette, die darüber gelegt war. Allerdings wirkte er deprimiert, und das nicht nur aus beruflicher Sicht. Mr. Protheroe war offensichtlich der Auffassung, dass seiner geschäftlichen Reputation als seriösem Bestatter soeben ein schwerer Schlag versetzt worden war. In dieser Hinsicht ging er mit den Bellinis durchaus konform.

»Sie müssen das verstehen, Inspector Ross«, erklärte er, während er mit einer Hand auf dem Magen vor mir stand wie Napoleon auf dem bekannten Bild und mit der anderen gewichtig gestikulierte. »Sie müssen doch sicherlich um die Peinlichkeit wissen, dass wir hier eine Frau von der Straße haben, die in unserem Vorbereitungsraum auf der Platte liegt!«

Er holte mit der Hand weit nach hinten aus, um die Position der Platte anzuzeigen. »Es ist bester Carrara-Marmor«, fügte er hinzu und vergaß anscheinend für den Moment, dass ich nicht gekommen war, um »Arrangements zu treffen«. »Wir hatten schon sehr bedeutende Verstorbene auf unserer Platte liegen.«

»Wir hätten Sie bestimmt nicht belästigt, Mr. Protheroe, aber es gibt zurzeit einen Mangel an Platz in den öffentlichen Leichenhallen und in den Krankenhäusern.«

»Ah, richtig, der Nebel.« Protheroe nickte weise. »Er hat viele Leute niedergestreckt. Natürlich möchten wir der Polizei behilflich sein. Aber erst vergangene Woche haben wir die letzten Arrangements für Sir Hubert –«

Ich beschloss, weitere Beschreibungen der Details des Arrangements für den bedeutenden Verstorbenen zu unterbinden, und fragte, ob Dr. Mackay bereits eingetroffen wäre.

Der medizinische Gentleman wäre seit etwa einer Stunde bei seinem Geschäft, bestätigte Mr. Protheroe düster und rief einen käsegesichtigen Jüngling herbei, der mich in den hinteren Teil des Instituts führen sollte.

Mackays stämmige Gestalt stand über den Leichnam gebeugt. Er war in Hemdsärmeln; die ausgestreckten Arme und Fäuste ruhten auf der Platte aus Carrara-Marmor. Sein Ulster hing an einem Haken an der Wand. Er sah auf, als ich eintrat, und das Stirnrunzeln in seinem Gesicht verblasste, als er über die Tote hinweg die Hand ausstreckte, um die meine kurz zu schütteln. Im besseren Licht und mit ein wenig mehr Zeit, um ihn zu studieren, schätzte ich ihn auf höchstens dreißig. Er hatte derbe Gesichtszüge und eine sommersprossige Haut, und selbst wenn er nicht die Stirn runzelte, wirkte er streitsüchtig. Dann sahen wir beide auf den Leichnam hinunter. Die Leichenstarre war fast vorüber, wie Mackay bereits angedeutet hatte, und sie lag flach ausgestreckt da. Der Anblick war noch mitleiderregender, jetzt, wo sie ausgezogen war.

»Wie alt, würden Sie sagen, Dr. Mackay?«, fragte ich ihn.

»Siebzehn, vielleicht achtzehn.«

»Nicht älter?«

»Meiner Meinung nach nicht«, entgegnete Mackay knapp.

Eine kurze Pause entstand, und außer dem leisen Fauchen

der Gaslaternen war nichts zu hören. Selbst so früh am Morgen war künstliches Licht notwendig in diesem düsteren, trüben Raum. Ich fragte mich, ob Mackay ein Mann weniger Worte war. Falls ja, so war das nicht sonderlich hilfreich für mich. Ich brauchte Informationen.

»Irgendeine Idee, was die Todesursache angeht?«

»Sie hat einen heftigen Schlag auf den Hinterkopf erhalten. Unter dem Haar ist verklebtes Blut …« Er deutete auf die Stelle. »Außerdem ist ihr Genick gebrochen.«

»Könnte ein Sturz auf das Pflaster für die beiden Verletzungen verantwortlich sein?«, wollte ich wissen.

»Die Kopfwunde könnte durch einen Sturz verursacht worden sein. Falls dem so ist, ist sie nach hinten gefallen. Das allein mag nicht ausreichend gewesen sein, um sie zu töten, obwohl es nicht vollkommen unwahrscheinlich ist. Das gebrochene Genick hingegen war tödlich. Ich werde es in meinem Bericht als Todesursache festhalten.« Mackay zögerte. »Als Student habe ich die übliche Zahl von Autopsien besucht, und seit damals habe ich in meiner Zeit als Polizeiarzt selbst eine ganze Reihe durchgeführt, aber die wirklich interessanten Fälle gibt man unsereinem ja nicht. Die werden nach St. Thomas geschickt oder in ein ähnliches Institut.«

»Damit sich Dr. Carmichael darum kümmert?«

»Er ist der Experte«, räumte Mackay ein wenig melancholisch ein, um sodann, in einem Anflug von Vertraulichkeit, zu gestehen: »Ich für meinen Teil interessiere mich für Blut – und ganz besonders für Blutflecken.«

»Blutflecken!«, rief ich aus.

Zum ersten Mal schien sich Mackay für etwas zu begeistern. »O ja, Blutflecken sind ein faszinierendes Studienobjekt! Wir wissen immer noch so wenig darüber. Dort draußen auf den Straßen Londons laufen Mörder frei herum, weil wir einen Fleck nicht zweifelsfrei als Blutfleck identifizieren können, insbesondere nicht, wenn er alt ist, eingetrocknet und möglicherweise degradiert. Die Methoden, die wir heute einsetzen – sicher kennen Sie den Guajak-Test –, sind nicht zuverlässig. Es gibt Forschungen, insbesondere auf dem Kontinent und in Amerika. Ich bin recht zuversichtlich, dass ich aufgrund meiner eigenen Arbeiten zweifelsfrei feststellen kann, ob ein getrockneter Fleck Blut ist oder nicht, selbst wenn das Blut bereits degradiert ist.«

Mackay klatschte in die Hände. »Nun denn, hier ist, was *ich* Ihnen sagen kann. Nachdem sie getötet wurde, hat man sie – das heißt, die Leiche – auf einer flachen Oberfläche in eine sitzende Lage gebracht, vermutlich auf dem Fußboden. Ihre Knie wurden unter das Kinn gezogen und die Hände zu beiden Seiten von ihr auf den Boden gelegt.«

Vielleicht hatte ich ihn verblüfft angesehen wegen dieses überraschenden Schwalls von plastischen Details. Mackay interpretierte meine Überraschung als Zweifel. Er ging zur nächsten Wand, ließ sich nieder und setzte sich mit dem Rücken dagegen, die Knie unter das Kinn gezogen und die Hände locker zu beiden Seiten auf dem Boden, genau wie er es zuvor beschrieben hatte. »So etwa, verstehen Sie?«

Er rappelte sich hoch und kam zu der Toten auf der Marmorplatte zurück. Er drehte sie behutsam auf die Seite. »Nun, Mr. Ross, sehen Sie hier, ja? Unübersehbare Druckstellen auf den Pobacken, weiß vor dem umgebenden Purpur. Ähnliche Stellen finden sich an den Handflächen und den Fußsohlen, insbesondere an den Zehen, was daher kommt, dass sie Stiefel mit hohen Absätzen getragen hat.« Er deutete auf einen Tisch an der gegenüberliegenden Wand. »Sie stehen dort drüben. Die purpurnen Verfärbungen zeigen uns, wie sich das Blut nach dem Tod abgesetzt hat, die weißen, in welcher Lage sich der Leichnam dabei befand«, fuhr er fort. »Am wichtigsten jedoch, die

Tote blieb für, warten Sie, sieben oder acht Stunden in dieser sitzenden Position. Wäre es nicht so, würde sich das Muster verändert haben und wäre nicht so deutlich. Außerdem hat während dieser Zeit die Totenstarre eingesetzt. Und der Leichnam war während der gesamten Zeit an einem sehr kalten Ort. Erst danach wurde er bewegt und in diesen Müllbehälter geschafft, wo man ihn schließlich fand.«

»Sind Sie sich dessen sicher, Doktor? Sie sind sehr präzise mit Ihren Angaben.«

»O ja«, entgegnete Mackay selbstbewusst. »Weil die Leichenflecken genügend Zeit hatten, sich so deutlich herauszubilden. Mehr noch, die Tote wurde in dieser sitzenden Position steif. Wer auch immer sie fortgeschafft hat, es ist ihm nicht gelungen, sie gerade zu biegen. Sie war in dieser zusammengekauerten Haltung, in der Sie und ich sie gesehen haben, als man sie in den Behälter geworfen hat.« Er hielt inne. »Ich könnte mir denken, dass es den Abtransport der Leiche erschwert hat. Der Abfallbehälter muss dem Täter als geradezu ideal erschienen sein.«

»Ich danke Ihnen, Dr. Mackay«, sagte ich, als er geendet hatte. »Sie haben ein sehr deutliches Szenario entworfen. Als ich die Tote zum ersten Mal in dem Müllbehälter gesehen habe, hatte ich den Eindruck, sie hätte sich auf der Seite zusammengerollt. Ich dachte, sie wäre auf eine Weise hineingeworfen worden, die diese Position verursacht hat. Jetzt sagen Sie mir, dass dem nicht so ist, sondern dass sie bereits steif war, mit gebogenen Hüften und Knien. Wäre der Leichnam früher bewegt worden, sagen wir, ein oder zwei Stunden nach ihrem Tod ...«

»Wäre sie vermutlich noch nicht steif und die Leichenflecken wären noch nicht fixiert gewesen. Deswegen bin ich sicher, dass die Körperhaltung so war, wie ich sie Ihnen beschrieben habe, bevor man die Tote in den Müllbehälter warf. Man hat sie sehr schnell nach ihrem Ableben in diese Position gebracht, in der sie für die von mir erwähnte Zeit blieb, vielleicht sogar für weniger. Leichenflecken können sich innerhalb von sechs Stunden manifestieren, genau wie Leichenstarre.«

Mackay holte Luft. »Aber es kommt selten vor, dass man so präzise sein kann, wie die Polizei es gerne hätte! Und wie ich bereits erwähnte, die niedrigen Temperaturen erschweren das Problem. Sie wurde am Montagmorgen gefunden. Sie wurde vermutlich in der Nacht zuvor bewegt. Aus diesem Grund ist sie am Sonntag gestorben – viel mehr kann ich nicht sagen, nicht mit Bestimmtheit. Also fragen Sie mich nicht nach der Uhrzeit, zu der der Mörder zugeschlagen hat.«

Er hatte mir auch so eine Menge zum Nachdenken gegeben. Ich beschloss, einen neuen Ansatz zu verfolgen. »Sie erscheint mir wohlgenährt«, stellte ich fest.

»O ja, das ist richtig«, pflichtete er mir bei, um in einem weiteren Anfall von Schwatzhaftigkeit hinzuzufügen: »Und das war sie von Kindesbeinen an.«

Ich drängte auf weitere Details. »Die Mädchen, die auf der Straße arbeiten, sind normalerweise kleiner, weil sie aus ärmlichen Verhältnissen kommen oder aus dem Waisenhaus.«

»Dieses Mädchen hat nicht als Prostituierte gearbeitet!«, entgegnete Mackay. Er blickte auf und sah mich direkt an. Sein Kinn war trotzig vorgereckt. Er erwartete wohl meinen Widerspruch.

Ich war verblüfft, und er schien es mir anzusehen, denn er entspannte sich ein wenig und grinste schief. »Sie haben angenommen, sie wäre eine Prostituierte«, stellte er fest. »Nun ja, eine Tote in einer dunklen Seitengasse … es ist nicht weiter überraschend.«

»In einem Hinterhof, mit einer Pforte auf eine Seitengasse«, verbesserte ich ihn automatisch, was er mit einem Nicken akzeptierte. Ich für meinen Teil bereute innerlich, dass ich mich zu einer vorschnellen Annahme hatte hinreißen lassen und die Meinung der Bellinis akzeptiert hatte, dass die Tote ein Straßenmädchen gewesen war. »Sind Sie sicher, Dr. Mackay?«

»Sie war noch Jungfrau«, sagte er schlicht.

Ich hatte offensichtlich einen weitaus komplizierteren Fall vor mir, als zuerst gedacht. Im Licht des Gehörten erschien das Fehlen ordentlicher Straßenkleidung, das Lizzie so gestört hatte, noch eigenartiger. Es konnte von größter Bedeutung sein. Nun mussten wir die Möglichkeit ausschließen, dass das Opfer aus irgendeinem Bordell in diesen engen Hinterhof getragen worden war. Erschreckender noch, es war möglich, dass sie aus irgendeinem respektablen Haushalt in der Nachbarschaft stammte. Der Fall entwickelte sich zu einer Ermittlung mit weit reichenden Konsequenzen.

Ich ging zu dem Tisch an der Wand, wo ihre Kleidung ordentlich ausgebreitet lag. Das Kleid, das im Licht von Morris' Laterne grau ausgesehen hatte, erwies sich nun als malvenfarbig. Konnte das bedeuten, überlegte ich, dass sie noch in Trauer gewesen war? Die Periode, für welche die Etikette tiefes Schwarz vorschrieb, war vorüber, doch es war noch nicht akzeptabel für sie gewesen, helle, freundliche Farben zu tragen. Ich betastete den Stoff: gutes wollenes Gewebe. Wenn sie oder ihre Familie sich die umfangreiche Garderobe leisten konnte, die für die Zeit der Trauer benötigt wurde, und dann noch das Beste vom Besten kaufen, dann war sie jedenfalls nicht arm gewesen. Andererseits hatten sie vielleicht eine Versicherung für Trauerkleidung gehabt, die bei den weniger gut Betuchten so beliebt war – doch die geringen Beiträge zu solch einem Fonds führten natürlich auch zu beschränkten Zahlungen.

Ihre Unterwäsche war von gleichermaßen guter Qualität und ihre Strümpfe aus Seide. Sie hatte kleine schwarze Knopfstiefel getragen mit den von Mackay bereits erwähnten hohen Absätzen und runden Zehenkappen. Sie hatten einen ganz eigenen Charme, und ich nahm einen davon zur Hand. Das Leder war ausgesprochen weich und ebenfalls von guter Qualität, und als ich hineinsah, bemerkte ich den Herstellerstempel gleich unterhalb des Knöchelrands. Die Stiefel stammten aus der Werkstatt eines gewissen Tobias Fitchett & Son aus Salisbury. Sie schienen recht neu zu sein. Ich wurde immer unruhiger. Von Mackay wusste ich bereits, dass dies nicht die Stiefel eines Straßenmädchens waren und eindeutig auch nicht die einer Arbeiterin oder einer Dienstmagd. Dies waren die Stiefel einer jungen Lady. Und wenn solch eine junge Lady erschlagen in einem Abfallbehälter gefunden wird, schrillen die Alarmglocken sehr, sehr laut. Die Zeitungen!, dachte ich bestürzt. Das ist genau die Sorte von Fall, die die Gentlemen von der Presse lieben! Was im Gegenzug bedeutete, dass es genau die Sorte von Fall war, die mein direkter Vorgesetzter Superintendent Dunn überhaupt nicht mochte.

Mackay war zu mir an den Tisch getreten. Er hatte den Herstellerstempel des Schuhmachers ebenfalls gesehen. »Vielleicht können Sie damit ihre Identität zurückverfolgen?«, schlug er vor.

»Es könnte eine Spur sein. Ich hoffe es.«

»Eine traurige Geschichte«, murmelte Mackay mehr zu sich selbst als zu mir. »Wenigstens wird sich Protheroe draußen freuen, dass sein kostbarer Marmor nicht von einer Dirne entweiht wurde.«

Ich betrachtete immer noch die Stiefel und drehte sie um, um die Sohlen in Augenschein zu nehmen. »Es ist immer eine traurige Geschichte«, sagte ich automatisch.

»Ja, natürlich, ich hatte nicht andeuten wollen, dass …« Er brach zerknirscht ab.

»Man wird schnell hart bei Anblicken wie diesen«, tröstete ich ihn. »Ermittler und Polizeiärzte sehen viel zu viel von diesen

Dingen. Oh, und Protheroe war sehr begierig, mir zu verraten, dass der Marmor aus Carrara stammt.«

Vielleicht in der Hoffnung, sich mir gegenüber zu rehabilitieren, deutete Mackay auf die Schuhsohlen. »Hauptsächlich im Haus getragen«, stellte er fest. »Oder vielleicht nur ein paar Schritte von einer Haustür zu einer Kutsche. Ich sehe, dass sie ziemlich neu sind, aber bei diesem Wetter hätten die Sohlen schon viel mehr Farbe verlieren müssen, wäre sie länger damit im Freien unterwegs gewesen. Das Wasser, der Dreck …«

»Sie sollten zu uns zu Scotland Yard kommen, Dr. Mackay!« Ich stellte die Stiefel ab und drehte den Kopf zu ihm, um ihn anzulächeln und ihm zu zeigen, dass ich ihm seine frühere Flapsigkeit nicht übel nahm.

»Oh, ein Arzt muss sich oft als Detektiv betätigen«, sagte er. Behutsam hob er eine kleine Hand der Toten. »Sie hat auch keine körperliche Arbeit verrichtet, sehen Sie?« Er drehte die Handfläche nach oben. »Die Haut ist weich. Die Fingernägel sind intakt und sehr gepflegt.«

In gewisser Hinsicht war dieser Anblick noch irritierender als der ihres Leichnams als Ganzes. Wie der Arzt die Hand hielt, sah es aus, als würde mich das Mädchen um etwas bitten. Hilfe? Dafür war es zu spät. Gerechtigkeit? Man konnte nur hoffen. Ich würde jedenfalls nichts unversucht lassen.

»Es ist kalt hier drin«, sagte Mackay und legte die Hand der Toten wieder zurück. »Und draußen im Nebel ist es noch kälter. Sie könnte genauso gut die ganze Zeit auf Eis gelegen haben.« Er sah zu mir hoch. »Das ist eine faule Geschichte!«, fügte er hinzu, mit mehr Emotionen, als ich von ihm erwartet hätte.

Ich nickte.

»Denken Sie, Sie haben eine Chance, den Schuft zu finden, der ihr das angetan hat? Oder auch nur den Namen der armen Toten herauszufinden?«, fragte er.

»Wir werden unser Bestes geben. Mr. Protheroe wird sicherlich ungehalten reagieren, aber ich muss den Leichnam hierlassen, bis ein Fotograf mitsamt seinen Apparaturen hergeschafft werden kann. Wenn sich niemand meldet, der sie identifizieren kann, brauchen wir ein Bild von ihr.«

Mackay sah mich verblüfft an. »Gütiger Himmel!«, sagte er. Dann errötete er und fügte hastig hinzu: »Sie wissen natürlich, was getan werden muss. Aber ehrlich gesagt, ich für meinen Teil kann mich nicht mit dieser Mode anfreunden, Fotografien von den Toten anzufertigen. Ich kenne trauernde Eltern, die unbedingt so ein Bild von ihrem Kind haben mussten. Ich nehme an, es ist billiger, als einen Maler anzustellen, der ein Porträt anfertigt, wie die Reichen es tun. Trotzdem würde ich ein Kind lieber als die kleine unschuldige Seele in Erinnerung behalten, die es zu Lebzeiten gewesen ist.«

»Es wird kein Erinnerungsfoto, Dr. Mackay, und ihre Blöße wird selbstverständlich bedeckt sein. Die Fotografie hat rein praktische Zwecke.« Ich deutete auf die Kleidungsstücke des Mädchens auf dem Tisch. »Alles deutet darauf hin, dass die Tote nicht aus armen Verhältnissen stammt oder gar aus einer Institution oder dass sie sich ihren Lebensunterhalt auf der Straße verdienen musste. Aus diesem Grund wird man sie vermissen; irgendjemand wird sich bei der Polizei melden und darauf bestehen zu erfahren, was aus ihr geworden ist. Ich schätze, man wird ihr Verschwinden schon bald bei der Polizei melden. Vielleicht ist es inzwischen bereits geschehen, irgendwo, und die Nachricht hat uns beim Yard noch nicht erreicht.«

»Wenn Sie es sagen. Sie wissen, was zu tun ist«, sagte Mackay. Er ging zu einem Waschbecken in der Ecke und wusch sich gründlich die Hände. Dann nahm er seinen Ulster vom Haken und begann sich hineinzuzwängen. Er wollte weg von hier. Ich konnte es ihm nicht verdenken.

Ich war zuversichtlich, dass meine Entscheidung, einen Fotografen hinzuzuziehen, die richtige war. Eine Stimme in meinem Kopf warnte mich: Superintendent Dunn wird die Ausgaben nicht gutheißen! Genauso wenig, wie er meine Reise nach Salisbury am folgenden Tag gutheißen würde, um die Herkunft der Stiefel zurückzuverfolgen. Doch ich musste hin, und zuerst musste ich ein Telegramm zur Polizei in Salisbury schicken, um sie von meinem Eintreffen zu informieren. Die Kosten würden steigen, und Dunns Stimme in meinem Kopf klang beinahe hysterisch. Leise entgegnete ich, dass nicht die Stimme diese Ermittlungen leitete, sondern ich.

Ich sammelte die Stiefel vom Tisch und ging, um Protheroe um braunes Packpapier zu bitten, falls er so etwas hatte, um sie darin einzuschlagen. Der käsegesichtige Jüngling wurde losgeschickt, um es zu holen, und kehrte nach kurzer Zeit zurück. Die beiden sahen mir trübselig dabei zu, wie ich die Stiefel einwickelte.

»Sie werden doch sicherlich all ihre Sachen abholen lassen, Inspector Ross?«, fragte Protheroe nervös. »Wir sind kein Fundbüro, wissen Sie? Und die Verblichene selbst …«

»Ich bin zuversichtlich, dass wir im Lauf des Tages ein öffentliches Leichenhaus finden, wo wir sie hinbringen können«, versicherte ich ihm. »Sergeant Morris wird Ihnen Bescheid geben. Was ihre übrigen Habseligkeiten und die Kleidung angeht, sie sind Beweisstücke und dürfen nicht angerührt werden. Sergeant Morris wird sie abholen.«

Ich marschierte mit meinem Paket unter dem Arm nach draußen.

KAPITEL FÜNF

»Salisbury?«, rief Lizzie an jenem Abend, als ich mit meinem Paket nach Hause kam und ihr berichtete, dass ich beabsichtigte, am nächsten Morgen den Zug in Richtung Wiltshire zu nehmen.

»Bis zum Feierabend ist keine Meldung von einer vermissten jungen Frau beim Yard eingetroffen. Angesichts ihrer guten Kleidung und ihres körperlichen Zustands ist dies sowohl eigenartig als auch beunruhigend. Ich habe keine andere Wahl, als hinzufahren und zu versuchen, ihre Identität herauszufinden. Wir haben keine andere Spur, und Stiefel wie diese sind nicht alltäglich.«

Ich reichte meiner Frau das Paket, während ich redete. Meine Worte klangen in meinen eigenen Ohren entschieden defensiv. Es war der Gedanke an Superintendent Dunns Missbilligung meines Vorgehens, der mein Unbehagen verursachte.

Lizzie wickelte die Stiefel aus und untersuchte sie eingehend, beobachtet von Bessie, die mit offenem Mund dabeistand.

»Die kosten eine hübsche Summe!«, rief sie aus. »Sie sind wirklich schön. Ich hatte noch nie ein Paar Stiefel wie diese. Ich glaube nicht, dass ich jemals solche Stiefel besitzen werde«, endete sie wehmütig.

»Ja, Ben, sie waren zweifellos sehr kostspielig«, bestätigte Lizzie meine Annahme.

Ich hatte genug von Erinnerungen an Kosten. »Dann sollten sie uns auch zu ihrer Besitzerin führen!«, erklärte ich mit einer

Zuversicht, die ich in Wirklichkeit nicht so deutlich spürte. »Zumindest hoffe ich das.«

Ich seufzte, als ich hinunter auf die Stiefel sah, beobachtet von den beiden Frauen. Lizzies kluge Augen ruhten nachdenklich auf mir. Bessie, ein richtiger Cockney-Spatz, hüpfte beinahe umher in ihrem Verlangen, ihre Meinung zu äußern.

»Vielleicht ist sie zum Einkaufen nach London gekommen?«, schlug sie eifrig vor. »Oder vielleicht wollte sie ins Theater? Oder sie hat jemanden besucht. Wie ich das sehe, muss sie jemanden bei sich gehabt haben. Wen? Und wo ist sie hin? Oder vielleicht war es ein ›Er‹?« Bessies Wangen waren gerötet vor Aufregung und dem Gedanken an eine mögliche heimliche Liebschaft.

Nichtsdestotrotz hatte sie eine angemessene Frage aufgeworfen. Wenn das tote Mädchen, jung und respektabel, im Verlauf der letzten Tage aus Salisbury hergekommen war, dann stand zu vermuten, dass jemand sie begleitet hatte.

»Das sind alles Dinge, die ich herausfinden muss«, sagte ich zu Bessie. »Eine Untersuchung über den Tod einer vollkommen fremden Person, von der man überhaupt nichts weiß, ist eine der schwierigsten Aufgaben, die es für einen Ermittler gibt«, fuhr ich an Lizzie gewandt fort. »Zuerst muss ich herausfinden, wer das Opfer war. Anschließend muss ich mehr über sie in Erfahrung bringen und ihren Bekanntenkreis aufspüren.« Ich deutete auf den Kamin. »Ich muss sie so gut kennen lernen, als würde sie hier bei uns am Feuer sitzen.«

Bessie erschauerte. »Das ist gruselig«, sagte sie ehrfürchtig. »Als hätten diese Stiefel einen Geist mit ins Haus gebracht.«

Es war an der Zeit, das Gerede über die Tote zu beenden, zumindest bis zum folgenden Tag. Ich richtete meine Aufmerksamkeit wieder auf meine Ehefrau.

»Wie sieht es aus, meine Liebe«, sagte ich. »Warst du heute bei Miss Eldon?«

»Selbstverständlich!«, antwortete Lizzie gereizt. »Aber wir sollten zuerst das Abendessen zu uns nehmen, oder es ist ruiniert.«

Also nahmen wir unser Abendessen ein, und hinterher lehnte ich mich zurück, um mir Lizzies Bericht über den vergangenen Tag anzuhören.

Elizabeth Martin Ross

Ich machte mich an jenem Nachmittag zusammen mit Bessie auf den Weg zur Queen-Catherine-Taverne, um Miss Eldon zu besuchen. Bessie, die stets darauf brannte, was sie ein »Abenteuer« nannte, tanzte neben mir her, kein Stück beeindruckt von den klammen Fingern des Nebels, die sich auf unsere Gesichter legten, oder dem rauchigen Gestank in der Luft. Der Nebel war ein wenig dünner als am Tag zuvor, doch wir fanden es trotzdem sicherer, uns nah bei den Gebäuden zu halten und uns am Mauerwerk entlangzutasten, als wären wir blind. Trotzdem konnten wir mehrmals nur knapp einem Zusammenprall mit anderen Fußgängern ausweichen, die ohne jede Vorwarnung als unförmige Schatten aus dem Nebel auftauchten. Wie wir, so hielten auch sie sich dicht an den Hauswänden. Wir murmelten gegenseitige Entschuldigungen und zogen unserer Wege.

»Schaurig, nicht wahr?«, sagte Bessie genüsslich, als eine weitere dunkle Gestalt aus dem Nichts materialisierte und gerade rechtzeitig noch auswich, bevor sie uns rammen konnte, um sogleich wieder vom Nebel verschluckt zu werden.

»Entschuldigung, die Damen!«, hörten wir eine Stimme, doch sie kam scheinbar von nirgendwoher.

»Was möchten Sie, dass ich mache, Missis, wenn wir dort angekommen sind? Ich meine, während Sie sich mit der komischen alten Dame unterhalten, die wir für den Inspector nach Informationen aushorchen sollen?«

Ich hatte das Gefühl, sie tadeln zu müssen für die Art und Weise, wie sie unseren Ausflug beschrieb, doch es war schwierig, empört zu sein, weil sie natürlich recht hatte. Ben hatte mich losgeschickt, um Informationen zu sammeln. Ich fing an zu bedauern, dass ich so schnell bereit gewesen war, die Aufgabe zu übernehmen.

»Wir sollten Miss Eldon nicht eine ›komische alte Dame‹ nennen, Bessie. Wir kennen sie doch noch gar nicht. Und was die Frage angeht, was du tun sollst, nun, vielleicht könnte ich den Wirt fragen, ob du unten in der warmen Küche warten darfst, während ich meinen Besuch abstatte? Küchen sind großartig, wenn es um Tratsch und Gerüchte geht. Wenn das Mädchen, um das Miss Eldon sich sorgt, in der Gegend wohnt, dann haben andere vielleicht ebenfalls etwas Eigenartiges bemerkt.«

Nachdem wir uns mehrmals im Nebel verlaufen hatten und falsch abgebogen waren, erreichten wir schließlich die Queen-Catherine-Taverne. Es war nicht viel von der Fassade zu erkennen, was schade war, denn es schien ein sehr interessantes altes Haus zu sein. Gegenwärtig konnten wir jedoch lediglich erkennen, dass es im Fachwerkstil erbaut worden und vermutlich viel älter war als die anderen Häuser ringsum, wenn wir sie nur hätten sehen und es beurteilen können. Wir fanden das Alter bestätigt, als wir eintraten. Die Decken waren niedrig mit uralten Eichenbalken. Der Schankraum, in dem wir uns wiederfanden, war ein enger Ort mit mehr Tischen als zweckmäßig, obwohl an diesem Nachmittag lediglich zwei Gäste dort vor dem Ofen saßen, alte Männer, die Pfeife rauchten. Die Wärme war uns ebenfalls willkommen. Die alten Dielen waren sauber gekehrt und gebohnert, die Gaslampen brannten hell und alles Messing glänzte. Der Wirt, obgleich sichtlich überrascht angesichts des unvermittelten Auftauchens von zwei respektabel gekleideten Ladys, lächelte uns ein Willkommen zu.

»Hallo! Die Ladys suchen Zuflucht vor dem Nebel, wie?«, fragte er herzlich, um sodann misstrauisch hinzuzufügen: »Sie sind aber nicht gekommen, um Religion zu predigen, oder? Weil wir nämlich nur diese beiden Gäste dort drüben haben, und die sind beide stocktaub. Ich für meinen Teil komme gut ohne Religion zurecht heutzutage.«

Hastig erklärte ich, dass ich gekommen war, um Miss Eldon zu besuchen. »Ich gehe doch recht in der Annahme, dass sie im Obergeschoss Räume angemietet hat?«

»Das hat sie, in der Tat. Sie sind also gekommen, um Ruby zu besuchen, wie? Ich hole meine Frau. Sie bringt Sie nach oben.« Er beugte sich in einen niedrigen Durchgang zur Küche in einer Ecke des Raums. »Louisa!«, bellte er.

Die Wirtin erschien, eine eng in eine Korsage geschnürte Person in dunkelblauem Brokat mit einer kunstvoll aufgetürmten Frisur.

»Das ist Mrs. Tompkins, meine bessere Hälfte«, erklärte der Wirt stolz und deutete auf seine Gemahlin. »Diese beiden Ladys sind hier, um Ruby zu besuchen, Lou.«

Mrs. Tompkins musterte uns mit schnellem Blick, und wir schienen zu bestehen. »Ruby hat Besuch? Ah, das ist wirklich nett. Erwartet sie Sie?«

»O ja. Mein Mann hat gestern mit ihr gesprochen und den Besuch verabredet. Ich bin Mrs. Ross. Warten Sie, ich habe eine Karte.« Ich nahm eine Visitenkarte aus meiner Tasche und reichte sie ihr.

Mrs. Tompkins prüfte das kleine Rechteck aus Karton gründlich und sichtlich beeindruckt. »Dann bringe ich Sie besser mal nach oben.«

Ich deutete auf Bessie, die hinter mir wartete. »Ich hatte

überlegt, ob mein Dienstmädchen vielleicht in Ihrer Küche warten könnte?«

»Dienstmädchen, eh?«, sagte Mr. Tompkins sichtlich amüsiert.

»Ich habe nichts dagegen zu helfen, während ich hier bin«, erbot sich Bessie.

»Schon gut, Liebes«, versicherte Mrs. Tompkins ihr. »Du musst nicht arbeiten, um dir einen Platz am Ofen zu verdienen. Ich freue mich über ein wenig Gesellschaft. Ich gehe uns nur schnell eine Lampe holen.«

Ich hatte richtig vermutet. Küchen sind wunderbare Orte für Tratsch und Klatsch, und Louisa Tompkins, eindeutig neugierig geworden wegen des unerwarteten Besuchs für Ruby Eldon, war genauso begierig darauf, mit Bessie zu reden, wie Bessie umgekehrt mit ihr. Und ich hatte bereits etwas herausgefunden: Miss Eldon hatte den Wirt und seine Frau nicht informiert, dass ich kommen würde. Sie hatte ebenfalls mit neugierigen Fragen gerechnet.

Die Stufen der gewundenen Treppe, über die ich nach oben geführt wurde, knarrten laut unter unseren Füßen, und ringsum sah ich weitere Hinweise auf das Alter des Gebäudes. Ich machte eine diesbezügliche Bemerkung an die Adresse von Mrs. Tompkins, die mit einer Paraffinlampe in der einen Hand und ihren gerafften Röcken in der anderen dicht vor mir herging.

»O ja, meine Liebe, das Haus ist sehr, sehr alt«, sagte sie ohne anzuhalten über die Schulter. »Es ist eines der ältesten Bauwerke in diesem Teil der Stadt. Es stand schon lange vor den meisten anderen, vermutlich schon bevor die Piccadilly fertig war. Macht einen nachdenklich, nicht wahr? Allerdings hieß sie nicht schon immer so.«

»Die Taverne hatte einen anderen Namen?«, fragte ich ein wenig außer Atem.

»Ja, das auch. In den alten Aufzeichnungen steht, dass sie früher die Safe-Haven-Taverne war. Aber ich meinte die Straße, Piccadilly, nur einen Block von hier. Sie hieß früher Portugal Street, wegen der Frau von König Charles dem Zweiten. Sie war eine portugiesische Prinzessin, und sie brachte Orangen mit nach England.« Sie hielt in ihrem Aufstieg inne und drehte sich zu mir um.

»Orangen?«, fragte ich.

»Ja, Liebes. Sie waren damals etwas Neues. Sie wurden schnell sehr beliebt. Diese Taverne wurde ebenfalls umbenannt, nach ihr. Die Queen-Catherine-Taverne hingegen hieß schon so, als die Piccadilly noch die Portugal Street war.« Mrs. Tompkins strahlte mich von oben herunter an. »›Pubs und Kirchen‹, hat mein alter Vater immer gesagt. ›Pubs und Kirchen stehen noch, wenn alles andere längst abgerissen ist.‹«

Schließlich kamen wir oben auf einem kleinen Treppenabsatz an. Mrs. Tompkins war sichtlich außer Atem. Ein kleines Butzenfenster, vermutlich so alt wie das Haus selbst, hätte normalerweise Licht eingelassen, doch an diesem Tag waren die winzigen unregelmäßigen und mit Blei eingefassten Scheiben von gelbem Nebel verhangen. Mrs. Tompkins klopfte an die Tür.

»Ruby! Eine Lady ist gekommen, um Sie zu besuchen. Eine Mrs. Ross!«

»Sie dürfen sie einlassen«, befahl eine ältliche Stimme von hinter der Tür.

Mrs. Tompkins öffnete die Tür und führte mich einigermaßen feierlich in den Raum dahinter. »Ich lasse Ihnen die Lampe da, Liebes. Sie brauchen sie, wenn Sie nach unten kommen.«

»Und was ist mit Ihnen?«, fragte ich verlegen. Ich wollte schließlich nicht mit anhören müssen, wie die Wirtin die Treppe hinunterfiel.

»Keine Sorge, Liebes. Ich kenne diesen alten Kasten. Sie brauchen die Lampe dringender als ich.«

Die Tür wurde hinter mir geschlossen, und ich stand blinzelnd da, froh über den schwachen Schein der Lampe. Das Zimmer war bis auf das Licht aus dem Kamin und von den beiden Kerzen auf dem Sims darüber dunkel.

Vor dem Feuer konnte ich in einem Ohrensessel eine Gestalt erkennen, die im ersten Moment aussah wie eine große Puppe.

»Stellen Sie die Lampe dorthin«, befahl die Puppe und zeigte auf einen Beistelltisch im Schatten.

Ich tat wie geheißen und sah, dass der Tisch bereits mit einem Tablett beladen war, auf dem Teetassen und ein Teller mit Ratafia-Keksen warteten.

Ich kehrte zum Kamin zurück. »Ich bin Elizabeth Ross«, stellte ich mich vor. »Ich habe Mrs. Tompkins meine Karte gegeben.« Verständlicherweise hatte die Wirtin keine Lust verspürt, die gewundene Treppe zweimal hinauf- und wieder herunterzusteigen, einmal, um meine Karte zu präsentieren, und das zweite Mal, um mich selbst nach oben zu führen.

»Nehmen Sie sich einen Stuhl und stellen Sie ihn hierher zu mir!«, befahl Miss Eldon. Sie klang nicht unfreundlich.

Ich zog einen ziemlich klapprigen Stuhl herbei und setzte mich darauf in der Hoffnung, dass er stabiler war, als er aussah.

»Der Kessel kocht schon fast. Wir nehmen gemeinsam einen Tee.«

Ich sah einen kleinen Blechkessel auf einem Dreifuß vor dem Feuer. Aus der Schnauze kräuselten Wolken von Wasserdampf. Das erklärte die Tassen und die Kekse. Ich begriff, dass Miss Eldon nur selten Besucher empfing und die Gelegenheit zu etwas Besonderem machen wollte.

»Sie sind mit dem Police Inspector verheiratet, der gestern

bei den Imperial Dining Rooms war. Er wurde herbeigerufen, um die Tote zu begutachten.«

»Ja, Ma'am, das bin ich.«

»Er hat mir erzählt, sein Vater wäre Bergmann gewesen.«

»Das ist richtig.« Ich fügte hinzu, dass mein eigener Vater Arzt gewesen war, weil ich begriff, dass diese Information für meine Gastgeberin wichtig war.

»Mein Vater war ein Gentleman!«, sagte Miss Eldon fest. »Auch wenn Sie mich vorübergehend in bescheideneren Umständen finden.«

Die bescheideneren Umstände hatten vermutlich den größten Teil ihres Lebens angedauert und würden sich wohl auch in Zukunft nicht ändern, doch ich konnte mir ihre Geschichte vorstellen. Sie war in allem Komfort aufgewachsen, die Tochter eines wohlhabenden Mannes, doch keines vorausschauenden. Als er gestorben war, war sie in die Armut abgeglitten. Vielleicht war er ein georgianischer Lebemann gewesen und hatte große Schulden hinterlassen. Anhand ihrer Art, sich zu kleiden, glaubte ich sogar das ungefähre Datum seines Ablebens erkennen zu können. Nach seinem Tod hatte es kein Geld mehr gegeben, um ihre Garderobe zu erneuern, zumindest nicht im gleichen Standard, also hatte Miss Eldon weiterhin ihre Kleider aus den 1830er-Jahren getragen, so wie jetzt auch – eines mit hängenden Schultern, tiefen Ballonärmeln und engen Manschetten. Sie musste, wie ich schätzte, inzwischen mindestens siebzig Jahre alt sein.

Ich empfand eine tiefe Verwandtschaft zu ihr. Mein Vater hatte mich ebenfalls mittellos zurückgelassen, als er gestorben war – nicht, weil er gespielt oder sein Geld anderweitig zum Fenster hinausgeworfen hatte, sondern weil er gutherzig und großzügig gegenüber jedermann gewesen war. Häufig hatte er darauf verzichtet, seine Patienten um die Begleichung einer

Rechnung zu bitten, weil er gewusst hatte, dass sie es ohnehin nicht gekonnt hätten. Nach seinem Tod hatte ich das Glück gehabt, von meiner Tante Parry nach London eingeladen zu werden, wo sie mir als Gegenleistung für eine Anstellung als Gesellschafterin ein Heim geboten hatte. Dann hatte das Schicksal mich wieder mit Ben zusammengeführt, den ich seit Kindertagen nicht mehr gesehen hatte. Wäre es nicht so gekommen, würde ich vermutlich so leben wie Miss Eldon und mich sogar glücklich schätzen.

Und auch Miss Eldon war nicht völlig glücklos gewesen. Was immer sie den Tompkins für ihre Zimmer zahlte, für Kohlen und vermutlich eine bescheidene warme Mahlzeit mittags, es war mit einiger Sicherheit nicht so viel, wie sie anderswo hätte zahlen müssen. Ich nahm an, dass Louisa und ihr Mann, beide freundliche Seelen, sie bei sich aufgenommen hatten wie eine ältere Verwandte und ihr so die Illusion von Unabhängigkeit ermöglichten.

»Zuerst das Geschäftliche, dann der Tee«, entschied Miss Eldon. »Ich war selbstverständlich erschrocken, als ich dieses arme Kind in einem Haufen Küchenabfällen liegen sah. Doch wie ich bereits Ihrem Ehemann, Inspector Ross, erklärt habe, war ich zugleich auch erleichtert, dass sie nicht das Mädchen war, das ich dort zu finden fürchtete.« Sie erhob sich aus ihrem Sessel. »Kommen Sie.«

Ich folgte ihr durch das Zimmer zu einem überraschend großen Fenster, das zur Straße ging. Ich schätzte, dass es sich ursprünglich um eine Heutür gehandelt haben musste oder eine große Luke für andere Dinge, die man mit einem Flaschenzug von der Straße heraufgeschafft und hier oben gelagert hatte. Mit großer Wahrscheinlichkeit waren die Reste des Flaschenzugs noch an der Außenwand zu erkennen. Die Öffnung war erst viel später verglast und der Innenbereich in verschiedene

Zimmer aufgeteilt worden. Ich fragte mich, was wohl hier gelagert worden war? Alte Gasthöfe wie dieser hatten oftmals eine dunkle Vergangenheit. Als er erbaut worden war, hatte er vermutlich auf der offenen Heide gestanden. Alte Geschichten von Wegelagerern schlichen sich in meine Gedanken. Der frühere Name der Taverne war »Safe Haven« gewesen – ein sicherer Hafen für Reisende – oder ein sicherer Unterschlupf für jene, die ihnen auflauerten?

»Weil ich unter dem Dach wohne, kann ich von hier aus in die oberen Räume des Hauses gegenüber sehen.« Miss Eldon wurde offensichtlich erst in diesem Moment bewusst, dass ich wegen des Nebels nichts von dem erwähnten Haus erkennen konnte. »Unglücklicherweise können wir heute nichts sehen«, fügte sie bedauernd hinzu. »Aber *normalerweise* habe ich eine exzellente Sicht auf die Häuser auf der gegenüberliegenden Seite und die Straße unten.«

»Ist es ein privates Wohnhaus?«, wollte ich von ihr wissen.

Sie nickte energisch, und ihre falschen Löckchen *à l'anglaise* tanzten. »Dort wohnt ein junges Mädchen. Sie geht niemals nach draußen. Ich meine damit nicht, dass sie ihr Zimmer nicht verlässt, das tut sie gelegentlich. Aber nie das Haus. Wenn sie das Zimmer verlässt, dann immer nur für kurze Zeit.«

»Eine Invalidin?«, schlug ich vor.

»Nein, sie bewegt sich ohne Hilfe durch das Zimmer und erscheint vollkommen gesund. Sie ist eine Art Künstlerin, sie zeichnet an einem kleinen Tisch. Dazu sitzt sie beim Fenster, wegen des guten Lichts. Das arme Kind hat nur wenig zu zeichnen, was Gegenstände angeht. Ich frage mich oft, ob sie zeichnet, was sie von ihrem Fenster aus sieht, Fußgänger unten auf der Straße, vielleicht vor diesem alten Haus hier. Es ist sehr malerisch, wissen Sie? Zu anderen Zeiten näht oder stickt sie. Manchmal geht die Tür auf, und er kommt herein. Der Hausbesitzer. Manchmal kommt auch eine Magd, um das Zimmer sauber zu machen oder morgens ein Feuer im Kamin zu entfachen. Ich habe noch nie andere Besucher gesehen.«

Als sie fortfuhr, klang sie weniger sicher. »Einmal habe ich gesehen, wie sie aufgeregte Bewegungen mit den Händen gemacht hat. Ich glaube, dass jemand anders mit ihr im Zimmer war. Vielleicht hat sie der Person bedeuten wollen, dass sie sich von ihr fernhält. Oder sie hat irgendetwas abgelehnt. Ich konnte nicht sehen, wer die Person war. Wie dem auch sei, es ist vollkommen klar, dass sie in diesem Haus gefangen ist.«

Miss Eldon drehte sich zu mir um, und die Löckchen rahmten ihr ernstes Gesicht ein. »Ich bin überzeugt, dass es so ist. Sie empfängt keine Besucher, mit Ausnahme dieses Mannes, und sie lächelt nie.«

»Wer ist dieser Mann? Der sie in ihrem Zimmer aufsucht? Haben Sie eine Idee?«

»Ich glaube, er ist der Hausbesitzer. Er ist etwa fünfzig Jahre alt, gut gebaut, vielleicht ein wenig stämmig. Er hat Koteletten und ist gut gekleidet. Ich würde ihn als erfolgreichen Geschäftsmann einschätzen. Ich sehe ihn im Haus ein- und ausgehen. Es gibt außerdem zwei Bedienstete, die dort wohnen. Ich glaube, sie sind Ausländer. Aus meinen Beobachtungen schließe ich, dass sie zum Markt gehen und die notwendigen Einkäufe besorgen. Möglicherweise gibt es auch eine Küchenmagd. Ich habe gelegentlich ein ärmlich gekleidetes Balg gesehen, das aussieht, als käme es aus dem Waisenhaus. Es benutzt die Kellertreppe. Ein Junge von einer Wäscherei kommt regelmäßig vorbei. Er sammelt einen Korb Wäsche und bringt sie später in der Woche zurück. Mrs. Tompkins nutzt ebenfalls die Dienste dieser Wäscherei, also könnte uns der Junge vielleicht etwas erzählen? Obwohl er das Haus nie betritt und normalerweise ein Diener den Wäschekorb nach draußen bringt und auf den Karren des Jungen stellt.«

»Sie haben wirklich sehr aufmerksam beobachtet, Ma'am«, sagte ich. Ich hätte auch sagen können, dass sie eine neugierige Spionin war.

»Ja«, pflichtete mir Miss Eldon bei. »Ich sehe es als meine Pflicht an.«

Wir kehrten vom Fenster zum Kamin zurück, wo ich auf Miss Eldons Bitte hin den Tee zubereitete. Als wir uns erfrischt und ein paar Kekse gegessen hatten, sah sie mich fragend an. »Nun, Mrs. Ross? Zu welchem Schluss sind Sie gekommen?«

»Das alles erscheint mir sehr eigenartig. Allerdings haben es die Dinge manchmal an sich, dass sie merkwürdig erscheinen, obwohl es eine Erklärung gibt. Vielleicht ist das arme Mädchen, nun ja, zurückgeblieben, und man kann es einfach nicht allein auf die Straße lassen.«

»Wie ich Ihnen bereits sagte, sie zeichnet, sie näht, sie stickt. Es gibt einen Stickrahmen, und manchmal arbeitet sie auch daran. Selbst wenn sie zurückgeblieben wäre, muss man sie doch gelegentlich nach draußen bringen, vielleicht in den Park, irgendwo an die frische Luft? Wir haben zahlreiche schöne Parks in London, manche gar nicht weit von hier. Oder zur Kirche?«

»Erscheint sie gepflegt? Ordentlich ernährt, anständig gekleidet?«

»Aber ja!«, sagte Miss Eldon eifrig. »Aber auch ein Pferd in einem Stall wird gefüttert und gestriegelt. Ein menschliches Wesen braucht mehr!«

»Haben Sie mit Mr. und Mrs. Tompkins über Ihre Beobachtungen gesprochen?«

Ich konnte mir vorstellen, dass Miss Eldon ein wenig verlegen war wegen meiner Frage. »Ich habe sie einmal gefragt, wer im Haus gegenüber wohnt. Ich nannte keinen Grund für meine Frage. Louisa Tompkins meinte, er wäre ein Geschäftsmann, ein Bankier oder etwas in der Art. Ich wollte nicht weiter fragen.

Verstehen Sie, ich wollte nicht neugierig erscheinen oder den Eindruck erwecken zu spionieren. Als wäre ich die Sorte von Person, die Gerüchte verbreitet. Was auf die Tompkins' zurückfallen könnte.«

Es erschien logisch. Miss Eldon konnte es sich nicht leisten, das Wohlwollen ihres Wirtes zu verspielen. Und als jemand zu erscheinen, der Schwierigkeiten macht, wäre nicht hilfreich gewesen.

»Werden Sie es Ihrem Mann erzählen?«, fragte sie aufgeregt. »Damit er in das Haus gehen und verlangen kann, das Mädchen zu sehen? Und sie zu befragen?«

»Das ist nicht so einfach«, protestierte ich. »Wenn er keinen Grund hat …«

»Aber er hat einen Grund! Ich habe mehr als einen Grund genannt.«

»Es muss schon ein Grund sein, der auf ein begangenes oder geplantes Verbrechen schließen lässt.«

Miss Eldon richtete sich in ihrem Sessel auf und packte die Armlehnen. »Sie betrachten es nicht als Verbrechen, eine junge Frau einzusperren wie ein Tier?«

Es war sinnlos, dagegen zu argumentieren. Miss Eldon hatte die Sache ihrer Meinung nach an die Polizei gemeldet, und jetzt war die Angelegenheit in offiziellen Händen. Meine Stimmung sank.

KAPITEL SECHS

»Soso«, murmelte Ben, nachdem ich meinen Bericht zu Ende gebracht hatte. Er unterdrückte mühevoll ein Gähnen und rieb sich mit den Handflächen über das Gesicht, um es vor mir zu verbergen.

»Du bist müde«, beobachtete ich. »Oder vielleicht ist die Geschichte letztendlich doch nicht so interessant.«

»Nein, nicht doch!«, sagte er hastig. »Es ist eine seltsame Geschichte, so viel steht fest. Aber wir können nicht aus den Beobachtungen von Ruby Eldon schließen, dass ein Verbrechen begangen wurde oder wird. Diese junge Frau ist eindeutig gut versorgt, ernährt und gekleidet und wird nicht gezwungen, irgendwelche Arbeiten im Haus zu erledigen. Sie wurde in den Dingen erzogen, die Miss Eldon in Bezug auf die Fähigkeiten einer jungen Dame erwartet. Sie zeichnet, sie stickt und so weiter.«

»Aber sie hat keine Motive für ihren Skizzenblock, außer dem, was sie im Haus oder auf der Straße unter ihrem Fenster sieht. Das ist doch seltsam.« Ich zögerte. »Ich habe nichts zu Miss Eldon gesagt, aber ich habe nachgedacht und … nun, weißt du, ich bin die Tochter eines Arztes.«

»Mach schon«, ermutigte mich Ben. »Du hast einen Hinweis für die Lösung des Geheimnisses gefunden?«

»Nein, nicht ganz. Das heißt, ich möchte keine Erklärung vorbringen, weil sie falsch sein könnte. Und es würde die Situation schlimmer machen, als sie bereits ist. Wir könnten Gefahr laufen, uns wegen unserer Schlauheit selbst zu gratulieren und dabei das Mädchen aus den Augen verlieren. Das könnte im Unheil enden.«

Ben lehnte sich in seinem Kaminsessel zurück. Die Flammen auf dem Rost zeichneten ein tanzendes Muster aus Schatten auf seinem Gesicht und seinem dichten schwarzen Haar. Im vergangenen Jahr waren an seinen Schläfen ein paar erste graue Strähnen aufgetaucht, was ihm meiner Meinung nach ein distinguiertes Aussehen verlieh. Ich hatte es ihm nicht gesagt, weil er gelacht hätte.

»Ich glaube, Lizzie, Miss Eldon hat dich zu ihrer Denkweise konvertiert. Du *willst* glauben, ganz wie Ruby Eldon, dass das Mädchen eine Gefangene ist. Aber ich würde gerne die möglichen Erklärungen hören, die du aus deinem geschäftigen Gehirn ausgegraben hast. Was sagt deine ärztliche Verbindung aus der Kindheit?«

Wir hatten unser Abendessen eingenommen, und danach waren aus der Küche Geräusche zu hören gewesen, die darauf hingedeutet hatten, dass Bessie abwusch. Aber jetzt war alles ruhig. Ich rief: »Komm rein, Bessie!«

Nach einem Moment der Stille knarrte die Tür des Salons und öffnete sich einen Spaltbreit. Bessies Nase und Mund kamen zum Vorschein. »Sie haben mich gerufen, Missis?«

»Oh, komm schon rein!«, befahl Ben ungehalten. »Schleich nicht in der Halle herum und belausche unsere Gespräche!«

Daraufhin flog die Tür ganz auf, und Bessie erschien. »Ich habe nicht gelauscht!«, empörte sie sich voller Entrüstung. »Das habe ich bestimmt nicht! Ich bin gerade an der Tür vorbeigegangen.«

»Setz dich da drüben hin und sei still!«, sagte ich zu ihr. »Der Inspector und ich wollen wissen, ob du etwas von Mrs. Tompkins, der Wirtin der Queen-Catherine-Taverne, erfahren hast.«

»Ich habe mich schon gewundert, wann Sie mich danach fragen würden!«, entgegnete Bessie. »Ich wollte es Ihnen schon auf dem Heimweg erzählen, aber Sie haben gesagt, ich soll bis zum Abend warten, wenn der Inspector dabei ist.« Weniger streitlustig fügte sie hinzu: »Also habe ich gewartet, wie Sie es mir aufgetragen haben, Missis.«

»Gut so!«, sagte Ben. »Lizzie, du zuerst. Erzähl mir von deinen medizinischen Theorien. Anschließend wirst du uns erzählen, was du in der Küche von Mrs. Tompkins erfahren hast, Bessie.«

»Ich habe nichts so Großartiges wie eine medizinische Theorie, Ben. Aber ich weiß, dass es viele ungewöhnliche medizinische Fälle gibt. Ich habe das Kassenbuch meines Vaters geführt. Ich habe aufgeschrieben, wer ihm Geld schuldete und wer seine Rechnungen bezahlt hat und wie viel er bezahlt hat.« Ich seufzte. »Seine Außenstände waren oft größer als das, was er in einer ganzen Woche verdient hat. Es war immer eine Erleichterung, wenn ein Patient vorbeikam und eine offene Rechnung beglich.«

»Dein Vater war ein großherziger Mann«, sagte Ben leise. »Wie ich selbst sehr genau weiß. Er hat die Armen nie bedrängt, ihre Rechnungen zu bezahlen, und er hat meine Ausbildung und die eines anderen Jungen aus dem Bergwerk bezahlt.«

»Ja, aber es war nicht das Geld, das die Armen ihm geschuldet haben, das unsere Finanzen so prekär gemacht hat«, sagte ich. »Es waren die viel größeren Summen, die die Reichen ihm schuldig blieben. Sie haben ihre Rechnungen oft nur sehr langsam gezahlt. Aber darüber reden wir im Moment nicht. Mein Vater hat peinlich darauf geachtet, die Probleme seiner Patienten vertraulich zu behandeln, doch manchmal war es ein Fall, von dem die Öffentlichkeit wusste, oder ich war imstande, meine eigenen Schlussfolgerungen zu ziehen.

Es gab eine Lady, die meinen Vater von Zeit zu Zeit aufsuchte, eine Miss Lansley. Sie wohnte in einem großen Haus bei ihrer verheirateten Schwester und deren Familie. Die Familie war wohlhabend, und ich muss sagen, dass in ihrem Fall die Rechnungen meines Vaters stets prompt beglichen wurden. Miss Lansleys Schwager besaß eine Fabrik, in der Seife hergestellt wurde. Die Fabrik lag ein gutes Stück vom Wohnhaus entfernt, wegen des Gestanks aus den großen Kesseln, in denen die Fette gesiedet wurden.«

»Urgh!«, machte Bessie. »Ich kenne diesen Gestank. Er ist wirklich furchtbar!«

Ich ignorierte sie und kam zum Kern der Sache, allein weil Ben anfing, ungeduldig dreinzublicken. »Die Sache ist die, Miss Lansley hatte große Angst vor freien Flächen. Sie hatte keine Probleme im Haus oder in einer Kutsche. Aber sie vom Haus in die Kutsche zu bringen, war ein solcher Aufwand, das kannst du dir nicht vorstellen! Sie legten ihr einen Schal über den Kopf und führten sie über die Straße bis in die Kutsche, und dann war wieder alles in Ordnung. Bis zu dem Moment, wo sie am Ziel ihrer Fahrt angekommen waren, vor der Kirche beispielsweise. Dann musste ihr wieder das Tuch über den Kopf gelegt werden, und es kostete jede Menge Überredungskunst, sie aus der Kutsche zu locken und über den Weg bis zur Kirchentür. Manchmal waren ihr Schwager, ihre Schwester, der Kutscher und der Vikar unserer Gemeinde bemüht, ihr gut zuzureden, bis sie sich ein Herz gefasst hatte. Ich fürchte, einige der weniger gut erzogenen Jungen aus der Gegend haben sich hinter den Grabsteinen auf dem Kirchhof versteckt, um zuzusehen und sich dabei halb totzulachen.«

»Eine traurige Geschichte, wirklich«, gab Bessie aus ihrer Ecke zum Besten.

»Ja, weil sie eine sehr nette Lady war und immer gut gekleidet. Wenn man sie zu Hause besuchte, hätte man nicht geglaubt, dass sie so ein Problem hat. Mein Vater sagte immer, Miss Lansley wäre charmant und musikalisch. Sie spielte Klavier. Jedenfalls, all das machte das Leben für ihre Schwester und ihren Schwager sehr schwierig, wenn sie ausgehen wollten. Das heißt, *sie* konnten ausgehen, aber sie konnten Miss Lansley nicht dazu bewegen, vor die Tür zu gehen, nicht einmal in den Garten, und sie hatten einen großen und sehr gepflegten Garten. Miss Lansley vertrug nicht einmal die Luft in einer Kutsche. Ihr Schwager kam zu meinem Vater und bat um Rat. Als bekannter und erfolgreicher Unternehmer in der Gegend war ihm das Problem sehr peinlich. Abgesehen davon, du weißt ja selbst, wie die Leute das Gerede der anderen fürchten.

Mein Vater besuchte Miss Lansley zwar regelmäßig, um herauszufinden, wovor sie sich so sehr fürchtete, doch er konnte ihr nicht helfen. Sie war nicht verrückt, verstehst du, wie einige der Einheimischen glaubten. In einer anderen Familie hätte man vielleicht entschieden, sie in ein Sanatorium zu geben, doch der Skandal wäre für ihre Schwester noch viel schlimmer gewesen. Abgesehen davon riet mein Vater von diesem Schritt ab. Die arme Miss Lansley hatte einfach nur Angst vor freien Flächen. Also habe ich mich gefragt, verstehst du, ob dieses Mädchen, das Miss Eldon beobachtet hat, nicht vielleicht das gleiche Problem hat.«

»Falls ja, ist es jedenfalls keine Angelegenheit für die Polizei«, sagte Ben. »Es ist, wie Bessie ganz richtig bemerkt hat, eine sehr traurige Geschichte. Aber ich kann nichts dagegen unternehmen.«

»Miss Eldon ist sicher, dass sie nicht zurückgeblieben ist, weil sie bestimmte Fähigkeiten besitzt wie Sticken und Knüpfen, aber das heißt nicht, dass sie nicht ein wenig langsam ist. Ich weiß es nicht. Ich weiß nur, dass Miss Eldon überzeugt ist, dass das Mädchen eine Gefangene ist, und sie will, dass etwas dagegen unternommen wird.«

Er sah zu Bessie in ihrer Ecke. »Was hast du in der Küche der Tompkins' in Erfahrung gebracht, Bessie?«, wollte er von ihr wissen.

»Nicht viel«, gestand Bessie. »Das heißt, ich wusste ja nicht, dass ich nach dem Haus gegenüber fragen sollte. Aber die Wirtin der Taverne weiß über alles und jeden in der Gegend genau Bescheid. Sie sagt, es gibt eine Menge wohlhabender Leute in dem Viertel. Sie kommen im Allgemeinen nicht in die Queen-Catherine-Taverne, natürlich nicht. Aber einige der jüngeren Männer zeigen gelegentlich ihre Gesichter. Sie führt sie stets in ein Nebenzimmer. Sie sitzen nie im öffentlichen Schankraum. Außerdem trinken sie kein Bier; sie wollen Branntwein, und manchmal bestellen sie sogar Champagner, wenn sie etwas zu feiern haben. Mrs. Tompkins sagt, sie und ihr Mann haben *einen ausgezeichneten Keller*.« Bessie sprach die letzten Worte mit deutlicher Betonung aus. »Manchmal spielen die jungen Gentlemen Karten und werden ein wenig übermütig. Aber sie lassen auch eine Menge Geld da, deswegen sagt Mr. Tompkins nichts.«

»Nun«, sagte Ben bestimmt. »Ich bin froh, dass die Taverne so gut läuft. Aber was das Mädchen angeht, das Ruby Eldon von ihrem Fenster aus beobachtet hat, so kann ich nichts unternehmen – nicht, ohne dass es richtige Beweise gibt oder einen sichtlichen Grund für Beunruhigung. Wenn du der Sache weiter nachgehen möchtest, ohne einen Wirbel zu veranstalten, nun, dann ist es deine Sache. Ich kann dich nur bitten, diskret zu sein. Ich habe auf der anderen Seite ein richtiges Verbrechen aufzuklären, und ich muss morgen nach Salisbury reisen, wie ich dir bereits gesagt hatte.«

»Ist man dort vorgewarnt, dass du kommst?«, fragte ich.

»Ich ziehe ›informiert‹ vor anstatt ›vorgewarnt‹«, protestierte er. »Ich gehe nicht davon aus, dass ich ihnen Mühe machen werde. Ich hoffe, sie können mir weiterhelfen. Ich habe ein Telegramm an den zuständigen Kollegen dort geschickt. Er wird mich empfangen und mich zu diesem Schuhmacher bringen, Tobias Fitchett. Das bedeutet, dass ich früh aufstehen muss, und deswegen ...« Er klatschte mit den Händen auf die Armlehnen seines Sessels und erhob sich. »Deswegen gehe ich jetzt zu Bett.«

Er verließ das Zimmer, und Bessie und ich blieben allein zurück.

»Und was werden wir unternehmen, Missis?«, fragte Bessie eifrig.

Ich hatte den Verdacht, dass ich im Begriff stand, mehr vom Apfel abzubeißen, als ich kauen konnte. Doch Miss Eldon war so zuversichtlich gewesen, dass ich etwas unternehmen würde.

»Bessie«, sagte ich. »Ich muss zurück zu Miss Eldon und ihr berichten, was der Inspector gesagt hat. Sie wird enttäuscht sein, ich weiß. Wenn du mit mir kommst, musst du versuchen, von Mrs. Tompkins in Erfahrung zu bringen, ob sie mehr über die Leute aus dem gegenüberliegenden Haus weiß, insbesondere über die junge Frau, die dort lebt. Aber bitte, Bessie, du musst sehr taktvoll sein.«

»Selbstverständlich!«, erwiderte Bessie. »Sie kennen mich doch, Missis.«

Ja, ich kannte Bessie sehr gut, und das beruhigte mich nicht sonderlich.

»Es ist nicht notwendig, Miss Eldons Namen gegenüber Mrs. Tompkins zu erwähnen, hörst du? Sei einfach nur neugierig, weil es dich interessiert.«

»Das bin ich«, antwortete Bessie einfach.

»Ich kann nur hoffen, dass der Nebel bis morgen verflogen ist, wenigstens ein bisschen«, sagte ich. »Es ist so schwierig, irgendwohin zu gehen, und überall ist Schmutz. Wenn wieder Pferdefuhrwerke unterwegs sind, könntest du vielleicht versuchen, eine Kutsche herbeizurufen. Es wäre nett, wenn Mr. Slater uns zur Queen-Catherine-Taverne fahren könnte.«

Wally Slater war ein vertrauenswürdiger Kutscher und betrachtete sich als meinen Beschützer, wenn ich unterwegs war, um Nachforschungen anzustellen, »zu ermitteln«, wie er es nannte. Ich dachte an Ben, der früh am nächsten Morgen nach Salisbury musste. »Wenigstens lässt der Inspector den Nebel für eine Weile hinter sich«, sagte ich.

KAPITEL SIEBEN

Inspector Ben Ross

Als ich am nächsten Morgen ein gutes Stück vor Tagesanbruch aus dem Haus trat, stellte ich fest, dass der Wettergott einen sehr schrägen Sinn für Humor besaß. Der Nebel war beträchtlich dünner als am Vortag, jedoch nur, weil ein grauenhafter Wind aufgekommen war, der vom Fluss heraufwehte. Der Wind trieb Regen vor sich her, der mir ins Gesicht peitschte wie Nadeln aus Stahl. Er kam vermutlich aus den nördlichen Gegenden oder der eisigen Einöde dahinter. Der Schneematsch unter meinen Füßen hatte Pfützen und Rinnsale gebildet, die das Gehen gefährlich machten, und der neue Regen hatte eine weitere Schicht Eis mitgebracht, sodass ich und alle anderen, die so früh unterwegs waren, wie Betrunkene durch die Gegend stolperten und rutschten. Zusammengekauerte Gestalten von Obdachlosen und Umherschweifenden hatten in den Hauseingängen Zuflucht gesucht, so gut es ging. Niemand rührte sich, als ich vorbeikam, und einige würden, wie ich befürchtete, sich nie wieder rühren. Ich hoffte inbrünstig, dass der Regen sich nicht in Schnee verwandelte. Wenn Lizzie und Bessie zur Piccadilly zurückkehren wollten, dann nahmen sie besser eine Kutsche. Noch besser wäre freilich gewesen, sie würden ihren Besuch verschieben. Doch Lizzie hatte ihren eigenen Kopf und würde ihre eigenen Entscheidungen treffen, wie üblich.

Was mich selbst anging, als ich in die Waterloo Bridge Station stolperte, erschien sie mir geradezu wie das Paradies. Die großen Maschinen erfüllten die Luft mit Wärme und leider auch mit Rauch. Nach einigem Umherirren wurde mir der Weg zu einem Zug gewiesen, der mich nach Salisbury bringen würde, und es gelang mir, wenige Momente vor der Abfahrt in ein Zweite-Klasse-Abteil zu klettern, wo ich trotz der frühen Stunde nur mit Glück einen Sitzplatz ergattern konnte. Der Zug war fast voll mit Reisenden, und jeder davon nahm durch seine dicke Kleidung sehr viel Platz ein. Sie drängten sich missmutig zusammen, um mir Raum zu schaffen, und ich drängte mich zwischen sie. Wenigstens erzeugten so viele eng gedrängte Menschen Wärme, wofür ich dankbar zu sein versuchte. Ich bemühte mich, den Passagier mir gegenüber zu ignorieren, der mit dem Verzehr eines übel riechenden Frühstücks beschäftigt war, das aus einer Pastete bestand, die dick mit Zwiebeln belegt war. Er hatte einen Schal um den Kopf und den Hut gebunden und unter dem Kinn verknotet, sodass von seinem Gesicht nur wenig zu sehen war bis auf die rhythmischen Bewegungen seiner Kiefer, als er auf der Kruste kaute, und die Krümel, die ihm dabei herunterfielen. Er erhielt mehr als nur ein paar grantige Blicke. Die übrigen Reisenden verorteten ihn wohl eher in der dritten Klasse.

Superintendent Dunn würde mir vermutlich sagen, wenn ich ihm den Fahrschein zwecks Erstattung der Kosten vorlegte, dass auch ich die dritte Klasse hätte nehmen sollen. Doch an einem Tag wie dem heutigen wagte ich gar nicht, an die Zustände dort zu denken. Der Yard würde mir vermutlich nur die Kosten für einen Fahrschein dritter Klasse erstatten, und ich musste selbst für die Differenz aufkommen, doch das war mir die Sache wert. Ein Schwall Zwiebelgestank wehte zu mir herüber. Hm. Ich hoffte doch, dass ich mich nicht täuschte.

Ich entbot meinen Mitreisenden ein »Guten Morgen!« und

erhielt einen gegrunzten Chor aus Antworten – von allen, bis auf den Esser mir gegenüber. Dann kauerten wir uns wieder in unsere Übermäntel. Ich rechnete nicht damit, dass ich mir die Zeit mit einer kurzweiligen Unterhaltung würde vertreiben können.

Der Zug fuhr aus London heraus, und die rußgeschwärzten Wohnhäuser blieben hinter uns zurück. Es war inzwischen heller geworden, und ich begann mich besser zu fühlen. Ich erinnerte mich daran, bei einer früheren Ermittlung nach Süden gefahren zu sein. Damals war Hampshire mein Ziel gewesen. Ich freute mich auf die Hügellandschaft in der benachbarten Gegend von Wiltshire, auf das freie, nicht mit Ziegeln und Mörtel zugebaute Land, die Wälder und die saubere Luft. Ich wusste überhaupt nichts über Salisbury, und das einzige Bild in meinem Kopf war das von John Constables berühmtem Gemälde der Kathedrale und ihres hohen spitzen Turms.

Doch ich war in einer ernsten Angelegenheit unterwegs und nicht zu meinem Vergnügen. Ich konzentrierte mich auf das tote Mädchen, dessen Leichnam ich zuletzt auf der Platte aus Carrara-Marmor von Protheroe liegen gesehen hatte (obwohl der Leichnam mittlerweile in eine öffentliche Leichenhalle gebracht worden war) – ein Mädchen, das in Salisbury angefertigte Stiefel getragen hatte, als es gestorben war. Ich trug die kleinen Stiefel bei mir, eingewickelt in Packpapier. Ich hatte das Paket zu dem anderen Gepäck in das Fach über meinem Kopf gelegt und vertraute darauf, dass ich es nicht verlieren würde. Hatte die unbekannte Tote in Salisbury gelebt? War sie mit dem Zug nach London gereist? Oder auf der Straße, in einer Kutsche? Was war der Grund für ihre Reise gewesen? War sie allein gereist oder in Begleitung?

Noch immer spritzte Regen gegen die Scheiben, und Rauchschwaden von der Dampflok zogen vor dem Fenster vorbei.

Doch bald ließ der Regen nach, die Aussicht wurde nicht mehr behindert, und mein Gefühl von Optimismus wuchs. Dann fiel mir ein, dass Lizzie zweifellos zu Miss Eldon zurückkehren würde, um die alte Dame ein zweites Mal zu besuchen und ihr von meinem mangelnden Interesse an ihrer Geschichte über die junge Frau im Zimmer auf der gegenüberliegenden Straßenseite zu berichten. Rapunzel! Beinahe hätte ich vor mich hingekichert. Der Pastetenesser war inzwischen eingeschlafen und schnarchte laut. Sein Sitznachbar trat dem Schläfer heftig gegen den Fuß. Der gab ein Schnauben von sich, wachte auf, blickte sich misstrauisch um und schloss die Augen wieder. Weil ich nichts anderes zu tun hatte, um mir die Zeit zu vertreiben, fing ich an, über meine Frau nachzudenken.

Ich hätte Lizzie eindringlich bitten sollen, eine Droschke zu nehmen. Der Nebel war zwar nicht mehr so dicht wie am Vortag, doch der Regen war eine Katastrophe für jedwede Kleidung, das Schuhwerk sowie das allgemeine Wohlbefinden. Sicherlich war Lizzie schlau genug, das selbst zu erkennen. Ich fühlte mich mehr als ein wenig schuldig, weil ich ihre Sorgen um das unbekannte Mädchen, das gegenüber der Queen-Catherine-Taverne lebte, nicht geteilt hatte. Obwohl, dachte ich verärgert, eigentlich ging es Lizzie gar nichts an! Es waren die Sorgen von Miss Eldon. Konnte es sein, dass etwas an den Ängsten dieser alten Dame dran war? Nein, vermutlich nicht.

Ruby Eldon war mir während unseres kurzen Treffens sympathisch gewesen, auch wenn ich zögerte, das, was sie Lizzie erzählt hatte, für bare Münze zu nehmen. Sie war eindeutig eine Person, die viel Zeit hatte und wenig, um sich selbige zu vertreiben; das heißt, abgesehen von ihrem Interesse für das, was sie aus dem Fenster ihrer gemieteten Wohnung sehen konnte. Möglicherweise resultierte ihre Sorge aus einer übereifrigen Fantasie, was sie aber nicht weniger real für sie machte. Jetzt hatte sie, was man manchmal als »eine Hummel unter der Haube« bezeichnet, eine fixe Idee, die unaufhörlich in ihrem Kopf herumschwirrte. Solche Menschen waren oft bestrebt, andere für ihre Sache zu gewinnen. Sich von ihnen zu befreien, sobald man einmal Interesse gezeigt hat, kann ziemlich schwierig werden. Vielleicht hätte ich Lizzie drängen sollen, nicht in die Taverne zurückzukehren und die Angelegenheit auf sich beruhen zu lassen. Sie hätte, wenn sie sich wirklich dazu veranlasst fühlte, einen Brief schreiben und ihrer exzentrischen neuen Bekannten mitteilen können, dass sie mir die Angelegenheit berichtet hatte und ich der Meinung war, dass es nichts gab, was eine Untersuchung rechtfertigte. Aber das war nicht die Art meiner Frau. Lizzie war von ihrem verwitweten Vater aufgezogen worden, einem Arzt, und hatte gelernt, das Wohlergehen anderer zu ihrer Angelegenheit zu machen. Sie und Miss Eldon hatten zumindest so viel gemeinsam.

Der wahre Grund für meine Schuldgefühle war natürlich ein anderer – es war, dass ich Lizzie überhaupt erst gebeten hatte, Miss Eldon einen Besuch abzustatten. Ich war neugierig gewesen wegen der Bemerkungen der alten Dame, als sie das tote Mädchen im Hinterhof der Imperial Dining Rooms nicht hatte identifizieren können. Ruby Eldon hatte offensichtlich befürchtet, jemand anders in dem Abfallbehälter zu sehen. Mein Instinkt als Ermittler hatte mir gesagt, dass ich herausfinden müsse, wer diese Person war, und in der Folge hatte ich Lizzie losgeschickt, um Nachforschungen anzustellen. Es war mein Werk gewesen. Ich stieß einen Seufzer aus.

Wir fuhren in einer Wolke aus Dampf und Qualm in den Bahnhof von Salisbury ein. Gefangen unter dem vorspringenden Dach über dem Bahnsteig bildete sich schnell eine Atmosphäre, die beinahe so dicht war wie der Nebel, den ich in London hinter mir gelassen hatte. Ich griff nach oben und zog das

Paket mit den Stiefeln aus dem Gepäckfach über mir. Ich durfte es auf keinen Fall vergessen und liegen lassen. Im Gedränge zwischen anderen hustenden und spuckenden Fahrgästen stieg ich aus dem Waggon und spähte durch den Dunst zu der Stelle, wo eine groß gewachsene männliche Gestalt wartete.

»Inspector Ross?«

Während er sprach, setzte sich der Zug wieder in Bewegung und stieß frische Wolken aus, und für einen Moment verschwand er außer Sicht. Als die Luft sich Sekunden später klärte und der Mann erneut auftauchte, sah ich, dass er ein kraftvoll gebauter Bursche von sportlichem Aussehen in einem Tweedanzug und einem keck auf dem Kopf sitzenden Bowler war. Er hatte den wachen Gesichtsausdruck eines Schießhunds, als er mich in Augenschein nahm. Ich schätzte ihn auf Mitte dreißig, ein oder zwei Jahre jünger als ich selbst.

»Sie sind Inspector Colby?«, fragte ich und streckte ihm die Hand entgegen.

Er ergriff sie und schüttelte sie lebhaft. »In der Tat! Wir haben Ihr Telegramm erhalten, und ich muss gestehen, dass es uns alle sehr neugierig gemacht hat! Sie haben geschrieben, Sie möchten einen Schuhmacher mit Namen Fitchett hier in Salisbury besuchen? Wir hätten das für Sie erledigen können! Doch Sie sind selbstverständlich willkommen, Sir!«, beeilte er sich hinzuzufügen. »Wie können wir Ihnen behilflich sein?«

Der Bahnsteig hatte sich inzwischen geleert, und ich bemerkte ein hämmerndes und stampfendes Geräusch nicht weit entfernt. »Wird in der Nähe gebaut?«, fragte ich.

»O ja, die Arbeit an der Eisenbahn scheint nie aufzuhören«, antwortete Colby leichthin. »Gehen wir in den Erfrischungsraum. Dort ist es halbwegs ruhig, und Sie können mir alles über diesen Fall erzählen.«

Als wir es uns in dem warmen und gut besuchten Erfrischungsraum bequem gemacht hatten, stellte Colby die Frage, die jeder Engländer einem neu angekommenen Besucher aus London stellt. »Wie war das Wetter, als Sie aufgebrochen sind?«

»Durch und durch grauenhaft!«, erwiderte ich. »Wir hatten in den letzten Tagen nichts außer stinkendem Nebel, und heute ist er eisigem Regen gewichen. Alle Straßen sind vereist und rutschig, und man sieht die Hand vor Augen nicht!«

Colby kicherte. »Wir sind nicht so sehr vom Nebel geplagt wie London. Aber wenn es um Matsch und Schmutz geht, stehen wir Ihnen vermutlich in nichts nach. Wir hatten Schnee, und er liegt immer noch an vereinzelten geschützten Stellen. Und wo Leute gehen oder Fuhrwerke fahren, hat sich der Schnee in Matsch verwandelt. Brauchen Sie vielleicht neue Stiefel und sind hergekommen, um welche zu kaufen?«

Ich stellte mein Paket auf den Tisch. Ich hatte es noch nicht ausgepackt, und Colby betrachtete es mit neugierigem Interesse. »Ich bin hier, um Nachforschungen wegen dieser Stiefel anzustellen«, sagte ich. »Und mit ein wenig Glück mit dem Mann zu reden, der sie angefertigt hat und mir vielleicht sagen kann, für wen er sie gemacht oder wer sie bei ihm bestellt hat.«

Ich wickelte das Paket aus, nahm einen kleinen schwarzen Stiefel heraus und reichte ihn über den Tisch hinweg meinem Kollegen. Anschließend packte ich auch den zweiten Stiefel aus und stellte ihn neben mir auf den Boden, weil mir eingefallen war, dass Schuhwerk auf dem Tisch Unglück bringt. Ich konnte sehr gut ohne noch mehr davon leben. Colby nahm den Stiefel und untersuchte ihn innen und außen. Er roch sogar daran wie ein Bluthund.

»Tobias Fitchett, eh?«, bemerkte er zu guter Letzt.

Nach der gründlichen Untersuchung hatte ich auf etwas mehr Information von seiner Seite gehofft. »Sie kennen diesen Schuhmacher? Ist er noch in der Gegend zu finden?«

Colby hob den Blick von dem Stiefel in seiner Hand und sah mich an, als hätte ich in der Tat einen angestrengten Gedankengang gestört. Falls dem so war, war er noch nicht bereit, ihn mit mir zu teilen, und begnügte sich mit dem Beantworten meiner Frage. »O ja, ich kenne die Schuhmacherei. Sie ist in der Nähe von Butter Cross. Das ist ein mittelalterliches Gebäude im Zentrum der Stadt. Ich kann Sie hinbringen. Ich selbst habe noch nie dort Stiefel anfertigen lassen, doch es ist eine alteingesessene Manufaktur, die ihrem Handwerk seit mehreren Generationen nachgeht, wenn nicht länger.« Er reichte mir den Stiefel zurück, und ich stellte ihn zu dem anderen auf den Boden. »Wie sind Sie in seinen Besitz gelangt?«

Ich berichtete ihm von der Toten im Abfallbehälter auf dem Hof hinter den Imperial Dining Rooms. Colby runzelte die Stirn und schüttelte den Kopf. »Eine üble Geschichte«, sagte er. »Also haben Sie Grund zu der Annahme – wegen der Stiefel –, dass die Tote aus Salisbury nach London gekommen ist?«

»Ich hoffe es, weil ich wirklich nicht weiß, wie ich jemals ihre Identität feststellen soll, falls dem nicht so ist – es sei denn, jemand meldet sie als vermisst. Das ist bisher nicht geschehen, obwohl es noch relativ früh ist, um das zu sagen. Nichtsdestotrotz ist es eigenartig. Die Stiefel sind kaum getragen. Mit ein wenig Glück hat die Tote bis vor kurzer Zeit hier gelebt.«

»Was ist mit dem Rest ihrer Kleidung?«, fragte Colby nachdenklich. Er nahm seine Tasse Tee und leerte sie.

Ich beschrieb die Kleidung. »Ich frage mich, ob sie vielleicht noch in Trauer war. Falls ja, könnte es bedeuten, dass sie hier bei jemandem gelebt hat, der im letzten oder vorletzten Jahr verstorben ist. Das wiederum könnte der Grund sein, aus dem sie Salisbury verlassen hat und nach London gezogen ist. Doch im Moment ist das alles nur Spekulation. Möglicherweise hat sie die Stiefel auch aus zweiter Hand erworben. Es gibt zahlreiche

Secondhandläden in London – manche mit eigenem Geschäft, andere verkaufen auf der Straße aus Karren heraus. Doch das Fehlen von Abnutzungsspuren führt mich zu der Annahme, dass sie für die Tote angefertigt wurden. All ihre restliche Kleidung war von gehobener Qualität.« Ich nahm einen Umschlag aus der Tasche. »Ich habe ein Bild von ihr. Es wurde nach ihrem Tod angefertigt.« Ich reichte ihm die Fotografie.

»Sehr beeindruckend«, murmelte Colby, als er sie nahm und hochhielt. »Ich sehe, Sie sind sehr modern in London, was die Polizeimethoden angeht.«

»Haben Sie noch nie eine Fotografie benutzt, um eine unbekannte Leiche zu identifizieren?«

»Wir haben zwar gelegentlich eine Fotografie benutzt, allerdings nur, um einen lebendigen Verdächtigen dingfest zu machen. Aber eine Leiche? In den meisten Fällen beauftragen wir einen Zeichner. Nun ja, man muss mit der Zeit gehen, schätze ich. Wenn Scotland Yard das so macht, dann werden wir das auch tun.«

Colby rieb sich das Kinn und betrachtete das Bild. »Ich kann nicht sagen, dass ich die junge Frau kenne. Allerdings kenne ich bei Weitem nicht jede junge Lady in Salisbury. Aber falls sie, wie Sie sagen, aus unserer Stadt kommt, müsste jemand sie erkennen.« Er fixierte mich mit einem scharfen Blick. »Niemand in London hat sie als vermisst gemeldet? Ist das nicht sehr eigenartig? Eine respektable Familie oder ein respektabler Haushalt, mit einer gut gekleideten jungen Lady, die dort lebt? Man würde doch merken, wenn sie eines Abends verschwindet? Man würde Alarm schlagen, noch bevor die Nacht vorbei ist!«

»Ich hatte auf eine Vermisstenanzeige gehofft«, gestand ich. »Bisher ist keine erfolgt. Sie könnte noch kommen. Respektable Haushalte mögen es oft nicht, die Polizei in ihre Angelegenheiten hineinzuziehen.«

Colby überraschte mich, indem er die Hand hob und mit den Fingern schnippte. Ich wusste nicht, ob er die Aufmerksamkeit des einen älteren Kellners wecken wollte oder eine Eingebung hatte. Ich hoffte auf Letzteres.

»Was, wenn es eine Ausreißerin war?«, schlug er vor. »Vielleicht fürchtet die Familie, dass sie mit einem jungen Burschen durchgebrannt sein könnte? Sie würde alles tun, um sie durch eigene Anstrengungen zurückzuholen, bevor sie sich an die offiziellen Stellen wendet. Der Skandal würde ihren Ruf schädigen und die zukünftigen Aussichten des Mädchens, wenn der junge Mann sie sitzen lässt, ganz zu schweigen von Geld, das auf dem Spiel steht. Vielleicht ist sie – oder war sie – eine junge Lady mit einem Vermögen?« Seine Stimme gewann zunehmend an Begeisterung für den Gedanken.

Es war an mir, die Rolle der Opposition einzunehmen und seine Theorie infrage zu stellen. »Es würde nicht erklären, wieso sie tot in einem Abfallbehälter gelandet ist. Auch habe ich Ihnen gegenüber nicht erwähnt, dass man sie ohne jegliche Oberkleidung gefunden hat. Sie hatte weder ein Tuch noch einen Mantel. Und wer hat sie so heftig auf den Kopf geschlagen? Nicht der Liebhaber, mit dem sie durchgebrannt ist, oder? Erst recht nicht, wenn er ein Mitgiftjäger ist, wie Sie andeuten.«

»Man weiß nie«, sagte Colby ernst. Er beugte sich über den Tisch und schubste dabei einen Teelöffel herunter, der laut klappernd und unbeachtet neben seinen Füßen landete. »Vielleicht wollte jemand sie am Durchbrennen hindern? Vielleicht hat jemand die beiden verfolgt und gestellt? Es kam zu einer Auseinandersetzung …« Mein Kollege aus Wiltshire erwies sich als äußerst fantasievoll, und sein Enthusiasmus nahm alarmierende Ausmaße an.

Ich war an der Reihe, Einwände vorzubringen. »Ist es dann nicht wahrscheinlicher, dass ein rächender Vater oder Bruder dem Liebhaber eins über den Kopf gibt? Um das Mädchen anschließend nach Hause zu schleifen?« Ich wollte kein kaltes Wasser über seine romantische Erklärung schütten, also sagte ich: »Natürlich muss man es in Betracht ziehen. Nichts steht außer Frage. Doch zuallererst muss ich herausfinden, wer sie war.«

Colby hatte den Anstand, verlegen dreinzublicken. »Selbstverständlich. Ich bringe Sie zu dem Schuhmacher.«

Wir machten uns geschwinden Schrittes auf den Weg. Es war, wie Colby mich vorgewarnt hatte, sehr schmutzig auf den Straßen. Der Verkehr war geringer als in London, und viel davon schien aus der Umgebung in die Stadt zu strömen. Karrenräder warfen Schneematsch hoch, als sie über das Kopfsteinpflaster ratterten. Ich fing bereits an zu fürchten, wir könnten aussehen wie zwei Straßenrüpel, wenn wir ankamen. Wie Colby angedeutet hatte, lag der Laden im Herzen der Stadt Salisbury in einer schmalen Straße. Alte Häuser drängten sich dicht an dicht, manchmal so nah beieinander, dass kein Blatt Papier dazwischen gepasst hätte. Vor uns öffneten sie sich zu einem freien Platz, in dessen Mitte ein sechseckiges Bauwerk aus gotischen Bögen stand, auf denen sich eine gedrungene Steinspitze aus elegant geschwungenen steinernen Rippen erhob. Es sah aus wie die Krone eines Riesen.

»Das ist das Butter Cross«, erklärte Colby munter. »Und hier ist der Laden von Fitchett.«

Er war vor einem Erkerfenster stehen geblieben, in dem ein Durcheinander von Gegenständen ausgestellt war, die mit Schuhen zu tun hatten. Zusätzlich gab es über unseren Köpfen ein schmiedeeisernes Schild ähnlich dem über einer Taverne, nur dass dieses hier ein Gemälde von einem Reitstiefel zeigte, mit einer Troddel von der Sorte, die modern gewesen war, als Männer noch Kniebundhosen getragen hatten. Dies und die

Legende darunter, EST. 1772, bestätigten Colbys Aussage, dass die Firma von Fitchett seit wenigstens drei Generationen in Salisbury Schuhe anfertigte.

Wir stiegen ein paar Stufen hoch, um den Laden zu betreten. Unsere Ankunft wurde von einer Glocke gemeldet, die an einer Feder über der Tür befestigt und laut genug war, um den Eintretenden für einen Moment taub zu machen. In der Luft hing ein starker Geruch nach Wachs und Leder, und Staub füllte unsere Nasen. Aus dem hinteren Teil des Geschäfts erklang das Geräusch von Gehämmer. Vielleicht war deswegen die laute Glocke notwendig. Als das Läuten verebbte, hörte auch das Hämmern auf, und eine Stimme fragte, ob das nicht die Türglocke gewesen wäre?

Ein blasser junger Mann mit glattem dunklen Haar und einer Lederschürze erschien im Durchgang, der vermutlich zur eigentlichen Werkstatt führte. Er entbot uns einen guten Tag und nahm seinen Platz hinter einem verschrammten Holztresen ein. Er bewegte sich auf eine behäbige Art, ohne jede Eile. Hinter ihm an der Wand befanden sich Reihen von Fächern, die fast ausnahmslos mit Schuhen belegt waren. Ich schloss daraus, dass hier auch Reparaturen durchgeführt wurden und die Schuhe in den Fächern darauf warteten, von ihren Besitzern abgeholt zu werden. Doch weil es nicht eine einfache Schusterwerkstatt war, fragte ich mich, ob sie hier vielleicht nur ihre eigenen Schuhe und Stiefel reparierten, weil sie anderen Händen nicht vertrauten.

»Kann ich Ihnen behilflich sein, Gentlemen?«, erkundigte sich der junge Mann, indem er die Hände auf den Tresen legte. Ein Fingernagel war schwarz. Zweifellos ein Missgeschick mit dem Schusterhammer.

Colby informierte ihn, dass wir Polizeibeamte waren, und stellte zuerst sich und dann mich vor.

»Ah, richtig«, sagte der junge Mann freundlich. Er schien weder überrascht noch neugierig angesichts unseres Besuchs. Vielleicht dachte er, dass wir Stiefel kaufen wollten.

Colby beeilte sich, diese Annahme zu korrigieren. Er erklärte dem jungen Mann, dass wir gekommen waren, weil wir Informationen über ein spezielles Paar Stiefel suchten, die in dieser Manufaktur hergestellt worden waren.

»Ah, richtig«, wiederholte der junge Mann, und sein blasses Gesicht verriet immer noch keine Spur von Neugier. Sein Gegenpart in einem Londoner Etablissement wäre geplatzt vor Neugier und hätte uns mit Fragen bombardiert.

Ich beschloss, dass die Reihe an mir war, das Wort zu ergreifen. »Wäre es möglich, mit Mr. Fitchett zu sprechen?« Mir kam ein Gedanke. »Oder sind Sie selbst der gegenwärtige Mr. Fitchett?«

Bei dieser Frage sah mich der junge Mann verblüfft an. »Du gute Güte, nein! Mein Name ist Ezra Jennings.« Er streckte den Arm aus und deutete in den hinteren Teil des Ladens. »Mr. Fitchett ist bei der Arbeit.«

»Wir würden gerne mit Mr. Fitchett persönlich sprechen«, sagte ich. »Wären Sie so freundlich und würden ihm sagen, dass wir hier sind?«

Ezra zog sich schweigend nach hinten zurück, und wir hörten Stimmengemurmel. Schließlich kam er wieder nach vorn und machte eine Handbewegung in Richtung Durchgang. »Wenn Sie bitte hier entlangkommen würden, Gentlemen.«

Wir gingen nach hinten und fanden uns in einem lang gestreckten schmalen Raum wieder. Tobias Fitchett erhob sich von einer Werkbank, um uns zu begrüßen.

Die Arbeitsfläche war bedeckt von Lederstücken, Wachskugeln, Bündeln von starkem Zwirn, einer Anzahl verschiedener Messer, Schnürnadeln und Pfrieme. Eine Reihe von Gläsern enthielt alle möglichen Arten von Nägeln und Stiften. Es gab kein Tageslicht, nur das Licht einer Gaslaterne, die an der Wand direkt über der Werkbank hing. Der Geruch nach Leder war überwältigend und die Atmosphäre stickig. Mr. Fitchett war ein kleiner, gebeugter Mann, so ledrig wie das Material, mit dem er arbeitete, mit kleinen dunklen Augen unter dicken buschigen Brauen. Er musterte uns scharfsinnig über die Brille hinweg, die tief auf seinem Nasenrücken saß. Er hielt ein skalpellartiges Messer in der Hand, und ich war erleichtert, als er es weglegte.

»Also, gibt's denn so was?«, sagte er. »Polizeibeamte in vornehmer Kleidung, keine gewöhnlichen Constables, eh? Ezra war sehr überrascht.«

»Er hat sich nichts anmerken lassen«, entgegnete Colby. »Ein besonnener Bursche, Ihr Assistent.«

»Man muss besonnen sein, wenn man mit Leder arbeitet«, sagte Tobias Fitchett. »Man muss sich Zeit lassen und sorgfältig arbeiten. Die Hand darf nicht ausrutschen. Schnell hat man ein Stück vom besten Leder ruiniert, sehen Sie? Oder man schneidet sich in die Hand, was noch schlimmer wäre. Ezra hat gesagt, dass Sie nicht gekommen sind, um Schuhe zu kaufen. Was möchten Sie von mir wissen, eh?« Dann, wie um zu betonen, dass wir an der richtigen Adresse waren: »Wenn es um Stiefel geht, bin ich Ihr Mann. Schon mein Großvater hat in Salisbury Stiefel gemacht, und nach ihm mein Vater, und heute ich. Wir alle haben den Vornamen Tobias getragen«, fügte er hinzu. »Es macht die Dinge leichter.«

Ich war an der Reihe. »Es geht um Stiefel, Mr. Fitchett. Diese Stiefel hier.« Ich nahm mein Paket und wickelte die Stiefel aus. Unter Fitchetts aufmerksamen Blicken stellte ich die kleinen Stiefel nebeneinander auf seine Werkbank. Ich fragte mich, ob sie vielleicht genau an dieser Stelle angefertigt worden waren.

»Ihr Stempel befindet sich darin«, sagte ich. »Haben Sie diese Stiefel gemacht?«

Mr. Fitchett strahlte und schien entzückt, die Stiefel wiederzusehen. Fast, als wären alte Freunde unerwartet vorbeigekommen, um ihm einen Besuch abzustatten.

»O ja, natürlich!«, sagte er. Er nahm die Stiefel behutsam zur Hand und drehte sie hin und her, während er sie eingehend untersuchte. »Also seid ihr zurückgekommen, um mich zu besuchen, meine Lieben?« Er tätschelte sie liebevoll. »Man hat sich gut um euch gekümmert, wie ich sehe, sehr gut gekümmert, das freut mich.«

Colby warf mir einen Blick zu und hob die Augenbrauen. Sein Mund zuckte.

»Mr. Fitchett«, sagte ich. »Ich frage mich, ob es möglich wäre, dass Sie uns verraten, für wen Sie diese Stiefel angefertigt haben?«

»Eine Lady. Das sind Damenstiefel«, sagte Fitchett sofort.

»So viel wissen wir«, erwiderte ich. »Ich hatte gehofft, Sie könnten …«

»Sie haben unseren Namen in den Stiefeln gesehen«, fuhr Fitchett fort, ohne auf meinen Einwand einzugehen. »Dafür steht er da, damit die Leute sehen können, wer sie gemacht hat. Wir sind stolz auf unsere Stiefel und Schuhe. Aber haben Sie auch die Nummer bemerkt?« Seine hellen Augen, die mich irgendwie an Stiefelknöpfe erinnerten, musterten mich mit einem plötzlich durchdringenden Blick.

»Nummer?«, murmelte ich verwirrt.

Er hob den Stiefel hoch, sodass ich seinen Stempel sehen konnte, und dann bemerkte ich darunter eine dreistellige Nummer. Ich muss gestehen, ich hatte ihr zuvor nicht viel Aufmerksamkeit gewidmet und mich mehr für den Namen und den Ort der Manufaktur interessiert.

»Der Leisten«, sagte Mr. Fitchett. Als er bemerkte, dass wir ihn verständnislos ansahen, fuhr er fort: »Die Nummer des Holzleistens. Folgen Sie mir, Gentlemen.«

Er führte uns in einen weiteren Raum noch tiefer im Gebäude. Wir fanden uns in einem schmalen lang gestreckten Bereich, erhellt von einem Fenster auf der Rückseite, doch ohne künstliches Licht, sodass es sehr düster war. Der Eindruck wurde durch die Regale noch verstärkt, die sich an den Wänden reihten. Sie sahen aus wie die Regale in Buchhandlungen, nur, dass es keine Bücher darin gab, sondern die aus Holz geschnitzten Formen von Füßen, ordentlich in Paaren arrangiert und nummeriert.

»Wenn wir für Sie Schuhe herstellen, fertigen wir zuerst einen Leisten an«, erklärte Fitchett. »Sollten Sie anschließend ein weiteres Paar Schuhe benötigen, müssen Sie uns das nur wissen lassen, und wir können sie machen. Unsere Stiefel kommen weit herum. Sie könnten in Afrika leben oder in China oder in Indien, Sirs. Sie müssten nichts weiter tun, als uns einen Brief zu schreiben, und wir könnten Ihre Schuhe machen. Wir könnten sie zu Ihnen schicken, oder Sie könnten sie hier abholen, wenn Sie nach Hause zurückkehren.«

Colby, der sehr interessiert zugehört hatte, deutete auf ein Fach, wo ein einzelner großer Holzleisten lag. »Hier ist nur ein Fuß«, stellte er fest.

»Der Kunde hat den anderen verloren«, erklärte Mr. Fitchett. »Ein Mann von der Marine. Sein rechtes Bein wurde während einer Seeschlacht unterhalb des Knies sauber weggeschossen, als er noch Fähnrich war, fast noch ein Junge. Er hat trotzdem eine ordentliche Karriere gemacht, obwohl er den größten Teil der Zeit, wenn ich mich recht entsinne, bei der Admiralität gewesen ist. Nach seiner Pensionierung ist er nach Salisbury gezogen, weil er hier geboren wurde. Und wir haben ihm stets seinen Schuh oder Stiefel gemacht, je nachdem, was benötigt wurde.«

Mr. Fitchett trat zurück und überflog die Sammlung von hölzernen Leisten, die sich vor uns stapelte. »Jedes Paar davon, Gentlemen, erzählt eine Geschichte. Wohin das Leben einen Mann auch führt, er geht auf seinen Füßen dorthin. Und wenn Fitchett seine Stiefel gemacht hat, dann bleiben diese Füße auch das ganze Leben lang hier, in Holz.« Fitchett nickte vor sich hin. »Wir üben ein Handwerk aus, Gentlemen, das geradezu philosophische Bedeutung hat.«

Er streckte die Hand nach einem Paar sehr viel kleinerer Leisten aus. »Das hier sind die, die Sie suchen. Die Leisten der Lady.«

Es war ein außergewöhnlicher Moment. Ganz kurz hatte ich das Gefühl, als würde sie vor mir stehen. Es waren ihre Füße, nicht die von irgendwem. Meine Tote war in dieser Schusterei gewesen und hatte ein Andenken in Form von geschnitzten Holzleisten zurückgelassen, genau wie Fitchett gesagt hatte.

»Und können Sie der Lady einen Namen zuordnen und herausfinden, wann diese Stiefel angefertigt wurden?«, fragte ich eifrig.

»O ja!«, antwortete Fitchett. »Folgen Sie mir bitte. Ezra!«, rief er mit erhobener Stimme. »Das Auftragsbuch bitte! Finde Nummer …« Er nannte die dreistellige Nummer.

Wir kehrten nach vorne in das Ladengeschäft zurück, wo Ezra über seinem Tresen präsidierte. Auf dem Tresen lag ein großes aufgeschlagenes Auftragsbuch. Mr. Fitchett justierte seine Brille auf der Nase und spähte auf die Spalten in dünner Schrift.

»Da hätten wir es, Gentlemen! Die Stiefel wurden für Miss Emily Devray angefertigt. Die Bestellung wurde von Mrs. Waterfield aufgegeben.« Er richtete sich auf und setzte die Brille ab. »Eine sehr charmante junge Lady, Miss Devray. Ich habe die Maße ihrer Füße selbst genommen. Mrs. Waterfield war ebenfalls eine alte und geschätzte Kundin.«

»War?«, fragte ich schnell.

»Die Lady wurde leider zu einem höheren Ort gerufen. Früh im vergangenen Jahr war das.«

»Gibt es einen Mr. Waterfield?«, fragte ich hoffnungsvoll.

Mr. Fitchett schüttelte den Kopf. »Er ist schon lange tot«, sagte er. »Begab sich auf eine Geschäftsreise nach Jamaika und erkrankte an Bord des Schiffs am Fieber. Er wurde auf See bestattet.« Fitchett runzelte die Stirn. »Wir haben auch seine Stiefel gemacht, mehrere Paare. Ich frage mich, ob sie ihn in seinen Stiefeln bestattet haben. Vermutlich nicht. Ein gutes Paar Stiefel wie diese? Ich wage zu behaupten, dass irgendein Seemann sie dem Toten ausgezogen hat, bevor er ins Wasser geworfen wurde.«

Colby hatte das Buch studiert. Hinter jedem Kunden stand eine Adresse. »Mrs. Waterfield hat nicht weit von hier gewohnt, gleich neben der Kathedrale.«

»Wissen Sie vielleicht, ob Miss Devray mit den Verstorbenen Mr. und Mrs. Waterfield verwandt war?«, fragte ich Fitchett.

»Das kann ich leider nicht beantworten«, erwiderte Fitchett.

»Aber Sie sind doch der jungen Lady begegnet, als Sie die Maße ihrer Füße genommen haben?« Ich zog die Fotografie hervor. »Ich frage mich, ob Sie vielleicht einen Blick darauf werfen und mir sagen können, ob dies die junge Frau ist?«

Fitchett nahm die Fotografie und studierte das Bild. Dann reichte er sie wortlos an Ezra weiter. Nachdem dieser die Fotografie genauso lange angesehen hatte, gab er sie seinem Meister zurück, und Mr. Fitchett gab sie feierlich an mich weiter. »Das ist die junge Lady, Sir«, sagte er. »Ich fürchte, wir werden keine Stiefel mehr für sie machen, ist das richtig?«

»Das ist richtig«, gestand ich. Der Fotograf hatte sein Bestes gegeben, doch das Bild stellte eine Tote dar, und das ließ sich nicht verbergen.

»Ich frage mich«, sagte Mr. Fitchett, »warum Sie ausgerechnet zu mir kommen mussten, um ihren Namen zu erfahren?«

»Sie wurde tot unter unglücklichen Umständen aufgefunden, in einer … in London. Bisher konnte sie niemand identifizieren, und niemand hat eine junge Lady als vermisst gemeldet. Wir mussten ihren Namen herausfinden. Jetzt kennen wir ihn, und dafür danke ich Ihnen, Sir.«

Ezra zeigte jetzt großes Interesse. Er sah ziemlich erschrocken aus. »Ich habe die Stiefel ausgeliefert«, sagte er. »In das Haus. Es wurde in der Zwischenzeit verkauft. Ein Schild stand draußen an der Straße. Sämtliches Mobiliar wurde ebenfalls verkauft. Ich habe gesehen, wie es nach draußen getragen und zum Auktionshaus gebracht wurde. Alle möglichen Sachen, Tische, Stühle, Sideboards, gerahmte Bilder …«

»Das glaube ich gern!«, unterbrach ihn Mr. Fitchett in scharfem Ton und musterte seinen Angestellten mit ernstem Blick. »In der Straße herumstehen und gaffen ist nicht das Verhalten, Ezra, das von jemandem erwartet wird, der bei der Firma Fitchett arbeitet! Genauso wenig wie das unziemliche Interesse an den privaten Angelegenheiten eines Kunden, selbst wenn dieser Kunde inzwischen verschieden ist!«

»Ja, gut, Mr. Fitchett, aber die Sachen wurden trotzdem alle nach draußen getragen«, murmelte Ezra missmutig.

»Haben Sie jemanden sagen hören, Ezra, was aus der jungen Dame geworden ist, Miss Devray?«, fragte Colby hastig.

Ezra schüttelte den Kopf.

Ich wickelte die Stiefel wieder ein und dankte Mr. Fitchett aufrichtig für seine Hilfe.

»Was wird jetzt aus den Stiefeln?«, fragte er traurig und sah auf das Paket. »Werden sie ein gutes neues Zuhause finden, was denken Sie?«

»Für den Moment sind sie Beweismittel, Mr. Fitchett. Sehr wichtige Beweismittel.«

»Ermordet wurde sie?«, platzte Ezra heraus, und sein bleiches Gesicht rötete sich. »Wurde sie oben in London ermordet?«

»Ezra!«, donnerte Mr. Fitchett.

»Vermutlich«, antwortete ich vorsichtig. »Falls Ihnen etwas einfällt, das uns weiterhelfen kann, können Sie sich mit Inspector Colby in Verbindung setzen, Mr. Fitchett. Sie auch, Ezra.«

Wir verließen das Geschäft, während Mr. Fitchett seinem Angestellten eine Standpauke hielt. Ich hoffte nur, dass er Ezra nicht auf die Straße setzte.

»Nun«, sagte ich zu Colby. »Endlich habe ich einen Namen für das Opfer. Als Nächstes muss ich herausfinden, wie und warum sie nach London gekommen ist.«

»Tratsch und Klatsch«, sagte Colby nachdenklich. »Das ist es, was wir brauchen, Ross, Tratsch und Klatsch. Ich setze meine Hoffnung auf diesen jungen Burschen, Ezra. Fitchett wird ihm befehlen, mit niemandem über unseren Besuch in seinem Laden zu reden, um seines guten Rufes willen. Aber ich bin zuversichtlich, dass Ezra die Neuigkeit spätestens bis morgen Früh in ganz Salisbury herumerzählt hat. Ich gehe jede Wette ein. Man kann die Nachricht von einem Mord nicht unter Verschluss halten. Ich warte ein paar Tage, dann gehe ich noch mal bei Fitchett vorbei und rede erneut mit Ezra, vorzugsweise, wenn Fitchett nicht dabei ist. Das heißt, falls sich niemand aus freien Stücken bei uns meldet.«

»Ich danke Ihnen«, sagte ich. Colby hatte vermutlich recht. Ezra konnte es wahrscheinlich kaum erwarten, die grausige Neuigkeit zu verbreiten. Vielleicht führte es dazu, dass sich jemand mit uns in Verbindung setzte.

»Bis dahin jedoch …«, fuhr Colby munter fort. »Das Haus, das früher Mrs. Waterfield gehört hat, liegt in dieser Richtung. Kommen Sie, Ross.«

Er setzte sich munteren Schrittes in Bewegung, den Bowler in feschem Winkel auf dem Kopf. Ezra war offensichtlich nicht der Einzige, dessen Neugier geweckt worden war.

KAPITEL ACHT

Das Haus war ein steinernes Gemäuer in einer schmalen Straße. Als wir uns näherten, passierten wir einen alten Torbogen mit einer weiten grünen Rasenfläche dahinter, und ich erhaschte einen flüchtigen Blick auf die berühmte Kathedrale. Wir wandten uns zur Seite, um durch ein Tor zu schreiten, und gelangten zu einer Tür, wo Colby an einer Glockenschnur zog. Eine Dienstmagd in mittlerem Alter und von geradezu furchteinflößender Respektabilität öffnete uns. Sie beäugte uns mit einigem Missbehagen. Colby erklärte ihr, wer wir waren und weswegen wir gekommen waren.

»Nach unseren Informationen hat dieses Haus früher Mrs. Waterfield gehört«, schloss er. »Wir würden gerne mit dem gegenwärtigen Besitzer sprechen, falls er da ist und die Freundlichkeit hat, uns zu empfangen.«

Sie sah von Colby zu mir und wieder zurück. »Der Reverend Dr. Bastable lebt heute hier«, sagte sie. »Ich lasse ihn wissen, dass die Gentlemen da sind. Allerdings sind wir es nicht gewöhnt, dass die Polizei uns besucht, verstehen Sie, und das auch noch an der Vordertür. Sie hätten nach hinten gehen können!«

Und mit diesen Worten wurde die Tür vor unseren Nasen geschlossen.

»Sollte man nicht meinen, dass so respektable Bürger wie dieser Kleriker-Gentleman und seine Haushälterin weniger misstrauisch gegenüber der Polizei reagieren?«, sagte Colby zu mir gewandt.

»Angst vor einem Skandal«, erwiderte ich. »Und die wachsamen Augen der Nachbarn. Vermutlich der gleiche Grund, aus dem das Verschwinden der Toten bisher nicht gemeldet wurde.«

Colby runzelte die Stirn. »Sie sind alle gleich. Sobald man als Polizist an die Tür eines ehrbaren Bürgers klopft, reagiert er wie der schuldigste Halunke auf der Erde. Auf der anderen Seite, wenn die Person, vor der man steht, einen herzlich grüßt und fragt, was sie für einen tun kann, hat sie vermutlich etwas zu verbergen. In London ist es genauso, sagen Sie?«

»Mehr oder weniger ganz genauso, ja. Aber nachdem sie widerwillig zu der Erkenntnis gelangt sind, dass sie die Hilfe der Polizei benötigen, erinnern sie sich, dass wir ja schließlich genau dafür da sind. Und dann verlangen sie, dass wir alles stehen und liegen lassen und uns augenblicklich auf ihre Angelegenheit konzentrieren!« Ich dachte flüchtig an Miss Eldon und fragte mich, ob Lizzie im Tagesverlauf wohl tatsächlich noch einmal zu der alten Lady zurückgekehrt war.

Das Dienstmädchen war wieder da. Der Reverend Dr. Bastable sei bereit, uns zu empfangen, und ob wir wohl so freundlich wären, unsere Schuhe ordentlich abzutreten. Diese Bitte kam, wie ich vermutete, nicht vom Reverend, sondern von der Dienstmagd selbst. Wir benutzten den metallenen Schuhabstreifer neben der Tür, dann traten wir über die Schwelle, und nachdem wir durch das Dienstmädchen um unsere Hüte erleichtert worden waren, welche sie auf einem Tisch in der Eingangshalle ablegte, wurden wir in einen komfortablen Raum geführt. Bücherregale reihten sich an den Wänden, und im Kamin brannte und knisterte ein munteres Feuer.

Dr. Bastable legte das Buch, in dem er gelesen hatte, auf einen kleinen Beistelltisch, wo auch eine Karaffe mit, wie ich vermutete, Sherry oder Madeira sowie ein Glas standen, und erhob sich aus einem Ohrensessel. Er war sicher nicht erfreut über unser Eindringen in eine so behagliche Atmosphäre, doch er verbarg seinen Missmut gut.

»Die Gentlemen sind also von der Polizei, wie?«, fragte er. »Nun denn, was hat Sie zu mir geführt?«

Er war schätzungsweise wenigstens siebzig Jahre alt und einmal ein groß gewachsener, gut aussehender Mann gewesen. Heute stand er gebeugt und hager vor uns, mit weißem Haar und weißen Koteletten. Auf seiner Adlernase saß ein Kneifer, den er beim Reden abnahm, um damit auf uns zu zeigen. Ich schätzte, dass er ein ehemaliger Schulmeister einer kirchlichen Einrichtung war – wäre ich einer seiner Schüler gewesen, ich hätte mich vor ihm zu Tode geängstigt. Die Augen, die uns fixierten, mochten vielleicht eine Brille zum Lesen benötigen, doch sie waren immer noch klar und durchdringend.

»Danke, dass Sie uns empfangen, Sir«, sagte Colby höflich. Er deutete auf mich. »Inspector Ross von Scotland Yard ist eigens aus London angereist, um Ermittlungen wegen einer jungen Lady anzustellen, die nach unseren Informationen früher hier gelebt hat. Dieses Haus hat einst Mrs. Waterfield gehört, ist das richtig?«

»Das ist richtig, in der Tat. Mrs. Waterfield ist verstorben«, antwortete Dr. Bastable.

Colby sah mich an. Ich sollte die Befragung fortsetzen. Das tat ich denn auch, und er wirkte erleichtert.

»Die Fakten sind folgende, Dr. Bastable. Ich ermittle in einem Fall von gewaltsamem Tod. Der Leichnam einer jungen Frau wurde in London gefunden. Wir haben Grund zu der Annahme, dass es sich um eine Miss Devray handelt und dass sie früher hier bei Mrs. Waterfield gelebt hat.«

Dr. Bastable war vermutlich daran gewöhnt, erschreckende Geständnisse zu hören. Er zeigte keine Überraschung, als er sich wieder setzte und sich einen oder zwei Augenblicke Zeit nahm, um es sich bequem zu machen. Er platzierte seinen Kneifer behutsam neben dem Buch, dann legte er die Spitzen seiner langen, gepflegten Finger aneinander und studierte uns über sie hinweg. Ich erkannte sämtliche Anzeichen von jemandem, der sich Zeit ließ zum Nachdenken.

»Ist das so?«, sagte Dr. Bastable schließlich. »Wo genau in London, wenn ich fragen darf, wurde diese junge Frau gefunden?«

»In einem Hof hinter einem Speisehaus, nicht weit von der Piccadilly«, antwortete ich. »Die Leiche lag in einem großen Behälter für Küchenabfälle.«

Bastable schien für einen Moment zu erstarren, doch ansonsten zeigte er keinerlei Überraschung angesichts meiner schockierenden Worte. »Und die Todesursache?«, fragte er nach einer weiteren kurzen Pause.

»Sie hat einen Schlag auf den Kopf erhalten, und ihr Genick war gebrochen. Bis jetzt wissen wir noch nichts über die Waffe, die benutzt wurde, oder den Grund oder die Umstände, die zu ihrem Tod geführt haben.«

Ich nahm an, dass Bastable diesmal etwas sagen würde, und wartete. Er griff nach dem Kneifer und betrachtete für einen Moment die glänzenden Gläser, während er ihn hierhin und dorthin drehte. »Sprechen Sie weiter«, war alles, was er schließlich sagte.

Ich atmete tief durch und berichtete ihm von den Stiefeln und unserem Besuch bei dem Schuhmacher Tobias Fitchett. »Und so sind wir an die Information gelangt, dass Miss Devray hier in diesem Haus bei der verstorbenen Mrs. Waterfield gelebt hat«, schloss ich.

»Ich war nicht mit der früheren Besitzerin des Hauses bekannt«, informierte uns Dr. Bastable. »Und auch nicht mit der fraglichen jungen Person. Ich habe das Haus nach Mrs. Waterfields Tod von ihrem Erben erworben. Er hatte keine Verwendung dafür. Ich kann Ihnen daher nichts über Mrs. Waterfield oder ihren Haushalt sagen. Allerdings ...«, fügte er nach einer weiteren Pause beinahe widerwillig hinzu, »... die Köchin, Mrs. Bates, hat schon zu Lebzeiten der Vorbesitzerin hier gearbeitet. Vielleicht weiß sie etwas von Interesse.«

Das war mehr, als ich erhofft hatte. »Sie hat Miss Devray vermutlich gekannt? Das sind ermutigende Neuigkeiten!«

»Ich nehme an, dass dem so ist«, sagte Bastable missbilligend ob meiner Aufregung. Er erhob sich und zupfte an der Glockenschnur neben dem Kamin. Die ältliche Dienerin erschien Augenblicke später, so schnell, dass ich annahm, sie hatte sich in der Halle herumgetrieben in der Hoffnung, durch die geschlossene Tür hindurch das eine oder andere Wort aufzuschnappen. Sie ging, um die Köchin Mrs. Bates zu holen. Bastable bedeutete uns mit einer großzügigen Geste, doch Platz zu nehmen. Er hatte uns bisher stehen lassen, im Vertrauen darauf, dass unser Besuch nur kurz sein würde. Nun setzte er sich erneut in seinen Sessel, schlug ein Bein über das andere und faltete die Hände, als wollte er beten, um sodann auf eine irritierende Weise mit den Fingerspitzen gegeneinanderzutrommeln. Wir verweilten länger in seinem Haus, als ihm lieb war. Er hatte sich in seine Bürgerpflicht gefügt, dem Gesetz zu helfen. Doch es gefiel ihm nicht. Wir warteten schweigend.

Die meisten Köchinnen sind meiner Erfahrung nach großzügig proportioniert, und Mrs. Bates bildete keine Ausnahme. Sie erschien atemlos und neugierig vor uns. Ihr rosiges Gesicht unter einer Morgenhaube war nass geschwitzt und ihr stämmiger Leib in eine voluminöse Schürze gehüllt.

»Sie wünschen, Sir?«, wandte sie sich an Dr. Bastable.

»Ah, Bates«, sagte ihr Arbeitgeber kühl. »Diese Gentlemen

hier sind von der Polizei. Sie sind gekommen, um uns zu sagen, dass Miss Devray tot ist.«

Mrs. Bates' Augen quollen hervor, ihr Unterkiefer fiel herunter, und dann stieß sie einen erstickten Schrei aus und sank zu Boden.

»O mein Gott, wie wird mir!«, rief sie aus dem Gewirr aus Schürzen, Röcken und Morgenhaube. »Die liebe arme junge Lady! Was, tot und gestorben und zu den Engeln aufgestiegen? Sie war doch selbst ein Engel, ganz bestimmt.« Sie verschränkte die Hände. »Sie war doch viel zu jung, war sie!« Ihre Augen glitzerten in ihrer Begierde, die schrecklichen Einzelheiten zu erfahren.

»Das war sie in der Tat«, bestätigte ich. »Und es ist sehr wahrscheinlich, dass sie das Opfer einer Gewalttat wurde.«

Die Köchin atmete erschrocken ein und riss die Hände an die fleischigen roten Wangen. »Die Welt ist ein schlechter Ort, wie wir alle wissen, und Sie sicher besser als die meisten anderen, Sir!« (Die letzten Worte gingen an ihren klerikalen Arbeitgeber.) »Aber ein unschuldiges Wesen wie die arme Miss Devray? Sie hätte keiner Menschenseele etwas zu Leide getan! Sie konnte mir nicht einmal zusehen, wenn ich eine Maus aus einer Falle geholt habe. Eine schlimme, schlimme Geschichte ist das! Wir werden alle für ihre arme engelsgleiche Seele beten!«

»Ja!«, sagte Dr. Bastable knapp. »Seien Sie stark, Bates. Es ist ein Schock für Sie, wage ich zu behaupten, aber diese Gentlemen haben keine Zeit für Ihre Klagen. Sie möchten wissen, was Sie ihnen über Miss Devray erzählen können. War sie mit Mrs. Waterfield verwandt?«

»Nein«, antwortete die Köchin entschieden. »Nicht blutsverwandt, das weiß ich mit Sicherheit. Sie wurde im Unglück geboren. Ihre arme Mama starb bei der Geburt. Ihr Papa war ein Geschäftspartner des verstorbenen Mr. Waterfield, und weil

Mr. Waterfield und seine Frau keine eigenen Kinder hatten, nahmen sie es auf sich, das verwaiste Kind aufzuziehen. Es ist ein Segen, Gentlemen, dass weder Mr. noch Mrs. Waterfield heute unter uns sind, um die schockierenden Neuigkeiten zu hören, die Sie mitgebracht haben. Nicht, dass sie nicht sehr vermisst würden hier in Salisbury. Sie waren beide sehr geachtet. Aber wenn sie nicht schon tot wären, diese furchtbare Botschaft hätte sie bestimmt alle beide umgebracht.«

»Ist Mr. Devray, ihr leiblicher Vater, noch am Leben, wissen Sie das?«, fragte ich.

»Tot und beerdigt«, antwortete die Köchin und schüttelte den Kopf. »Er hat den Tod seiner geliebten Frau keine zwölf Monate überlebt. Sein Herz war gebrochen.« Mrs. Bates senkte die Stimme. »Das arme Ding war ganz allein und wäre sicher in einem Waisenhaus gelandet, vermutlich einem Arbeitshaus, wären nicht Mr. und Mrs. Waterfield gewesen. Mr. Devray hat diesem Kind nicht einen Penny hinterlassen, verstehen Sie? Sein ganzes Geld war irgendwie weg. Ich weiß nicht, wie«, beendete die Köchin ihren Bericht mit einem Unterton des Bedauerns.

Dr. Bastable wurde allmählich ungeduldig. »Ich nehme an, Ross, das alles ist wichtig, und was müssen Sie sonst noch wissen?«, wandte er sich an mich.

»Sehr viel, Sir.«

»Also schön, wenn es nötig ist. Aber ich bin nicht dafür, dass Dienstpersonal tratscht. Gibt es sonst noch etwas, Bates, das für die Police Officers hier von Interesse wäre?«

Ich war nicht sonderlich erbaut von der Art und Weise, wie Bastable die Gesprächsführung an sich riss, und wünschte, ich wäre vorher geistesgegenwärtig genug gewesen, darum zu bitten, mit Mrs. Bates allein zu reden. Doch es war Dr. Bastables Haus und seine Köchin, also musste ich irgendwie das Beste daraus machen.

»Mrs. Bates«, begann ich fest. »Wissen Sie, wohin sich Miss Devray gewandt hat, nachdem sie in der Folge von Mrs. Waterfields Tod dieses Haus verlassen hat?«

»Nein, Sir«, sagte Mrs. Bates traurig. »Ich glaube, man hat ihr eine Anstellung angeboten.«

»Als Dienstbotin?«

»Nein, Sir, o nein! Mehr als Gesellschafterin und Pflegerin. Nicht für ein Kind, sondern für eine hinfällige Lady, eine Person, die bettlägerig war. Allerdings weiß ich nicht, wo.«

»Und das hat Miss Devray Ihnen selbst gesagt?«

Jetzt blickte die Köchin ein wenig verlegen drein. »Nicht genau, Sir«, gestand sie mit einem nervösen Blick zu ihrem Arbeitgeber. »Ich habe zufällig gehört, wie sie mit Mr. Carroway darüber gesprochen hat, dem Anwalt von Mrs. Waterfield.«

Dr. Bastable gab ein Geräusch von sich, das extreme Missbilligung ausdrückte. Es war Zeit, die Befragung der Köchin zum Abschluss zu bringen. Ich bezweifelte, dass sie uns noch mehr zu berichten hatte, mit einer Ausnahme. Ich kannte die Antwort bereits, oder glaubte zumindest, sie zu kennen, doch es konnte nicht schaden, auf Nummer sicher zu gehen.

»Können Sie uns den Vornamen von Miss Devray bestätigen, Mrs. Bates?«

»Emily, Sir. Ihr Name war Emily Devray.«

»Sie können jetzt gehen, Bates!«, befahl Dr. Bastable.

»Ich kann Sie zu diesem Anwalt bringen«, murmelte Colby an mich gewandt. »Ich weiß, wo seine Geschäftsräume sind.«

Ich dankte Dr. Bastable für seine Hilfe und entschuldigte mich dafür, dass wir ihn gestört hatten. Er antwortete mit einer erhabenen Geste, doch er war unübersehbar erleichtert, uns gehen zu sehen.

Draußen in der Halle reichte uns die ältere Dienerin unsere Hüte. »Kannten Sie Miss Emily Devray?«, fragte ich sie.

»Nein, Gentlemen«, antwortete sie bedauernd. Sie hatte uns eigentlich nicht ins Haus lassen wollen, doch jetzt brannte sie eindeutig darauf zu erfahren, was das alles zu bedeuten hatte. Nun, Mrs. Bates würde es ihr zweifellos erzählen.

Draußen auf der Straße sah ich Colby an. »Was halten Sie von Bastable?«

»Ein kalter Fisch«, sagte Colby. »Aber er war schockiert, als Sie ihm von dem Abfallbehälter erzählt haben, auch wenn er es gut verborgen hat. Ein wenig schäbig für einen Mann mit seinem geläuterten Geschmack, wage ich zu behaupten. Er will sich von der ganzen Angelegenheit distanzieren, ja, das ist es. Er hat uns nicht einmal mit einem erbaulichen Bibelspruch beglückt. Er mag ein Geistlicher sein, doch er ist niemand, den ich aufsuchen würde, wenn ich geistlichen Trost suche. Wir erfahren nichts mehr von ihm.«

»Nun denn, als Nächstes suchen wir diesen Anwalt auf. Vielleicht erfahren wir von Mr. Carroway mehr?«

»Er hat vermutlich sein Mittagessen im Sinn«, bemerkte Colby, nachdem er seine Taschenuhr konsultiert hatte. »Das sollten wir auch. Ich kenne ein Lokal, wo wir etwas Anständiges zu essen bekommen.«

Und so war es ein wenig später, als wir uns, gestärkt von Koteletts und Rosinenpudding, auf den Weg zu den Räumlichkeiten des Anwalts machten.

Carroway hatte vermutlich ebenfalls gut gespeist und sich auf ein Verdauungsnickerchen gefreut. Er war jedenfalls nicht erfreut, uns zu sehen, und er gab sich keine Mühe, dies zu verheimlichen.

»Polizei?«, fragte er in scharfem Ton. »Hätten Sie keinen Termin vereinbaren können?«

Er war ein gedrungener Kerl von mittlerer Größe und vielleicht fünfzig Jahre alt. Seine Klientel bestand vermutlich aus

Landedelleuten und bessergestellten freien Bauern sowie einigen respektablen Ladys wie der verstorbenen Mrs. Waterfield. Sein rötlicher, wettergegerbter Teint ließ vermuten, dass er ein Reitpferd unterhielt und damit über das Land ritt, um seinen Mandanten Rat zu erteilen. Die rot geäderte Nase legte den Verdacht nahe, dass er die Kälte auf diesen Ausritten mit dem Inhalt eines Flachmanns vertrieb.

Es war an mir, mich für die Störung zu entschuldigen. Doch ich tat dies mit fester Stimme. Ich wollte ihn nicht ermuntern, aufzubegehren oder mich mit Protesten bezüglich Mandantenrechten zu überhäufen. Er richtete seine kleinen, wütenden Augen auf mich.

»Nun denn?«, schnappte er. »Sagen Sie schon, was Sie von mir wollen!«

Ich informierte ihn, dass ich in einem Mordfall in London ermittelte und Grund zu der Annahme hatte, dass es sich bei dem Opfer um eine Miss Emily Devray handelte, die früher bei einer seiner Klientinnen gewohnt hatte, Mrs. Waterfield.

»Das ist richtig«, pflichtete er mir bei und lehnte sich in seinem Sessel zurück, während er mich hart anstarrte. »Aber ich war nicht mit ihren Angelegenheiten betraut. Sie hatte keine. Sie war eine mittellose Waise. Die Waterfields haben sie in einem Akt der Nächstenliebe bei sich aufgenommen. Ich kann Ihnen überhaupt nichts über Miss Devray erzählen … Natürlich tut es mir leid, von ihrem Tod zu hören«, fügte er ein wenig zu spät hinzu. »Mord, sagen Sie? Das klingt verteufelt unwahrscheinlich in meinen Ohren!«

Hatte ich mir das nur eingebildet, oder hatte er für eine Sekunde nervös geklungen?

»Ihr Genick wurde gebrochen.«

»Es war kein Unfall? Ein Treppensturz oder etwas in der Art?«, beharrte er. »Sie sind sicher, dass es Mord war?«

Er war nicht die erste Person, der ich unangenehme Neuigkeiten überbrachte und die sich rundweg weigerte, sie zu akzeptieren.

»Vollkommen sicher, Mr. Carroway. Sie hat außerdem einen Schlag gegen den Kopf erhalten, und ihre Leiche wurde bewegt und beiseitegeschafft in dem Bemühen, unsere Ermittlungen zu behindern.«

Carroway zögerte immer noch. Er schnaufte und zappelte auf seinem Stuhl und rieb sich die Hände, als wären sie kalt, obwohl auf dem Rost ein munteres Feuer brannte.

Dann beugte er sich vor und fixierte mich aus seinen kleinen Augen. »Wurde der Leichnam zweifelsfrei identifiziert?«, fragte er herausfordernd.

Ich sah mich gezwungen einzuräumen, dass die Tote noch nicht offiziell als Emily Devray identifiziert worden war.

Carroway lehnte sich zurück und entspannte sich. »Dann lassen Sie uns hoffen, dass Sie sich irren«, sagte er und verstummte. Er schien nicht geneigt, dem noch etwas hinzuzufügen.

Falls er gedacht hatte, dass er damit aus dem Schneider war und es keine weiteren Fragen geben würde, so hatte er sich geirrt. Ich zückte die Fotografie. »Ist dies Ihrer Meinung nach Miss Devray?«

Carroway nahm die Fotografie mit Daumen und Zeigefinger in unübersehbarem Missfallen und hielt sie von sich weg. Ich fragte mich, ob er weitsichtig war.

»Sie sieht ihr ähnlich«, sagte er zu guter Letzt mit einigem Zögern. »Aber ich könnte es nicht beschwören. Ich hatte nicht direkt mit ihr zu tun, wie ich bereits sagte. Ich kann sie nicht zweifelsfrei identifizieren, falls es das ist, was Sie von mir wollen.«

Ich hatte nicht vor, mich geschlagen zu geben.

»Wenn ich richtig informiert bin, hat Miss Devray ihr ganzes Leben von frühester Kindheit an bei Mrs. Waterfield verbracht«, sagte ich. »Ich frage mich, ob Mrs. Waterfield sie nicht in ihrem Testament berücksichtigt hat?«

»Ich bin nicht bereit, die Einzelheiten der testamentarischen Verfügungen meiner verstorbenen Mandantin mit Ihnen zu diskutieren«, intonierte Carroway. Dann, vielleicht, als er meinen kampflustigen Blick bemerkte, fügte er missmutig hinzu: »Aber ich kann Ihnen so viel sagen, dass sie Miss Devray nur eine sehr kleine Summe hinterlassen hat.«

»Das überrascht mich«, merkte ich an. »Zweifellos hat Mrs. Waterfield in Miss Devray so etwas wie eine eigene Tochter gesehen.«

»Nun, sie war jedenfalls keine, und Mrs. Waterfield hat es auch nicht so gesehen!«, schnarrte Carroway zurück. Weil ich nichts erwiderte und Colby angestrengt die Gesetzestexte in einem Bücherregal studierte, fügte er schließlich widerstrebend hinzu: »Sie hatte keine Veranlassung, etwas in der Art zu tun. Hätten die Waterfields sie nicht als Baby bei sich aufgenommen, wäre sie vermutlich in einem Haus einer wohltätigen Einrichtung aufgewachsen.«

»Sie meinen in einem Arbeitshaus?«, fragte ich.

Carroways rötlicher Teint wurde noch dunkler. »Dafür sind Arbeitshäuser da – die Mittellosen und die Ungewollten aufzunehmen. Dieses Kind war beides.«

Unvermittelt schien er zu einer Entscheidung zu kommen. Er wollte mich aus seinem Büro haben, doch ihm war klar geworden, dass ich nicht gehen würde, bevor er mir nicht ein paar Informationen gegeben hatte.

»Hören Sie, Inspector Ross«, sagte er. »Ich will offen zu Ihnen sein. Miss Devrays Vater war ein Mann von sehr bescheidenem Urteilsvermögen. Ich möchte betonen, dass er nie mein

Mandant war, doch ich wusste über seine Verhältnisse Bescheid. Als er starb, hinterließ er nichts als Schulden. Die Waterfields nahmen seine Tochter bei sich auf und versorgten sie siebzehn Jahre lang mit allem, was nötig war, Kleidung, Nahrung, Erziehung. Das war mehr als genug, meinen Sie nicht? Mrs. Waterfield war nicht bereit, das Mädchen mit einer Mitgift für die Ehe auszustatten oder die Kosten und die Verantwortung für ihre Einführung in die Gesellschaft zu übernehmen. Sie war eine Waise, *ein Fall für die Wohlfahrt*. Als sie fast achtzehn Jahre alt war, wurde es Zeit, dass sie für sich selbst sorgte. Abgesehen davon war Mrs. Waterfield inzwischen eine alte Dame und verwitwet, und ihre Gesundheit stand nicht zum Besten. Sie beschloss, eine Anstellung für Miss Devray zu finden, als Gouvernante oder irgendetwas in der Art.«

»Geschah dies vielleicht zufällig auf Ihren Rat hin?«, fragte ich.

Carroway sah mich würdevoll an. »Sie hat mich selbstverständlich konsultiert und nach der Sinnhaftigkeit eines derartigen Arrangements gefragt«, räumte er ein. »Ich sagte ihr, es wäre vollkommen vernünftig. Also beschaffte sie Emily eine Anstellung in London, über eine Bekannte dort. Ich muss noch einmal betonen, ich war nicht in dieses Arrangement involviert. Ich kenne weder den Namen der Bekannten noch die Familie, zu der Miss Devray gegangen ist. Wie es der Zufall will, wurde dieses Arrangement gerade noch rechtzeitig gemacht, bevor Mrs. Waterfield zu Hause zusammenbrach und starb. Miss Devray war noch nicht abgereist, um ihre Anstellung in London anzutreten. Sie blieb noch einige Monate länger im Haus von Mrs. Waterfield, im Einvernehmen mit dem Erben und mit Mrs. Waterfields Köchin als Gesellschafterin, sodass das Anwesen nicht unbewohnt war, während die Details des Nachlasses geregelt wurden.«

»Und wer ist dieser Erbe?«, fragte ich.

Carroway runzelte die Stirn. »Der Haupterbe ist ein Neffe von Mrs. Waterfield, ein Gentleman aus Yorkshire. Er hatte nicht den Wunsch, in den Süden zu ziehen. Aus diesem Grund wurde das Anwesen verkauft, und Miss Devray ging fort.«

Carroway verstummte. Endlich nahm Colby den Blick von den Bücherrücken. »Die Köchin, von der Sie sprechen«, sagte er beiläufig. »Sie steht heute in Diensten von Dr. Bastable, dem neuen Besitzer des Hauses.«

»Ist das so?«, entgegnete Carroway frostig. »Dann hatte die Köchin großes Glück, ihre Anstellung zu behalten. Höchstwahrscheinlich hat Miss Bastable diese Entscheidung getroffen, die Schwester von Dr. Bastable. Sie führt den Haushalt.«

»Wir haben nicht mit Miss Bastable gesprochen«, informierte ich ihn. Ich überlegte, ob ich vielleicht eine Gelegenheit verpasst hatte, doch ich kam schnell zu dem Schluss, dass dem wohl nicht so war. Wenn Miss Bastable ihrem Bruder auch nur halbwegs ähnlich war, hätte sie uns kein Wort erzählt. Sie hätte möglicherweise sogar verhindert, dass wir mit der Köchin redeten, schon aus Prinzip.

Colby hatte sich in den Punkt verbissen wie ein Terrier. »Die Köchin scheint zu denken, dass Miss Devray nach London gegangen ist, um als Gesellschafterin für eine behinderte ältere Dame zu arbeiten.«

»Das Geschwätz von Dienstboten bietet selten verlässliche Informationen«, sagte Carroway. »Ich denke nicht, dass ich Ihnen noch weiter behilflich sein kann, Gentlemen.«

»Ich kann nicht sagen, dass ich diesen Kerl mag«, bemerkte Colby, als wir wieder draußen waren und die Straße hinuntergingen.

»Mir geht es genauso«, pflichtete ich ihm bei. »Und ich

glaube, er war alles andere als ehrlich. Er fühlte sich unbehaglich, als Sie das Geschwätz der Köchin erwähnten. Er ist genau wie dieser Bastable. Er will nichts mit uns zu schaffen haben. Wir sind lästig.«

»Ich habe ihn beobachtet, als Sie ihm die Fotografie von der Toten gegeben haben. Und ich bin sicher, es ist Mord im Spiel«, sagte Colby weise. »Er kannte sie, keine Frage! Ich gehe jede Wette mit Ihnen ein, dass die Idee, das Mädchen nach London zu schicken, auf seinem Mist gewachsen ist. Genauso wie die Entscheidung von Mrs. Waterfield, Emily nur eine kleine Summe zu hinterlassen, auf Carroways Rat hin erfolgte. Jetzt ist das Mädchen tot, und Carroway verwischt seine Spuren.«

»Warum sollte er das tun, glauben Sie? Gegen Emilys Interessen beraten?« Ich wollte Colbys Theorie erfahren. Ich war sicher, dass er bereits eine hatte. Der Mann besaß einen kreativen Verstand.

»Das ist doch vollkommen offensichtlich!«, erklärte er. »Dieser Kerl in Yorkshire, der alles geerbt hat, mit Ausnahme von ein paar kleineren Summen wie der, die Emily hinterlassen wurde. Seine Tante war alt, und ihre Gesundheit war nicht mehr die beste.« Colby tippte sich an die Stirn. »Vielleicht war sie auch nicht mehr ganz klar im Oberstübchen? Sie war jedenfalls sehr wohlhabend, und er stand als ihr natürlicher Erbe für eine hübsche Summe und ein ansehnliches Anwesen in der Reihe. Aber warten Sie – da ist noch eine Fliege in der Suppe –, auch wenn ich Emily Devray nicht so unschmeichelhaft titulieren möchte«, fügte er entschuldigend hinzu. »Aber vom Standpunkt des Neffen in Yorkshire war sie ein Ärgernis, das Anlass zur Sorge gab. Ein Kuckuck im Nest! Angenommen, seine Tante hatte sich in den Kopf gesetzt, der jungen Frau, die sie anstelle einer Tochter aufgezogen hatte, einen beträchtlichen Anteil ihres Erbes zu vermachen? Er hätte zwar immer noch den Löwenanteil erhalten, wage ich zu behaupten, aber er wollte alles. Reich zu sein heißt nicht, dass die Leute nicht mehr gierig sind. Was also war zu tun?«

»Ich könnte den Anwalt meiner Tante befragen«, sagte ich. »Einen Mann, auf dessen Rat sie sich verließ und dessen Meinung sie respektierte.«

»Und genau das hat er getan, merken Sie sich meine Worte!« Colby klatschte triumphierend in die Hände. »Und Carroway, entweder, um dem Neffen zu Gefallen zu sein oder aus irgendeinem anderen Grund, den wir nicht kennen, schlug der alten Dame artig vor, dass es Zeit war, Miss Devray aus dem Haus zu schicken, auf dass sie nicht länger zur Last fallen würde.« Colby zögerte. »Ich frage mich, ob Carroway wirklich nicht weiß, wohin Emily gegangen ist?«

Ich dachte nach. »Wenn Sie mich fragen, ich würde sagen, er weiß es nicht«, sagte ich. Colby sah mich überrascht an. »Der Grund, aus dem ich dies annehme, liegt darin, dass er es *nicht wissen wollte*«, erklärte ich. »Er wollte nichts mit den schäbigen Details zu tun haben. Es war eine miese Geschichte, und er wusste, dass sie schlecht ausgehen konnte, deswegen wollte er keine Verantwortung daran haben. Schließlich konnte es recht peinlich für ihn ausgehen, wenn die Dinge schiefliefen. Wie die Sache steht, kann man ihm keinerlei Vorwurf machen, dass er bei einer desaströsen Entscheidung mitgewirkt hat – oder etwas verschweigt, das er von Anfang an nicht gewusst hat.«

»Vermutlich haben Sie recht«, pflichtete Colby mir zögernd bei. »Aber ich wette trotzdem, dass Carroway mehr weiß, als er zugibt. Sie haben bemerkt, wie er sagte, dass Miss Devray das Haus verlassen hat, nachdem der Verkauf getätigt war, aber er hat nichts von der Köchin gesagt. Der Grund ist, er *weiß*, dass sie noch da ist, er wusste es bereits, bevor wir es ihm gesagt haben, und es gefiel ihm nicht, als ich ihn daran erinnerte. Ein windiger Kerl, dieser Carroway.«

Die Dunkelheit setzte bereits ein, als ich mich auf den Rückweg nach London machte. Das offene Land, durch das wir kamen, als der Zug aus dem Bahnhof dampfte, war in violetten Dunst gehüllt. Als wir uns London näherten, wurde er immer dunkler und undurchdringlicher, bis ich das Gefühl hatte, dass der Zug mitsamt all seinen Passagieren in purpurnen Samt eingehüllt war wie die Cherubim im Fenster von Protheroes Bestattungsinstitut.

KAPITEL NEUN

Elizabeth Martin Ross

Bessie und ich waren mit der Kutsche zur Queen Catherine gefahren. Es hatte den ganzen Morgen ununterbrochen geregnet, und auch jetzt, um zwei Uhr nachmittags, platschten noch immer die Tropfen gegen die Scheiben. Es war so dunkel draußen, als hätte der Abend eingesetzt, und in unserem kleinen Salon hatte den ganzen Tag eine Öllampe gebrannt. Ich fragte mich, wie es wohl in Salisbury war, und ich hoffte, dass Ben nicht bis auf die Haut durchnässt werden würde. Bessie, nahezu unsichtbar unter einem riesigen schwarzen Schirm, war losgezogen, um uns eine geeignete Kutsche zu suchen, und triumphierend in einer vertraut aussehenden vierrädrigen Droschke zurückgekehrt.

Sie kam durch die Vordertür gerannt. »Sehen Sie nur, Missis! Ich habe Mr. Slater gefunden!«, rief sie aufgeregt.

Doch ich hatte Wally Slater längst selbst erblickt. Man konnte ihn nicht verwechseln. Er wuchtete sich in Sicht, und seine zerschlagene Visage eines ehemaligen Preisboxers verzog sich zu einer furchterregenden Grimasse, von der ich wusste, dass sie ein freundliches Lächeln war.

»Miss Bessie hier hat mir berichtet, dass Sie wieder auf der Jagd sind nach Geheimnissen und Rätseln!«, begrüßte er mich.

»Nun ja, es könnte ein Rätsel sein, vielleicht aber auch nicht. Wie dem auch sei, ich freue mich, Sie zu sehen, Mr. Slater. Ich hoffe doch, Mrs. Slater geht es gut und sie ist wohlauf?«

»Wohlauf und quicklebendig!«, versicherte Wally mir.

»Der Nebel ist sicher schlecht für das Geschäft, oder?«

»Furchtbar«, grollte der Kutscher. »Die Fahrgäste sehen mich nicht und rufen deswegen nicht nach der Kutsche. Ich kann niemanden warten sehen und auch nicht, was sonst noch auf der Straße ist. Wenn ich einen Fahrgast aufnehme, kann ich sicher sein, dass er sich über die Kosten beschwert und darüber, wie lange es doch dauert, bis er an seinem Ziel angekommen ist! Aber man kann nicht schneller fahren bei diesem Wetter, mit dem Eis auf den Straßen und allem! Die meiste Zeit trotten wir dahin wie ein Eselskarren. Aber ich bringe Sie, wohin auch immer Sie möchten, was, wie sie mir gesagt hat …«, und mit diesen Worten deutete er auf Bessie, »… ein Pub mit Namen Queen Catherine ist, nicht weit von der Piccadilly entfernt, stimmt's? Ein alter Kasten ohne einen einzigen rechten Winkel, wenn ich mich recht entsinne.«

»Dann kennen Sie das Lokal, Mr. Slater?«

»Ich weiß, wo es ist«, antwortete Wally. »Es ist mein Geschäft zu wissen, wo alles ist. Aber ich kann nicht sagen, dass ich den Laden von innen kenne. War noch nie drin, um was zu trinken. Warum interessieren Sie sich überhaupt dafür?«, fügte er mit seiner üblichen Vertraulichkeit hinzu. »Das ist doch gar nicht die Sorte von Lokal, die Sie besuchen, hätte ich mir gedacht.«

»Ich besuche eine alte Dame, die Räumlichkeiten über dem Lokal bewohnt.«

»Ist sie taub?«

»Nein, sie ist nicht taub!«, rief ich verblüfft. »Warum?«

»Über einer Taverne zu wohnen, da kann es nützlich sein, wenn man ein wenig taub ist«, erklärte Wally. »Nun denn, machen wir uns auf den Weg. Geben Sie mir Ihre Hand, Mrs. Ross, ich helfe Ihnen nach oben.«

Als wir dieses Mal, sicher von Wally abgeliefert, die Taverne betraten, erblickte uns Mr. Tompkins gleich im ersten Moment. Er unterbrach seine Unterhaltung mit einem Gast, um uns zu begrüßen.

»Sie haben sich einen netten Tag für Ihren Besuch ausgewählt!«, rief er in jovialem Ton. »Ich hole Louisa!« Er entfernte sich vom Tresen und steckte den Kopf durch die niedrige Luke, die zur Küche führte. »Lou! Mrs. Ross ist zurück, um Ruby zu besuchen!«

Der Gast, mit dem er sich am Tresen unterhalten hatte, drehte sich zu uns um und bedachte uns mit einem neugierigen Blick. Doch sein Interesse war flüchtig – ich war vermutlich nicht jung oder hübsch genug, um mich eingehender in Augenschein zu nehmen, und Bessie war nur ein Dienstmädchen. Er auf der anderen Seite war ein sehr attraktiver junger Mann mit blonden Haaren und einem frischen Teint, sehr gut gekleidet und mit einer selbstbewussten Aura. Während ich ihn ansah, wurde mir bewusst, dass noch weitere junge Männer von der gleichen Sorte in einer Nische hinter der Theke saßen. Ich erinnerte mich an Bessies Bericht; sie hatte von Mrs. Tompkins erfahren, dass sich einige junge Männer aus der Gegend regelmäßig im Queen Catherine zum Trinken trafen. Sie machten bereits eine ganze Menge Lärm. Vielleicht hatte Wally recht gehabt – ein wenig taub zu sein war kein Nachteil, wenn man über der Taverne wohnte.

Mr. Tompkins war zurück und informierte uns, dass Louisa gleich kommen und nach oben gehen würde, um uns anzukündigen.

»Nun mach schon, George!«, rief einer der jungen Männer in der Nische dem jungen blonden Burschen am Tresen zu. »Wie lange dauert das denn?«

»Ja, Tompkins, was ist jetzt mit dem Champagner?«, verlangte der Blondschopf ungeduldig zu erfahren.

»Ich bin gleich bei Ihnen, Sir!«, versprach Tompkins. Der junge Mann kehrte zu seinen Kumpanen zurück.

Louisa Tompkins tauchte auf, diesmal gehüllt in ein Tartan-Kostüm von alarmierend grellen Farben, das modisch von der Taille herabfiel und sich auf der Rückseite in einer üppigen Rüsche sammelte. Als sie den Schankraum betrat wie ein Schiff unter vollen Segeln, fragte ich mich, ob sie dieses offensichtlich neue und vermutlich »beste« Kleid in Erwartung meiner Rückkehr angelegt hatte. Ich fing an, Louisa zu bewundern. Sie war weder jung noch schlank, doch sie hatte kolossalen »Stil« und eindeutig die neueste Mode im Auge. Es war ein kostspieliges Interesse, und angesichts dessen und ihrer Großzügigkeit gegenüber Miss Eldon kam mir plötzlich der Gedanke, dass die Tompkins vermutlich keine Kinder hatten.

»Ruby wird sicher erfreut sein, Sie zu sehen, Mrs. Ross!«, sagte sie zu mir, als wir die knarrende Treppe hinaufstiegen. »Sind Sie in einer Kutsche hergekommen? Sie sehen trocken aus.«

Ich bejahte ihre Frage.

»Also dann, wenn Sie wieder nach Hause möchten, stecken Sie einfach kurz den Kopf in den Schankraum und geben meinem Mann Bescheid. Er schickt dann den Schankgehilfen, um eine Kutsche für Sie zu suchen. Ich schätze, der Regen ist besser als Schnee, aber wenn Sie mich fragen, es wird noch mal Schnee geben, bevor der Monat zu Ende ist. Ich glaube, der Regen verwandelt sich schon wieder in Schneeregen da draußen.«

Ich erwiderte, dass ich befürchtete, sie könnte recht haben.

»Darauf können Sie ruhig wetten, meine Liebe«, sagte Louisa munter. Sie öffnete die Tür am Ende der Stufen. »Besuch ist da, Ruby! Mrs. Ross ist zurückgekommen.«

Ich fand Ruby Eldon wie schon bei meiner ersten Visite im

Sessel neben dem Feuer. Der Kessel auf dem Dreibein stand kurz vor dem Kochen und stieß kleine Dampfwölkchen aus.

»Das ist sehr lieb von Ihnen, so bald wieder vorbeizuschauen«, begrüßte mich Miss Eldon freundlich. »Ich hoffe doch, Sie bringen mir positive Nachricht von der Polizei?«

Meine Stimmung sank, weil es genau das war, was ich nicht mitgebracht hatte. Doch der Augenblick der Beichte musste noch warten. Wir kehrten die Prozedur des Vortags um, denn Miss Eldon verfügte, dass wir zunächst den Tee nehmen sollten. »… weil Sie, meine liebe Mrs. Ross, die Güte hatten, in diesem schrecklichen Regen herzukommen, und sicherlich ein wenig heißen Tee gebrauchen können, um sich wieder aufzuwärmen.«

Doch schließlich, nachdem wir unseren Tee getrunken und unsere Kekse gegessen hatten, war ich gezwungen, die schlechten Neuigkeiten zu überbringen.

»Es tut mir ausgesprochen leid, Miss Eldon, aber ich kann Ihnen nicht ganz die Antwort übermitteln, auf die Sie gehofft hatten. Ich habe meinem Mann alles genau berichtet. Doch letzten Endes ist er an seine Vorschriften gebunden und braucht handfeste Beweise, verstehen Sie, genau wie es für einen Richter der Fall wäre. Er braucht einen stichhaltigen Grund, um anzunehmen, dass ein Verbrechen begangen wurde oder wird, bevor er Zutritt zum Haus eines respektablen Bürgers verlangen kann, gegen den nicht das Geringste vorliegt. Die Situation im Haus gegenüber klingt sicherlich sehr merkwürdig und wenig wünschenswert, doch Sie haben keinen Akt von unmittelbarer Gewalt gegen die junge Frau beobachtet, und …«

»Eingesperrt zu sein ist also kein Akt der Gewalt?«, unterbrach mich Miss Eldon.

»Nun ja, wenn sie gegen ihren Willen eingesperrt wurde. Aber wir wissen nicht, ob sie gewaltsam festgehalten oder daran gehindert wird, das Haus zu verlassen. Genauso wenig wie sie, nach allem, was Sie mir berichtet haben, versucht hat, mit der Außenwelt in Kontakt zu treten. Wenn Sie sie sehen können, dann kann sie vermutlich ihrerseits auch Sie sehen, insbesondere, wenn Sie an diesem sehr großen Fenster stehen, das zur Straße hinauszeigt. Hat sie Ihnen je ein Zeichen gegeben?«

Miss Eldon musste widerstrebend einräumen, dass das Mädchen dies nicht getan hatte.

»Aber ich werde einen Weg finden, mit ihr zu kommunizieren!«, schloss sie fest. »Es ist ganz offensichtlich, was ich zu tun habe, da Inspector Ross so wenig willens ist, in Abwesenheit dessen, was er Beweise nennt, tätig zu werden.«

Ben hatte sich in ihren Augen offensichtlich nicht gerade mit Ruhm bekleckert, und ich hatte das Gefühl, dass ich etwas tun musste, um sein Verhalten zu entschuldigen.

»Glauben Sie mir, Miss Eldon, ich gebe nicht so schnell auf«, versicherte ich ihr ernst. »Inspector Ross kann vielleicht nicht aktiv werden, aber das gilt nicht für mich. Ich werde mein Bestes tun, um die Situation im Haus gegenüber aufzuklären. Mein Dienstmädchen ist schon dabei, sich diskret umzuhören.«

Miss Eldon dachte über meine Erwiderung nach. »Ich nehme an, ich sollte den Tratsch von Dienstboten nicht unterstützen«, sagte sie. »Aber es stimmt, dass sie schnell und effizient darin sind, Dinge herauszufinden. Ist Ihr Mädchen wirklich diskret?«

Ich versicherte ihr, dass Bessie die Diskretion in Person war, und rechnete halb damit, dass mich ein Blitz aus heiterem Himmel niederstreckte. Ich musste Bessie unbedingt einschärfen, dass all unsere Nachforschungen heimlich und verstohlen zu erfolgen hatten.

Miss Eldon wandte sich einem neuen Thema zu. »Ich könnte mir denken, dass Inspector Ross alle Hände voll zu tun hat mit seinen Ermittlungen, wer dieses arme Ding in den Abfallbehälter hinter dem Lokal geworfen hat?«

»Nun ja, das ist wohl so, Miss Eldon.«

»Wären Sie so nett und würden ihm von mir ausrichten, dass ich sehr gut verstehe, wie dringend diese Angelegenheit ist. Aber wenn er damit fertig ist und herausgefunden hat, wer das Mädchen umgebracht und an diesem unangemessenen Ort zurückgelassen hat, wird er sicherlich Zeit finden, um das Haus auf der anderen Seite genauer in Augenschein zu nehmen.«

Ich hatte Ben also nur einen Aufschub verschafft. Man erwartete immer noch von ihm, dass er herausfand, was Miss Eldon interessierte, trotz meiner Bemühungen, ihr begreiflich zu machen, dass er nicht so einfach in das Haus eines respektablen Bürgers eindringen konnte.

Bessie hatte einige Informationen gesammelt, wie ich auf dem Nachhauseweg erfuhr, während wir durch die düsteren Straßen ratterten. Allerdings hatten sie nichts mit dem Mädchen im Haus gegenüber der Taverne zu tun.

»Ich weiß, wer der schicke junge Mann ist, Missis«, sagte sie selbstgefällig und strahlte mich an. »Der, der den Champagner bestellt hat!«

»Sprich weiter«, ermunterte ich sie.

»Er lebt bei seiner Patentante, und sie heißt Lady Temple. Ihre Ladyschaft besitzt ein Stadthaus ganz in der Nähe, ein wirklich altes Haus. Sie ist selbst ebenfalls schon alt. Sie geht nicht oft aus, weil sie eine Invalidin ist. Sie liegt die meiste Zeit im Bett, hat Mrs. Tompkins mir erzählt, nachdem sie zu Hause schlimm gestürzt ist. An manchen Sonntagen wird sie in einem Rollstuhl nach draußen gebracht und in eine Kutsche geladen. Die Kutsche bringt sie zur Kirche. Wenn die Messe zu Ende ist, wird sie zurückgebracht und in ihrem Rollstuhl wieder ins Haus geschoben. Aber nur, wenn das Wetter nicht so schlecht ist wie im Augenblick. Dann bleibt sie zu Hause. Ihr Patenjunge lebt bei ihr, wenn er in der Stadt ist. Jeder denkt, dass er eines Tages alles erben wird, weil sie eine reiche Frau ist und keine eigenen Kinder hat. Ihr Mann war beim Militär, ein General, aber er starb in Indien.«

»Ihr Patenkind scheint bereits ein wohlhabender junger Mann zu sein, nach der freizügigen Art und Weise zu urteilen, wie er teuren Champagner kauft.«

»Er erwartet eine Erbschaft, oder nicht?«, sagte Bessie. »Und der General, der mit Lady Temple verheiratet war und in Indien gestorben ist, war sein Onkel. Das macht sie zu seiner Tante, also ist er nicht nur Patenkind, sondern verwandt.« Bessie atmete tief ein und sah mich mit kaum verhülltem Triumph an.

»Und das ist noch nicht alles, was ich herausgefunden habe!«, fuhr sie fort. »Weil Mrs. Tompkins so munter über Lady Temple geplaudert hat, fing ich an, sie über die anderen Leute auszufragen, die in der Gegend wohnen. ›Wer lebt da drüben in dem hübschen Haus?‹, hab ich sie gefragt. ›Dem auf der anderen Straßenseite?‹

›Das ist das Haus von Mr. Bernard, dem Bankier‹, war ihre Antwort. Ich hätte noch mehr aus ihr herausholen können, ganz bestimmt, aber wie es das Pech wollte, kam in diesem Moment der Schankgehilfe rein und wollte irgendwas. Und als er wieder weg war, konnte ich nicht mehr weiter nach Mr. Bernard fragen, ohne allzu neugierig zu wirken. Aber jetzt, wo ich von ihm weiß, unternehme ich beim nächsten Mal einen neuen Versuch.«

»Sei bloß vorsichtig, Bessie!«, warnte ich sie, während ich bei mir dachte, dass Miss Eldon sicher einen weiteren Besuch erwartete. Bessie würde ihre Gelegenheit erhalten.

Es war bereits recht spät, als Ben an diesem Abend nach Hause kam. Dennoch und trotz der ermüdenden Reisen, die er im Zug nach Salisbury und zurück unternommen hatte, saßen wir noch lange beieinander und unterhielten uns.

»Wir haben den Namen des Opfers«, hatte er berichtet, kaum dass er zur Tür hereingekommen war. »Ich erzähl dir nach dem Abendessen alles. Es gibt doch ein Abendessen? Mir ist schon klar, dass du nicht wissen konntest, dass ich noch heute Abend zurückkomme oder ob es morgen Früh wird.«

»Ich war nicht sicher, wann ich dich heute Abend sehen würde«, gestand ich. »Deswegen ist nichts gekocht. Aber es gibt kalten Schinken und reichlich Eier. Oder wenn es dir lieber ist, könnte Bessie zum Imbissstand laufen.«

»Schinken und Eier klingen großartig. Ich habe heute schon warm gegessen, und sogar recht gut.« Er grinste unvermittelt und fragte dann in dramatischem Ton: »Möchtest du nicht wissen, was ich herausgefunden habe?«

»Selbstverständlich möchte ich! Und du hast eine ganze Menge herausgefunden, da du jetzt weißt, wer das arme Mädchen war!«

»Ja. Ihr Name war Emily Devray – oh, Bessie! Lauschst du hinter der Tür?«

Die Tür öffnete sich, und Bessie erschien. Sie war errötet. »Nein, ich habe nicht gelauscht! Ich wollte nur sagen, es dauert nicht länger als zehn Minuten, eine heiße Pastete vom Imbissstand zu holen.«

»Das ist nicht nötig, Bessie«, sagte ich.

»Also gut, dann eben Schinken und Eier.« Sie zog sich würdevoll zurück.

»Eines Tages wird sie wirklich irgendetwas hören, das nicht für ihre Ohren bestimmt ist«, sagte Ben ernst.

»Sie lauscht nicht die ganze Zeit, Ben«, verteidigte ich unser Hausmädchen. »Ich schätze, sie wäre gerne dabei, wenn ich dir von unserem Besuch in der Queen-Catherine-Taverne berichte.

Aber zuerst musst du mir erzählen, was du herausgefunden hast, weil das wichtiger ist. Hat es in Salisbury auch so schlimm geregnet?«

»Nein. Es war sehr kalt, und unter den Hecken und Bäumen lag noch Schnee. Der Boden war durchgeweicht und matschig. Salisbury ist eine hübsche Stadt. Ein Städtchen eigentlich, im Vergleich zu London, aber es gibt eine schöne Kathedrale, und die Stadt hat Geschichte. Colby, mein Kollege, hat mich am Bahnhof abgeholt, und wir haben keine Zeit verschwendet. Was wir herausgefunden haben, ist eine wirklich traurige Angelegenheit.«

Er erzählte mir die Geschichte von Emily Devray. Ich wusste aus eigener Erfahrung, wie verletzlich alleinstehende Frauen ohne Familie waren, und so war ich sehr bewegt von Bens Bericht.

»Du hast eine ganze Menge herausgefunden, so viel steht fest. Gut, dass du jetzt einen Namen für das Mädchen hast. Dieser Carroway scheint kein netter Mensch zu sein. Ich bin sicher, du hast recht und er hatte etwas damit zu tun, dass Emily nach London fortgeschickt wurde, um sich dort ihren Lebensunterhalt zu verdienen oder auch nicht, je nachdem, wie das Schicksal die Würfel fallen ließ. Was für ein Mann ist übrigens Inspector Colby?«

»Ein sehr angenehmer, hilfreicher Kollege. Er hat eine lebhafte Fantasie. Ich denke, er würde prima mit Ruby Eldon zurechtkommen.« Ben lächelte.

Doch mir war ein Gedanke gekommen. »Du hast herausgefunden, dass Emily nach London geschickt wurde, um als Gesellschafterin für eine invalide Lady zu arbeiten. Nun, rein zufällig hat Bessie heute von so einer Lady erfahren. Sie wohnt in der Nähe der Queen-Catherine-Taverne in einem alten Stadthaus. Sie ist eine gewisse Lady Temple, Witwe eines Generals.

Ihr Patensohn – der Neffe ihres verstorbenen Mannes – war in der Taverne, um mit seinen Freunden zu trinken. Sie waren ziemlich laut, und sie tranken Champagner. Vielleicht hatten sie etwas zu feiern.«

»Ah, du warst also noch einmal bei Ruby Eldon? Der Regen konnte dich nicht von einem Besuch abhalten?«

»Oh, wir haben eine Kutsche genommen. Bessie ist losgezogen, um eine zu suchen, und sie hatte das Glück, Wally Slater mit seiner Droschke zu finden. Wir sind also beide einigermaßen trocken geblieben.«

»Ich hoffe, du hast Miss Eldon erklären können, dass ich nichts unternehmen kann wegen der Situation im Haus gegenüber? Solange ich keine handfesteren Beweise dafür habe, dass etwas Gesetzwidriges passiert?« Ben sah mich unter erhobenen schwarzen Augenbrauen an.

Jetzt war nicht der Moment, um ihm zu sagen, dass Miss Eldon immer noch von ihm erwartete, dass er tätig wurde, sobald das Rätsel um den Tod von Emily Devray gelöst war. »O ja, Ben, das habe ich.«

Ich beließ es dabei. Es war bereits zu spät, um eine Diskussion anzufangen, und wir waren beide sehr müde. Ich hatte Bessie schon vor geraumer Zeit nach oben und zu Bett geschickt.

Die Uhr in der Halle, ein Hochzeitsgeschenk von Superintendent Dunn und seiner Gemahlin, läutete elf. Ben unterdrückte ein Gähnen. Ich stand auf und ging zum Fenster, um durch die Vorhänge hinaus auf die Straße zu spähen. »Ich glaube, es hat aufgehört zu regnen.«

»Ich habe immer das Gefühl, dass die Uhr der Dunns mir irgendeinen Befehl gibt. Jetzt beispielsweise, dass ich zu Bett gehen soll!«, murmelte Ben und wuchtete sich aus dem Sessel. »Vielleicht kommt der Superintendent morgen wieder zum Dienst, gesund und munter und bereit, persönlich seine Befehle zu erteilen? Und vielleicht ist Biddles Erkältung besser und er hört mit diesem ewigen Geschniefe auf.«

Inspector Ben Ross

Dunn kam am Morgen noch nicht wieder zur Arbeit. Doch er schickte eine Notiz, in der er mitteilte, dass er hoffte, zum Ende der Woche wieder auf den Beinen zu sein. Ich sollte detaillierte Berichte von allen Fällen bereithalten, die ich während seiner Abwesenheit bearbeitet hatte. Ich hatte recht – diese Uhr in unserer Halle agierte als Dunns Sprachrohr. Pflichtschuldig nahm ich ein Blatt Papier aus der Schublade und machte mich daran, die bisherigen Fortschritte im Mordfall Emily Devray zusammenzufassen. Ich war froh, dem Opfer einen Namen geben zu können (auch wenn der Leichnam noch nicht offiziell identifiziert worden war) – das würde Dunn fürs Erste zufrieden stellen.

Ich war noch nicht weit gekommen mit meinem Bericht und der Beschreibung der Erkenntnisse, die ich in Salisbury gewonnen hatte, als ein Kollege von mir, der mit den Ermittlungen in der Serie von Raubüberfällen beschäftigt war, die unter dem Deckmantel des Nebels stattgefunden hatten, in mein Büro kam und mich informierte, dass sie die Bande zerschlagen und den Anführer verhaftet hatten. Außerdem war es ihnen gelungen, einen Hort an gestohlenen Gegenständen sicherzustellen, verborgen hinter einer falschen Wand auf dem Dachboden eines Bordells in Limehouse.

Er ließ sich nicht davon abbringen, sich hinzusetzen und mir detailliert zu erzählen, wie er die Diebe aufgespürt hatte, gefolgt von einer lebhaften Beschreibung der Razzia auf das Versteck. Es dauerte eine gehörige Weile, bevor ich ihn höflich darauf hinweisen konnte, dass ich eine ganze Menge Arbeit auf dem Tisch liegen hatte.

Er machte sich davon, während er ganz offensichtlich sehr zufrieden mit sich selbst ein leises Lied summte. Ich befasste mich wieder mit dem Bericht über meine Reise nach Salisbury und die Tote, von der wir mit an Sicherheit grenzender Wahrscheinlichkeit wussten, dass es sich um Emily Devray handelte. Die Arbeit zwang mich, meine Gedanken zu ordnen und meine Notizen zu konsultieren. Ich fing wieder an zu schreiben. Mein Stift kratzte erst eine oder zwei Minuten über das Papier, als ich erneut unterbrochen wurde. Das Schicksal konnte grausam sein.

Biddle erschien in der Tür und informierte mich, dass ich einen Besucher hatte.

»Ein junger Gentleman möchte Sie dringend sprechen, Sir«, sagte er. »Ein Mr. George Temple.«

Temple? Ich hatte den Namen erst kürzlich gehört. Mein Kopf war noch angefüllt mit Gedanken über meine Reise nach Salisbury am Tag zuvor, und so wollte es mir nicht sogleich einfallen. Zu allem Übel breitete sich ein großer Tintenfleck mit alarmierender Geschwindigkeit über meinen neuen und noch längst nicht beendeten Bericht aus.

»Um was geht es?«, fragte ich und fügte hinzu, um mir Zeit für die Beseitigung des Tintenflecks zu erkaufen: »Kann das nicht Sergeant Morris übernehmen?«

»Mr. Temple ist gekommen, um eine Vermisstenmeldung abzugeben«, sagte Biddle. »Und er wird seinen Grund haben, aus dem er jemanden zu sprechen wünscht, der mindestens im Rang eines Inspectors steht, wie er sagt. Nichts darunter ist ausreichend. Er ist ein sehr energischer junger Gentleman, Sir.«

Eine Vermisstenmeldung! »Nun, dann führen Sie ihn zu mir herein«, drängte ich.

Temple war ein schicker junger Mann, der selbstbewusst in mein Büro marschiert kam, nachdem er Biddle fast umgerannt hatte und dieser gezwungen gewesen war, zur Seite zu springen. Er trug seinen Hut sowie einen Gehstock aus Ebenholz mit einem Elfenbeinkopf in der Hand. Er schüttelte mir die Hand und nahm auf dem Stuhl Platz, den ich ihm anbot, um sodann zu überlegen, ob er den Hut auf den Boden neben sich legen sollte. Nicht ganz abwegig kam er wohl zu dem Schluss, dass er staubig werden könnte, also drehte er sich zu Biddle um, reichte ihm den Hut und befahl ihm, ihn irgendwo auf einen Tisch zu legen. Biddles Gesicht lief, nachdem man ihn zuerst aus dem Weg gebellt hatte und jetzt behandelte wie einen Laufburschen, rot an vor Indignation. Er sah mich an. »Legen Sie ihn einfach auf den Aktenschrank dort, Constable«, sagte ich hastig.

Biddle schenkte mir einen gekränkten Blick, warf den Hut auf den angegebenen Schrank und »zog sich geordnet zurück«. Draußen vor der Tür machte er mit einem lautstarken Schnäuzen seinem Ärger Luft.

Mein Besucher verzog das Gesicht. »Jeder verdammte Kutscher hat eine Erkältung«, sagte er. »Und die Dienstmädchen meiner Tante fallen um wie die Kegel.«

»Es tut mir leid, das zu hören, Mr. Temple. Ist eines Ihrer Dienstmädchen verschwunden?«

»Nein!«, entgegnete der junge Mann. »Ich würde sie wohl kaum belästigen, wenn es ein Dienstmädchen wäre. Niemand kümmert das. Ich will ehrlich sein. Ich würde Sie am liebsten überhaupt nicht belästigen, aber meine Patentante, Lady Temple, besteht darauf.«

Aha. Also war das in der Tat der junge Mann, den meine Frau am Tag zuvor in der Queen-Catherine-Taverne beim Champagnertrinken mit seinen Freunden gesehen hatte. Ich musterte ihn mit neu erwachtem Interesse. Nicht zum ersten Mal fühlte ich mich daran erinnert, mehr auf das zu achten, was meine Frau mir erzählte. Als ich antwortete, achtete ich sorgfältig darauf, in ruhigem, professionellem Tonfall zu reden.

»Die Lady ist eine Verwandte und zugleich Ihre Patin? Sie tragen den gleichen Nachnamen.«

»Ihr verstorbener Mann war mein Onkel, der Bruder meines Vaters. Ansonsten, nein, wir sind nicht blutsverwandt. Aber sie betrachtet mich als ihren richtigen Neffen. Sie hat sonst niemanden mehr.«

»Ich verstehe. Bitte fahren Sie fort«, sagte ich. »Dürfte ich zunächst die genaue Adresse erfahren, wo die Vermisste gewohnt hat?«

Er nannte sie und beobachtete stirnrunzelnd, wie ich mir die Adresse notierte. Ich sah hoch und nickte ihm zu, mit seiner Geschichte fortzufahren.

»Es ist so, Inspector«, sagte er. »Meine Patentante ist in fortgeschrittenem Alter und mehr oder weniger an ihr Bett gefesselt, oder sie liegt den ganzen Tag auf einer Chaiselongue. Sie ist vor zwei Jahren gestürzt und hat seither Probleme zu gehen. Es sind nicht die Beine«, fügte er hinzu. »Es ist die Hüfte. Sie war gebrochen und ist nicht gut verheilt.«

»Das tut mir leid zu hören«, sagte ich höflich.

»Sie werden verstehen, dass ich Ihnen diese privaten Details erzähle, damit Sie sehen, dass die gesamte Routine des Haushalts auf ihre Bedürfnisse abgestimmt ist. Sie hat eine persönliche Zofe, ein Mädchen, das fast genauso alt ist wie sie selbst. Sie ist seit vielen Jahren bei ihr. Angesichts der Tatsache, dass die Zofe keine große Hilfe dabei ist, meine Tante in den Rollstuhl zu heben, und weil es nicht immer angemessen ist, einen Diener hinzuzuziehen, hat meine Patentante beschlossen, sich eine Gesellschafterin zu nehmen, die im Haushalt lebt. Sie hat sich in ihrem Bekanntenkreis umgehört, und vor vielleicht einem halben Jahr kam eine junge Frau, um die Stelle anzutreten. Ihr Familienname lautet Devray, und ihr Vorname ist Emily.«

Na so was! Hatte man mir soeben die fehlende Verbindung zwischen dem traurigen Leichnam einer jungen Frau und der gleichermaßen traurigen Geschichte von Miss Emily Devray geliefert? Konnte ich tatsächlich zu Carroway nach Salisbury zurückkehren und ihm sagen, dass ich nun wusste, was er so sorgfältig vor mir zu verbergen getrachtet hatte?

»Sprechen Sie weiter«, lud ich Mr. Temple ein. Ich hatte mein Bestes gegeben, mir bei der Nennung des Namens nichts anmerken zu lassen, aber vielleicht hatte ich mich trotzdem irgendwie verraten, denn Temple hatte aufgehört zu reden und starrte mich an.

Ich starrte zurück und schwieg.

»Sie ist seit Sonntagabend verschwunden«, sagte er geradeheraus.

»Ist sie aus dem Haus verschwunden? Oder nicht wieder zurückgekehrt, nachdem sie unterwegs war?«, fragte ich.

Er sah mich verdutzt an. »Schwer zu sagen. Sie könnte ausgegangen und nicht wieder zurückgekommen sein, aber wir wissen es nicht.« Er sprach mit deutlichem Zögern.

»Keiner der Diener hat gesehen, wie sie gegangen ist?«

»Nein!«, schnappte er. »Und ich glaube nicht, dass sie alle lügen.«

»Sehr wohl, Mr. Temple. Bitte fahren Sie fort, Sir.«

Temple fuhr beleidigt fort. »Wie dem auch sei, es kommt verflixt ungelegen! Die alte Lady – ich meine, meine Patentante – ist in heller Panik. Sie hat das Mädchen ins Herz geschlossen, keine Ahnung warum! Meiner Meinung nach ist sie ein unelegantes kleines Trampel ohne Manieren, und sie sieht einfach armselig aus.«

Wer auch immer sein Schneider war, welche prestigeträchtige Schule er auch besucht haben mochte und welche Verbindungen er auch besaß – eine Laus bleibt eine Laus. Und dieser junge Rotzlöffel war eine Laus, wenngleich eine mit schickem Mantel, feinem Leinen, einem Ebenholzstock und einer reichen Patentante, die er zweifellos eines Tages zu beerben hoffte.

»Nun denn, wann wurde ihre Abwesenheit aus dem Haushalt bemerkt?«, beharrte ich, während ich auf die Adresse sah, die ich notiert hatte. O ja, und er trank in der nahen Taverne und gab sein Erbe für Champagner aus, noch bevor er es hatte. Er wusste nicht, dass ich es wusste.

»Oh, nun ja, vermutlich nicht, bevor es nicht für meine Tante Zeit zum Schlafengehen war. Ich interessiere mich normalerweise nicht dafür, wo Devray sich herumtreibt. Sie ist mir völlig egal. Und ich war den größten Teil des Tages nicht im Haus.«

»Trotzdem, Mr. Temple, wenn Sie bitte versuchen könnten, etwas präziser zu sein? Es müssen doch Fragen an das Personal gestellt worden sein, und ich bin sicher, Sie wissen Bescheid über die Resultate, selbst wenn Sie nicht persönlich zugegen waren. Sie haben erklärt, dass niemand gesehen hat, wie Miss Devray an jenem Abend das Haus verließ. In diesem Fall – wann genau wurde sie zum letzten Mal gesehen und von wem? Doch nicht nur von Lady Temple oder von Ihnen?«

Er errötete und funkelte mich böse an. »Wilson, der Butler, sagt, dass sie zum Mittagessen am Sonntag auf jeden Fall noch im Haus war. Wilson weiß normalerweise, wo alle stecken. Nach dem Mittagessen hat er sie nicht mehr gesehen. Aber meine Tante hatte ihr die Erlaubnis gegeben auszugehen und offensichtlich nicht erwartet, sie vor dem späten Abend wiederzusehen. Lady Temple nimmt ihr Mittagessen immer gegen halb eins ein. Abends isst sie nie etwas. Sie ist in dieser Hinsicht altmodisch. Sie nimmt gegen sechs Uhr den Tee mit Toast oder

Muffins und zieht sich nicht viel später in ihre Zimmer zurück. Devray hat ihr beim Tee nicht Gesellschaft geleistet, wie sie das normalerweise tut. Aber weil sie die Erlaubnis hatte, auszugehen, hat meine Patentante daran keinen Anstoß genommen.

Ich war mit Freunden zum Mittagessen aus und kam nicht vor sieben nach Hause zurück, deswegen kann ich Ihnen nichts über Devray erzählen. Bis zu diesem Augenblick hatte sie auch noch niemand vermisst. Dann kam das Dienstmädchen meiner Patentante zu uns, so gegen acht, weil sie Devrays Hilfe benötigte. Meine Patentante hatte Briefe geschrieben, doch dann hatte sie entschieden, zu Bett zu gehen. Das war, als sie feststellte, dass Devray nirgendwo im Haus zu finden war. Sie hätte da längst zurück sein müssen. Meine Patentante war verärgert, weil sie so spät dran war, doch vielleicht gab es eine vernünftige Erklärung. Doch sie kam überhaupt nicht zurück, und obwohl wir alle angenommen hatten, dass sie ausgegangen war, hat niemand sie gehen sehen, wie ich bereits sagte.«

Temple holte verärgert Luft. »Sie kam überhaupt nicht mehr wieder, und die Zeit vergeht. Am Montagmorgen befahl meine Patentante ihrer Zofe, das Zimmer der Gesellschafterin zu durchsuchen nach einem Hinweis, wohin sie sich gewandt haben könnte.«

»Was ist mit ihren Besitztümern?«

Temple rutschte unbehaglich auf seinem Stuhl hin und her.

»Die Zofe hat berichtet, dass alle Sachen von Devray an ihrem Platz zu sein scheinen: Kleidung, ein paar Bücher, ein paar Schmuckstücke in einer Schatulle. Zuerst dachte meine Patentante, dass dann ja alles in Ordnung wäre und Devray zurückkehren würde. Als das nicht geschah, wurde sie nervös und instruierte mich, zu Ihnen zu kommen. Und so bin ich hier«, schloss er lässig. »Und ich entschuldige mich dafür, dass ich Sie damit belästige. Ich wage zu behaupten, dass das Mädchen wieder auftauchen wird. Es wird interessant sein zu hören, welche Entschuldigung sie abliefert. Wie auch immer, ich werde meiner Patentante raten, keine Ausrede zu akzeptieren und ihre Anstellung augenblicklich zu beenden.«

»Mr. Temple«, sagte ich. »Sie haben sich viel Zeit gelassen, bevor Sie hergekommen sind, um das Verschwinden von Miss Devray zu melden. Warum sind Sie nicht sogleich gekommen? Ist Ihnen oder vielleicht Ihrer Tante nicht der Gedanke gekommen, ihr könnte etwas zugestoßen sein?«

»Es sähe meiner Patentante ähnlich, das Schlimmste zu vermuten. Sie ist schnell besorgt. Aber die Polizei ins Haus zu rufen, nun ja, das ist der letzte Ausweg. Das macht man … das heißt, eine Person vom gesellschaftlichen Stand von Lady Temple macht das nicht …«

Er musste den Ausdruck in meinem Gesicht gesehen haben. Er unterbrach sich mitten im Satz. »Wir haben – oder besser gesagt, meine Patentante hat ihren Anwalt um Rat gefragt«, schloss er entschuldigend. »Er hat private Ermittlungen in Gang gesetzt, doch bisher ohne jeden Erfolg, und deswegen bin ich heute hergekommen.«

Er atmete tief durch. »Hören Sie, ich persönlich vermute, dass Devray mit irgendeinem Kerl davongelaufen ist. Warum sonst hätte sie sich heimlich aus dem Haus schleichen sollen?«

»Was ist mit einem Wintermantel? Wenn sie im Verlauf des Nachmittags das Haus verlassen hat, dann hätte sie sicherlich warme Sachen mitgenommen. Das Wetter war sehr kalt und unangenehm.«

Er starrte mich an, als wäre ihm dieses offensichtliche Detail völlig entgangen. »Ich weiß es nicht!«, schnappte er. »Ich habe nicht mit der Zofe gesprochen! Sie hat Lady Temple berichtet, dass die Sachen von Devray alle noch auf ihrem Zimmer sind.«

Er war nicht ganz offen, überlegte ich, auch wenn ich nicht zu sagen vermochte, was genau er verschwieg.

»Wir können sie noch einmal fragen«, sagte ich ruhig. »Sie glauben, Miss Devray könnte weggegangen sein, um sich einem Mann anzuschließen. Hatte Miss Devray einen, sagen wir, Bewunderer, seit sie in London angekommen ist?«

»Gütiger Gott, nein, wer sollte das denn sein?«, entgegnete Temple. »Wie ich Ihnen bereits sagte, sie war ein ödes kleines Ding, und sie zog sich an, als wäre sie immer noch in Trauer. Ich kann mir beim besten Willen nicht vorstellen, dass sie mit jemandem ausgegangen ist. Sie empfand sich selbst als über einem gewöhnlichen Diener stehend, wissen Sie? Nun ja, das trifft wohl zu bei Gesellschafterinnen, nicht wahr? Sie stammen alle aus besseren Kreisen und hatten Pech, so ist wohl die landläufige Ansicht. Wie dem auch sei, sie wurde nicht wie eine Dienerin behandelt. Sie saß mit uns am Tisch, mit Lady Temple und mir, wenn ich zu Hause war. Wie ich bereits sagte, sie empfand sich als etwas Besseres.«

Ich war mit einer Frau verheiratet, die selbst für kurze Zeit Gesellschafterin bei einer älteren Dame gewesen war, doch das konnte Temple natürlich nicht wissen. Ich fragte mich, ob es einen Unterschied gemacht hätte, hätte er es gewusst. Ich war inzwischen gründlich von ihm angewidert, doch ich achtete darauf, mir nichts anmerken zu lassen. Stattdessen zog ich die Fotografie der Toten aus einer Schublade und reichte sie ihm über den Tisch hinweg.

Er sah mich überrascht an und hob die Augenbrauen, doch er nahm das Bild und warf einen flüchtigen Blick darauf. Dann sah er ein zweites Mal hin, und auf seinem Gesicht zeichnete sich Erschrecken ab. Er schob mir die Fotografie wieder hin.

»Wo … wo haben Sie dieses grässliche Ding her?«

»Es ist eine Fotografie von einer bis zum jetzigen Zeitpunkt nicht identifizierten Toten«, informierte ich ihn. »Sie wurde von einem Fotografen angefertigt, der für den Scotland Yard arbeitet.«

»Wo ... wann ...«, stammelte er. Schweißtropfen bildeten sich auf seiner Stirn. Er zog ein Taschentuch hervor und betupfte sich das Gesicht. Als er damit fertig war und das Taschentuch wieder wegsteckte, hatte er einen Teil seiner Fassung wiedererlangt.

»Ich wünschte, Sie hätten dieses Bild ... Sie hätten dieses Bild nicht einfach aus der Schublade gezogen wie ein Zauberer ein Kaninchen aus seinem Hut! Ich habe mich vielleicht erschrocken!«

»Erkennen Sie die Person auf dem Bild?«

»Ich ... nun ja, ich nehme an, Sie möchten von mir hören, dass es sich um Emily Devray handelt.«

»Ist sie das?«, fragte ich.

Er hatte die Schultern hängen lassen, doch jetzt gab er sich einen Ruck und richtete sich wieder auf. »Ich kann es nicht mit Sicherheit sagen. Es ist ... es ist eine Tote, oder? Man kann nicht von mir erwarten, dass ich eine Tote anhand einer Fotografie identifiziere!« Seine Stimme wurde schrill, beinahe panisch.

»Aber Sie denken, es besteht eine Ähnlichkeit mit dem verschwundenen Mädchen?«

»Ich ... na ja, es könnte sein! Hören Sie, Inspector Ross, das kann unmöglich regulär sein, wie Sie Ihre Ermittlungen durchführen! Ich bin gekommen, um eine vermisste Person zu melden, die im Haushalt meiner Tante Gesellschafterin ist, und Sie ... wo haben Sie ... wo wurde die Tote auf diesem grässlichen Bild gefunden? Wann?«

»Die Tote wurde am frühen Montagnachmittag gefunden. Sie werden sich erinnern, dass der Nebel sehr dicht war, was vermutlich die Entdeckung hinausgezögert hat. Wir glauben, dass die Tote früher an jenem Tag dort zurückgelassen wurde, wo man sie fand, oder vielleicht bereits in der vorangegangenen Nacht. Wir wurden hier im Yard am Montagnachmittag um vier Uhr informiert. Was den Ort betrifft, wo sie gefunden wurde …« Ich zögerte. »Nicht weit entfernt von Lady Temples Haus«, sagte ich sodann.

Es war vielleicht nicht verkehrt, nicht zu viel zu verraten und ihm nicht mehr Informationen zu geben, als unbedingt erforderlich, damit er sich keine Erklärung zurechtbasteln konnte. Er hatte die Hände auf dem Elfenbeingriff seines Gehstocks liegen, und nun trommelten die Finger der oberen Hand auf den Rücken der unteren.

»Ich kann es nicht mit Bestimmtheit sagen«, verkündete er schließlich. »Ich kann die Person auf der Fotografie nicht zweifelsfrei identifizieren. Es gibt … nun ja, eine gewisse Ähnlichkeit, andererseits war Devray … nun ja, sie war nichtssagend. Wenn sie die Person auf dem Bild ist, dann kann ich nur sagen, sie wirkte nie sonderlich lebhaft. Nicht, wie ich betonen möchte, dass ich viel Zeit damit verbracht habe, sie anzusehen!«

Du meine Güte, ich mochte diesen George Temple immer weniger. Es war nicht nur sein Benehmen, das mich abstieß. Er war für meinen Geschmack viel zu sehr darauf bedacht zu unterstreichen, dass er keinerlei Interesse an dem verschwundenen Mädchen gehabt hatte. Doch er war ein junger Mann und ein sehr weltzugewandter obendrein. Wir hatten über eine junge Frau gesprochen, die mit ihm unter dem gleichen Dach gelebt hatte. Ein Mädchen von gerade achtzehn Jahren, ohne jeden Schutz bis auf den, den ihr eine ältliche, mehr oder weniger bettlägerige Lady bot.

»Ich muss mit Lady Temple persönlich reden«, informierte ich ihn.

Er sah mich erschrocken an. »Ist das nötig? Hören Sie, sie ist nicht mehr …«

»Das spielt keine Rolle, Sir. Sie ist die Arbeitgeberin des vermissten Mädchens, und ich muss mit ihr reden.«

»Sie werden ihr nicht dieses … dieses Ding zeigen?« Er deutete auf die Fotografie. »Um Himmels willen, Ross, meine Patentante würde auf der Stelle der Schlag treffen!«

»O nein, Mr. Temple, seien Sie versichert, das würde ich nicht tun. Wie Sie bereits sagten, eine Identifikation allein anhand einer Fotografie wäre wohl kaum zufriedenstellend.«

Er entspannte sich ein wenig. »Nein, das ist richtig, und ich bin froh, dass Sie mir zustimmen.«

»Aus diesem Grund muss irgendjemand, sobald ich mit Lady Temple gesprochen habe und feststeht, dass es sich bei der Toten um Miss Devray handeln könnte, ins Leichenschauhaus kommen und den Leichnam identifizieren oder sagen, dass es nicht sie ist, je nachdem.«

Er sprang auf, und seine Augen drohten aus den Höhlen zu quellen. »Soll das heißen, dass ich möglicherweise in ein Leichenschauhaus muss und diese Tote ansehen?«

»Wenn Sie die Freundlichkeit hätten und es noch notwendig erscheint, ja. Schließlich kann ich nach allem, was Sie sagen, wohl kaum Lady Temple bitten, es zu tun.«

»Nein, nein, sie kann nicht … könnte nicht …« Er schwankte auf den Beinen und stützte sich auf seinen Gehstock.

Ich erbarmte mich. »Verzagen Sie nicht, Mr. Temple. Vielleicht stellen wir fest, wenn wir zum Haus Ihrer Tante gehen, dass Miss Devray in der Zwischenzeit zurückgekehrt ist oder eine Erklärung für ihre Abwesenheit geschickt hat.«

»Ich hoffe es«, murmelte er, doch er klang nicht überzeugt. Für einen Moment ließ er die Schultern hängen.

Ich war noch mehr überzeugt als zuvor, dass er wusste, dass

sie nicht zurückkehren würde. Emily Devray lag auf einem Untersuchungstisch in einem Leichenhaus. Ob er in irgendeiner Weise dafür verantwortlich war, blieb noch abzuwarten.

Ich bat Sergeant Morris, uns zu begleiten. George Temple war offenkundig nicht allzu erbaut darüber, zusammen mit zwei Polizeibeamten, die wir unübersehbar waren, in einer offenen Kutsche durch London gefahren zu werden. Morris ganz besonders mit seiner kräftigen Statur und seinem einzigartig leeren Gesichtsausdruck – man konnte sich keinen anderen Beruf bei ihm vorstellen.

Als wir beim Haus ankamen und der Butler uns öffnete, um uns drei einzulassen – George in der Mitte –, gewann die Situation eine düstere Komik. Butler sind ausgebildet, sich keine Emotionen anmerken zu lassen, doch dieser hier wurde schwer geprüft durch unser Erscheinen. Es gelang ihm, seinen Schock unter Kontrolle zu bringen, und er trat würdevoll beiseite.

»Lassen Sie mich selbst zu Lady Temple gehen und ihr sagen, dass die Beamten hier sind, Wilson«, befahl George Temple dem Butler. »Sie wünschen mit ihr zu sprechen. Es ist besser, wenn ich sie informiere.«

»Ihre Ladyschaft erwartet bereits Ihre Rückkehr, Sir. Sie rechnet damit, dass Sie die Polizei mitbringen. Sie bittet darum, dass Sie alle im Salon warten, wo sie sich in Kürze zu Ihnen gesellen wird.«

Der Butler sprach höflich, doch er schien entschlossen, die Instruktionen seiner Herrin durchzusetzen. Er akzeptierte keine Änderungen dieser Instruktionen durch den jungen Gentleman.

»Also schön«, murmelte Temple schmollend. »Dann geben Sie ihr Bescheid, dass wir da sind, Wilson.«

Das war interessant. War die Lady körperlich in ausreichender Verfassung, trotz der Behauptungen ihres Patensohnes, um ohne Hilfe durch das Haus zu wandern?

Die Antwort wurde bald darauf offenbar: Sie war es nicht. Nachdem wir einige Minuten gewartet hatten, vernahmen wir auf der anderen Seite der Doppeltüren die Stimmen sich nähernder Personen und das Quietschen von Rädern. George erhob sich. Morris und ich folgten seinem Beispiel. Die Türen wurden geöffnet, und uns bot sich ein verblüffender Anblick.

Ein Rollstuhl wurde hereingeschoben. Im Stuhl, gepolstert mit Kissen, saß eine kleine, gebrechlich aussehende alte Frau mit weißen Haaren unter einer Witwenhaube in einem magentafarbenen Hausmantel mit Spitzenkragen und -ärmeln. Am Hals trug sie eine Trauerbrosche, ein gewebtes Muster aus Haaren in einem Rahmen. Eine traurige Erinnerung an ihren verstorbenen Mann? Ihre Gesichtszüge waren ebenmäßig, die Augen waren klar und scharf, und ihre Haut mochte zwar pergamenten sein, doch von großer Reinheit. Sie war früher eine Schönheit gewesen, so viel stand fest. Sie war außerdem, trotz ihrer Gebrechlichkeit, eine sehr resolute Person.

Doch meine Aufmerksamkeit wurde im ersten Moment nicht so sehr von der Dame des Hauses gefesselt wie von der Person, die den Rollstuhl schob. Ich habe bereits erwähnt, dass Sergeant Morris groß gewachsen und von kraftvoller Statur war, doch dieser Bursche hier war ein Riese. Er hatte die Gestalt und die Physis eines Preisboxers, und Morris erschien neben ihm klein. Seine Gesichtszüge waren derb und wie für eine monumentale Skulptur aus Stein gemeißelt. Sein Haar war strohblond und dick. Er sah aus, als wäre er aus irgendeinem deutschen Volksmärchen entstiegen.

Vielleicht war Lady Temple daran gewöhnt, dass ihre Besucher den blonden Riesen anstarrten, denn obwohl sie unsere

Überraschung unmöglich übersehen haben konnte, tat sie so, als bemerkte sie es nicht. Stattdessen deutete sie auf eine Reihe von Sesseln und bat Morris und mich, doch bitte Platz zu nehmen. Ihre Stimme klang fest.

Wir taten wie gebeten. George Temple setzte sich zu uns. Er wirkte unbehaglich und nervös.

»Mein Patensohn hat Ihnen die Umstände erklärt, die zu meiner Besorgnis geführt haben?«, fragte sie.

Ich versicherte ihr, dass dem so war. »Allerdings würde ich sehr gerne von Ihnen persönlich erfahren, Lady Temple, was Sie mir über den vergangenen Sonntag sagen können, vom Morgen angefangen bis zu jenem Augenblick am Abend, als Ihnen bewusst wurde, dass Miss Devray nicht im Haus war. Um welche Zeit war das?«

»Wir bemerkten gegen acht Uhr, dass sie nicht im Haus war. Ich wollte mich zurückziehen und habe meine Zofe geschickt, um Emily zu holen, damit sie helfen konnte. Dorcas, so heißt die Zofe, kam etwa zehn Minuten später zurück und sagte, dass sie Emily nirgends finden konnte. Dann ließ ich Wilson kommen, den Butler, und bat ihn herauszufinden, wo sie abgeblieben war. Falls nötig, sollte er eine Suche in Gang setzen. Gegen halb neun kam Wilson, um zu berichten, dass Emily nicht im Haus war und auch nicht in der Umgebung aufzufinden, trotz umfänglicher Erkundigungen unter den Nachbarn.«

»Wenn wir zum Sonntagmorgen zurückkehren könnten«, bat ich.

»Emily war mit Bestimmtheit da. Ich verlasse das Haus nicht jeden Sonntag, um eine Messe zu besuchen, doch ich lese immer in meiner Bibel oder in der Gottesdienstordnung. Jeden Tag. Am Sonntag nach dem Frühstück bat ich Emily, mir laut aus dem Gebetbuch vorzulesen. Was sie auch tat.« Lady Temple zögerte. »Sie las sehr gut. Sie war eine gebildete junge Frau. Als sie fertig war, sagte ich zu ihr, dass sie sich nach dem Mittagessen den Rest des Tages bis zum Abend freinehmen dürfte.«

»Darf ich fragen, ob sie mit Ihnen am gleichen Tisch gesessen hat? Soweit ich weiß, war das die übliche Routine.«

»O ja«, antwortete Lady Temple sofort. »Sie war keine Dienerin, Inspector Ross.«

Aus den Augenwinkeln sah ich, wie George Temple unbehaglich auf seinem Sitz hin und her rutschte.

»War es normal, wenn ich fragen darf, dass Sie Miss Devray sonntagnachmittags freigegeben haben?«

»Ja. Sie hatte keinen Mangel an freier Zeit, Inspector. Ich brauchte sie hauptsächlich morgens und abends. Während des Tages hingegen, es sei denn, ich brauchte Emily zum Vorlesen oder um mir Gesellschaft zu leisten, komme ich mit Dorcas durchaus zurecht.« Die Lady zögerte und sah für einen Moment traurig aus. »Ich werde Emily vermissen, sollte sie nicht zurückkehren. Ich mochte ihre Gesellschaft. Sie hat mir von ihrem Leben in Salisbury erzählt. Sie war ein so nettes Mädchen, durch und durch.«

Weiteres nervöses Sichwinden von George.

»Aber ich klinge selbstsüchtig«, fügte Lady Temple unvermittelt hinzu. »Meine hauptsächliche Sorge gilt Emilys Wohlbefinden und Sicherheit, nicht der Tatsache, dass mir ihre Gesellschaft fehlt. Ich habe sie als sehr zuverlässige junge Frau kennengelernt. Einfach zu verschwinden ist vollkommen untypisch für sie. Abgesehen davon, als Dorcas in ihrem Zimmer nachgesehen hat, war – ist – alles noch an seinem Platz, einschließlich ihrer Überkleidung. Draußen ist es bitterkalt. Sie wäre bestimmt nicht ohne einen warmen Mantel oder eine Stola nach draußen gegangen.«

Ich hatte dieses Argument bereits gegenüber dem jungen Temple angeführt, und er blickte verdrießlich drein, als er es nun aus dem Mund seiner Tante hörte. Er wollte, dass ich glaubte, sie wäre mit einem Mann durchgebrannt. John Colby in Salisbury hatte ebenfalls in diese Richtung spekuliert.

»Ich würde gerne selbst einen Blick in Miss Devrays Zimmer werfen, bevor ich aufbreche, falls ich darf«, sagte ich zu Lady Temple.

Sie neigte den Kopf. »Selbstverständlich, Inspector. Dorcas bringt Sie hin.«

»Hat Miss Devray Freundinnen in London erwähnt? Kannte sie jemanden in der Stadt?«

»Keine Menschenseele«, antwortete Lady Temple fest. »Ich mache mir häufig Sorgen, sie könnte sich einsam fühlen. Ich denke, sie vermisst Salisbury, wo sie ihr ganzes Leben gelebt hat.«

Georges Zappeln wurde immer offensichtlicher. Seine Patentante bemerkte es nun ebenfalls.

»Was ist denn, George?«, fragte sie mit einer strengen Freundlichkeit.

»Es tut mir leid, Tante Charlotte, es ist nur, dass … äh, ich weiß ja, dass du dir Sorgen machst wegen Miss Devray, das tun wir alle. Aber vielleicht hat sie einem Impuls nachgegeben und ist nach Salisbury zurückgekehrt?«

»Ohne ihre Habseligkeiten? Rede keinen Unsinn, George!«

George lief rot an vor Verlegenheit und Ärger. »Na ja, es ist nur … du weißt schon. Sie könnte beschlossen haben, dir lieber nicht erklären zu müssen, dass sie fortgeht.«

»Emily hatte zu gute Manieren dafür!«, schnappte Lady Temple.

Ich überlegte, dass George besser daran täte zu schweigen. Das schien ihm selbst ebenfalls klar zu werden, denn er verstummte.

»Ich danke Ihnen, Lady Temple«, sagte ich. »Wenn ich jetzt bitte mit Dorcas sprechen dürfte?«

»Benötigen Sie meine Gegenwart?«

»Nein, Eure Ladyschaft. Aber ich würde gerne Miss Devrays Zimmer sehen, wie ich bereits sagte.«

»Dann warten Sie bitte hier, ich schicke Dorcas zu Ihnen. Michael!«

Der Riese, der während der ganzen Zeit vollkommen reglos neben den Türen gestanden hatte, trat vor. Der Butler, Wilson, der draußen auf dem Korridor gewartet haben musste, öffnete die Türen, ohne gerufen worden zu sein. Michael packte die Griffe des Rollstuhls mit seinen massiven Händen und schob seine Arbeitgeberin aus dem Zimmer und außer Sicht.

Als sich die Türen geschlossen hatten und wir mit George Temple allein waren, sagte er: »Sie haben meiner Patentante nichts von der Toten gesagt, die man gefunden hat.«

»Sie wurde bisher nicht identifiziert«, erinnerte ich ihn. »Vielleicht möchten Sie mit Sergeant Morris gehen und einen Blick auf sie werfen? Es ist eine unangenehme Aufgabe, ich weiß, aber es wäre sehr dringend.«

»Also gut!«, gab Temple missmutig nach. »Wenn es unbedingt sein muss! Was werden Sie tun?«

»Ich bleibe hier und warte auf Dorcas«, entgegnete ich freundlich.

Ich musste nicht lange warten. Dorcas erschien keine fünf Minuten, nachdem George zusammen mit Morris aufgebrochen war. Sie war eine ältliche Frau von einfachem Aussehen, mollig und in zweckmäßiger Kleidung.

»Irgendetwas ist dem armen Ding zugestoßen!«, sagte sie sofort. »Ihre Ladyschaft ist sehr besorgt. Wir alle sind in Sorge!«

»Alle?«, fragte ich nach.

»Alle Dienstboten!«, erwiderte sie. »Jeder mochte Miss Devray.«

»Was ist mit Mr. George Temple? Ist er ebenfalls in Sorge?«

Sie blinzelte und bedachte mich mit einem scharfen Blick. »Alles, was Lady Temple zusetzt, betrifft auch den jungen Master George.«

»Dorcas«, begann ich. »Hat Miss Devray Ihnen gesagt oder gab es irgendetwas, das Sie zu der Annahme hätte führen können, dass sie einen Bewunderer hat? Einen jungen Mann? Sie mag es Lady Temple nicht erzählt haben, aber ich nehme an, Sie hätten es bemerkt, wäre es so gewesen.«

»Ich weiß nicht, wie Sie auf diesen Gedanken kommen!«, erwiderte Dorcas indigniert. »Aber die Antwort lautet Nein. Sie hat nie etwas gesagt.«

»Wohin ist sie gegangen, wenn sie freihatte?«

»Das weiß ich nicht«, sagte Dorcas. »Es war nicht meine Aufgabe, das zu wissen. Einmal hat sie erzählt, dass sie in einer Galerie gewesen war, um ein paar Gemälde anzusehen. Und einmal war sie auch in einem Museum, hat sie erzählt. Im Britischen Museum. Sie war sehr beeindruckt, ihren Worten nach zu urteilen.«

Ich nickte. Vielleicht hat sie in der Galerie oder im Museum jemanden kennengelernt, überlegte ich. Emily war eine junge, gut erzogene und gebildete Frau gewesen. Wenn irgendein junger Bursche eine Konversation über ein Kunstwerk angefangen hatte, hatte sie vielleicht mit ihm darüber diskutiert.

»Lady Temple sagt, Sie möchten Emilys Zimmer sehen, Sir«, sagte Dorcas.

»O ja, in der Tat.«

»Wenn Sie mir bitte folgen würden?« Sie wandte sich um und führte mich nach draußen.

Man hatte Emily ein kleines, doch freundliches Zimmer an der Seite des Hauses gegeben, mit Ausblick auf einen von Mauern gesäumten Garten. Der Teil, auf den ich hinuntersah, bestand aus Rasen und Sträuchern. In einer Ecke stand ein kleines Holzhaus, vermutlich ein Gartenschuppen.

Ich wandte mich vom Fenster ab und sah mich im Zimmer um. Es war sehr ordentlich. Ich fragte Dorcas, ob jemand hier gewesen sei, um aufzuräumen, doch sie antwortete, dass alles genauso war, wie Miss Devray es zurückgelassen hatte. Auf einem Regal standen ein paar Bücher: eine Bibel, ein Gebetbuch, drei Romane von Mr. Dickens sowie zwei von Sir Walter Scott sowie ein Reisebericht über den Orient. Alles solide Literatur, keine Groschenromane. Emily Devray war in der Tat eine ernste junge Frau gewesen. Ihre Überkleider hingen in einem Schrank, und ihre Unterwäsche lag säuberlich gefaltet in einer Schubladenkommode. Nur eine Sache überraschte mich. In der untersten Schublade fand ich eine Ausgabe einer Lokalzeitung aus Salisbury, fünf Wochen alt. Sie war gelesen, sorgfältig wieder zusammengefaltet und weggelegt worden, um bei Gelegenheit erneut konsultiert zu werden. Wie war sie an die Zeitung gekommen? Hatte jemand anders sie an einem öffentlichen Ort zurückgelassen, den sie besucht hatte? Warum hatte sie sie aufbewahrt?

»Ich nehme das hier mit, Dorcas«, sagte ich zu Lady Temples Zofe und hielt die Zeitung hoch.

Sie zeigte keine Überraschung.

»Wissen Sie vielleicht, woher Miss Devray diese Zeitung hat?«

»Nein, Sir.«

Woher auch immer Emily die Zeitung hatte, sie hatte sie behalten. Vielleicht war sie ihr sogar kostbar gewesen. Nachrichten von zu Hause? Nach allem, was ich von Lady Temple wusste, und dieser gehorteten Zeitung zufolge, hatte Emily an Heimweh gelitten.

Ich verließ das Haus. Draußen blieb ich für ein paar Augenblicke stehen, um es zu betrachten. Es gab einen Keller und eine Treppe, die von der Straße zur Kellertür führte, links vom Haupteingang. Das war vermutlich der Eingang für die Dienstboten. Ich wanderte an der Vorderseite entlang bis zum Ende des Hauses und gelangte an eine hohe Mauer aus rotem Ziegelstein, die sich daran anschloss. In der Mauer war eine Tür, doch sie war verschlossen. Ich sah nach oben. Die kahlen winterlichen Zweige von Bäumen ragten in den Himmel. Auf der anderen Seite der Mauer befand sich der Garten, den Emily aus ihrem Zimmer hatte sehen können. Hatte das eine Bedeutung?, überlegte ich.

Ich kehrte zum Yard zurück und wartete dort auf das Eintreffen von Sergeant Morris, der George Temple zum Leichenschauhaus begleitet hatte.

Als er kam, trug er einen Ausdruck von grimmiger Befriedigung im Gesicht. »Er ist umgekippt«, sagte er unverblümt. »Einfach umgekippt wie ein Kegel. Wir haben ihn auf einen Stuhl gesetzt, und jemand ist losgezogen, um Riechsalz zu holen. Dann konnte ich ihn dazu bewegen, einen zweiten Blick auf die Tote zu werfen. Ich bin neben ihm geblieben, falls er wieder umfällt. Aber beim zweiten Mal ging es. Man kann dem jungen Kerl wohl keinen Vorwurf machen – es ist keine angenehme Aufgabe. Und sie ist schon seit ein paar Tagen tot. Sie wurde zwar kalt gehalten, aber sie sieht aus wie Wachs, und sie fängt an zu stinken. Die Leiche wurde von Mr. George Temple, Mitglied des Haushalts von Lady Temple, identifiziert als die von Miss Emily Devray, Gesellschafterin von Lady Temple«, schloss Morris förmlich.

»Dann werden wir den Coroner bitten, schnell sein Urteil zu fällen, damit man sie beerdigen kann. Wurde er bereits informiert?«

»Die Verhandlung zur Feststellung der Todesursache wird gleich morgen Früh abgehalten, Sir.«

»Sie und ich müssen wohl hingehen. Dieser Junge, Horace Worth, ebenfalls. Er hat die Tote gefunden. Weiß Lady Temple bereits Bescheid?«

»Ich habe den jungen Temple nach Hause begleitet, doch er hat darauf bestanden, es seiner Tante selbst zu sagen. Es erschien mir vernünftig, Sir.«

»Ja, vermutlich. Wir müssen morgen wieder zum Haus der Temples, gleich nach der Verhandlung. Ich muss erneut mit der alten Dame reden, und Sie können sich in der Zeit mit den Dienstboten unterhalten, insbesondere mit dem Butler. Fragen Sie ihn nach dem Garten. Bringen Sie ihn dazu, Ihnen den Garten zu zeigen.«

Morris sah mich überrascht an. »Ich wusste gar nicht, dass es einen Garten gibt, Sir.«

»Er liegt neben dem Haus, und es gibt eine Pforte in der Mauer zur Straße. Sie ist zurzeit verschlossen. Ich möchte wissen, ob sie immer verschlossen ist und wer den Schlüssel hat. Wenn es einen Gärtner gibt, kommt und geht er durch diese Pforte? Wenn die Tote im Haus starb, wie wurde der Leichnam entfernt? Sicher nicht durch die Vordertür. Vielleicht durch den Keller und die Treppe zur Straße – oder durch den Garten und diese Pforte?«

»Ja, Sir. Ich verstehe.« Morris sah mich neugierig an. »Haben Sie eine Theorie, Sir?«

»Einige, aber nichts Definitives. Ich denke, falls Emily in diesem Haus starb, wäre das eine Erklärung, warum sie keine Straßenkleidung trug. Wer auch immer verantwortlich ist dafür, dass ihre Leiche in diesem Abfallbehälter gelandet ist, hat nicht gründlich genug nachgedacht, oder er hatte keinen Zugang zu Emilys Garderobe, um Straßenkleidung zu holen. Andererseits dürfen wir nicht vergessen, dass Emily die Erlaubnis hatte, das Haus zu verlassen. Also, ist sie am frühen Nachmittag im Haus gestorben, nach dem Mittagessen, und hat das Haus überhaupt nicht mehr lebend verlassen? Oder starb sie erst später, nach ihrer Rückkehr und nachdem sie ihre warmen Sachen wieder abgelegt hatte? Was meinen Sie, Morris?«

Morris runzelte die Stirn. »Der junge Gentleman wirkt sehr unglücklich, Sir. Ich meine, im Moment ist das verständlich, weil er die Tote eben erst identifiziert hat. Aber er war bereits vorher unglücklich. Meiner Meinung nach kann er nicht so uninteressiert an ihr gewesen sein, wie er nach außen hin vorgibt. Er ist nur ein Mensch und außerdem ein junger Mann. Er muss irgendwann versucht haben, einen Kuss zu stehlen.« Morris sah mich an. »Oder nicht? Was denken Sie, Sir?«

»Ich denke, dass die Situation im Haus von Lady Temple geradezu verblüffend der im Haus der verstorbenen Mrs. Waterfield ähnelt.« Ich beugte mich vor. »Überlegen Sie, Morris! Bevor Emily nach London kam, lebte sie bei einer reichen und alten Frau, mit der sie nicht verwandt war. Diese Frau mochte sie offensichtlich sehr, oder zumindest bis zu einem Punkt. Denn als die Frau stirbt und ihr Testament verlesen wird, erbt Emily so gut wie nichts. Der Hauptnutznießer ist ein Neffe aus Yorkshire. Dieser Neffe muss von Emily gewusst haben, weil Mr. und Mrs. Waterfield sie bei ihrer Geburt mehr oder weniger adoptiert haben. Ein Grund zur Besorgnis für den Neffen dort oben im Norden, von wo aus die Kommunikation mit der Tante nicht ganz einfach ist, meinen Sie nicht?«

»Das sehe ich genauso!«, pflichtete Morris mir bei. »Wir wissen natürlich nicht, was für eine Sorte von Mann dieser Neffe ist. Aber reich oder arm, niemand möchte, dass ein Außenseiter daherkommt und ihm das Vermögen der Familie unter der Nase wegschnappt.«

»Ja. Und jetzt bedenken Sie den Haushalt von Lady Temple. Wieder haben wir eine alte Dame und eine wohlhabende obendrein. Ihr vermutlicher Erbe ist ein Neffe, ein Neffe ihres verstorbenen Mannes, um genau zu sein, und ihr Patensohn. In der kurzen Zeit, die Lady Temple Emily kannte, hat sie sie in ihr Herz geschlossen. Das hat sie uns selbst mitgeteilt. Ein Anlass zu Besorgnis vonseiten George Temples?«

»Ziemlich großer Besorgnis, würde ich sagen«, antwortete Morris.

»Nachdem wir Lady Temple ein weiteres Mal aufgesucht haben, muss ich unbedingt Inspector Colby schreiben und ihn informieren, was wir herausgefunden haben. Die Nachricht von Emilys Tod wird in ihrer Heimatstadt einige Aufregung verursachen, könnte ich mir denken.«

»Vielleicht werden ein paar Erinnerungen wach?«, schlug Morris vor.

»Wir können nur hoffen, Sergeant.«

Als ich an diesem Abend nach Hause kam, berichtete ich Lizzie, dass wir die Tote nun zweifelsfrei als Emily Devray identifiziert hatten, genau wie vermutet.

Lizzie blieb für einige Minuten still, bevor sie antwortete. »Ich denke, ich werde Miss Eldon einen weiteren Besuch abstatten«, sagte sie. »Ich habe bisher nur über die Familie Bernard gesprochen und über das Mädchen, das nie aus dem Haus geht. Ich frage mich, ob sie etwas über Lady Temple und ihren Haushalt weiß. Immerhin treibt sich George Temple mit seinen Freunden in der Queen-Catherine-Taverne herum. Louisa Tompkins hat mit Bessie über George Temple geredet. Gut möglich, dass sie auch mit Miss Eldon über ihn gesprochen hat. Miss Eldon ist keine Klatschbase im herkömmlichen Sinn. Aber sie ist aufmerksam und intelligent. Wenn ich sie frage und sie etwas weiß, dann wird sie es mir sagen, könnte ich mir denken.«

»Es gibt noch etwas, um das ich dich bitten möchte«, sagte ich und zückte die Zeitung aus Salisbury, die ich in Emilys Zimmer gefunden hatte. »Die hier ist fünf Wochen alt. Irgendjemand hat sie Emily gegeben oder geschickt. Ich würde gerne wissen wer und außerdem, ob sie sie aus nostalgischen Gründen behalten hat oder ob es etwas in dieser Zeitung gibt, das von besonderem Interesse für sie ist. Ich habe sie überflogen und nichts gefunden, abgesehen von Berichten über Viehverkäufe und dergleichen. Vielleicht fällt dir etwas auf.«

»Ich lese sie gründlich durch«, versprach Lizzie.

»Ich muss morgen Früh zur Gerichtsverhandlung«, sagte ich mit einem Seufzen. »Und Superintendent Dunn wird jeden Moment zurück im Dienst erwartet.«

KAPITEL ZEHN

Dunns Wiederauftauchen am nächsten Morgen war nicht unähnlich dem plötzlichen Ausbruch eines Wirbelsturms in einem eben noch friedlichen Landstrich. Der Superintendent war mehr als wieder gesund – er brannte vor Energie und Tatendrang. Mit seinem roten Gesicht und der Vorliebe für Tweed erinnerte er mich stets an einen Farmer – und an diesem Tag sah er aus wie einer, der überlegt, wie er mit einer übergroßen Ernte umgehen soll.

»Nun, Ross!«, begrüßte er mich. »Sie sind mit einer Mordermittlung befasst, wie ich höre. Ich will alles darüber wissen!«

»Ich habe einen vollständigen Bericht verfasst, Sir, er liegt auf Ihrem Schreibtisch«, protestierte ich – vergeblich, wie ich wusste. So leicht würde er mich nicht vom Haken lassen.

»Ja, ja, ich bin sicher, er ist sehr detailliert und alles. Ich weiß, dass Sie ein gewissenhafter Beamter sind.« Dunn rieb sich die Hände wie ein Mann, der frisch ans Werk geht. »Ich werde ihn später lesen. Aber ich würde gerne jetzt Ihre Gedanken dazu hören.«

»Das werden Sie, Sir. Aber jetzt ist es völlig unmöglich. Ich muss zur Gerichtsverhandlung wegen des Opfers. Sie wurde inzwischen formell als Emily Devray aus Salisbury identifiziert, die als Gesellschafterin in Diensten einer Lady Temple aus London stand. Sie finden die Details alle in meinem Bericht.«

»Freut mich zu hören, dass Ihr Ausflug nach Salisbury nicht vergeblich war, Ross.«

»Nein, Sir, ganz im Gegenteil. Ich habe eine Menge herausgefunden. Man wird gleich nach der Gerichtsverhandlung um Freigabe der Leiche bitten. Die Leichenhäuser quellen über wegen des Nebels in den letzten Tagen.«

»Oh, also schön, dann!«, schnappte Dunn missmutig. »Aber Sie melden sich bei mir, sobald Sie wieder im Haus sind, Ross!«

»Nach der Gerichtsverhandlung habe ich einen weiteren Besuch bei Lady Temple geplant, der Arbeitgeberin der Toten. Ihr Patenkind, das ebenfalls in ihrem Haushalt lebt, hat die Leiche identifiziert.«

»Nun denn, Ross, dann melden Sie sich bei mir, sobald Sie von diesem Besuch zurück sind«, war die gereizte Antwort. »Nehmen Sie Morris mit?«

»Ja, Sir. Ich brauche ihn, damit er sich mit dem Personal unterhält. Wir haben eine Reihe von Fragen an die Dienstboten.«

Dunn blinzelte mich an. »Sie nehmen an, dass das Haus der Schauplatz des Verbrechens ist?«

»Es fängt an, danach auszusehen«, räumte ich ein. »Aber ich vermag es nicht mit Gewissheit zu sagen. Das Fehlen jeglicher warmer Straßenkleidung an der Leiche des Mädchens, zusammen mit der Tatsache, dass nichts aus ihrem Zimmer fehlt, legt die Vermutung nahe, dass sie nicht ausgegangen ist, um sich woanders mit jemandem zu treffen. Zu beweisen, dass sie im Haus gestorben ist, ist eine andere Sache. Niemand hat etwas gehört oder gesehen. Und wer ist der Mörder? Haben wir es mit einer Art Verschwörung zu tun? Wie konnte der Leichnam unbemerkt aus dem Haus geschafft werden, falls das Haus der Tatort war, und den ganzen weiten Weg bis hin zu dem Hinterhof, wo er schließlich gefunden wurde?«

»Ich bin sicher, Sie werden mir schon bald den Namen des Übeltäters mitteilen, Ross.« Dunn grinste mich raubtierhaft an. »Nun denn! Da ich Ihre Rückkehr von Ihren drängenden Aufgaben anderswo abwarten muss, werde ich mir einen anderen Fall ansehen. Schicken Sie mir, wer auch immer mit den Ermittlungen zu diesen Raubüberfällen befasst war. Diese Angelegenheit zumindest wurde erledigt, wie ich gehört habe.«

Das Wetter blieb weiterhin nass und kalt. Der Nebel, obwohl dünner als die Waschküche, die wir vor Kurzem erlebt hatten, wirbelte immer noch in giftig schwefligen Schwaden durch die Straßen und setzte sich in unserer Kleidung fest. Er legte seine klammen Finger auf unsere Gesichter, während der eisige Wind an unseren Nasen und Ohren biss. Es tat mir leid, Morris mitzunehmen, weil er immer noch heiser krächzte. Wenigstens hatte es für den Moment aufgehört zu regnen.

Bald stellten wir fest, dass wir von einem Extrem des Unbehagens in das nächste gerutscht waren. Die Gerichtsverhandlung fand in einem kleinen, muffigen Zimmer im Obergeschoss statt. Ein offenes Feuer im Kamin qualmte scheußlich vor sich hin und brachte jeden zum Husten und Schnaufen, während es im Zimmer seine eigene Version des Londoner Nebels verbreitete.

Weil wir von Dunn aufgehalten worden waren, kamen Morris und ich als Letzte an. Wir hatten kaum unsere Plätze eingenommen, als der Coroner den Raum durch eine Seitentür betrat und nach vorne ging, um seinen Platz auf dem Richterstuhl einzunehmen. Der Zuschauerraum war voll; gut zwanzig Personen waren anwesend. Die meisten, so schätzte ich, waren wegen der Kälte gekommen, obwohl ich zumindest einen Vertreter der Presse unter ihnen erkannte. Die Öffentlichkeit liebt es, Mordgeschichten zu lesen. In der ersten Reihe saß George Temple, zweifellos, weil er die Verstorbene identifiziert und nun seiner Patentante berichten sollte, was die Verhandlung ergeben hatte. Horace Worth war ebenfalls dort, rundlich und rotgesichtig wie stets. Neben ihm saß mit frisch gewachstem Schnurrbart Mr. Bellini. Und neben George Temple saß jemand, den ich nicht hier zu sehen erwartet hätte. Sein Name war Pelham, und er war Anwalt. Ich hatte schon früher die Klinge mit ihm gekreuzt.

Vielleicht hatte Temple mich kommen sehen. Er murmelte etwas an die Adresse von Pelham. Der Anwalt drehte den Kopf und starrte mich hart an. Wir nickten uns mit professioneller Höflichkeit schweigend zu.

Das Verfahren wurde eröffnet und kam schnell voran. Der Coroner hatte dieser Tage alle Hände voll zu tun. Ich machte meine Aussage. Horace Worth gab seine zu Protokoll. George gab an, dass er die Leiche als die der Gesellschafterin seiner Tante identifiziert hatte, Emily Devray. Mr. Bellini bestand darauf, gehört zu werden, einzig aus dem Grund, wie ich seine Worte verstand, um aktenkundig zu machen, dass die verstorbene junge Frau, obwohl ihr Leichnam in seinem Hinterhof entdeckt worden war, als sie noch gelebt hatte, zu keiner Zeit einen Fuß in sein Speiselokal gesetzt hätte. Aus diesem Grund könnte ihr Tod in keiner denkbaren Weise mit seinem geachteten und respektablen Restaurant in Zusammenhang gebracht werden. Bestens bekannt, wie er hinzufügte, für seine Rindfleischpasteten.

Zu dumm, dass er die Rindfleischpasteten erwähnen musste, dachte ich bei mir. Bis zu diesem Zeitpunkt hatte er sich gut geschlagen.

»Ich danke Ihnen, Mr. Bellini«, ergriff der Coroner wieder das Wort. »Möchte sonst noch jemand etwas dazu sagen?«

Niemand wollte. Der Coroner sammelte seine Papiere ein und verkündete, dass er aufgrund der gesammelten Erkenntnisse nur auf Mord durch einen unbekannten Dritten plädieren konnte und dass er darauf vertraute, dass die Polizei schon bald den Täter identifizieren und der Gerechtigkeit zuführen würde.

Der Leichnam wurde für die Bestattung freigegeben, nicht zuletzt auch im Hinblick auf den gegenwärtigen Mangel an Platz in den Londoner Leichenhäusern. Dann blickte er in die Runde. »Befindet sich ein Angehöriger unter den Anwesenden, dem der Leichnam übergeben werden kann?«, fragte er.

Zu meiner Überraschung erhob sich Pelham, der Anwalt. Er war wirklich ein großer, hagerer, grauhaariger Mann von distinguiertem Auftreten, der stets in Schwarz gekleidet war. Wenn er reglos stand, wie dies im Augenblick der Fall war, konnte ich nicht umhin, an einen Reiher neben einem Bach zu denken, der geduldig auf einen ahnungslos vorbeischwimmenden Fisch wartete.

»Ich repräsentiere Lady Temple, die Arbeitgeberin der Verstorbenen«, verkündete er. »Miss Devray hatte keine lebenden Angehörigen und kein privates Vermögen. Aus diesem Grund, und um zu verhindern, dass sie ein Armenbegräbnis erhält, bittet Lady Temple darum, ihr den Leichnam zu übergeben. Sie wird die Kosten für ein Grab und für eine angemessene Bestattung übernehmen, sodass sie nicht der öffentlichen Hand zufallen.«

Der Coroner war Lady Temple für ihr großzügiges Angebot dankbar. Er hatte keine Einwände gegen die an ihn herangetragene Bitte.

Nach der Verhandlung wurden Morris und ich im leeren Gerichtssaal von dem Zeitungsreporter aufgehalten, der begierig nach Einzelheiten fragte. Wir wehrten ihn ab und hasteten, so schnell wir konnten, zum Haus von Lady Temple. Doch George und der Anwalt Pelham waren trotzdem vor uns da. Ich vermutete, dass sie in eine wartende Kutsche gestiegen waren.

Als wir schließlich eintrafen, führte uns der Butler Wilson sogleich in den Salon, wo Lady Temple, wie er uns beschied, schon auf uns wartete.

»Ich werde allein mit Ihrer Ladyschaft reden«, sagte ich. »Sergeant Morris ist mitgekommen, um das Dienstpersonal zu befragen.«

»Wie Sie wünschen, Inspector«, sagte Wilson frostig. »Doch es ist bereits ein anderer Gentleman da.«

Sie erwarteten mich gemeinsam. Als Wilson die Tür zum Salon öffnete, kam ich in eine vorbereitete Szene. Ich war überrascht, wie theatralisch sie aussah, und ich dachte, *ich bin ein Zuschauer bei einem Stück, und jeden Moment hebt sich der Vorhang*. Lady Temple war bereits hereingerollt worden – kein dramatischer Auftritt diesmal in ihrem Rollstuhl. Sie saß auf einem seidengepolsterten, vergoldeten Rokoko-Sofa und war ganz in schwarze Seide gekleidet. Ich überlegte, wie lange sie Trauer tragen würde wegen jemandem, der doch nur für sie gearbeitet hatte. Vermutlich, überlegte ich, bis nach der Beerdigung. Damit wäre der Konvention Genüge getan, und längere Trauer würde Anlass zu Kommentaren liefern.

Doch sie war nicht die Einzige in Schwarz. Pelham saß bei ihr und erhob sich bei meinem Eintreten. Ich fragte mich, wo George Temple war. Vielleicht schon in seiner Nische in der Queen-Catherine-Taverne, wo er sich nach der Gerichtsverhandlung mit Brandy stärkte. Ich war verärgert, Pelham anzutreffen, doch ich konnte nichts dagegen tun. Ich fragte mich allerdings, aus welchem Grund seine Dienste in Anspruch genommen wurden. George hätte die Freigabe der Leiche im Namen seiner Patentante beantragen können. Er war kein kleiner Junge, Herrgott noch mal! Er war sicher vier- oder fünfundzwanzig.

»Mr. Pelham hat Ihnen vermutlich bereits berichtet, wie die Verhandlung gelaufen ist«, sagte ich zu Lady Temple, nachdem ich meinerseits Platz genommen und auch Pelham sich wieder gesetzt hatte. Ich bemühte mich, nicht verstimmt zu klingen.

Sie neigte den Kopf. »Ja. Nachdem George gestern Emily

identifizieren musste, fand er die Gerichtsverhandlung heute Morgen eine schwierige Erfahrung. Er ist in sein Zimmer gegangen, um sich auszuruhen und seine Gedanken zu sammeln.«

Also *war* er in die Taverne geflüchtet, dachte ich bei mir. Glaubte seine Patin wirklich, dass George noch im Haus war? Ich sah sie an, und sie begegnete meinem Blick, ohne mir auszuweichen. Ja, sie wusste, dass er ausgeflogen und höchstwahrscheinlich in einer Taverne war … oder sogar Trost mit einer willigen jungen Frau in einem Haus suchte, in dem man solche Frauen finden konnte. Lady Temple war die Frau eines Soldaten gewesen. Sie kannte sich aus mit den Wegen junger Männer.

»Es ist sehr nett von Ihnen, Lady Temple, dass Sie angeboten haben, die Kosten für Miss Devrays Beerdigung zu übernehmen«, sagte ich zu ihr.

»Niemand verlässt dieses Haus, um in einem Armengrab zu enden!«, gab sie in scharfem Ton zurück. »Das wäre völlig unangemessen!« Ihr Gesichtsausdruck wurde weicher. »Außerdem mochte ich Emily sehr. Ich gestehe, dass ich eine gewisse Verantwortung empfinde wegen ihres unglücklichen Todes. Sie war noch so jung, und ich war in vielerlei Hinsicht, wenn man so will, *in loco parentis*. Das hätte nicht passieren dürfen, solange sie unter meinem Dach lebte.«

»Meine liebe Ladyschaft!«, rief Pelham sofort. »Ich versichere Ihnen, niemand würde glauben, dass Sie in irgendeiner Hinsicht Ihre Pflicht vernachlässigt haben! Die junge Frau war eine bezahlte Angestellte. Sie hatten ihr gegenüber keinerlei Fürsorgepflicht!«

»Trotzdem!«, entgegnete Lady Temple knapp.

Ein Anflug von Röte zeigte sich auf Pelhams blassen Wangen, doch er besaß genügend Vernunft, um den Tadel unwidersprochen hinzunehmen.

»Hatten Sie überlegt, den Leichnam nach Salisbury zu überführen, um ihn dort zu bestatten?«, fragte ich die alte Dame.

Nun sah sie Pelham auffordernd an, damit er für sie antwortete. Vielleicht wollte sie ihn auch besänftigen. Er richtete seine kalten Raubtieraugen auf mich.

»Miss Devray hatte sämtliche Verbindungen nach Salisbury abgebrochen, Inspector. Lady Temple wünscht, dass die sterblichen Überreste der jungen Frau auf dem Brookwood-Necropolis-Friedhof begraben werden.«

Nun denn!, dachte ich. Der Brookwood-Necropolis-Friedhof war ein schicker Friedhof. Er lag unmittelbar außerhalb der Stadt und war durch eine eigene Eisenbahnlinie mit dem Zentrum verbunden. Der Zug hatte spezielle Waggons für den Sarg und die Trauergäste. Was zugleich auch bedeutete, dass es eine kostspielige letzte Ruhestätte war, zumal für eine Bedienstete.

Ich wurde allmählich nervös. Ich überlegte krampfhaft, wie ich meine Fragen stellen konnte, doch ich wusste nicht, wie ich anfangen sollte. Abgesehen davon fühlte ich mich durch Pelhams Gegenwart merkwürdig gehemmt.

Also blieb ich fürs Erste beim Thema. »Haben Sie bereits entschieden, wer die notwendigen Arrangements treffen wird?«, fragte ich.

»Das wäre Mr. Protheroe in der Piccadilly«, sagte Lady Temple.

Sie sagte es lebhaft und mit einem Hauch von Erleichterung. Oder war das nur meine Fantasie? Hatte sie eine andere Frage befürchtet? Oder war sie lediglich zufrieden, dass die Entsorgung von Emilys Leichnam bald stattfinden würde und die Details in erfahrenen Händen lagen?

So wie sie es sagte, ließ mich ihre Antwort zusammenzucken. Das Schicksal besaß, wie ich in der Vergangenheit schon mehrfach entdeckt hatte, einen ziemlich verdrehten Sinn für Humor. Emily würde in einen Sarg gelegt werden, den Protheroe zur Verfügung stellte. Sie würde zurückgebracht werden auf die Carrara-Marmorplatte im Vorbereitungsraum auf der Rückseite seines Gebäudes. Die Ironie war vollkommen. Als ihr Leichnam zum ersten Mal dort gewesen war, hatte Protheroe entsetzt reagiert. Beim nächsten Mal wären ihre sterblichen Überreste willkommen, denn Lady Temple würde die Rechnung bezahlen.

Lady Temple gab, vielleicht weil sie erleichtert war, dass ich die Frage, die sie befürchtet hatte, nicht gestellt hatte, freiwillig ein weiteres Detail bezüglich der Beerdigung bekannt. Es war eines, das mich wirklich überraschte. Hätte Pelham vorher gewusst, dass sie es enthüllen würde, hätte er ihr dringend davon abgeraten.

»Außerdem hat Mr. Pelham einen Brief von einem Anwalt aus Salisbury erhalten, einem gewissen Mr. Carroway. Dieser Mr. Carroway ist offensichtlich der Meinung, eine Bestattung in Salisbury könnte ein größeres und ungebührliches lokales Interesse wecken. Es könnte zu einem Auflauf von Schaulustigen kommen. Die Öffentlichkeit hat eine Neigung zum Morbiden.«

»Das wäre nicht angemessen«, gab ich ihr recht.

»Ich bin froh, dass Sie das genauso sehen, Inspector Ross«, erwiderte sie großzügig.

Ich erhob mich und machte einen Diener. »Ich danke Ihnen, dass Sie mich empfangen haben, Lady Temple. Ich denke, ich sollte jetzt besser gehen und meinen Sergeant suchen.«

Ich verneigte mich auch in Richtung Pelham, der sich gleichermaßen erhoben hatte. »Mr. Pelham«, sagte ich.

Er erwiderte meine Verbeugung. »Inspector Ross.«

Es war alles sehr würdevoll und *comme il faut*, wie meine Frau Lizzie vermutlich gesagt hätte, denn Lizzie spricht Französisch und würzt ihre Konversation häufiger mit Phrasen. Ich habe eine Menge von ihr gelernt.

Der Butler erschien auf seine stille Art und Weise, ohne – soweit ich das beurteilen konnte – von einer Glocke herbeigerufen worden zu sein.

Morris wartete in der Halle auf mich.

»Wilson war so freundlich, mir den Garten zu zeigen, Sir«, krächzte er. »Ich dachte, vielleicht möchten Sie einen Blick darauf werfen.«

»Danke, das werde ich«, antwortete ich ihm, doch ich sah dabei Wilson an. »Gibt es einen Gärtner?«

»Nein, Inspector Ross, nicht zu dieser Jahreszeit«, antwortete Wilson. »Es ist ein einfacher Rasen, wie Sie sehen werden, und es besteht keine Notwendigkeit, dass sich jemand regelmäßig darum kümmert. Vom Frühjahr bis zum Spätherbst kommt einmal pro Woche ein Mann vorbei, um Ordnung zu schaffen, das Gras zu mähen und so weiter. Lady Temple sitzt manchmal draußen, wenn das Wetter warm genug ist.« Er drehte sich um. »Wenn Sie mir folgen wollen, meine Herren?«

Wir folgten ihm in ein Damenzimmer auf der Rückseite des Hauses, wo sich verglaste Türen zu dem kleinen Garten hin öffneten. »Ich gebe Ihnen die Schlüssel zurück, bevor wir gehen, Wilson«, sagte Morris mit Nachdruck.

Der Butler nahm den Hinweis auf und ließ uns allein, um den Garten ohne ihn zu inspizieren.

»Welche Schlüssel sind das?«, fragte ich Morris.

Er hielt einen Ring in der Hand, an dem zwei Schlüssel hingen, ein großer und ein kleiner. »Der große ist für die Pforte in der Mauer, Sir, die Sie von der Straße aus bemerkt haben. Der kleine ist für den Schuppen, wo Kleinkram und Werkzeug aufbewahrt werden.«

»Wo werden diese Schlüssel normalerweise aufbewahrt?«

»An einem Haken in der Pantry des Butlers«, sagte Morris. »Jeder könnte sie in seiner Abwesenheit nehmen, und er würde es nicht wissen. Da sie im Winter nie benutzt werden, würde er wahrscheinlich nicht einmal bemerken, dass sie entfernt wurden, vorausgesetzt, sie würden einigermaßen geschickt zurückgebracht.« Er sah mich an. »Wie war es bei der Lady?«

»Sie hat mich erwartet. Sie hatte Pelham bei sich. George hat sich entweder allein aus dem Staub gemacht, oder sie hat ihn aus dem Weg geschafft.«

»Man schließt die Reihen, Sir?«, fragte Morris.

»O ja, ganz sicher. Man schließt die Reihen.«

»Das ist es, was der Adel normalerweise macht«, sagte Morris mit der Weisheit der Erfahrung. »Man ist sich bewusst, dass die arme junge Frau an diesem Sonntag mit ziemlicher Sicherheit im Haus gestorben ist.« Es war keine Frage, sondern eine Aussage.

»Ich bin überzeugt, dass man sich dessen bewusst ist, Sergeant«, sagte ich zu ihm. »Natürlich wird es niemand zugeben, bevor nicht die Beweise so vor ihnen liegen, dass selbst Pelham sie nicht abstreiten kann.«

Es war nicht die Jahreszeit, um im Garten zu sein, dennoch und trotz des kalten Wetters war es ein angenehmer Ort. Wir standen Seite an Seite und studierten den Garten wie Männer, die nicht wirklich Gartenarbeit machten, aber immer dachten, sie würden es gerne tun. Das Gras unter den Füßen war lang und bedurfte seines Frühlingsschnittes, doch es war viel zu nass. Die Sträucher hatten noch nicht ausgetrieben. Es gab ein Vogelbad aus Stein, dunkel und moosig vom Alter. Die stark erodierte Darstellung um den Sockel herum deutete darauf hin, dass es ursprünglich aus einer Kirche stammte. War es ein mittelalterliches Weihwasserbecken, das nach der Reformation keine Verwendung mehr gehabt hatte? In einer Ecke, versteckt hinter einem großen und dornigen Stechpalmenbusch, befand sich eine Holzkiste. Auf dem Boden lag durchnässter Mulch:

eine Kompostgrube für das geschnittene Gras später im Jahr. In der gegenüberliegenden Ecke stand ein kleiner, stark verwitterter Schuppen. Morris fragte, ob er ihn öffnen sollte, und ich nickte. Im Innern fanden wir eine Auswahl an Werkzeugen, die an Nägeln an der Wand hingen, zusammen mit einer einfachen Öllampe in einem Drahtkorb. Es gab auch ein modernes Gerät, wie ich es schon in Illustrierten gesehen hatte – ein kleiner Rasenmäher mit einem Satz von Klingen in Trommelform und einem langen Holzstiel, um ihn hin und her zu schieben. Das Haus mochte nur einen kleinen Stadtgarten haben, aber der Rasen wurde mit dem allerneuesten Werkzeug geschnitten.

»So etwas habe ich auch«, sagte Morris unerwartet. »Wir haben keinen großen Garten, und Mrs. Morris hängt gerne ihre Wäsche darin auf. Aber an einem schönen Tag sitzt sie gerne draußen und bessert Sachen aus. Früher habe ich das Gras mit einer Rasenschere geschnitten, wissen Sie, auf den Knien. Es ist sehr mühsam auf den Knien. Also hat mir Mrs. Morris eines Tages so ein Gerät besorgt, natürlich aus zweiter Hand. Es macht das Leben sehr komfortabel.«

»Ich habe keinen Rasen«, sagte ich. »Unser Hinterhof ist größtenteils gepflastert. Er ist nicht sehr groß, nur halb so groß wie dieser Garten, und es gibt ein Kohlenhaus und einen Abort. Meine Frau züchtet in den wärmeren Monaten Geranien in Töpfen. Letztes Jahr hatte sie einige Erfolge mit Tomaten, die sie selbst angebaut hat.«

Ich streckte die Hand aus und nahm einen Hammer von der Wand. Er war alt, aber brauchbar und schien in letzter Zeit nicht benutzt worden zu sein. Nichtsdestotrotz …

»Was meinen Sie, Morris?«

»Nicht schwer, jemanden mit einem Schlag damit umzubringen«, erwiderte er.

»Wir nehmen ihn mit – und auch diesen Spaten dort – und bitten Dr. Mackay, sich beides unter dem Mikroskop anzusehen. Er interessiert sich sehr für Blut. Ich nehme an, er forscht ständig an diesem Thema. Wenn es irgendwelche Spuren auf diesen Werkzeugen gibt, denke ich, dass er der richtige Mann ist, um sie zu finden. Dem Butler wird es nicht gefallen, wenn wir etwas wegnehmen, aber wir können ihm eine Quittung ausstellen. Werfen wir einen Blick auf die Pforte in der Mauer.«

Wir schlossen den Schuppen wieder ab und gingen zur Pforte, wo sich der größere Schlüssel leicht im Schloss drehen ließ. Wir zogen die schwere Holztür auf und fanden uns auf der Straße wieder.

»Der gesamte Haushalt muss von diesem Schlüssel wissen«, sagte ich, als wir die Tür von der Gartenseite aus wieder verschlossen.

»Ob die Leiche durch diese Pforte im Dunkeln, im Nebel, nach draußen geschafft wurde?«, spekulierte der Sergeant.

»Es wäre ein weiter, anstrengender Weg, eine Leiche von hier bis in den Hinterhof der Imperial Dining Rooms zu tragen. Sie mag zwar nur eine junge Frau gewesen sein, aber ein Leichnam ist nun mal schwer«, murmelte ich, und Morris nickte weise.

Wie wir erwartet hatten, nahm der Butler Wilson die Nachricht, dass wir die beiden Werkzeuge aus dem Schuppen mitnehmen wollten, mit Unmut auf. Dennoch akzeptierte er eine Quittung. »Er ist ein besorgter Mann, Sir«, beobachtete Morris, als er und ich das Haus verließen und uns auf den Rückweg zum Yard machten.

»Ich stelle mir vor, dass es kein sehr glücklicher Haushalt ist«, antwortete ich.

Wir kehrten zum Yard zurück und hielten bei einem Telegrafenbüro an, damit ich eine Nachricht an Colby senden und ihm mitteilen konnte, dass Emily identifiziert worden war und die

Verhandlung zur Feststellung der Todesursache stattgefunden hatte.

Zurück in meinem Büro veranlasste ich, dass die Werkzeuge aus dem Gartenhaus von Lady Temple an Dr. Mackay geschickt wurden, zusammen mit meinen besten Grüßen und der Bitte, er möge doch so gut sein und die Oberflächen auf Blutspuren untersuchen. Anschließend suchte ich Dunn auf, um dem Superintendent Bericht zu erstatten. Danach konnte ich endlich nach Hause gehen.

Es war inzwischen ziemlich dunkel draußen. Der Nebel zog wieder auf, und die Hörner von den Schiffen auf dem Fluss tönten traurig herüber. Noch immer hing der Gestank von Schwefel in der Luft. Unter den Füßen war es nass und rutschig. Ich begegnete zwei Gassenjungen, vielleicht zehn oder zwölf Jahre alt, vermutlich Diebe mit verkniffenen weißen Gesichtern, zottigen Haaren und bunt zusammengewürfelter Kleidung. Für sie war die Deckung des Nebels willkommen, ein Mitverschwörer bei ihren Missetaten. Sie erkannten mich sofort als den Arm des Gesetzes und flüchteten sich in die Dunkelheit wie Ratten, die in einem Keller gestört wurden. Vagabunden und Obdachlose hatten bereits die besten Ecken und Torbögen für die Nacht besetzt. Polizeistreifen würden sie wieder vertreiben. Sie würden sich in die Dunkelheit schleichen, nur um kurze Zeit später wieder herzukommen, genau wie die jungen Diebe. Es war ein langer Tag gewesen.

KAPITEL ELF

Elizabeth Martin Ross

Ich hatte den Tag damit begonnen, die Zeitung aus Salisbury, die Ben im Zimmer von Emily Devray gefunden hatte, von vorne bis hinten durchzulesen, Zeile für Zeile, Spalte für Spalte. Wie Ben bereits erwähnt hatte, enthielt sie nichts, was in irgendeiner Weise signifikant erschien. Sie war schließlich fünf Wochen alt. Die jüngeren Ausgaben waren sicher voller Nachrichten über Emilys Tod. Diese hier schien nichts Aufregenderes zu enthalten als einen Bericht über Hunde, die auf einer Eisenbahnlinie herumstreunten; doch sie eröffnete der Fantasie ein Panorama des provinziellen Lebens.

Ein neuer Hutmacher hatte im Stadtzentrum ein Geschäft eröffnet. Die Damen waren eingeladen, sich die Ausstellung von Hüten anzusehen, die bereits von dem Besitzer und seinen geschickten Arbeitern entworfen worden waren. Ein unübertrefflicher Herrenausstatter bot Kambrik-Hemden zu günstigen Preisen im Dutzend feil. Es gab eine Illustration eines Herrn mit einem feinen Schnurrbart, der ein solches Hemd trug und sehr erfreut darüber schien. Die Leser wurden auch zu einer Ausstellung von Aquarellen von A Lady eingeladen. Ansonsten bestand die Ausgabe aus lauter Berichten über lokale Ereignisse wie die von Ben erwähnten landwirtschaftlichen Verkäufe oder eine allgemeine Auktion; und es gab eine Liste von Gastpredigern für die Abendandacht in der Kathedrale für den kommenden Monat. Hier fiel mir endlich etwas auf. Ich fragte mich, ob Ben es gesehen hatte. Am Sonntag nach dem Erscheinen dieser Zeitung sollte der Prediger der Abendmesse der Pastor Dr. Bastable sein. Ben hatte mir von ihm erzählt und mir eine lebhafte Beschreibung gegeben.

Ich las weiter. Es wurde noch besser: Unterhalb der gedruckten Liste informierte eine Notiz die Leser, dass Dr. Bastable ein vergleichsweise neuer Mitbürger in Salisbury war. Er und seine Schwester, eine Miss Agatha Bastable, hatten sich in dem Haus niedergelassen, das früher der verstorbenen Mrs. W. gehört hatte.

Nachdem ich das alles gelesen hatte, lehnte ich mich mit der Zeitung in den Händen zurück und überlegte. Emily hatte Heimweh gehabt, Ben hatte es mir erzählt. Sie konnte zufällig an diese Zeitung gekommen sein. Jemand konnte sie im British Museum zurückgelassen haben, einem Ort, von dem wir wussten, dass Emily ihn besucht hatte, oder wo auch immer sie sonst gewesen war. Aber diese wenigen Worte, die fast beiläufig im Anschluss an eine Liste von Predigern gedruckt waren, warfen eine faszinierende Möglichkeit auf. Indirekt wurde das Haus erwähnt, in dem Emily aufgewachsen war. Hatte jemand, der dies gelesen hatte, bei sich gedacht, dass sich Emily in ihrem Londoner Exil vielleicht dafür interessieren würde, und ihr diese Zeitung geschickt?

»Warum sollte er die ganze Zeitung schicken?«, fragte Bessie, als ich ihr diese Theorie vortrug. »Warum nicht einfach den Teil über das Haus ausschneiden und schicken? Es würde weniger kosten.«

»Ich weiß nicht«, antwortete ich, während ich das Blatt faltete und zur Seite legte. »Aber ich werde den Inspector darauf aufmerksam machen, wenn er heute Abend nach Hause kommt.«

Trotz der unangenehmen Bedingungen auf den Straßen und der dichten Nebelschwaden hatte ich beschlossen, noch an jenem Nachmittag zur Queen-Catherine-Taverne zurückzukehren. Außerdem plante ich einen weiteren Besuch ganz in der Nähe.

»Was machen wir, Missis?«, wollte Bessie wissen, als unsere Kutsche über das Pflaster ratterte. Wir waren erneut nicht zu Fuß unterwegs.

»Ich habe das Gefühl, Miss Eldon erwartet von mir, dass ich etwas wegen dieses Hauses auf der gegenüberliegenden Straßenseite unternehme. Wir wissen, dass der Name des Besitzers Bernard ist und dass er ein recht vermögender Mann ist. Ich stelle mich vor als eine Dame, die für mildtätige Zwecke unterwegs ist. Männer wie Mr. Bernard werden häufig von Werbern für mildtätige Vorhaben kontaktiert. Ich werde ihn ansprechen.«

Bessie war sichtlich beeindruckt, doch sie entdeckte sogleich den Fehler in meiner Logik. »Er ist vielleicht nicht zu Hause.«

»Dann hinterlasse ich ihm meine Karte.«

Die Kutsche, in der wir unterwegs waren, ruckte unvermittelt und erzitterte. Ein Pferd wieherte. Der Kutscher brüllte, und dann gab es einen Austausch wechselseitiger Beschimpfungen. Bessie und ich klammerten uns aneinander. Als die Kutsche ihren Weg fortsetzte, stieß ich einen erleichterten Seufzer aus. Ich erinnerte mich an Bens Schilderung von einer umgestürzten Kutsche und dem Pferd, das von seinem Geschirr losgeschnitten werden musste. Vielleicht wären Bessie und ich auf unseren eigenen Füßen sicherer gewesen.

Schließlich hatten wir unser Ziel erreicht. Wir stiegen aus, und ich bezahlte den Kutscher. Als das Gefährt davonratterte, starrten Bessie und ich auf die Fassade von Bernards Haus.

»Selbstbewusstsein, Bessie«, ermahnte ich sie. »Wer für die

Wohltätigkeit unterwegs ist, leidet niemals an einem Mangel davon.«

»Was für eine Art von Wohltätigkeit denn, Missis?«, zischte Bessie hastig, als ich nach der Türglocke griff. »Man könnte uns danach fragen.«

»Kutschpferde. Wir kümmern uns um das Wohlergehen von Kutschpferden«, erwiderte ich einem Impuls folgend.

Bessie murmelte etwas, das ich nicht genau verstand. Ich wollte nicht mit ihr argumentieren, weil ich Angst hatte, meine eigene Zuversicht zu verlieren, und zog entschlossen an der Glockenschnur.

Einige Minuten vergingen. Ich spürte Bessies Instinkt davonzulaufen und war nicht weit davon entfernt, es ihr gleichzutun, als die Tür von einem männlichen Diener geöffnet wurde.

Er war von mittlerer Größe, jedoch sehr stämmig gebaut, mit einem dunklen Teint und schwarzen Augen, aus denen er mich feindselig musterte. Kaum die übliche Sorte von Butler. Er erkundigte sich nicht einmal nach dem Grund meines Hierseins. Er stand einfach nur da und starrte mich an.

»Guten Tag«, sagte ich forsch. »Wäre es möglich, Mr. Bernard zu sprechen?«

»Mr. Bernard ist nicht da.« Der Akzent war stark, doch die Worte waren deutlich zu verstehen.

»Aber dies ist sein Haus?«, beharrte ich.

»Er ist nicht da.«

Hatte niemand diesem Kerl beigebracht, dass er »Mein Herr ist nicht zu Hause« sagen musste?

»Und Mrs. Bernard?«, fragte ich in einem Ton, von dem ich hoffte, dass er ihm zeigte, dass ich nicht eingeschüchtert war.

»Gibt keine Mrs. Bernard.«

»Ich verstehe. Dann lasse ich meine Karte da.« Ich zückte mein Etui, zog eine Visitenkarte hervor und hielt sie ihm hin.

Er starrte ungerührt darauf und machte keine Anstalten, sie zu nehmen. Mein Plan drohte zu scheitern, wenn ich nicht reagierte. Ich entschied, ihn zu belehren, was er zu tun hatte, da er offensichtlich nicht ordentlich instruiert worden war, wie man Besucher empfing.

»Das Tablett?«, fragte ich ungeduldig.

Er sah mich verblüfft an.

»Jetzt machen Sie schon!«, befahl ich ihm.

Zu meinem Erstaunen funktionierten meine Aura der Selbstsicherheit und die Andeutung, dass er sich irgendwie nicht richtig verhielt, ganz wunderbar. Er trat tatsächlich einen Schritt zurück und wandte sich zur Seite, um ein kleines Silbertablett von einem Tischchen aufzunehmen. Er hielt mir das Tablett hin und sah mich sogar ein wenig nervös an, als hoffte er, ich würde seine frühere Vernachlässigung seiner Pflichten gnädig aufnehmen.

Ich legte meine Karte auf das Tablett. Er nahm sie auf und studierte sie stirnrunzelnd, bevor er mich fragend ansah.

»Ich repräsentiere eine Gruppe mildtätiger Damen, die sich um das Leiden der Kutschpferde kümmern.«

Er schien ratlos, als er die Karte auf das Tablett zurücklegte.

»Ich danke Ihnen!«, sagte ich zu ihm. »Ich komme ein andermal wieder. Wann ist die beste Zeit, um Mr. Bernard zu Hause anzutreffen?«

Jetzt war er wirklich verwirrt. »Fünf Uhr«, informierte er mich. »Mr. Bernard kommt um fünf Uhr zurück.«

»Danke sehr. Komm, Bessie, wir gehen.«

»Ja, Ma'am«, sagte Bessie, die sich keine Blöße geben wollte, was korrekte Antworten betraf, und mich ausnahmsweise einmal nicht als »Missis« anredete.

Wir gingen davon und hörten, wie sich hinter uns die Tür schloss.

»Mensch, Missis!«, sagte Bessie ehrfürchtig. »Sie sind vielleicht eine, wissen Sie?«

»Ich danke dir, Bessie.«

»Ich hätte nicht gedacht, dass Sie damit durchkommen.«

»Ich habe selbst nicht so recht daran geglaubt.«

»Sie haben sich aber nichts anmerken lassen. Sie waren ein richtiger Drache!« Bessies Augen glitzerten.

Ich akzeptierte dies als ausgesprochene Bewunderung und nicht als Kritik. Nichtsdestotrotz fühlte ich mich mehr als nur ein wenig schuldig, sie in mein fragwürdiges Vorhaben hineinzuziehen.

»Und was machen wir jetzt, Missis?«

Ich hatte nicht so weit im Voraus geplant, doch meine Selbstsicherheit hatte mich immer noch nicht verlassen, daher antwortete ich unverzüglich: »Wir gehen bis zum Ende der Straße, warten ein paar Minuten und kehren dann auf der anderen Straßenseite wieder zurück, bis wir die Taverne erreichen. Dann gehen wir hinein, selbstbewusst, vergiss das nicht! Und wir besuchen Miss Eldon.«

»Angenommen, er sieht uns, dieser Butler oder was auch immer er ist?«

»Er wird annehmen, dass wir weitergegangen sind. Aber falls er uns sehen sollte, spielt das auch keine Rolle. Wir verbreiten Informationen über unsere gute Sache.«

»Mr. Slater würde es nicht mögen, wenn Sie herumgehen und sagen, dass er sich nicht ordentlich um sein Pferd kümmert!«

»Das habe ich nie behauptet! Mr. Slater kümmert sich im Gegenteil sehr gut um sein Pferd. Aber du und ich, wir haben beide schon andere Kutschpferde in einem bemitleidenswerten Zustand gesehen. Komm jetzt weiter und hör auf, dir den Kopf darüber zu zerbrechen.«

Miss Eldon hatte mich nicht erwartet und entschuldigte sich wortreich für das Fehlen jeglicher Kekse.

»Aber ich freue mich trotzdem sehr über Ihren Besuch, meine liebe Mrs. Ross! Ich nehme an, Inspector Ross ist gesund und wohlauf?«

»Es geht ihm bestens, danke sehr. Er hat sehr viel zu tun, wissen Sie?«

Miss Eldon seufzte. »Es gibt so viel Schlechtigkeit in der Welt! Und ich, ich sitze hier oben in meinen Räumlichkeiten wie ein Vogel in seinem Baumnest ...« Sie hielt inne und lächelte. »Das ist mein kleiner persönlicher Witz, Mrs. Ross.«

»Sie haben in der Tat eine Aussicht wie ein Vogel.«

Miss Eldon neigte den Kopf. »Ich sehe viele Dinge von meinem Ausguck, Mrs. Ross!«, sagte sie. »Ich habe beispielsweise gesehen, wie Sie vorhin beim Haus gegenüber waren.«

Ich hätte mir denken sollen, dass sie uns aus dem Fenster beobachtet hatte. »Nun ja«, gestand ich. »Ich habe einen Plan, aber ich weiß noch nicht, ob er erfolgreich sein wird.« Ich erzählte ihr, wie ich mich als vorgebliche Streiterin für wohltätige Zwecke präsentiert hatte. »Jetzt, wo ich weiß, dass Mr. Bernard um fünf Uhr nach Hause kommt, werde ich morgen kurz nach fünf wieder vorbeigehen, und dann werden wir sehen, ob man mich einlässt.«

Miss Eldon klatschte entzückt in die Hände. »Wie gescheit Sie doch sind, Mrs. Ross!«

»Ich war noch nicht sonderlich erfolgreich«, warnte ich sie. »Aber ich weiß nicht, was ich sonst tun sollte. Ich möchte, dass Sie wissen, dass ich noch nicht aufgegeben habe.«

»Ich war zuversichtlich, dass Sie das nicht tun würden«, erwiderte Miss Eldon und lächelte strahlend.

»Haben Sie die junge Frau zwischenzeitlich noch einmal gesehen? Die in dem Zimmer auf der anderen Seite?«

»Sie hat an einem Stück Handarbeit gesessen. Ich kann nicht genau sehen, was sie macht. Sie hat mich nicht bemerkt.« Miss Eldon seufzte.

Unvermittelt wechselte sie das Thema. »Ich war das einzige Mädchen in einer Familie mit vier Kindern. Meine drei Brüder waren alle älter. Als ich geboren wurde, die erste Tochter und, wie sich herausstellen sollte, das letzte Kind, erklärte mein Vater, ich wäre ein Juwel. Er entschied, dass ich aus diesem Grund den Namen Ruby erhalten sollte. Man hat mir erzählt, dass der Priester sich zuerst geweigert haben soll, mich mit diesem Namen zu taufen, weil es kein konventioneller christlicher Name wäre, aber als mein Vater ihm die Stelle im Buch der Sprüche nennen konnte, wo es um den Preis einer tugendhaften Frau ging, die kostbarer ist als Juwelen, gab der Priester nach, und so wurde ich auf den Namen Ruby getauft.

Mein ältester Bruder William war viel älter als ich. Er war bei der Armee und sah so schick und schneidig aus in seiner Uniform. Er fiel in der großen Schlacht von Waterloo, im Kampf gegen Napoleon. Ich erinnere mich noch, wie er, bevor er mit seinem Regiment in die Niederlande aufbrach, für ein paar Tage nach Hause kam. Meine Eltern veranstalteten eine Feier zu seinen Ehren. Es gab ein Festessen und Tanz. Die Damen sahen alle so wunderbar aus in ihren Kleidern aus Satin und Seide, die Haare geschmückt mit Juwelen und Federn. Ich war vielleicht sechs Jahre alt und schlich mich aus dem Bett, um zusammen mit meinem Bruder Edwin, dem jüngsten der drei, oben am Ende der Treppe zu lauschen. Wir haben das Kommen und Gehen beobachtet.«

»Die Nachricht von seinem Tod muss Ihre Eltern sehr getroffen haben.«

»O ja, das hat es. Obwohl sie sehr stolz waren auf ihn. Aber verstehen Sie, dieses junge Mädchen auf der anderen Straßenseite, es sollte ausgehen, auf Bälle und Veranstaltungen. Es sollte nicht tagein, tagaus ganz allein in seinem Zimmer sitzen.«

Ich war mehr und mehr überzeugt, dass es einen Grund gab für die scheinbare Isolation der jungen Frau. Aber ich wusste auch, dass Miss Eldon kein Argument akzeptieren würde, keinen Einwand. »Und Ihre beiden anderen Brüder?«, fragte ich.

»Oh, Henry starb bei der Jagd. Es war ein furchtbarer Sturz. Wir waren bei einem Onkel und einer Tante auf dem Land zu Besuch. Er wurde auf einer Bahre nach Hause gebracht. Er hatte sich das Genick gebrochen. Ich erinnere mich, als er ins Haus getragen wurde, stieß meine Mutter einen riesigen Seufzer aus und sank ohnmächtig zu Boden. Sie war nie wieder dieselbe und starb nur ein Jahr später. Edwin, dem ich am nächsten stand, entschied sich ebenfalls für eine Laufbahn bei der Armee. Aber anders als William hat er kaum je einen Schuss abgefeuert. Er starb während der großen Cholera-Epidemie von 1848.«

»Wie ging es mit der Tante und dem Onkel weiter, bei denen Sie und Ihre Eltern auf Besuch waren, als Ihr Bruder Henry starb?«

»Es kam zum Bruch, nachdem Henry gestorben war«, sagte Miss Eldon brüsk. »Zu viele schmerzvolle Erinnerungen.«

Ich spürte einen Anflug von Schuldgefühlen. Die Geschichte, die ich mir ausgedacht hatte, um Miss Eldons ärmliche Umstände zu erklären, war vollkommen falsch. Ich hatte angenommen, ihr Vater wäre ein Lebemann gewesen, der den Wohlstand der Familie verprasst hatte. Doch die Wirklichkeit war viel trauriger. Doch etwas von dem, was sie gesagt hatte, führte mich zu meiner anderen brennenden Frage.

»Zwei Brüder bei der Armee«, sagte ich. »Sie müssen sehr stolz auf sie gewesen sein.«

»Ja«, antwortete Miss Eldon einfach.

Ich beschloss nachzuhaken. »Ich habe von der Witwe eines

Offiziers gehört, General Temple, die in der Gegend leben soll?«

Ich kreuzte mental die Finger, dass sie nicht fragte, woher ich diesen Tratsch hatte. Vielleicht dachte sie, ich hätte es von Mrs. Tompkins gehört, was in gewisser Hinsicht der Wahrheit entsprach. Ich hatte es tatsächlich von ihr, via Bessie.

»Das ist richtig«, sagte Miss Eldon und nickte. »General Temple war als junger Mann zusammen mit meinem Bruder William in Waterloo. Er war damals natürlich noch kein General! Er hat erst viel später Karriere gemacht, aber dann ist er in Indien gestorben, während der Zeit der großen Aufstände. Er starb am Fieber.« Ihre Augen hatten mit einem Mal den gewohnten Glanz verloren und wirkten trübe, als ihr Blick in eine unbekannte Ferne schweifte.

Ich schämte mich plötzlich wegen meiner Neugier. Es war Zeit, das Thema zu wechseln. »Mein Mann ist sehr damit beschäftigt, den Tod des Mädchens zu untersuchen, das man im Hof hinter den Imperial Dining Rooms gefunden hat. Man weiß inzwischen, wer sie war. Ihr Name war Emily Devray.«

Miss Eldon kehrte aus ihren Tagträumen zurück, in die sie gefallen war, und erklärte entschieden: »Und das ist noch so ein großes Unrecht! So ein junges Mädchen, das noch sein ganzes Leben vor sich hatte, tot an so einem … so einem furchtbaren Ort! Ich sehe den Anblick immer wieder vor mir, wie sie dort zwischen Kartoffelschalen und Tierknochen gelegen hat. Es ist unfassbar grausam! Und solches Unrecht muss gesühnt werden! Natürlich wird das arme Kind davon nicht wieder lebendig, aber ihr muss Gerechtigkeit widerfahren!«

»Mein Mann ist fest entschlossen, ihr diese Gerechtigkeit zu geben, Miss Eldon.«

»Gut!« Miss Eldon nickte. »Möchten Sie vielleicht noch etwas Tee, Mrs. Ross?« Sie hatte ihre Contenance zurückgewonnen, doch ich nahm nicht an, dass sie ihren Ausbruch bedauerte.

Wie dem auch sei, unsere Aufmerksamkeit wurde mit einem Mal von einem unerwarteten Lärm von der Straße unten gefesselt. Eine Frau kreischte Schimpfworte, und ein Mann bellte laute Befehle. Ich meinte, die Stimme des Gastwirts wiederzuerkennen, Mr. Tompkins. Für einen Moment herrschte Ruhe, dann ging es wieder los. Wenigstens einer der Streitenden, der Stimme nach ein junger Mann und gebildet, widersetzte sich offensichtlich dem Bemühen, ihn zurück in die Taverne zu zerren. Er protestierte vehement.

»Lassen Sie mich los! Hören Sie, Tompkins, diese Sache geht Sie überhaupt nichts an!«

Ich konnte nicht widerstehen. Ich erhob mich und hastete unter einer gemurmelten Entschuldigung zum Fenster. Miss Eldon blieb ruhig beim Feuer sitzen.

Unten auf der Straße hatte sich in fröhlicher Erwartung einer Schlägerei eine kleine Menschenmenge eingefunden. Die Flüche ausstoßende Frau war jung und hatte einen hennaroten Schopf, der, wie es aussah, pitschnass war. Ihr Gesicht war stark geschminkt und wutverzerrt. Sie erwies sich als gemeine Schlägerin, denn just als ich am Fenster eintraf, versetzte sie dem Schankgehilfen einen mächtigen Fausthieb auf das Ohr. Der Schankgehilfe, ein stämmiger Kerl von affenartiger Gestalt, reagierte, indem er seine beiden langen Arme um die Angreiferin schlang und sie vom Boden hochhob. Sie trat wütend aus.

»Sieh her, Kerl!«, keifte sie nicht im Mindesten eingeschüchtert durch die Umklammerung. »Der junge Gentleman will mit mir gehen!«

Der fragliche junge Mann kam mir bekannt vor. Tompkins hatte ihn in seinem Griff und schob ihn gewaltsam zurück zum Eingang der Taverne. Sein Gefangener reagierte wie ein aufmüpfiger Dreijähriger, indem er die Füße schleifen und sich fallen ließ und Tompkins zwang, ihn wieder auf die Beine zu zerren.

Die Prostituierte, denn nichts anderes war die Rothaarige, richtete ihre Aufmerksamkeit auf den verlorenen Kunden. »Lass dich nicht von dieser mürrischen alten Kuh abhalten, Süßer! Oder von diesem alten Bock, verkleidet als Lamm!«, rief sie ihm hinterher, kurz bevor er in der Tür verschwand. »Du kommst mit mir! Wir machen uns eine richtig gute Zeit, du und ich! Ich kenne einen hübschen Platz …«

Die respektlose Beschreibung ihrer Person hatte das Ohr von Louisa im Innern der Taverne erreicht. Sie stürzte heraus wie ein Racheengel, und es gelang ihr, der Rothaarigen einen Hieb auf das Ohr zu geben.

Die Prostituierte riss sich mit einem Kreischen aus dem Griff des Schankgehilfen los. Tompkins war gezwungen, den jungen Mann gehen zu lassen, um seiner Frau zu Hilfe zu eilen. Gemeinsam mit dem Schankgehilfen und unter Einsatz all ihrer Kräfte konnten sie eine wilde Schlägerei so eben noch verhindern. Der Wirt schob seine beträchtliche Körpermasse zwischen die beiden Frauen, als diese anfingen, sich an den Haaren zu ziehen.

»Überlass sie mir, Lou!«, ächzte Tompkins seiner beleidigten Ehefrau zu. Er drehte sich zu der Rothaarigen um, die inzwischen wieder in der Umarmung des Schankgehilfen gefangen war und ihr Bestes gab, um sich ein zweites Mal zu befreien. Als ihr das nicht gelingen wollte, trat sie nach Tompkins und erwischte ihn am Schienbein. Der Wirt stieß ein Brüllen aus, das die Fensterscheiben erzittern ließ.

»Er kommt ganz sicher nicht mit dir!«, ächzte er. »Ich habe dir gesagt, du sollst verschwinden! Und verschwinden wirst du, Mädchen! Mehr noch, du kommst nicht wieder, nicht heute, nicht morgen, niemals! Such dir deine Kundschaft woanders.

Du verdirbst mir ganz bestimmt nicht den guten Ruf meines Lokals!«

Die Dirne antwortete in einer derart unflätigen Sprache, wie ich sie noch niemals aus dem Mund einer Frau gehört hatte. Louisa Tompkins packte den jungen Mann und führte ihn in das Lokal. Die Rothaarige zog sich die Straße hinunter zurück, während sie weiter unablässig Verwünschungen und Beleidigungen von sich gab.

Miss Eldon, die am Feuer saß und Tee trank, war so ruhig und gelassen wie eh und je, als ich zu ihr zurückkehrte. »Ich muss mich entschuldigen, Mrs. Ross, für diese Störung«, sagte sie. »Bitte achten Sie gar nicht darauf. Mr. und Mrs. Tompkins erlauben nicht, dass käufliche Mädchen in der Taverne auf Kundenfang gehen. Trunkenheit ist in der Queen-Catherine-Taverne nichts Ungewöhnliches, wie ich leider sagen muss, aber meist nur in der Nacht. Nachmittags kommt es nur selten vor.« Sie lächelte freundlich. »Möchten Sie noch eine Tasse Tee?«

Unten auf der Straße war alles ruhig, und ich beschloss, dass jetzt ein guter Moment zum Gehen war. Ich lehnte einen weiteren Tee ab, dankte Miss Eldon für ihre Gastfreundschaft und stieg die knarrenden Treppen hinunter zum Erdgeschoss. Im Schankraum angekommen wollte ich Mr. Tompkins informieren, dass ich nach Hause zurückzukehren gedachte und ob er bitte Bessie aus der Küche rufen könne.

Doch Bessie war bereits im Schankraum, zusammen mit Mrs. Tompkins, die in ihrem Kleid aus hellbuntem Schottenkaro aussah wie ein großer Papagei, ein Ara vielleicht, und ich verstand, warum die Prostituierte sich veranlasst gesehen hatte, einen Kommentar abzugeben. Das Federkleid des Aras war zerrupft, und die Wirtin kochte immer noch wegen der Beleidigungen, die man ihr an den Kopf geworfen hatte, doch es war ihr zwischenzeitlich gelungen, wenigstens die Haare wieder halbwegs ordentlich hochzustecken. Mr. Tompkins war bei ihr und außerdem der schwitzende, zerzauste und rotgesichtige junge Mann, den ich von oben gesehen hatte. Er war gut gekleidet, auch wenn seine Jacke im Moment schief saß und seine Krawatte offen über der Weste baumelte. Nichtsdestotrotz erkannte ich ihn als den Dandy, der lautstark nach Champagner verlangt hatte, als ich das erste Mal bei Miss Eldon zu Besuch gewesen war. Er saß nun zusammengesunken auf einem Stuhl, und Mr. Tompkins, das Gesicht hochrot vor Empörung, stand über ihm wie ein Wachmann. Der Gefangene, denn nichts anderes schien der junge Mann zu sein, starrte zu ihm hoch und äußerte Protest, auch wenn er viel kleinlauter klang als vorhin draußen.

Die beiden alten Männer, die ich schon früher gesehen hatte, saßen beim Feuer und beobachteten das Geschehen in amüsiertem Interesse, während sie an ihren Tonpfeifen nuckelten.

»Zum Kuckuck, Tompkins! Das geht Sie überhaupt nichts an«, sagte der junge Mann zum wiederholten Mal, doch mit weitaus weniger Nachdruck, mehr auf eine schmollende Art und Weise wie ein gereiztes Kind.

»Wenn es in meinem Lokal stattfindet, dann geht es mich etwas an!«, erklärte Mr. Tompkins majestätisch. »Und das wissen Sie sehr gut, Mr. Temple! Ich bin verantwortlich dafür, in meinem Haus Frieden und Ordnung zu wahren. Ich muss an meine Konzession denken!«

»Sie haben zu tief ins Glas geschaut, Mr. Temple!«, schaltete sich Mrs. Tompkins ein. »Der Schankgehilfe ist losgegangen, um Michael zu holen, damit er Sie nach Hause bringt.«

»Das geht nicht!«, sagte der Missetäter schmollend. »Das alte Mädchen darf mich nicht so sehen.«

»Falls Sie, Mr. Temple, mit ›altes Mädchen‹ Ihre Patentante meinen, dann sollten Sie sich schämen, so über sie zu reden!«, deklarierte Louisa Tompkins.

»Ich hatte einen furchtbaren Tag!«, murmelte Temple. »Ich war bei einer Gerichtsverhandlung. Gestern musste ich mir eine Leiche ansehen! Es war entsetzlich.«

»Wir alle enden irgendwann als Leiche«, erwiderte der Wirt mit einfacher Logik. »Und die meisten von uns sehen zu diesem Zeitpunkt nicht gerade blendend aus.«

»Sie verstehen nicht!«, rief der unglückliche Temple gequält aus. »Das Mädchen hat im Haus meiner Patentante gelebt! Diese ganze Angelegenheit ist … unaussprechlich!«

In diesem Moment kam jemand von der Straße herein. Ein großer Schatten fiel auf mich, und als ich mich umdrehte, erschrak ich zutiefst beim Anblick eines wahrhaft riesigen Kerls mit flachsblondem Haar. Im ersten Moment dachte ich, die Prostituierte hätte ihren Zuhälter vorbeigeschickt. Doch dann sah ich, dass er mehr oder weniger wie ein Diener gekleidet war, auch wenn ich noch nie einen Haushalt gesehen hatte, in dem ein Diener arbeitete, der gebaut war wie ein Preisboxer.

»Da bist du ja endlich, Michael!«, rief Louisa mit unüberhörbarer Erleichterung. »Euer junger Gentleman hier hat ein wenig über den Durst getrunken. Er schwadroniert irgendwas von einer Leiche und einer Gerichtsverhandlung. Besser, du bringst ihn nach Hause und schmuggelst ihn irgendwie nach drinnen, ohne dass Lady Temple etwas bemerkt.«

Der Riese nickte und setzte sich entschlossen in Richtung der zusammengesunkenen Gestalt von George Temple in Bewegung.

»Kommen Sie mit, Master George«, sagte er mit grober, doch verblüffend sanfter Stimme. »Es ist zu Ihrem Besten.«

Er bückte sich und packte George beim Arm. George erhob sich gehorsam und stand für einen Moment schwankend da, während er einen schwachen Einwand murmelte. »Zum Kuckuck, Michael! Ich bin kein kleines Kind mehr, und ich bin nicht betrunken!« Doch er ließ sich ohne Widerstand nach draußen führen. Wir sahen die beiden an den Fenstern vorbeigehen, während Michael den jungen Mann immer noch am Arm hielt, teils, um ihn zu stützen, und teils, damit er sich nicht losreißen und entwischen konnte.

Mr. Tompkins wandte sich zu mir. »Bitte entschuldigen Sie, Mrs. Ross«, sagte er. »Der junge Mann hatte ein wenig zu viel Brandy. Er hat für sich allein in der Nische gehockt, und ich habe ihn nicht genau genug im Auge behalten. Dann ist dieses Mädchen reingeschlüpft und hat sich zu ihm gesetzt. Ich habe sie lachen hören und konnte mir denken, was sie ist, also hab ich sie rausgeworfen. Er ist uns gefolgt und hat versucht, sie von mir wegzuzerren, aber in seinem Zustand konnte er nicht viel ausrichten. Wie dem auch sei, es ist alles geregelt. Ich entschuldige mich für jegliche unziemliche Sprache, die Sie möglicherweise gehört haben.«

»Bitte machen Sie sich darüber keine Gedanken, Mr. Tompkins«, versicherte ich ihm. Insgeheim war ich sogar froh, ein paar Neuigkeiten in Erfahrung gebracht zu haben, die Ben brennend interessieren würden. »Bessie und ich werden jetzt gehen.«

»Das war wirklich ein Aufruhr!«, berichtete mir Bessie fröhlich, als wir zurück zur Piccadilly gingen. »Bevor sie auf die Straße gegangen sind, hat Mr. Tompkins diesem Mädchen einen Krug Wasser über den Kopf geschüttet, weil sie so unhöflich war wegen Mrs. Tompkins' Kleid. Sie haben noch nie solche Worte gehört, Missis! Nicht von ihm und schon gar nicht von ihr!«

»Ich habe alles gehört, Bessie«, sagte ich ihr. »Genau wie Miss Eldon.«

Bessie runzelte die Stirn. »Das war sicher nicht schön für die nette alte Lady.«

»Nun, ich gestehe, ich hätte eigentlich erwartet, dass sie schockiert ist. Aber Miss Eldon hat mit keiner Wimper gezuckt.«

»Dieser junge Stenz …«, sagte Bessie nach einem Moment. »Ist er aus dem Haushalt, wo dieses arme tote Mädchen gelebt hat?«

»Ja, das ist er. In der Tat.«

Bessie öffnete den Mund, um ihre Meinung darüber kundzutun, doch ich schnitt ihr das Wort ab.

»Oh, Bessie, ich glaube, dort am Stand wartet eine vierrädrige Kutsche! Wir kommen schneller nach Hause.«

An jenem Abend erzählten Ben und ich uns, was wir tagsüber erlebt hatten.

»Ich wusste doch, dass er in ein Pub gegangen ist!«, sagte Ben einigermaßen selbstzufrieden, als er von George Temples Abenteuer erfuhr. »Aber in einem dunklen Raum sitzen und Trübsal wegen der Sterblichkeit von uns allen blasen? Das ist eher unwahrscheinlich. Andererseits – sie wusste, dass er nicht im Haus ist.«

»Sie?«, fragte ich.

»Lady Temple. Seine Patentante. Ich habe diesen Diener auch gesehen, von dem du geredet hast. Michael.« Ben blickte nachdenklich drein.

»Er muss ihr ziemlich viele Sorgen machen. Ich meine George. George muss seiner Tante eine Menge Sorgen machen«, sagte ich.

»Mehr als das, im Moment«, antwortete Ben, ohne den Blick aus dem Feuer zu nehmen. »Er ist eine Quelle von beträchtlichem Stress, könnte ich mir denken.«

»Meinst du, es wäre möglich, dass George Temple verantwortlich ist für Emilys Tod?«, fragte ich nach einer kurzen Pause.

»Er ist ein Verdächtiger, so viel steht fest. Was aber noch wichtiger ist: Glaubt seine Patentante, dass er etwas damit zu tun hat? Das ist die Frage. Und ich weiß, sie rechnet damit, dass ich sie ihr stelle. Aus keinem anderen Grund hat sie Pelham hinzugezogen, als sie meinen Besuch erwartete. Aber irgendwie kann ich die Frage nicht stellen. Zumindest nicht, bevor ich nicht ein paar handfeste Beweise habe. Alles andere wäre nur Vermutung und Hypothese. Ich würde genau wie jeder andere Officer aus dem Haus verbannt, und unsere weiteren Ermittlungen würden an jeder Biegung aufgehalten werden. George Temple ist ein junger Narr, aber er ist ein Narr, der irgendwann ein Vermögen erben wird. Aus diesem Grund gibt es viele Leute, die ein Interesse daran haben, ihn vor den Folgen seiner Dummheiten zu schützen. Außerdem denke ich, dass die alte Lady ihr Patenkind wirklich mag. Er ist immerhin der Neffe ihres verstorbenen Mannes. Für sie ist das Grund genug, ihn und seinen Ruf bis aufs Messer zu verteidigen.«

Wir saßen noch ein paar Minuten schweigend da und beobachteten das Feuer, wie es knisterte und knackte und plötzlich gelbe und purpurne Flammen nach oben sandte, bevor es in sich zusammenfiel und sein glühend rotes Herz offenbarte.

»Ich habe die Zeitung aus Salisbury gelesen, die du mir gegeben hast«, sagte ich zu guter Letzt. »Die Bastables werden darin erwähnt.« Ich nahm das Blatt aus meinem kleinen Schreibtisch, wo ich es aufbewahrt hatte, und zeigte ihm den entsprechenden Absatz.

»Also doch!«, rief Ben. »Den hatte ich übersehen!«

»Glaubst du, dass Emily die Zeitung deswegen aufbewahrt hat? Weil die neuen Besitzer des Hauses erwähnt werden, das sie als ihr Elternhaus angesehen hat?«

»Es kann gut sein, dass sie sie deswegen aufgehoben hat«, sagte Ben. »Aber ich würde zu gerne wissen, wie diese Ausgabe in ihre Hände gekommen ist. Das kann kein Zufall sein. Irgendjemand in Salisbury hat sie ihr geschickt – oder sogar selbst gebracht.«

KAPITEL ZWÖLF

Inspector Ben Ross

Am Montagnachmittag in der folgenden Woche hatte ich einen unerwarteten, jedoch willkommenen Besucher. Dr. Mackay erschien in meinem Büro und trug ein Paket bei sich, das in gewachstes Tuch verpackt war. Er legte es auf meinen Schreibtisch und wickelte es vorsichtig aus. Es enthielt den Hammer und den Spaten aus dem Gartenhaus.

»Ich hoffe, es hat Ihnen nichts ausgemacht, dass ich Sie damit belästigt habe«, sagte ich zu ihm.

»Überhaupt nicht, Ross!«, kam es fröhlich zurück. »Nun denn, ich habe diese beiden Gegenstände sorgfältig geprüft, von oben bis unten! Ich fand Schlamm und Rost und Insektenfragmente. Aber nichts, was nahegelegt hätte, dass es sich um Blut handeln könnte. Selbst wenn ich Spuren gefunden hätte, von denen ich denke, dass sie Blut sind, und meine Ergebnisse durch meine eigenen Tests stützen könnte, hätte ich Ihnen nicht sagen können, wessen Blut es war, verstehen Sie?«

»Das ist mir klar, Doktor. Es war immer nur eine entfernte Chance«, sagte ich zu ihm. »Danke, dass Sie mir Ihre Zeit geschenkt haben. Es tut mir leid, dass sie verschwendet wurde.«

»Nein, nein!«, rief mein Besucher aus, und sein schottischer Akzent wurde noch stärker, als er voller Enthusiasmus über sein gewähltes Fachgebiet referierte. »Lassen Sie mich Ihnen etwas über Blut verraten, Ross. Nun ja, ich wage zu behaupten, dass

Sie es längst wissen. Es gelangt überall hin! Mehr noch, es ist extrem schwierig vollständig zu entfernen. Es gibt Flecken, Spritzer, winzige Tröpfchen ... aber das wissen Sie alles. Sie haben mehr als genug Mordschauplätze gesehen. Mit der Zeit verändert es sich. Es baut sich ab. Aber ich denke, es ist immer noch eindeutig zu identifizieren.«

»Meine Frau ist die Tochter eines Arztes«, sagte ich zu ihm. »Er hat auch eine Reihe von Operationen durchgeführt, wie es Hausärzte in kleinen Städten und Gemeinden tun. Von ihr weiß ich, dass man Blutflecken am besten aus Kleidung entfernt, indem man sie in kaltem Wasser einweicht.«

»So ist es, so ist es. Aber es kann schwierig sein, sie vollständig von anderen Oberflächen zu entfernen. Blutflecken sind manchmal winzig, so klein, dass man sie kaum mit bloßem Auge erkennen kann, und sie fliegen weiter, als man es für möglich halten würde. Man kann sie am Tatort leicht übersehen. Sie schreiben, dass diese beiden Gegenstände aus einem Gartenschuppen stammen?« Er deutete auf die Werkzeuge auf meinem Schreibtisch. »Halten Sie es für möglich, dass die Tat im Schuppen stattfand?«

»Das weiß ich nicht. Möglicherweise oder vielleicht wurde der Leichnam für eine kurze Zeit dorthin gebracht, bis sich eine Gelegenheit ergab, ihn an einen anderen Ort zu schaffen. Wir wissen, dass er während dieser Zeit in einer sitzenden Haltung war, und ich hatte an einen Keller gedacht.« Ich überlegte kurz. »Aber ein kalter Gartenschuppen erscheint mir genauso gut möglich.«

»Dann könnte es woanders in diesem Schuppen noch Blutspuren geben. Die Tatsache, dass ich auf diesen Werkzeugen keine finden konnte, sollte nicht dazu führen, dass wir die Möglichkeit ausschließen, dass sich auf anderen Oberflächen noch welche finden. Ich würde diesen Schuppen sehr gerne untersuchen. Wäre das einzurichten?« Mackay war so eifrig wie ein Kind, das sich auf eine Party freut.

Ich überlegte rasch. »Wenn ich die Besitzerin des Hauses frage, wird sie ihren Anwalt konsultieren, und er wird es zweifellos verhindern, das steht außer Frage. Aber falls Sie unangekündigt zusammen mit Sergeant Morris auftauchen und er den Butler bittet, noch einen zweiten Blick in den Garten werfen zu dürfen, und er die Schlüssel bekommt, das könnte funktionieren. Allerdings muss ich vorher mit meinem Superintendent reden«, fügte ich zögernd hinzu. »Die Hausbesitzerin ist nicht ohne Einfluss, wenn Sie verstehen.«

»Was?«, rief der verblüffte Dunn, als ich ihm, nachdem ich Dr. Mackay vorgestellt hatte, den Vorschlag des Arztes unterbreitete. Seine Augenbrauen schossen bis unter den Haaransatz. »Haben Sie jetzt völlig den Verstand verloren, Ross?«

»Nein, Sir. Dr. Mackay ist ein Spezialist für Blutflecken. Er studiert sie.«

Dunn schnalzte mit der Zunge, dass es sich anhörte wie das Aufziehspielzeug eines Kindes. »Ach ja? Wenn ich richtig informiert bin, sind die Nachweise für Blutspuren höchst unzuverlässig.«

»Ich beziehe mich nicht auf Guajak-Tests, Sir. Ich habe eigene Methoden entwickelt«, sagte Mackay.

Diese Aussage bewirkte, dass Dunn zuerst erschrocken, dann zweifelnd und schließlich resigniert dreinblickte, zu meiner großen Erleichterung. Er stieß einen tiefen Seufzer aus. »Ich weiß nicht, Ross.«, sagte er. »Wir müssen sehr vorsichtig vorgehen.« Er schnalzte erneut mit der Zunge. »Es wäre besser, wenn wir die Erlaubnis der Lady einholen, bevor wir einen Mediziner hinschicken, der durch ihren Garten schleicht und Proben nimmt. Damit will ich Ihnen keinesfalls zu nahe treten, Dr. Mackay!«, fügte er hastig hinzu.

»Keine Sorge, ich verstehe das«, versicherte ihm Mackay. »Aber der Kopf hat sicher zuerst eine Weile geblutet, bevor das Blut geronnen ist. Falls das Opfer in diesem Schuppen war, als man ihm die Kopfwunde zugefügt hat, gibt es bestimmt Spuren von Blut, und ich kann sie finden.« Nach kurzem Zögern fügte er hinzu: »Ich bin mir jedenfalls ziemlich sicher.«

Dunn legte den Finger auf die Schwachstelle in meiner Argumentation. »Selbst wenn der gute Dr. Mackay hier Blutflecken findet, sagen wir, an der Wand, was dann? Ich möchte nicht Ihre Expertise infrage stellen, Dr. Mackay, aber Blutflecken verändern sich schnell, wenn ich recht informiert bin. Wie dem auch sei, wir können nicht mit Sicherheit sagen, ob sie von dem Opfer stammen. Wir wären in einer ziemlich schwierigen Situation, sollte irgendein auch nur halbwegs kompetenter Strafverteidiger unsere Behauptungen anzweifeln.«

Ich musste ihn schnell überzeugen. »Ein Strafverteidiger würde schon aus Prinzip versuchen, jeden einzelnen Beweis zu unterminieren, den wir vorbringen, aber es würde *mir* weiterhelfen, Sir! *Ich* glaube, dass Emily Devray in diesem Schuppen gestorben ist, und wenn Dr. Mackay keine Blutflecken von ihrer Kopfwunde finden kann, dann ist es für *mich* wichtig, weil es *mir* zeigt, dass ich auf der falschen Fährte bin! Dr. Mackay hat mir die Werkzeuge zurückgebracht, die Morris und ich aus dem Schuppen mitgenommen haben. Wir haben eine Quittung dafür ausgestellt und sie dem Butler gegeben. Es wäre also völlig normal, wenn Morris zum Haus von Lady Temple zurückkehrt und dem Butler die Werkzeuge zurückgibt. Es wäre gar nicht notwendig, dass er mit der Hausbesitzerin spricht. Und wenn er bei dieser Gelegenheit fragen würde, ob er einen weiteren Blick in den Garten werfen darf, und der Butler zufrieden ist, weil die Werkzeuge wieder da sind, gibt es keinen Grund, warum er Einwände haben sollte.«

»Und wie erklären Sie die Anwesenheit dieses Gentleman hier?« Dunn nickte in Richtung von Mackay.

»Das tun wir nicht, beziehungsweise Morris tut es nicht. Der Butler wird annehmen, dass wir Ermittler immer zu zweit arbeiten.«

»Das erscheint mir alles ziemlich hinterlistig«, murmelte Dunn. »Selbst wenn wir versuchen, Blutflecken zu einem Teil unseres Falles zu machen, wie stehen die Chancen, dass man uns sagt, der Gärtner hätte sich beim letzten Mal, als er dort war, in die Hand geschnitten?«

»Es würde mir eine Spur geben, der ich folgen könnte«, sagte ich entschieden. »Und wir brauchen dringend eine Spur, Sir. Ich will jeden Schritt zurückverfolgen, den das Opfer vor seinem Tod gemacht hat, vom Haus bis zu dem Abfallbehälter im Hinterhof der Imperial Dining Rooms.«

»Also schön, meinetwegen!«, schnappte Dunn. »Aber ich bitte Sie inständig, Dr. Mackay, seien Sie vorsichtig! Sagen Sie nichts, *kein Wort*, wenn Sie vor dem Butler stehen! Und vor allen Dingen deuten Sie nicht an, Sie wären ein Police Officer. Das sind Sie nämlich nicht, und es ist ein Vergehen, sich als solcher auszugeben. Ich wiederhole, Dr. Mackay, sagen Sie *nichts*!«

Als wir draußen vor Dunns Büro waren, wandte ich mich an Mackay. »Gehen Sie sofort los, wenn möglich. Ich rufe Morris. Keine Verzögerung! Mr. Dunn könnte seine Meinung jederzeit ändern.«

Morris kam später am Tag zurück in den Yard. »Und?«, fragte ich ihn einigermaßen nervös.

»Es ging ein ganzes Stück leichter, als ich befürchtet hatte, Sir«, berichtete Morris mit offensichtlicher Erleichterung. »Ich denke, dieser Butler gewöhnt sich an die Vorstellung, dass die Polizei kommt und geht. Er hat gar nicht gefragt, wer

Dr. Mackay ist. Er war sichtlich erfreut, dass wir die Werkzeuge zurückgebracht haben, und er hat mir die Schlüssel sofort gegeben! Dr. Mackay ist überall im Schuppen herumgekrochen, fröhlich wie ein Kind im Sandkasten, und hat ein paar Proben mitgenommen.«

»Von den Wänden?«, fragte ich.

»Von überall, Sir.« Morris schüttelte ehrfürchtig den Kopf. »Selbst von einem Rasenmäher. Ich habe noch nie jemanden gesehen, der so viel Freude an seiner Arbeit hat!«

Am Donnerstagmorgen passierten zwei Dinge. Zuerst erhielt ich einen Brief von Colby als Antwort auf den, den ich ihm in der vorangegangenen Woche geschrieben hatte, und in dem er mir auch über die Lage in Salisbury berichtete. Und zum Zweiten wurden wir in einer Nachricht von Pelhams Assistenten darüber unterrichtet, dass Emily Devrays Bestattung am folgenden Freitag um zwölf Uhr stattfinden würde. Nach einem kurzen Gottesdienst in der anglikanischen Kapelle des Brookwood-Necropolis-Friedhofs sollte das Begräbnis gleich nebenan folgen.

Ich wandte mich zuerst Colbys Brief zu.

Bericht von Inspector John Colby

Ich hatte eigentlich gehofft, ich könnte Ihnen ein paar neue Hinweise vorlegen. Aber weil das nicht der Fall ist, leider, kann ich zumindest ein wenig zu dem beitragen, was bereits bekannt ist.

Das traurige Schicksal von Emily Devray ist immer noch Tagesgespräch hier in Salisbury. Es inspiriert Predigten und nährt den Klatsch der Teepartys unserer einheimischen Damen. Von den Predigten weiß ich persönlich, weil ich erst vergangenen Sonntag in der Kathedrale eine über mich ergehen lassen musste. Ich hatte erwartet, dass einige Mitglieder der Gemeinde hinterher eifrig darauf bedacht wären, mit mir zu reden, oder zumindest hatte ich es gehofft. Wie es aussieht, hatte ich eine helfende Hand in Form des Priesters an diesem Tag. Sobald er mich unter den Anwesenden bemerkte und erkannte, sagte er allen, wer ich bin, und bat sie, für meinen Erfolg zu beten und den von Scotland Yard bei der Suche nach demjenigen, der für dieses grausige Verbrechen verantwortlich ist.

Als die Messe zu Ende war, wurde ich von Gläubigen praktisch umzingelt. Alle waren begierig, mehr zu erfahren und mir mitzuteilen, dass sie Mrs. Waterfield und Miss Devray persönlich gekannt hatten, weil beide regelmäßig den Morgengottesdienst in der Kathedrale besucht hatten.

Ich kann Ihnen heute berichten, dass der Verdacht, den Sie und ich haben in Bezug auf die Rolle Carroways bei der Entscheidung, Emily fortzuschicken und die Verbindung zwischen ihr und ihrer Wohltäterin zu durchtrennen, auch von anderen geteilt wird. Es scheint, dass Mr. Anderson, der Neffe und Erbe von Mrs. Waterfield, ungefähr vier Monate vor dem Tod seiner Tante auf Besuch hier war. Somit hatte er reichlich Zeit, die Situation einzuschätzen und zu erkennen, wie groß die Zuneigung von Mrs. Waterfield für Emily Devray war. Mehrere Damen haben mir diese Zuneigung bestätigt. Es muss den Neffen sehr erschreckt haben.

Es ist bekannt, dass Anderson während dieser Zeit bei Carroway war. Ich sollte hinzufügen, dass derartige Dinge in einer Stadt wie Salisbury nie lange geheim bleiben.

Sämtliche Damen versicherten mir, wie erstaunt sie waren, dass Mrs. Waterfield Emily in ihrem Testament so wenig bedacht hatte. Sie zeigten große Missbilligung für den Plan, das Mädchen nach London zu schicken. Sie alle glauben, dass es auf Carroways Betreiben hin geschah und seine Bemühungen, Andersons Aussichten zu stärken. Die Angelegenheit ist Ursache von sehr viel Empörung hier, vor allem wegen dem, was Emily in der Folge zugestoßen ist. Carroway ist sich wohl bewusst, dass man ihm die Schuld gibt. Kein Wunder, dass er so wenig erfreut war, uns zu sehen.

Er ist nicht der Einzige, der indisponiert ist. Dr. Bastable war ebenfalls in der Messe, begleitet von seiner Schwester, die genauso aussieht wie er: groß, dünn, hakennasig. Er war genauso begierig nach der Messe, mich zu sprechen, doch in seinem Fall, weil er sich beschweren wollte. Es scheint, dass sich seit unserem Besuch bei ihm und der Nachricht von Emily Devrays Ermordung Neugierige vor seinem Haus versammeln und jeden beobachten, der ein oder aus geht. Das ist ganz und gar gegen seinen Geschmack oder den seiner Schwester. Es scheint, ihre Freundinnen sind nicht mehr willens, sie zu besuchen, wegen des öffentlichen Aufhebens, das ihr Erscheinen hervorruft.

Miss Bastable hat die Angewohnheit, ein Schlüsselwort in der Rede ihres Bruders zu wiederholen, quasi, um sich mit den Aussagen zu assoziieren, die er trifft. Ein Beispiel wäre:

»Das ist alles höchst unangemessen!«, schwadroniert Bastable.

»Höchst unangemessen!«, schnappt sie.

»Wenn unsere Polizei auf diese Weise Verbrechen untersucht, dann ist das eine Schande!«, sagt Bastable.

»Eine Schande!«, sagt Miss Bastable mit einem Blick, der, wäre er die Klinge eines Stiletts gewesen, geradewegs durch mich hindurchgegangen wäre.

Dr. Bastable schloss seine Tirade damit ab, dass, falls diese Einmischung in das Leben von respektablen Bürgern das Resultat der Bemühungen des verstorbenen Sir Robert Peels seien, eine ordentliche Polizei zu schaffen, es eine Schande wäre, dass Peel nicht die Finger davon gelassen hatte.

Ich versprach ihm, dafür zu sorgen, dass ein Constable die Gegend für ein paar Tage patrouillieren würde und besondere Aufmerksamkeit darauf verwenden würde, Tändler vor seinem Haus zu vertreiben. Unglücklicherweise wurde es dadurch noch schlimmer. Der Constable hat das gestiegene Interesse bestätigt.

Am Dienstag war Bastable dann wieder bei mir, diesmal in mei-

nem Büro, um sich darüber zu beschweren, dass die Schaulustigen, anstatt wegzubleiben, nun in Erwartung seiner unmittelbar bevorstehenden Verhaftung noch mehr geworden sind. Er ist der verstorbenen Besitzerin und der jungen Frau, die nach London geschickt und dort ermordet wurde, nie persönlich begegnet. Und wenn es so weitergeht, sagt er, bleibt ihm keine andere Wahl, als seinen Anwalt zu konsultieren wegen der andauernden Besitzstörungen und der Belästigungen. Sein Anwalt ist, wie sich herausstellte, Mr. Carroway. Das wird Sie vermutlich nicht weiter überraschen.

Nicht nur, dass Miss Devray zu Predigten von der Kanzel der Kathedrale inspiriert, sie ist auch Thema einiger ziemlich übler Schimpfereien in lokalen Kapellen, vorzugsweise jenen, die von Fitchetts Mann Ezra Jennings aufgesucht werden. Ich bin ihm am gleichen Sonntagnachmittag auf der Straße begegnet. Er trug einen hoch zugeknöpften schwarzen Mantel und sah mit seinem blassen Gesicht aus wie ein Bestatter. Er war begierig zu erfahren, welche Fortschritte die Ermittlungen gemacht haben, und enttäuscht, als ich ihm nichts Neues berichten konnte.

Aber ich erfuhr, dass die Art von öffentlicher Neugier, die den Bastables widerfährt, auch dem Schuhmacher Fitchett zuteilwird. Im Gegensatz zu den Bastables ist Fitchett allerdings alles andere als verstimmt. Der Laden hat mehr zu tun als je zuvor. Die Leute kommen unter allen möglichen Ausflüchten herein, bringen gebrauchte Stiefel zur Reparatur, selbst wenn sie noch gut sind, oder erkundigen sich nach dem Preis für neue. Jemand hat tatsächlich ein paar neue Stiefel bestellt, vermutlich, so glaubt Ezra, um mit Tobias Fitchett persönlich zu sprechen, weil der die Maße der Füße des armen Mädchens genommen hat und die Vorstellung dieses persönlichen Kontakts mit dem Opfer Horror und Faszination hervorruft.

Fitchett hat sich als geschickter Geschäftsmann erwiesen, und die Leisten für die Füße der armen Emily, die er uns gezeigt hat, sind nun in seinem Schaufenster in der Auslage, mit der Beschriftung:

Kürzlich angefertigt für eine junge Lady. *Nichts so Vulgäres wie eine Erwähnung ihres Namens, aber jeder in Salisbury weiß, dass die Leisten von den Füßen des Mordopfers sind.*

Das Resultat ist, sagt Ezra, dass zwei Damen Stiefel bestellt haben, die auf genau diesem Leisten angefertigt sind. Ich sage Ihnen, diese respektablen Damen scheinen allesamt eine makabre Ader für diese Art von grausigen Dingen zu haben, die mich immer wieder aufs Neue vor Rätsel stellt und mir Angst macht. Es ist schon schlimm genug bei Männern, aber beim zarten Geschlecht?

Wie dem auch sei, Tobias Fitchett scheint der Einzige in ganz Salisbury zu sein, dem die Ermordung von Emily Devray ein gutes Maß an Glück beschert hat, und er macht das Beste daraus.

Ich ging zu Dunn, um ihm Colbys Bericht zu zeigen und ihn über den Begräbnistermin am folgenden Tag zu informieren.

»Da gehen Sie selbstverständlich hin«, sagte Dunn. »Sowohl zum Gottesdienst als auch zur eigentlichen Bestattung auf dem Brookwood-Necropolis-Friedhof. Halten Sie die Augen offen.«

»Jawohl, Sir«, antwortete ich. Das musste er mir nicht extra sagen. »Ich schlage vor, Inspector Colby eine telegrafische Nachricht zu senden, damit er Bescheid weiß – für den Fall, dass er nach London kommen will, um teilzunehmen. Er müsste es eigentlich rechtzeitig bis zum Begräbnis schaffen.«

»Ja, ja, wenn Sie meinen, Ross.« Dunn kramte bereits wieder in anderen Papieren auf seinem Schreibtisch. Er beschwerte sich nicht einmal über die Kosten eines Telegramms.

Als ich vielleicht zwanzig Minuten später die offene Tür zum Büro des Superintendents passierte, war ich überrascht zu sehen, dass Dunn, obwohl er mir befohlen hatte, die Augen offen zu halten, anscheinend an seinem Schreibtisch eingenickt war. Das war etwas noch nie Dagewesenes. Es ging überhaupt nicht, dass irgendjemand ihn so sah. Ich ging hinein, schloss hinter mir die Tür und räusperte mich taktvoll. Als er nicht wach wurde, räusperte ich mich lauter.

Dunn öffnete die Augen und starrte mich für eine oder zwei Sekunden verständnislos an. Dann riss er sich zusammen. »Ja, was gibt es, Ross?«, fragte er gereizt.

»Ich habe mich gefragt, Sir, ob Sie nicht mit mir zusammen zu diesem Begräbnis gehen wollen?«

»Oh«, sagte Dunn. »Ja, das könnte gehen.«

Ich hatte keine große Versammlung bei Emilys Begräbnisgottesdienst erwartet. Der Superintendent hatte meinen Vorschlag angenommen und war mitgekommen. Ich fühlte mich ein klein wenig schuldig, weil er gerade erst aus dem Krankenbett zurück war und das Wetter immer noch nasskalt. Noch immer lauerte der Nebel in Nischen und Gassen. Doch ich nahm an, er wollte zeigen, dass er wieder auf dem Damm war. John Colby aus Salisbury plante ebenfalls zu kommen. Er hatte gehört, dass mehrere Einwohner von Salisbury die Reise ebenfalls unternehmen wollten, obwohl sie dafür sehr früh aufstehen mussten. Der Zug ging zur Waterloo Bridge Station, von wo aus sie zum Bahnhof der Privatbahn mussten, um den Zug zum Brookwood-Necropolis-Friedhof zu nehmen. Der Sarg und die Sargträger würden im gleichen Zug mitfahren, jedoch in einem eigenen Waggon.

Wie dem auch sei, Dunn und mich erwartete eine große Überraschung. Am Bahnhof zum Friedhof hatte sich eine Menge von vielleicht zwanzig Trauergästen eingefunden, alle gekleidet in das traditionelle Schwarz. Ich dachte zuerst, sie wären wegen irgendeiner anderen Beerdigung gekommen, die an diesem Tag noch stattfand. Doch dann fiel mir auf, dass sie alle ziemlich fröhlich wirkten für ein Begräbnis.

Die Erklärung kam, als sich John Colby aus dem Gedränge löste und auf uns zukam. Er hatte sein übliches Tweed und den

Bowler gegen einen formalen Frack mit Zylinder getauscht. Ich fragte mich, ob ihm der Hut gehörte – er schien ein wenig zu groß zu sein. Die anderen trotteten hinter ihm her und platzierten sich so, dass sie einen guten Blick auf Dunn und meine Person hatten. Unsere Ankunft hatte die Dinge noch lebhafter gemacht. Selbst jene, die sich Mühe gegeben hatten, tragisch dreinzublicken, schafften dies jetzt nicht mehr ganz. Ihre Aufregung brach sich Bahn, und sie zappelten und tuschelten untereinander und stießen sich in die Rippen. John Colbys Gesicht trug den Ausdruck eines gepeinigten Schulmeisters, als er vortrat, um uns zu begrüßen und Superintendent Dunn vorgestellt zu werden.

»Es ist nicht meine Schuld, das darf ich Ihnen versichern«, murmelte er leise hinter seinem geborgten Zylinder, den er zur Tarnung abgenommen hatte. Ich war inzwischen sicher, dass er geborgt war, weil der Innenrand mit Tuch vollgepackt war, damit er besser saß. »Ich bin nicht für sie verantwortlich!« Er ergriff Dunns Hand. »Ich muss mich entschuldigen, Sir, aber ich habe damit wirklich nichts zu tun! Diese ganze elende Geschichte hat in Salisbury einen solchen Aufruhr hervorgerufen, und als die Nachricht sich irgendwie herumgesprochen hat, dass heute die Beerdigung stattfinden soll, nun ja, ganz ehrlich – jeder, der es irgendwie einrichten konnte, wollte dabei sein.«

Während er redete, beobachtete die Menge jede unserer Bewegungen. Wir konnten hören, wie sie untereinander tuschelten, dass Dunn und ich »sehr bedeutende Officer von Scotland Yard« waren.

»Haben Sie ihn bemerkt?«, flüsterte Colby mir mit einem Kopfnicken in Richtung der Menge zu.

Es gab keinen Zweifel; das bleiche, ausdruckslose Gesicht und die große, schlaksige Gestalt, auf die er deutete, war niemand anders als Ezra Jennings in einem langen schwarzen Übermantel und einem Bowler. Er gab einen exzellenten Trauergast ab, wie er da stand, ganz professionell zurückhaltend und distanziert von der allgemeinen Aufregung. Als er meinen Blick bemerkte, hob Fitchetts Gehilfe den Hut und verneigte sich leicht. Ich erwiderte seinen Gruß mit einem kurzen Nicken – was zu einer weiteren Welle von Interesse in der Menge führte, und mehrere Minuten lang war Ezra das Subjekt intensiver Betrachtungen. Er schien nichts von alledem zu bemerken.

Weder Dr. Bastable noch Carroway waren gekommen, was mich nicht weiter überraschte. Allerdings war ich überrascht, niemanden aus Lady Temples Haushalt zu sehen. Ganz im Gegensatz zur schreibenden Zunft; ein Bursche in einem zerknitterten Tweedanzug fiel mir auf, der anscheinend die versammelten Köpfe zählte und das Resultat in einem Notizbuch festhielt. Die Information würde dem Londoner Publikum in einer oder mehreren verschiedenen Abendzeitungen übermittelt werden.

Die Anwesenden verstummten respektvoll, als Emilys Sarg eintraf, getragen von ernsten Gestalten unter Anleitung von Mr. Protheroe persönlich. Sämtliche Sargträger sowie Protheroe trugen seidene Zylinder mit Trauerflor. Ich dachte nicht gerade freundlich, doch vermutlich richtig, dass dieser Auftrag eine exzellente Werbung für sein Unternehmen darstellte. Emilys Sarg wurde mit geübter Professionalität in den Waggon geladen. Dann gab es ein kurzes Gedränge, weil alle schnell noch vor einer weiteren Trauergesellschaft in die Waggons wollten, die mit dem gleichen Zug und einem weiteren Sarg zum Friedhof unterwegs war. Dunn und mir gelang es zusammen mit Colby, ein Erster-Klasse-Abteil zu ergattern mit keinem weiteren Mitreisenden außer einem Reverend in fortgeschrittenem Alter mit einem kleinen Köfferchen, das aussah, als wäre es fast genauso alt wie sein Besitzer, auf dem freien Platz neben ihm. Er studierte uns für zwei Minuten, dann redete er uns an.

»Die Gentlemen sind von Scotland Yard?«

Wir informierten ihn, dass dies tatsächlich der Fall war.

»Mein Name ist Spencer«, stellte er sich vor. »Ich werde die Zeremonie für Miss Devray abhalten.«

Danach verbrachte er die fünfundzwanzig Meilen lange Fahrt damit, in seinem Gebetbuch zu lesen.

»Wie viele dieser Besucher aus Salisbury kannten Miss Devray eigentlich wirklich, Inspector Colby?«, erkundigte sich Dunn, als wir aus London hinausschaukelten. »Es ist eine, äh, beeindruckende Gesellschaft.«

»Ich denke, die richtigen Bekanntschaften könnte man an den Fingern einer Hand abzählen, Sir«, räumte Colby verlegen ein. »Ich hatte wirklich keine Ahnung, dass sie alle kommen würden. Ich bin heute Morgen zum Bahnhof gegangen, um in den Zug nach London zu steigen, und da standen sie alle und warteten auf mich. Es war eine ziemlich ausgelassene Atmosphäre. Ich war nicht sicher, ob ich zu einer Beerdigung fahre oder zum Pferderennen.«

Reverend Spencer bedachte Colby über sein Gebetbuch hinweg mit einem tadelnden Blick, dann versenkte er sich wieder in seinen Text.

»Außergewöhnlich!«, sagte Dunn.

»Die ganze Angelegenheit hat einigen Wirbel in unserer Stadt entfacht, Sir«, erklärte Colby ihm.

»Das will ich meinen! Wer ist dieser Bursche mit dem teigigen Gesicht und dem Bowler? Er hat Sie gegrüßt, Ross, als würde er Sie kennen.«

»Das ist richtig, Sir. Es ist Ezra Jennings, der Gehilfe des Stiefelmachers. Der Besitzer, Tobias Fitchett, ist allerdings nicht hier. Ich wäre nicht überrascht gewesen, ihn zu sehen. Wenn ich richtig informiert bin, laufen seine Geschäfte blendend – er hat jede Menge Aufträge für die gleiche Art von Stiefeln erhalten, die Miss Devray trug. Er sollte ihr auf jeden Fall seinen Respekt erweisen, würde ich sagen!«

»Außergewöhnlich«, murmelte Dunn erneut. Er machte ein paar schnalzende Geräusche mit der Zunge.

»Jennings kam zu mir, bevor wir Salisbury verlassen haben, um mir zu sagen, dass Fitchett ihn geschickt hat, als seinen Repräsentanten. Fitchett hasst es, mit dem Zug zu fahren, wie es scheint. Die Geschwindigkeit macht ihm zu schaffen«, erklärte Colby.

Dunn blickte mich an, als würde er seinen Entschluss bedauern, mich zu begleiten.

Der Nebel wurde dünner, je weiter wir uns von London entfernten. Ich war froh darüber. Ein echter Londoner Nebel streckt seine klammen Finger oftmals bis in die Vororte aus und noch weiter. Wenigstens das blieb uns erspart.

Wir erreichten den Friedhof und stiegen auf dem Bahnsteig aus, der für Beisetzungsfeierlichkeiten der Kirche von England reserviert war. Wir hatten den Zeitungsreporter in seinem Tweedanzug verloren. Vermutlich hatte er am Bahnhof in London genügend Material gesammelt.

Kurz vor unserer Ankunft erhob sich Reverend Spencer und verließ mit seinem Köfferchen unser Abteil, sodass er bereit war, aus dem Zug zu steigen, sobald er hielt. Nun tauchte er wieder auf, in vollem Ornat und ohne Köfferchen. Ich war nicht ganz sicher, wo er es deponiert hatte, es sei denn, es gab eine klerikale Gepäckverwahrung. Ich konnte jedoch keine sehen.

Nachdem alle ein wenig durcheinandergelaufen waren, formierte sich schließlich eine respektable Prozession. Der Reverend ging vorneweg, das Gebetbuch in den Händen. Dann kam der Sarg mit den Trägern, gefolgt von Protheroe dem Bestatter. Wir fanden uns als Nächste in der Reihe, Dunn, Colby und ich. Ohne Vorwarnung war mit einem Mal Pelham neben uns, der

Anwalt. Um genau zu sein, er kam hinter einem Grabmal hervor. Ich muss ihn ziemlich verblüfft angestarrt haben. Wenn er in unserem Zug gewesen war, hatte er sich vermutlich in einem anderen Abteil versteckt, doch ich nahm an, dass er einen früheren Zug genommen und hier auf unsere Ankunft gewartet hatte.

»Ich bin hier als Vertreter der Familie«, verkündete er ausdruckslos.

Ich riss mich zusammen und stellte ihm Superintendent Dunn und Inspector Colby vor. Sie schüttelten sich die Hände, und Pelham entfernte sich wieder, sorgsam darauf bedacht, Distanz zu uns zu wahren.

Colby sah ihm neugierig hinterher, doch er sagte nichts.

Die Trauergäste aus Salisbury arrangierten sich in der Prozession, wie es ihnen beliebte, und es gelang ihnen, ihr Geschwätz einzustellen. Wir gingen in geordneter Formation zur anglikanischen Kapelle. Nach einem kurzen Gottesdienst verließen wir die Kapelle wieder und reihten uns erneut auf, um zu der Stelle zu gehen, wo das leere Grab wartete. Die Totengräber standen ein kleines Stück abseits, die Hände auf die Schaufeln gestützt.

Ich war jetzt froh über die Gäste aus Salisbury, denn sonst wäre die arme Emily von niemandem außer dem Bestatter und seinen Trägern plus Dunn, Colby, Pelham und mir zur letzten Ruhe geleitet worden. So jedoch fand ich die Zeremonie kurz, würdevoll und berührend. Selbst Pelham, der vortrat und im Namen der Familie Temple eine Handvoll Erde auf den Sarg warf, wirkte nicht falsch und deplatziert.

Dann war es vorbei. Wir alle wandten uns ab. Die Totengräber richteten sich auf und machten sich bereit, das Grab zuzuschaufeln, sobald wir außer Sicht waren. Die Trauergäste aus Salisbury waren jetzt leiser, auch wenn dies zum Teil darin begründet lag, dass einige von ihnen die Gelegenheit nutzten, um andere Monumente und Grabsteine entlang des Wegs zu betrachten. Als wir wieder auf dem Bahnsteig ankamen, löste sich eine Gestalt aus der kleinen Menge und näherte sich uns. Ich war nicht überrascht.

»Nun, Mr. Jennings«, sagte ich. »Sie können Mr. Fitchett berichten, dass alles gut verlaufen ist.«

Jennings beugte sich zu mir herunter, den Bowler in der Hand und in Kopfhöhe, wie um seine Worte vor den anderen abzuschirmen. »Mr. Fitchett wäre ja persönlich gekommen, Inspector Ross.« Seine Stimme war ein heiseres Flüstern. »Er hat mich ausdrücklich gebeten, Ihnen das zu sagen. Er war sicher, dass Sie hier sein würden – und auch Inspector Colby. Doch der bloße Gedanke daran, mit dem Zug zu reisen, macht ihm Angst.«

»Ist er denn noch nie mit einem Zug gefahren?«, fragte ich.

Jennings überlegte. »Früher schon, Inspector Ross. Aber verschiedene unglückselige Zwischenfälle haben sein Vertrauen in dieses Verkehrsmittel nachhaltig zerrüttet. Er hat von Leuten gehört, die im Zug durchgedreht sind und ihre Mitreisenden angegriffen haben. Und die furchtbare Entgleisung in Staplehurst vor fünf Jahren gab ihm den Rest, wie man so sagen könnte. Mr. Dickens, der Schriftsteller, war damals in diesem Zug, wie Sie sich bestimmt erinnern werden. ›Wenn Mr. Dickens in einem Zug sein kann, der aus den Gleisen springt, dann kann das sicher auch mit jedem anderen Zug passieren, in den zu steigen ich dumm genug bin‹, sagte Mr. Fitchett. Und seitdem ist er nie wieder in einen Zug gestiegen.«

»Bitte richten Sie Mr. Fitchett aus, dass ich seine Argumente verstehe«, sagte ich zu Ezra.

Er verneigte sich ein weiteres Mal und glitt davon.

»Was für ein verrückter Kerl!«, bemerkte Dunn. »Kommen Sie endlich, sonst verpassen wir noch unseren Zug nach Hause.

Ich will hier nicht festhängen. Offen gestanden, ich kann es kaum erwarten, wieder in London zu sein.«

»Soll man es glauben?«, sagte Colby. Seine Augen folgten Jennings, als sich dieser gemessenen Schrittes von uns entfernte und dem Kontingent aus Salisbury folgte. »Ich glaube, das ist die längste Rede, die ich je aus Ezras Mund gehört habe.«

»Ross, ich habe diesen Anwalt doch schon mal gesehen!«, sagte Dunn unvermittelt. »Irgendwo, zu einer früheren Begebenheit!«

»Ja, Sir. Sie erinnern sich an den Putney-Mord?«

»Ja, ja«, sagte Dunn zufrieden. »Also steckt er auch in dieser Sache drin?«

»Ja, Sir, es scheint so.«

Dunn sagte nichts mehr zu dem Thema, doch während unserer Rückfahrt nach London hörten wir mehr als einmal sein Zungenschnalzen, während er durch das Fenster nach draußen auf die Londoner Vororte blickte, die mehr und mehr zu einem Wald aus Ziegeln wurden, während wir vorbeiratterten.

In London angekommen machte sich Dunn auf den Weg zum Scotland Yard. Pelham verschwand so leise und unauffällig, wie er auf dem Friedhof aufgetaucht war. Die Trauergemeinde aus Salisbury verstreute sich auf der Suche nach Cafés und Teestuben. Es war ihr freier Tag, und sie hatten vor, ihn zu nutzen. Ezra Jennings befand sich nicht unter ihnen, soweit ich das sehen konnte. Ich nahm an, er war zum Bahnhof gelaufen, um in den nächsten Zug nach Salisbury zu steigen und Mr. Fitchett Bericht zu erstatten.

Weil ich nicht weit vom Bahnhof wohnte, lud ich Colby zu mir nach Hause ein, damit er sich vor der Heimreise ein wenig erfrischen konnte und wir die Gelegenheit nutzen und unsere Notizen vergleichen konnten.

Ich hatte Lizzie bereits am Morgen gewarnt, dass ich vielleicht Besuch mitbringen würde, und als wir eintrafen, war, wie nicht anders zu erwarten, der Tisch gedeckt. Obwohl es bereits halb vier war, tischte Bessie eine ausgezeichnete Hühnchenpastete auf, zusammen mit Gemüse und gefolgt von einem Pudding mit Vanillesoße.

Es war ein fröhliches kleines Festessen, trotz des traurigen Anlasses, der Colby nach London geführt hatte. Ich musste Lizzie natürlich alles über die Beerdigung von Emily Devray erzählen.

Später dann begleitete ich Colby auf einem gemächlichen Spaziergang zurück zur Waterloo Bridge Station.

»Nun denn, Ross«, sagte er. »Sie glauben, die Antwort auf das Rätsel liegt im Haushalt von Lady Temple? Mit anderen Worten, Sie halten den jungen Temple für den Übeltäter?«

»Er ist gewiss verdächtig, obwohl ich keinerlei direkte Beweise habe, die ihn belasten könnten. Dieser Haushalt verbirgt ein Geheimnis, so viel steht fest. Ich glaube, dass Emily dort gestorben ist, doch ich kann es nicht beweisen. Meine persönliche Abneigung gegen George Temple ist nicht ausreichend. Tatsächlich macht es die Angelegenheit kompliziert, weil ich mich immer wieder gemahnen muss, objektiv zu bleiben.«

Ich zögerte. »Ich würde gerne mehr über Emilys Leben in Salisbury erfahren. Es gibt offensichtlich genügend Leute, die willens sind, die Reise von Salisbury nach London zu unternehmen, um ihre Beerdigung zu besuchen. Das heißt, es gibt Erinnerungen an sie. Ich schätze, einige der Besucher waren aus reiner Neugier da, aber wenn der eine oder andere Mrs. Waterfield kannte, dann kannte er auch Emily. Hatten Sie auf der Hinreise nach London vielleicht Gelegenheit, mit ihnen zu reden?«

»Ich konnte es gar nicht verhindern!«, erwiderte Colby. »Oder besser gesagt, sie waren wild entschlossen, mit mir zu reden. Einige haben Mrs. Waterfield gekannt. Und ja, sie kannten auch Emily. Das heißt, sie wussten, wer sie war, und haben sie zusammen mit Mrs. Waterfield gesehen. Oder sie haben Mrs. Waterfield besucht und Emily dort im Haus gesehen. Aber Emily selbst scheint eine einsame Gestalt gewesen zu sein und ohne Freunde.«

»Keine Verehrer?«, fragte ich.

»Keine. Obwohl allgemein angenommen wurde, dass sie Aussichten hatte, weil Mrs. Waterfield vermögend und Emily wie eine Tochter von ihr aufgezogen worden war. Doch wie sich herausstellte, erhielt sie nur wenig aus dem Erbe von Mrs. Waterfield. Als das bekannt wurde, herrschte allgemein große Überraschung. Je mehr man darüber nachdenkt, desto seltsamer erscheint es. Alle denken, dass Mrs. Waterfield beeinflusst wurde, mit dem Ergebnis, dass Emily, allein und ohne Geld zum Leben, gezwungen war, nach London zu gehen und unter Fremden zu leben, bis zu ihrer Ermordung. Die Schuld dafür legt man zu großen Teilen vor die Türschwelle von diesem Anderson, dem Haupterben. Das ist der Bursche aus Yorkshire, von dem Carroway gesprochen hat. Keine Spur von Anderson auf der Beerdigung! Nun ja, ich nehme an, es ist ein weiter Weg von Harrogate. Sein Anwesen liegt nicht weit von dort entfernt, wie ich gehört habe. Vielleicht hatte er Angst, mit Kritik konfrontiert zu werden. Die Öffentlichkeit ist der Meinung, er hätte ›etwas für Emily tun‹ sollen, selbst wenn seine Tante dies versäumt hat. Ebenso ist man der Meinung, dass Carroway die Hand im Spiel hatte. Er ist gegenwärtig ziemlich unbeliebt in der Gegend, und ich muss sagen, dass mich dies mit einer gewissen Befriedigung erfüllt. Ich mag ihn nämlich auch nicht.«

Colby zögerte. »Einer oder zwei der Trauergäste äußerten mir gegenüber sogar die Vermutung, dass es ein früheres Testament gegeben hat, in dem Emily besser weggekommen ist, und dass Mrs. Waterfield überredet wurde, es zu ändern.«

Er senkte die Stimme, obwohl niemand von denen, die an uns vorbeieilten, uns hören konnte. »Verstehen Sie mich richtig, Ross, das ist alles reine Spekulation. Ich bin nicht sicher, ob ich überhaupt darüber reden soll. Ich hätte es bestimmt nicht getan, wäre Superintendent Dunn noch dabei. Er ist die Sorte von Officer, die Kapitel und Vers verlangt, könnte ich mir denken.«

»Nun, reden Sie weiter«, munterte ich ihn auf. »Dunn ist nicht in der Nähe.« Er hatte völlig recht, was den Superintendent betraf.

»Die Tatsache, dass Emily aus dem Testament mehr oder weniger gestrichen wurde, ist eine teuflisch merkwürdige Geschichte, darin sind wir uns alle einig. Ich habe angefangen mich zu fragen, ob es in der Tat ein anderes Testament gibt … und ob es nicht vielleicht *später* – und nicht früher! – verfasst wurde als das, das Anderson bevorzugt.«

»Und dass es vernichtet oder beiseitegeschafft wurde?«, fragte ich. »Weil Emily darin großzügiger bedacht wurde? Vernichtet von wem? Anderson? Oder Carroway?«

»Einer von beiden muss es gewesen sein«, sagte Colby. »Wenn es so war, heißt das. Wie ich bereits sagte, das ist nur Spekulation von meiner Seite, und es gibt nicht den winzigsten Hinweis, dass es so gewesen ist. Aber wenn es so war und wenn die verantwortliche Person in Panik geriet, nachdem das Gerede der Leute losging, weil Emily praktisch leer ausging, und wenn diese Person Angst hatte, jemand könnte anfangen Fragen zu stellen, nun, dann …« Er brach mitten im Satz ab.

»… dann könnte es sich als sehr praktisch für diese Person erweisen, wenn Emily einfach sterben würde«, beendete ich seinen Satz.

Colby breitete die Arme aus, doch er sagte nichts.

»Ich würde diesen Anderson gerne sprechen«, sagte ich. »Den Haupterben von Mrs. Waterfield.«

Colby strahlte. »Das dachte mich mir! Ich habe mir die Freiheit genommen, ein paar Nachforschungen anzustellen, und ich habe seine Adresse hier bei mir.« Colby zog einen gefalteten Zettel aus der Tasche. »Er lebt auf dem Land. Er besitzt ein recht stattliches Anwesen mit einem großen Haus darauf. Es nennt sich Ridge House.«

»Ich bin Ihnen zu Dank verpflichtet«, sagte ich und nahm das Blatt entgegen.

»Natürlich könnte es reine Zeitverschwendung sein«, sagte Colby plötzlich vorsichtig. »Was würde Superintendent Dunn sagen, wenn Sie nach Yorkshire fahren?«

»Er könnte Schwierigkeiten machen«, räumte ich ein.

Colby nickte. »Dachte ich mir.«

Wir hatten den Bahnhof erreicht. Ein Zug stand im Begriff abzufahren, und wir hasteten eilig den Bahnsteig hinunter. Colby kletterte in seinen Waggon, unmittelbar bevor der Zugwärter die Fahne schwenkte. Colby ließ das Schiebefenster herunter und streckte den Kopf heraus, als sich der Zug in Bewegung setzte. »Viel Glück!«, rief er zu mir herunter und schwenkte seinen geliehenen Hut zum Abschied.

»Nun?«, sagte Dunn, als ich nach meiner Rückkehr zum Scotland Yard in seinem Büro vorbeisah. »Glauben Sie, dass Colby an etwas dran ist?«

»Ich weiß es nicht«, musste ich einräumen. »Inspector Colby hat eine lebhafte Fantasie. Als ich ihm in Salisbury zum ersten Mal begegnet bin, noch bevor wir das Opfer zweifelsfrei identifiziert hatten, schlug er vor, Emily Devray könnte durchgebrannt sein und die Familie hätte Rache genommen. Jetzt überlegt er, dass es eine gemeine Verschwörung sein könnte, die mit verschwundenen oder vernichteten Testamenten zu tun hat. Aber vielleicht ist Fantasie gar keine schlechte Sache. Sie versetzt einen in die Lage, die Dinge aus unterschiedlichen Blickwinkeln zu betrachten. Ich für meinen Teil bin weiterhin überzeugt, dass wir uns auf den Haushalt von Lady Temple konzentrieren müssen, doch es wäre töricht, andere Spuren und Hinweise zu vernachlässigen. Jeder, der die verstorbene Mrs. Waterfield kannte, scheint entsetzt von der Art und Weise, wie Emily zwar nicht völlig von ihrem Erbe ausgeschlossen wurde, aber doch so wenig bekam, dass sie nach London gehen musste. Ich denke, ich sollte die Sache verfolgen.«

»Wie?«, fragte Dunn direkt.

»Ich werde nach Yorkshire reisen und Mr. Frederick Anderson einen Besuch abstatten.«

»Er ist kein Verdächtiger, oder?«, fragte Dunn in verdächtig freundlichem Ton. »Es sei denn, Sie können nachweisen, dass er am Tag des Mordes in London war.«

»Mir anzuhören, was er zu sagen hat, ist ein Punkt, an dem ich beginnen kann«, entgegnete ich. »Ich sage nicht, dass der Mann etwas Ungesetzliches getan hat. Ich versuche nur, mehr über das Opfer herauszufinden.«

Dunn trommelte mit den Fingern einen schnellen Wirbel auf seine Tischplatte und schnalzte einmal mehr mit der Zunge, was in letzter Zeit zu einer Angewohnheit geworden war. Ich fragte mich, ob ich mutig genug war, um ihn darauf hinzuweisen. Er lief Gefahr, wie eins von diesen Aufzieh-Spielzeugen zu klingen, die trommelten oder Schellen schlugen. Nein, besser, ich sagte nichts dazu. Wenn er damit auch zu Hause anfing, würde Mrs. Dunn es ihm schon sagen.

Unvermittelt unterbrach Dunn sein verwirrendes Schnalzen. »Einverstanden«, verkündete er großzügig.

»Einverstanden, Sir?«, fragte ich überrascht.

»Ja, ja! Das ist es doch, was Sie wollen, oder nicht? Meine Genehmigung, nach Yorkshire zu fahren?«

»Nun ja, Sir, ich … ich hatte gehofft …«

Dunn machte eine ausholende Handbewegung über den Schreibtisch hinweg. »Ich schicke eine telegrafische Nachricht an das dortige Polizeirevier, sodass man von Ihrem Eintreffen informiert ist. Wir wollen doch nicht auf fremde Füße treten, nicht wahr? Schon gar nicht, wenn dieser Frederick Anderson ein Mann von Wohlstand und Einfluss ist. Sie werden dort übernachten müssen, nehme ich an? Nehmen Sie bitte eine preiswerte Unterkunft. Sie sind schließlich nicht im Urlaub, Ross. Bei Ihrer Rückkehr erhalten Sie Ihre Reisekosten in einem angemessenen Rahmen erstattet.«

Ich war so erstaunt über diesen unerwarteten Mangel an Opposition und sein Angebot, eine telegrafische Nachricht zu schicken, und mehr noch, das Angebot, meine Spesen zu erstatten, dass ich minutenlang nicht wusste, was ich sagen sollte.

»Nun denn, Ross, auf geht's!«, befahl Dunn schließlich gereizt. »Bringen Sie es hinter sich!«

»Jawohl, Sir. Auf der Stelle.«

»Mr. Dunn war einverstanden?«, fragte Lizzie am Abend genauso erstaunt, wie ich selbst es gewesen war.

»Er war entschieden begeistert von dieser Idee. Um ehrlich zu sein, Lizzie, seit Dunn wieder zurück im Dienst ist, benimmt er sich ein wenig … eigenartig. Ich fange an mich zu fragen, welche Art von Medizin Mrs. Dunn ihm verabreicht hat.«

»Gütiger Himmel«, sagte Lizzie. »Nun denn, wenn du zwei Tage lang weg bist, nutze ich die Gelegenheit, um Mr. Bernard noch einmal zu besuchen – hoffentlich treffe ich ihn diesmal zu Hause an.«

»Hör zu, Liebes«, warnte ich sie. »Du kannst nicht einfach hingehen und den Mann um Spenden für eine mildtätige Sache bitten, die überhaupt nicht existiert! Das ist gegen das Gesetz.«

»Oh, keine Sorge, das mache ich nicht!«, versicherte mir meine Frau. »Sobald ich im Innern des Hauses bin, erkläre ich den wahren Grund für meinen Besuch.«

»Und Mr. Bernard hat alles Recht der Welt, dich durch diesen Diener, den du beschrieben hast, vor die Tür setzen zu lassen! Hör zu, Lizzie, ich weiß, dass du versuchst, das zu tun, was dir und Miss Eldon als gute Tat erscheint, aber du erzählst mir allen Ernstes, dass du vorhast, dir unter Vorspiegelung falscher Tatsachen Eintritt in ein fremdes Haus zu verschaffen!«

»Mir fällt aber kein anderer Weg ein!«, sagte sie. »Sonst würde ich es nicht tun.«

»Herrgott noch mal, Lizzie!«, bettelte ich. »Lass ihn bloß nicht wissen, dass du mit einem Police Officer verheiratet bist! Oder ich komme aus Yorkshire zurück und stelle fest, dass ich keiner mehr bin!«

»Vertrau mir, Ben, bitte. Ich würde niemals etwas tun, das dich in Verlegenheit bringt«, sagte meine Frau.

»Vergiss nur nicht, meine Liebste, dass ich mich darauf verlasse.«

KAPITEL DREIZEHN

Elizabeth Martin Ross

Nachdem Ben am frühen Morgen in Richtung Norden aufgebrochen war, besprachen Bessie und ich unseren geplanten Überraschungsangriff auf das Haus von Mr. Bernard, dem Bankier, an diesem Nachmittag. Bessie war voller Bedenken, und ich muss einräumen, dass ich für meinen Teil auch mehr als nur einen Skrupel hatte. Ben hielt es von vornherein für eine tollkühne Idee, die zum Scheitern verurteilt war. Er befürchtete außerdem, dass er mit hineingezogen werden könnte. Ein anderer Ehemann hätte mir vielleicht sogar verboten hinzugehen. Doch Ben vertraute auf mein Urteilsvermögen und dass ich nicht unbesonnen agieren würde. Ich wollte ihn nicht enttäuschen. Andererseits wollte ich auch Miss Eldon nicht enttäuschen – sie verließ sich ebenfalls auf mich.

»Vielleicht ist Mr. Bernard ja nicht zu Hause«, sagte Bessie hoffnungsvoll, als wir auf die Eingangstür zuhielten.

»Das wäre möglich«, pflichtete ich ihr bei. In meinem Kopf sagte eine leise Stimme genau das Gleiche: *Vielleicht ist Mr. Bernard ja nicht zu Hause. Vielleicht hat er seinem Diener aufgetragen, mich nicht ins Haus zu lassen. Dann kann ich zu Ruby Eldon gehen und ihr sagen, dass ich alles in meiner Macht Stehende getan habe.*

Ich drehte den Kopf und sah hinüber zur Queen-Catherine-Taverne auf der anderen Straßenseite. Das alte Gebäude stand bereits seit mehr als zweihundert Jahren dort und besaß keinen einzigen wirklich rechten Winkel mehr, wie Wally Slater bemerkt hatte. Die Eichenbalken hatten sich verzogen und gesetzt. Das Dach war schief. Ich richtete den Blick nach oben und bemerkte das große Mansardenfenster, hinter dem Miss Eldon ihre Tage verbrachte. Halb erwartete ich, sie hinter der Scheibe zu sehen, wie sie mich beobachtete. Doch ich vermochte weder eine schemenhafte Gestalt noch überhaupt eine Bewegung zu erkennen.

»Komm weiter, Bessie«, befahl ich. Ich ging zu den abgewetzten Stufen, die zu Bernards Haustür führten, und zog an der Glockenschnur.

Irgendwo im Innern läutete es. Die Würfel waren gefallen. Ich konnte mich nicht mehr abwenden und wegrennen wie ein Gassenjunge, der sich damit amüsierte, respektablen Hausbewohnern Streiche zu spielen. Bessie schien nicht mehr zu atmen. Ich stellte mir vor, dass sie die Luft anhielt. Es fehlte nicht viel, und sie wäre vermutlich geflüchtet.

Die folgenden zwei Minuten schienen endlos. Ich wurde mir meiner Umgebung schmerzhaft bewusst: die schwarz gestrichenen Türpaneele, die einstmals roten, zu einem stumpfen Perlmuttton verwitterten Ziegelsteine, die weiß gestrichenen Fensterrahmen. Irgendjemand schien sie tagtäglich zu putzen und den Ruß von den Scheiben zu entfernen. Vermutlich war das die Aufgabe des kleinen Dienstmädchens, das Miss Eldon gesehen hatte. Bessie hinter mir hatte wieder angefangen zu atmen. Ich spürte ihre wachsende Panik.

Hinter der Tür war Bewegung. Sie wurde geöffnet, und der dunkelhäutige Diener stand vor uns. Er erkannte mich wieder, so viel war sicher. Er runzelte die Stirn. Doch er griff auch nach dem silbernen Tablett und hielt es mir schweigend hin, sodass ich meine Visitenkarte darauf legen konnte, was ich auch tat.

»Ist Mr. Bernard zu Hause?«, fragte ich.

»Er ist zu Hause. Bitte warten Sie hier«, lautete die kühle Antwort. Dann wurde uns die Tür vor der Nase zugeschlagen.

»Was machen wir jetzt, Missis?«, zischte Bessie hinter mir.

»Wir warten«, sagte ich einfach.

Nach ein paar weiteren Minuten kehrte der Butler – jedenfalls schien er dieses Amt innezuhaben – zurück und öffnete uns erneut.

»Mr. Bernard ist bereit, Sie zu sehen. Bitte treten Sie ein.« Er ließ uns an sich vorbei in die Halle.

Ich holte tief Luft und trat über die Schwelle. Bessie trottete hinter mir her. Die Tür wurde geschlossen. Wir saßen in der Falle.

»Folgen Sie mir bitte«, sagte der Butler schroff und machte sich auf den Weg durch die Halle, ohne darauf zu warten, ob wir ihm wie gebeten folgten.

»Du meine Güte!«, hörte ich Bessie hinter mir flüstern. Ich bedeutete ihr mit einem Wink, den Mund zu halten.

Die Halle, durch die wir so eilig geführt wurden, war mit einer kostspieligen maronenfarbenen Tapete mit Damastmuster bezogen. Die breite Treppe zur Linken hatte einen Teppich von der gleichen Farbe. Die Anstriche waren cremeweiß. Ich hatte wenig Zeit, mehr in Augenschein zu nehmen, weil der Butler so schnell ging. Und dann waren wir da. Der Butler stieß eine Tür auf, die in einen Salon irgendwo hinten im Haus führte.

»Die Dame, Mrs. Ross«, meldete er, dann trat er zur Seite und bedeutete mir einzutreten.

Ich passierte ihn festen Schrittes, und Bessie huschte hinter mir her. Die Tür wurde geschlossen. Wir waren allein mit Blaubart in seinem Schloss.

Es war ein behaglicher Raum. Im Kamin knisterte ein Feuer. Auf dem Kaminsims standen Vasen und Kerzenständer aus feinem Porzellan links und rechts neben einer goldenen Uhr.

An der Decke hing ein Kronleuchter voll glitzernder Kristalltropfen. Es war der Salon eines reichen Hausbesitzers, und er hatte etwas entschieden Un-Englisches an sich. Die Uhr war französisch, dessen war ich sicher. Der Kronleuchter vermutlich ebenfalls. Die Porzellanvasen stammten vielleicht aus einer Dresdner Manufaktur. Sie erinnerten mich an ein ähnliches Set, das meiner Tante Parry gehörte.

Bernard war bereits aufgestanden. Er hatte der Tür den Rücken zugewandt und hinaus in einen Garten auf der Rückseite des Hauses gestarrt. Er schien zum größten Teil aus einer gepflasterten Fläche zu bestehen, mit klassischen Urnen und einem Brunnen, der allerdings nicht lief. Bernard war ein groß gewachsener, kräftig gebauter Mann, und er trug einen Frack. Er hatte die Hände hinter dem Rücken verschränkt. Unvermittelt fuhr er zu mir herum, wobei er weiterhin die Hände hinter dem Rücken verschränkt hielt. Ich bemerkte, dass er eine diamantbesetzte Nadel in seiner Seidenkrawatte trug.

»Nun denn, Mrs. Ross«, begann er. »Sie wünschen mich zu sprechen.« Seine Stimme war tief und voll. Seine Worte waren weder als Herausforderung gedacht noch als Frage. Ich wollte ihn sprechen, das hatte ich dem Butler gesagt. Es war eine Tatsache. Als Bankier hatte er es mit Tatsachen zu tun. Er empfing mich auf die gleiche Weise, wie er einen Kunden in seiner Bank empfangen hätte.

Irgendwie gelang es mir zu antworten. »Es ist sehr freundlich von Ihnen, mich zu empfangen«, begann ich in der Hoffnung, dass meine Stimme nicht zitterte. »Ich danke Ihnen«, fügte ich in festerem Ton hinzu, nur um sicher zu sein.

Er deutete auf einen Sessel beim Kamin. »Bitte, so nehmen Sie doch Platz«, lud er mich ein.

Er ignorierte Bessie, die er ganz richtig als Dienstmädchen einschätzte. Bessie für ihren Teil huschte ein Stück weit weg und blieb bei der Wand stehen. Ich setzte mich auf den Sessel, den Bernard mir zugewiesen hatte, und er nahm mir gegenüber Platz. Ich konnte jetzt sehen, dass er ein attraktiver Mann war, mit dichtem schwarzen Haar und ausgeprägten Augenbrauen. Er hatte große braune und wache Augen, und der Ausdruck in ihnen war fragend. Plötzlich hatte ich das entsetzliche Gefühl, er könnte meine Gedanken lesen. Er war ein Mann, bei dem es sich auszahlte, ehrlich zu sein, so viel stand fest – er würde sofort erkennen, wenn ich etwas anderes als offen war. Er würde auch erkennen, ob ich echt war oder nicht, so sicher, wie er eine gefälschte Banknote erkennen würde.

»Erzählen Sie mir, was Sie zu mir führt, Ma'am«, lud er mich ein und hob kurz eine Hand. »Bitte erzählen Sie mir nichts von misshandelten Kutschpferden. Ich habe kein Interesse an diesem Thema. Außerdem glaube ich nicht, dass dies der Grund ist, der Sie zu mir geführt hat.«

Ehrlichkeit ist nicht nur die beste Taktik, es ist auch die einfachste. »Ich komme auf den Wunsch einer älteren Dame hin, Miss Eldon«, begann ich. »Es tut mir leid, wenn ich etwas anderes gesagt habe, als ich beim ersten Mal hier war. Die Sache ist ein wenig schwierig zu erklären. Ich benötigte einen Grund für meinen Besuch, und wenn er auch fadenscheinig ist, mir ist nichts Besseres eingefallen.«

Er hob die Augenbrauen. »Kenne ich diese Miss Eldon?«, fragte er.

»Nein, nicht persönlich. Aber sie ist eine Nachbarin von Ihnen. Sie lebt auf der anderen Straßenseite, über der Queen-Catherine-Taverne.«

Jetzt war er offensichtlich überrascht. Doch seine Neugier war ebenfalls geweckt. »Sie wohnt in einer Taverne?«, fragte er.

»Sie hat Räumlichkeiten in der obersten Etage angemietet. Sie ist eine Lady, auch wenn sie in bescheidenen Verhältnissen lebt. Dass sie dort wohnt, sollte man ihr jedoch nicht zum Vorwurf machen. Sie ist äußerst respektabel und stammt aus einer guten Familie. Einer ihrer Brüder starb in der Schlacht von Waterloo. Sie ist eine Person, die unseren Respekt verdient, wenn Sie verstehen.«

»Ich denke, dass ich jede ältere Lady respektvoll behandle«, sagte Mr. Bernard milde.

»Selbstverständlich! Ich … ich wollte nicht andeuten …«, stotterte ich.

»Sie ist sehr klein«, sagte Bernard unvermittelt. Seine Augen leuchteten auf, als er sich erinnerte, und er hob einen Zeigefinger. »Und sie trägt altmodische Kleidung. Habe ich recht?« Der Zeigefinger richtete sich auf mich. Der Nagel war perfekt manikürt.

»Ja, Sie haben recht. Das ist Miss Eldon.« Ich spürte einen Anflug von Erleichterung. Wenigstens wusste er nun, dass ich nichts erfand, dass es keine weitere Fantasie war wie die Geschichte mit den Kutschpferden. Miss Eldon existierte, und Bernard hatte ihre winzige Gestalt bemerkt. »Nun, ich komme auf ihren Wunsch hin, Sir.«

Bernard lehnte sich in seinem Sessel zurück und musterte mich für einen Augenblick oder zwei. »Und was kann ich für Miss Eldon tun?«, fragte er dann.

Das war der schwierige Teil. Zutritt zum Haus zu erlangen hatte sich als weitaus einfacher erwiesen, als ich mir vorgestellt hatte. Doch zu erklären, dass man ihn und seinen Haushalt seit einer geraumen Weile ausspioniert hatte, das war entschieden peinlich.

»Von ihrem Zimmer hoch oben über der Taverne hat Miss Eldon einen recht guten Ausblick auf die Dinge ringsum«, begann ich. »Sie … sie hat Interesse an einer jungen Dame gefunden, die … ich denke, sie ist vielleicht Ihre Tochter, Sir.« Das war ins

Blaue hinein geraten, und wenn ich falschlag, würde nun ein verlegener Moment folgen. Doch ich sah sofort, dass ich richtiglag – dennoch waren meine Worte ein eklatantes Eindringen in sein Privatleben. Er sah mich im ersten Moment überrascht an, und dann schienen seine Gesichtszüge zu erstarren.

»Ah ...«, sagte er ganz leise, und ich wusste, dass er ganz gewiss nicht erfreut war. Seine tolerante Art von vorhin war verschwunden. Ich spürte, dass er kurz davor stand, verärgert zu reagieren, und dass er Mühe hatte, seine Gefühlsaufwallung zu kontrollieren. Hinter mir hörte ich eine Bewegung von Bessie an der rückwärtigen Wand. Sie hatte die Zeichen richtig gedeutet. Ihre Instinkte empfahlen ihr zu fliehen. Doch ich konnte das nicht. Ich musste bleiben und aussitzen, was auch immer mich erwartete.

Nach einer scheinbaren Ewigkeit sprach Bernard weiter. »Sie liegen richtig, Mrs. Ross. Ich habe eine Tochter. Aber mein Haushalt geht Miss Eldon überhaupt nichts an. Genauso wenig, wenn ich das hinzufügen darf, geht er *Sie* etwas an, *Madame*.«

»Das verstehe ich sehr gut, Mr. Bernard.« Ich zögerte. »Ich weiß, dass ich Sie verärgert habe, und das tut mir wirklich leid. Aber darf ich Ihnen etwas über mich selbst erzählen?« Ohne auf seine Erwiderung zu warten, redete ich weiter. »Mein verstorbener Vater war Arzt. Er wusste, dass es zahlreiche gute Gründe gibt, warum jemand das Haus nicht verlässt, in dem er lebt. Medizinische Gründe. Miss Eldon sorgt sich sehr, weil Miss Bernard das Haus nicht verlässt. Ihre Sorge ist gutherzig.«

»Ist sie das?«, fragte Bernard harsch. »Ist sie nicht vielleicht lediglich eine alte Frau, die nichts anderes zu tun hat, als Leute zu beobachten und Geschichten über sie zu erfinden?«

»Würden Sie Miss Eldon kennen, würden Sie so etwas nicht sagen«, entgegnete ich fest. »Sie meint es gut. Sie ist niemand, der herumschnüffelt, und sie ist auch nicht an Tratsch interessiert. Sie ist eine freundliche Seele, und obwohl es ihr an weltlichen Dingen mangelt, besitzt sie einen großherzigen Geist.«

»Sie ebenfalls, Mrs. Ross, wenn ich das sagen darf. Und Sie haben eine Menge Mut. Darf ich fragen, welcher Beschäftigung Mr. Ross nachgeht?«

Das war es, was Ben gefürchtet hatte, doch es war nicht zu vermeiden. Dass man mich noch nicht des Hauses verwiesen hatte, lag einzig und allein an meiner vollkommenen Aufrichtigkeit.

Ich holte tief Luft. »Mein Mann ist Police Inspector bei Scotland Yard, Sir. Doch das hat nicht das Geringste damit zu tun, dass ich zu Ihnen komme.«

»Irgendwie bin ich nicht überrascht, Mrs. Ross. Weiß Ihr Mann, dass Sie hier sind?«

Ich spürte, wie ich errötete, und hoffte, dass Bernard es der Hitze vom Feuer im Kamin zuschrieb. »Nun, ich habe es ihm gesagt. Er hat versucht, mich davon abzubringen. Er war … er war dagegen. Er hielt es für falsch, wenn ich … wenn ich herumspioniere.«

»Inspector Ross' Einschätzung ist vernünftig. Vielleicht hätten Sie seinen Rat annehmen sollen? Sie sind hier, entgegen seinem ausdrücklichen Wunsch.«

»Ja, und mir ist klar, wie merkwürdig das scheinen mag. Ich habe Ben – das heißt, Mr. Ross – erklärt, dass sich Miss Eldon auf mich verlässt«, sagte ich. »Ich habe ihr mein Wort gegeben.«

Eine längere Pause entstand. »Ich kann mir gut vorstellen, Mrs. Ross«, sagte Bernard schließlich trocken, »wie schwierig es sein muss, Sie von etwas abzubringen, das Sie sich in den Kopf gesetzt haben.«

Ich war zu verlegen, um darauf zu antworten. Bernard bedachte mich mit einem schwachen Lächeln. Ich spürte einen Anflug von Hoffnung.

Dann schien er zu einem Entschluss zu kommen. »Die junge Lady, die von Ihrer Freundin Miss Eldon so aufmerksam beobachtet wurde, ist in der Tat meine Tochter«, sagte er. »Sie ist taub.«

Ruby Eldon hatte beobachtet, wie das Mädchen eigenartige Bewegungen mit den Händen machte. Ich hätte den Mund halten sollen, doch ich platzte heraus: »Sie malt das Alphabet in die Luft! Sie nutzt die Gebärdensprache, und sie versteht andere Leute, die auf diese Weise mit ihr kommunizieren!«

Bernard schwieg für einen Moment. Ich denke, er war verblüfft. »Sie wissen, dass es eine Gebärdensprache gibt?«

»Ja. Wie ich Ihnen bereits sagte, mein Vater war Arzt. Er hat sie selbst gelernt, aus reinem Interesse. Und er hat sie mir beigebracht, als ich klein war. Wir haben häufig ein Spiel gespielt, bei dem er mir mit den Fingern Fragen gestellt hat, die ich auf die gleiche Weise beantworten musste. Ich meine, ich weiß, es ist eine schwierige Sache für Ihre Tochter, aber für mich als Kind war es ein Spiel. Kinder lernen am besten durch Spiele.«

»Meine Tochter lernte die Gebärdensprache auf der berühmten Gehörlosenschule in Paris. Meine verstorbene Frau war Französin. Meine Tochter ist in Frankreich geboren und dort aufgewachsen. Sie hat dort in der Schule auch das Lippenlesen gelernt. Unglücklicherweise war die Schule weniger erfolgreich darin, ihr das Sprechen beizubringen. Sie kann nur ein paar Worte sagen. All dieser Unterricht war natürlich auf Französisch. Das ist die einzige Sprache, die meine Tochter versteht, in Gebärden oder geschrieben. Sie kann sich nicht einfach nach draußen in die Öffentlichkeit begeben, ganz gewiss nicht hier in England – sie versteht nichts von dem, was rings um sie herum vorgeht. Es gibt zwei Barrieren für sie: ihre Taubheit und ihre Unkenntnis der englischen Sprache. Sie fürchtet sich davor, in eine Welt hinauszugehen, die sie nicht begreift und mit der sie nicht kommunizieren kann. Sie versteht nicht, was die Leute zu ihr sagen. Sie hört nicht das Rumpeln herannahender Fuhrwerke oder Kutschen oder Warnrufe. Verstehen Sie das Problem?«

»Ich spreche Französisch«, sagte ich.

»Wie das?« Er starrte mich fragend an. In seiner Stimme schwang Misstrauen. Zum ersten Mal bezweifelte er meine Aufrichtigkeit.

»J'avais une gouvernante française. Elle m'a fait parler français tout le temps«, sagte ich zu ihm, um meine Behauptung zu beweisen. *Ich hatte eine französische Gouvernante. Ich musste die ganze Zeit französisch reden.*

»Erzählen Sie mir von Ihrer Gouvernante«, forderte er mich auf Französisch auf.

Er wollte wohl, dass ich in der gleichen Sprache antwortete, also tat ich es in der Hoffnung, dass mich meine Kenntnisse nicht im Stich ließen – ich hatte seit einer ganzen Weile nicht mehr französisch gesprochen.

»Ihr Name war Madame Leblanc. Ich bin nicht ganz sicher, wie sie nach England kam. Nach den Worten meines Vaters war sie bei einer anderen englischen Familie angestellt gewesen, doch die war nach Indien gegangen. Aus diesem Grund hatte sie keine Referenzen.«

Bernard sah mich mit erhobenen Augenbrauen an. »Und Ihr Vater hat Sie trotzdem in die Obhut dieser Frau gegeben?«

»Er hielt sich für einen guten Menschenkenner. Außerdem suchte sie verzweifelt nach einer neuen Anstellung, und mein Vater war ein freundlicher Mensch.«

»Und war sie eine gute Gouvernante? Ihr Französisch-Unterricht war offensichtlich sehr gut.«

»Ich muss gestehen, dass sie mir sonst nicht allzu viel beigebracht hat«, sagte ich. »Sie kannte ein wenig französische Geschichte, aber nur sehr wenig von der englischen oder wenn, dann nur vom französischen Standpunkt aus betrachtet. Sie war Royalistin. Sie verachtete Bonaparte zutiefst.« Ich zögerte. »Sie war vielleicht nicht die beste Lehrerin, aber sie war eine gute Zuhörerin und eine gute Freundin.«

Bernards Blick ging zum Fenster und zu dem leise plätschernden Springbrunnen draußen im Garten. »Ah, ja«, sagte er mehr zu sich selbst als zu mir. »Ein junges Mädchen braucht eine Freundin.« Er verstummte wieder für einige Minuten, und ich hielt es für besser, seine Gedankengänge nicht zu unterbrechen. Schließlich fragte er mich: »Haben Sie Lust, meine Tochter kennen zu lernen?«

Ich war erstaunt über seinen Vorschlag, trotzdem zögerte ich nicht. »Ich würde mich sehr freuen, Miss Bernard kennenzulernen«, sagte ich.

Bernard griff nach der Glocke, und der Butler erschien.

»Monsieur?«, fragte er.

»Sagen Sie Mademoiselle Rose, dass ich eine Besucherin zu ihr bringe«, befahl Bernard auf Französisch.

Der Butler zeigte seine Überraschung nur kurz. Dann verneigte er sich und ging nach draußen.

»Wir lassen meiner Tochter ein paar Minuten, um sich vorzubereiten«, sagte Bernard zu mir.

Ich fing an, mich verlegen zu fühlen. Es war offensichtlich, dass die Dienstboten in diesem Haushalt gelernt hatten, mit Miss Bernard zu kommunizieren. Sie war alles andere als eine Gefangene – ich nahm an, dass dieses Haus voll und ganz darauf eingerichtet war, ihre speziellen Bedürfnisse zu erfüllen.

»Ich möchte sie nicht verängstigen«, sagte ich. »Bitte glauben Sie mir das.«

»Ich glaube nicht, dass sie verängstigt ist. Ich werde dabei sein. Sie wird allerdings nervös reagieren. Das müssen Sie verstehen.«

»Selbstverständlich. Ich verstehe das sehr gut«, versicherte ich ihm. »Ich sehe, dass Sie mir Ihr Vertrauen schenken, Mr. Bernard«, sagte ich zögernd. »Und das, obwohl Sie überhaupt nichts von mir wissen, abgesehen von dem, was ich Ihnen erzählt habe.«

»Ihr Vater hat einer Frau vertraut, von der er nichts wusste, und Sie in ihre Obhut gegeben. Ich folge seinem Beispiel, oder?« Er erhob sich. »Kommen Sie, wir gehen zu meiner Tochter«, sagte er lebhaft. »Ihr Dienstmädchen kann draußen in der Halle warten.« Zum ersten Mal nahm er Bessies Anwesenheit zur Kenntnis.

Er führte mich die Treppe hoch und einen Gang entlang, bis er vor einer Tür stehen blieb. Er klopfte behutsam an und trat ein.

Ich fand mich in einer Suite von zwei miteinander verbundenen Zimmern. Das war ein Detail, das Miss Eldon von ihrem Fenster aus nicht hatte sehen können. Wir befanden uns nun in einem hübschen Wohnzimmer. Durch die offenen Türen konnte ich in das benachbarte Schlafzimmer sehen.

Eine junge Frau stand mit dem Rücken zum Fenster und zum Licht. Was zur Folge hatte, dass ich sie nicht so gut erkennen konnte, wie ich es mir gewünscht hätte. Sie war von mittlerer Größe und zierlich gebaut. Ihr dunkles Haar war zu einem einfachen Knoten auf dem Kopf zusammengebunden, und sie trug ein blaues Kleid mit Samtbändern. Ich schätzte ihr Alter auf vielleicht siebzehn.

»Mrs. Ross«, sagte Bernard und zeigte auf mich, während er sprach. »Darf ich Ihnen meine Tochter Rose vorstellen?«

Die junge Frau, die sein Gesicht beobachtet hatte, als er redete, machte einen Knicks in meine Richtung. Ich verneigte mich zur Antwort.

»Mademoiselle«, sagte ich zu Rose Bernard. »Ich bin im Auftrag einer Freundin gekommen, um Sie zu besuchen.«

Ich redete Französisch, und sie las von meinen Lippen. Zur gleichen Zeit sah ich aus den Augenwinkeln, wie Bernard in schneller Folge die Finger bewegte und meine Worte in Gebärdensprache wiederholte. Ich fuhr fort zu reden und begleitete meine Worte selbst mit Gebärden, so gut ich mich erinnerte.

»Meine Freundin ist Miss Eldon. Sie ist eine alte Dame und wohnt im Haus gegenüber.« Ich deutete auf das Fenster hinter ihr.

Rose drehte sich um und sah hinaus auf die Taverne auf der anderen Straßenseite. Dann drehte sie sich wieder zu mir um und sah mich fragend an.

»Ja, ja, dort drüben!«, sagte ich. »In der obersten Etage, unter dem Dach. Wo das große Fenster ist.«

Roses Stirnrunzeln verging, und sie lächelte. Dann sah sie fragend zu ihrem Vater, der nickte, und sie ging, um ein Buch vom Tisch zu holen. Sie brachte es zu mir, und ich erkannte, dass es ein Skizzenbuch war. Wir setzten uns alle drei hin, und Bernard sah zu, wie Rose durch das Buch blätterte, bis sie die gewünschte Seite gefunden hatte. Sie hielt sie mir hin. Und dort war Ruby Eldon zu sehen, festgehalten mit Stift und Tinte, die winzige Gestalt in altmodische Kleidung gehüllt, wie sie durch die Tür der Queen-Catherine-Taverne ins Freie trat.

»Ja, ja, das ist Miss Eldon«, rief ich auf Englisch und beeilte mich, meine Worte auf Französisch zu wiederholen, als mir mein Lapsus bewusst wurde. »Das ist Miss Eldon, die Freundin, die mich gebeten hat, Sie zu besuchen.«

Rose sah mich erneut fragend an. Ihre Lippen teilten sich, und ich sah, dass sie versuchte zu sprechen. Ihr Vater hatte mich gewarnt, dass die Schule in dieser Hinsicht nicht besonders erfolgreich gewesen war. Das erste Geräusch, das sie machte, war denn auch unverständlich für mich. Sie versuchte es erneut, und ich begriff ihre Frage: *»Pourquoi?«* – Warum?

Ich bemühte mich nach Kräften, die ebenso richtige wie peinliche Frage zu beantworten, während ich zu meinen Worten gestikulierte. »Sie kann Sie sehen, von dem großen Fenster aus. Sie sieht Sie nähen und zeichnen. Sie erinnert sich an die Zeit, als sie selbst jung war. Nun ist sie alt, und sie hat niemanden mehr.«

Rose hatte verstanden, doch meine Antwort hatte sie traurig gemacht. Rose war jung, doch sie hatte niemanden.

»Sie zeichnen sehr gut!«, sagte ich hastig. »Ich kann nicht annähernd so gut zeichnen.«

Ein scheues Lächeln huschte über das Gesicht des Mädchens, und ihre Wangen röteten sich. Sie begann erneut zu blättern und fand eine weitere Zeichnung von Ruby Eldon. Diese war entstanden, als es geregnet hatte. Meine ältliche Freundin huschte an einem regnerischen Tag durch die Straße und hielt einen großen Schirm umklammert, der aussah, als würde er sie von den Füßen reißen. Es war keine Karikatur; es war humorvoll und freundlich.

Ruby war bei Weitem nicht das einzige Objekt, das Rose gezeichnet hatte. Sie ging nicht nach draußen, also zeichnete sie alles und jeden, den sie von ihrem Fenster aus sehen konnte. Leute aller Art waren von ihr eingefangen worden. Als sie durch die Seiten blätterte, erkannte ich Mr. Tompkins und Louisa, seine Frau. In einer anderen Szene stand die Bierkutsche der Brauerei vor der Tür der Taverne, und Männer rollten Fässer über die Pflastersteine und ließen sie durch die offene Falltür in den Keller hinab. Ein Kuchenverkäufer mit seinem Tablett vor dem Bauch stand vor einer Tür und läutete. Und dann erblickte ich zu meiner Überraschung mich selbst, zusammen mit Bessie, auf dem Weg zu Ruby. Rose bemerkte, dass ich mich erkannte, und ein spitzbübisches Lächeln stahl sich auf ihr Gesicht.

Ruby Eldon hatte sich gesorgt, dass die junge Künstlerin, die sie von ihrem Fenster aus beobachtet hatte, nur wenige Subjekte für ihren Zeichenstift hatte. Doch Rose beobachtete das Londoner Leben von ihrem Ausguck aus. Ihr Skizzenbuch war ein Tagebuch. Jede einzelne Illustration war säuberlich mit R. B. signiert, zusammen mit dem Datum, an dem die Zeichnung entstanden war.

Rose blätterte ein weiteres Mal um und drehte die Seite zu mir, sodass sie für mich nicht mehr auf dem Kopf stand. Es war eine sehr lebhafte Szene und ein ungewöhnliches Sujet für den Zeichenstift einer jungen Lady – so sie denn Gelegenheit hatte, etwas Derartiges überhaupt zu beobachten. Die Striche und Linien waren schnell hingeworfen, weil die Personen in Bewegung waren – eine kleine Menge während einer Auseinandersetzung. Dort war ein zerzauster junger Mann im festen Griff von Mr. Tompkins. George Temple, keine Frage. Dann die junge Frau, die aus der Taverne geworfen worden war, im Griff des Schankgehilfen, wie sie wütend nach ihm trat. Louisa Tompkins stand mit in die Hüften gestützten Händen daneben. Alle waren mit wenigen Federstrichen eingefangen, ein flüchtiger Moment auf Papier festgehalten.

Ich sah auf und begegnete Roses Blick. »Ja«, sagte ich und nickte. »Ich habe die Szene selbst gesehen. Ich war dort drüben …« Ich zeigte zur Taverne und zu dem oberen Fenster. »Ich war bei Miss Eldon zu Besuch. Ich sah aus dem Fenster und konnte alles sehen.«

Rose klappte das Skizzenbuch zu, zögerte und sah dann fragend zu ihrem Vater.

Er war geübt darin, ihre Gedanken zu lesen. »Mrs. Ross!«, sagte er zu mir. »Ich denke, meine Tochter hätte gerne, dass Sie Miss Eldon herbringen, um sie zu besuchen. Wäre die Lady einverstanden? Was meinen Sie?«

»Sie wäre sehr erfreut und wüsste es zu schätzen«, antwortete ich.

»Dann arrangieren wir etwas. Nicht morgen, aber vielleicht übermorgen?«

Er gab Rose einen Tag Zeit, um es sich noch einmal zu überlegen. Ich konnte ihn verstehen. Es gab ihm außerdem die Möglichkeit, meine Behauptung zu verifizieren, mit einem Police Officer verheiratet zu sein.

»Dann gehe ich jetzt und rede mit Miss Eldon«, sagte ich zu ihm. Und an Rose gewandt: »Es war mir eine große Freude, Sie kennenzulernen, Mademoiselle.«

Rose lief so rot an wie ihr Name und nickte eifrig.

Bernard führte mich nach unten, wo Bessie aus einem Stuhl aufsprang, offensichtlich erleichtert, mich wohlbehalten zu sehen.

»Ich danke Ihnen, Mr. Bernard«, sagte ich zu ihm. »Ich danke Ihnen für Ihr Vertrauen in mich und dafür, dass Sie mir die Unverfrorenheit vergeben, mit der ich mir Zutritt zu Ihrem Haus verschafft habe.«

»Ja«, pflichtete Bernard mir bei. »Es war sehr unverfroren, Mrs. Ross. Aber ich verzeihe Ihnen. Ich hoffe, wir sehen Sie und Miss Eldon übermorgen.«

»Ich kann gar nicht sagen, wie erleichtert ich war, Missis, als Sie gesund und munter wieder die Treppe runtergekommen sind«, sagte Bessie, als wir auf der Straße waren. »Ich hätte dieses Haus niemals ohne Sie verlassen!«

»Ich war nicht in Gefahr, Bessie«, erwiderte ich. »Mr. Bernard hat mich zu seiner Tochter gebracht und uns bekannt gemacht, das ist alles.«

»Einfach so?«, sagte Bessie ehrfürchtig. »Und sie ist seine Tochter? Sie sind ein verdammtes Wunder, Missis, das sind Sie!«

»Danke sehr, Bessie. Und jetzt lass uns gehen und Miss Eldon besuchen. Ich möchte ihr erzählen, was ich herausgefunden habe.«

Es war eine richtige kleine Party in Ruby Eldons Mansardenzimmer. Louisa Tompkins hatte bemerkt, was auf der anderen Straßenseite vorgegangen war. Sie kam aus dem Schankraum gerannt und leuchtete vor Aufregung, als sie mich beim Betreten der Taverne in Empfang nahm. Sie führte mich die knarrenden Stufen hinauf, während sie ununterbrochen über die Schulter hinweg zu mir redete.

»Ich habe zu Mr. Tompkins gesagt, diese Mrs. Ross, die Ruby besucht, ist auf der anderen Straßenseite in das große Haus gegangen und hat sich irgendwie Eintritt verschafft! Soll man es glauben? Und Tompkins, er meinte zu mir: ›Bestimmt nicht, Lou! Nie im Leben!‹ Also hab ich zu ihm gesagt, ich hätte Sie mit meinen eigenen Augen gesehen, und die junge Bessie war auch bei Ihnen. ›Und müssen wir jetzt rüber und die beiden retten?‹, hat er mich gefragt. ›Einen Überfalltrupp zusammenstellen?‹ Aber es war natürlich nur ein Scherz. Trotzdem, er hätte es getan, wenn es nötig gewesen wäre, das können Sie mir glauben!«

Ich glaubte ihr. Bessie folgte uns die Stufen hinauf, und als wir alle drei oben angekommen waren und uns auf dem winzigen Treppenabsatz drängten und nachdem Louisa uns bei Ruby Eldon angekündigt hatte, wurde klar, dass sowohl Mrs. Tompkins als auch Bessie vorhatten zu bleiben und sich die ganze Geschichte anzuhören. Also setzten wir uns vor den Kamin, und ich berichtete den drei Zuhörerinnen von meinem Abenteuer.

»Ich will verrückt sein!«, sagte Louisa schließlich. »Taub? Wer hätte so etwas gedacht! Das arme junge Ding! Ich schätze, ihr Papa meint es gut mit ihr! Sie hat Bilder von uns allen gezeichnet? Auch von Tompkins und mir?«

»Ja, und vom Schankgehilfen und von dem Kuchenverkäufer und dem Brauereiwagen mit den Pferden. Sie hat sogar mich und Bessie gezeichnet, wie wir hergekommen sind, um Ruby zu besuchen.«

»Und sie ist Französin? Das ist vielleicht ein Ding! Darauf wäre ich nie gekommen! Ich sage, es ist wie in einem von diesen Romanen!« Louisa erhob sich in einem Rascheln von flaschengrünem Taft, dem Kleid des Tages. »Ich muss unbedingt nach unten und Tompkins davon erzählen!«

»Du gehst ebenfalls nach unten, Bessie«, befahl ich unserem Dienstmädchen. »Ich muss mich mit Miss Eldon unterhalten.«

Als Ruby Eldon und ich allein waren, rührte sich die alte Dame, die sich meinen Bericht reglos angehört hatte. »Ich bin Ihnen wirklich ausgesprochen dankbar, Mrs. Ross«, sagte sie. »Und ich muss Sie um Entschuldigung bitten. Sie haben auf mein Betreiben hin eine Aufgabe übernommen, die sich als äußerst unangenehm hätte herausstellen können. Mr. Bernard hätte sich als feindselig und beleidigend erweisen können. Ich hatte kein Recht, so viel Heldenmut von Ihnen zu verlangen. Aber ich bin sehr, sehr erleichtert zu erfahren, dass das junge Mädchen nicht in Gefahr schwebt. Natürlich bin ich traurig wegen ihrer Situation, aber sie ist dennoch so viel besser, als ich befürchtet hatte.« Sie blickte hinunter auf ihre welken Hände und fügte in einiger Verlegenheit hinzu: »Sie werden sagen, ich war töricht und meine Fantasie ist mit mir durchgegangen.«

»Nein. Sie haben etwas gesehen, das Sie sich nicht erklären konnten, und das hat Sie verwirrt und Ihre Besorgnis geweckt. Sie waren überzeugt, dass Sie etwas tun mussten. Es gibt keinen Grund, sich deswegen zu schämen.«

Miss Eldon seufzte und nickte. Jetzt war es an der Zeit für meine Überraschung.

»Ich wurde eingeladen, Mademoiselle Bernard erneut zu besuchen, übermorgen – und man hat mich gebeten, Sie mitzubringen.«

Miss Eldon sah mich verblüfft an, und für einen Moment hatte es ihr die Sprache verschlagen. »Ich soll das junge Mädchen kennenlernen? Das ich so oft am Fenster gesehen habe?«

»Ja, und das wird Sie endgültig beruhigen. Ja, sie ist einsam, und ich glaube, ihr Vater versteht das richtig. Er weiß einfach nicht, was er dagegen tun soll. Es ist nämlich ein doppeltes Problem, verstehen Sie? Ihre Taubheit und ihre Unkenntnis der englischen Sprache. Können Sie ein wenig Französisch, Miss Eldon?«

Ich war ziemlich sicher, dass sie in jungen Jahren eine gehobene Schulbildung genossen und wenigstens eine Fremdsprache gelernt hatte.

»O ja! Ich hatte als Kind Unterricht! Du meine Güte!« Sie verschränkte die welken Hände wie zum Gebet. »Ob ich noch etwas davon behalten habe?«

»Ich bin sicher, Sie haben genug behalten, und ich bin da, um Ihnen zu helfen.«

»Gütiger Himmel!«, sagte Miss Eldon und ließ die Hände in den Schoß sinken. »Ich bin sicher, ich mache kein Auge mehr zu, bevor wir unseren Besuch abgestattet haben!«

KAPITEL VIERZEHN

Inspector Ben Ross

Seit ich als junger Mann aus Derbyshire nach London gekommen war, hatte ich nur einmal die Gelegenheit gehabt, zurück in den Norden zu reisen. Rein zufällig war ich auch damals in Harrogate gewesen, um ein paar Nachforschungen wegen eines anderen Falles anzustellen, den von Thomas Tapley. Heute nahm ich erneut den Zug in die Badestadt, diesmal nicht, um zu bleiben, sondern um von dort aus über das Moor nach Ridge House weiterzureisen. Ich freute mich über die Gelegenheit, vielleicht Inspector Barnes wiederzusehen, den zuständigen Kollegen vor Ort. Er war damals eine große Hilfe für mich gewesen, und er und seine Frau hatten mich zum Abendessen zu sich nach Hause eingeladen.

Als ich in Harrogate ankam, erwartete mich tatsächlich die beträchtliche Leibesfülle von Barnes, um meine Hand zu schütteln, bis ich das Gefühl hatte, meine Finger würden niemals wieder ordnungsgemäß funktionieren.

»Brauchen Sie mich diesmal wieder, Ross?«, fragte er.

»Danke sehr, aber ich denke, ich möchte meinen Besuch bei Anderson so ungezwungen und formlos wie möglich erscheinen lassen. Gibt es etwas, das Sie mir erzählen können, bevor ich weiterfahre?«

Barnes nickte. »Formlos und ungezwungen ist vermutlich das Beste. Der Amtsapparat würde ihn nicht beeindrucken. Er ist ein respektierter Mann, Richter bei Nutztier-Ausstellungen und war auch schon einmal Magistrat. Er besitzt ein ziemlich großes Stück Land, das meiste davon verpachtet an örtliche Farmer. Selbstverständlich hat er auch eine eigene Farm, gleich neben Ridge House. Ich glaube, er interessiert sich sehr für die Landwirtschaft. Eine Art Gentleman-Farmer, wie man so schön sagt. Er scheint nicht viel zu machen außer auf seinen Ländereien herumzureiten, aber er hat Spaß daran, alle auf Trab zu halten.«

Barnes führte mich zu einem wartenden einachsigen Pferdegespann. »Hier ist Ihre Fahrgelegenheit. Ihr Fahrer heißt Herbert. Die Straßen außerhalb der Stadt sind ein wenig vereist um diese Jahreszeit, aber Herbert kennt sich aus. Sie wollen ja schließlich nicht umkippen, und das geht schnell. Oh, wenn Sie zurückkommen, hoffe ich, meine Frau und ich dürfen Sie wieder zum Abendessen begrüßen? Ich habe ein Zimmer für Sie reserviert, im Commercial Hotel, wie beim letzten Mal. Sie waren doch zufrieden beim letzten Mal, oder?«

Ich versicherte ihm, dass alles zu meiner Zufriedenheit gewesen war und ich mich auf die Aussicht freute, meine Bekanntschaft mit Mrs. Barnes zu erneuern. Ich hatte ihre exzellenten Kochkünste nicht vergessen. Barnes strahlte, als ich das sagte, und klopfte mir freundschaftlich auf die Schulter. Es fühlte sich an, als wäre sie ausgekugelt.

Als Herbert und ich losfuhren und die Stadt hinter uns zurückblieb, fühlte ich mich bald wie in einer anderen Welt. Die klare saubere Luft war wunderbar nach dem stinkenden Londoner Nebel. Was ich allerdings nicht bedacht hatte, waren die Überbleibsel der starken Schneefälle des zurückliegenden Winters, von denen noch viel zu sehen war. In London hatten wir unter Nebel gelitten. In Yorkshire, wie Herbert mir bestätigte, hatten die Leute unter der Schneelast gestöhnt.

»Da draußen …« Er winkte mit seiner Gerte in Richtung des offenen Moors. »Da draußen hätte man glauben können, man fährt über einen weißen Ozean aus Schnee! Die wenigen Bäume sahen aus wie die Arme von Ertrinkenden, die um Hilfe rufen. Ein paar der Häuser waren so tief im Schnee versunken, dass man nur noch an den qualmenden Schornsteinen sehen konnte, wo genau sie stehen.«

Selbst jetzt noch waren nur die oberen Reihen Steine zu sehen, und die Schafe, die armen Kreaturen, duckten sich in den wenigen Schutz, den sie finden konnten.

Barnes' Warnung, dass die Straßen »ein wenig vereist« waren, erwies sich als glatte Untertreibung. Furchen gab es reichlich, doch an anderen Stellen hatte sich Herberts »Ozean aus Schnee« in schlammdurchsetzten braunen Schneematsch verwandelt, und die Streifen von festem Untergrund waren oftmals so schmal, dass das Gespann nur mit Schrittgeschwindigkeit fahren konnte. Mehrere Male rumpelten wir über verborgene Felsen, die uns durchschüttelten und das Gefährt auf der einen oder der anderen Seite in die Luft hüpfen ließen. Ich musste mich an allem festhalten, was ich finden konnte, um nicht hinausgeschleudert zu werden. Ich fragte mich mehr als einmal, ob wir umkippen würden, doch Herbert kannte sein Geschäft, und obwohl er mir das eine oder andere Mal ein sardonisches Grinsen schenkte, wenn er sah, wie krampfhaft ich mich festhielt, kamen wir doch stetig voran.

Herbert erinnerte mich so stark an William, meinen Fahrer während meines letzten Besuchs, dass ich mich fragte, ob die beiden Brüder waren. Er schien einigermaßen perplex wegen meiner Anwesenheit und noch perplexer, weil ich aus London gekommen war. Nach unseren ersten kurzen Worten redete er eine ganze Weile nicht mehr, doch schließlich gewann seine Neugier die Oberhand.

»Waren Sie schon mal in Ridge House?«, brüllte er mir unter dem Rand seines Bowlers zu. Er war mit einem Wollschal unter dem Kinn festgebunden, um ihn im scharfen Wind an seinem Platz zu halten und um die Ohren vor dem eisigen Frost zu schützen.

»Nein!«, rief ich gleichermaßen laut zurück, tief geduckt in meinen Übermantel.

»Ist ein hübsches Haus!«

Dem folgten weitere fünfzehn Minuten Schweigen, bevor er die Unterhaltung fortsetzte.

»London, eh? Da kommen Sie her?«

»Ich lebe heute in London, ja, aber ich bin in Derbyshire geboren und aufgewachsen.«

»Und was machen Sie dann in London?«

Es war ein Echo meiner Unterhaltung mit Ruby Eldon, als ich sie im Hinterhof von Bellinis Restaurant zum ersten Mal getroffen hatte.

»Ich bin wie Dick Whittington nach London gegangen, um mein Glück zu suchen!«, versuchte ich zu witzeln.

»Und haben Sie es gefunden? Ihr Glück?«

»Nein, nicht wirklich. Ich bin zur Polizei gegangen.«

»Oh, ehrlich? Sie hätten auch hier zur Polizei gehen können, wissen Sie?«, rief er. »Wir sind hier nicht von gestern.«

»Na ja, ich war jung, und ich hatte mir in den Kopf gesetzt, nach London zu gehen.«

»Die Geschmäcker sind verschieden, schätze ich«, lautete seine Antwort. Danach verstummte er wieder, und ich hatte das nagende Gefühl, etwas Falsches gesagt zu haben. Endlich zügelte er das Pferd und deutete mit der Gerte hinaus auf die Landschaft.

»Da wären wir. Das ist Ridge House.«

Es war nur einen halben Kilometer entfernt, aber ich hätte

es glatt übersehen, hätte Herbert nicht meine Aufmerksamkeit darauf gelenkt, obwohl es auf einem Hügelkamm in der Landschaft thronte, der ihm vermutlich seinen Namen gegeben hatte. Es war von allen Seiten dem Wind ausgesetzt. Der Rauch aus den Schornsteinen wurde auf der Stelle verweht. Die einfachen, eleganten und dennoch stabilen Umrisse des Hauses ließen vermuten, dass es während der Zeit der Herrschaft ihrer Majestäten William und Maria erbaut worden war. Die äußeren Mauern waren verputzt und weiß gekalkt, was unter den herrschenden Bedingungen nicht hilfreich war. Herbert bog vom Hauptweg ab, und wir fuhren auf Ridge House zu. Je näher wir kamen, desto größer ragte es vor uns auf, ein massives Gebäude mit großen, in regelmäßigen Abständen eingelassenen Fenstern und einem Säulenvorbau vor dem Haupteingang.

Herbert hielt auf dem Platz vor dem Eingang. Ein Junge kam von irgendwo herbeigerannt und hielt den Kopf des Zugpferds. Die Tür öffnete sich, und ein Butler erschien.

Er stieg die Stufen des Vorbaus hinunter und näherte sich uns würdevoll. »Inspector Ross?«

»Das bin ich.« Ich kletterte mühsam vom Wagen; ich war steif gefroren, und mir tat alles weh von der holprigen Fahrt.

»Ich nehme an, Sie hatten eine sichere Herfahrt, Sir? Mr. Anderson erwartet Sie bereits. Wenn Sie so freundlich wären, mir zu folgen.«

Ich heftete mich an die Fersen des Butlers. Hinter uns rief Herbert aufgebracht: »Selbstverständlich war die Herfahrt sicher, Isaac Gregson! Ich habe das Gespann gelenkt!«

Der Butler ignorierte seine Worte und setzte seinen Weg würdevoll fort. Er schien den scharfen Wind überhaupt nicht zu spüren, der über das Land fegte, und so blieb mir nichts anderes übrig, genauso indifferent zu erscheinen wie er. Ich hätte es vorgezogen, im Laufschritt ins Haus zu rennen, um nach drinnen und ins Warme zu gelangen. Endlich passierten wir die Haustür, und der Wind blieb draußen zurück. Doch die Temperaturen erschienen mir nicht merklich wärmer.

Das Innere des Hauses war dunkel, trotz der großen Fenster. Ansonsten schien es von innen genauso massiv gebaut zu sein, wie das äußere Erscheinungsbild es vermuten ließ. Der Wind zerrte vergeblich an den Mauern. Alte Familienwohnsitze sind normalerweise Fundgruben wechselnder Moden und Interessen. Die gewaltige Eingangshalle enthielt eine Menge Möbel, die keinen anderen Zweck zu haben schienen, als den Mägden Arbeit zu machen, die sie abstauben mussten. Die Wände hingen voll mit, wie ich annahm, Familienporträts. Alle sahen sich einander ähnlich, diese Andersons. Alle sahen so massiv und trotzig aus wie das Haus. Eine große Glasvitrine enthielt ein paar ausgestopfte Greifvögel, und an einer Wand, zwischen einem Porträt von einem rotgesichtigen georgianischen Junker und dem einer vollkommen nichtssagenden Frau mit sehr kostbarem Schmuck, hing eine weitere Vitrine mit einer riesigen Forelle vor einem gemalten Hintergrund, der ein Flussufer zeigte. Ich vermutete, dass es eine Gips-Replik des Originals war – das Gebilde war staubig und die Farbe löste sich unter seinem Glasgehäuse. Die Dichtungen schienen sich aufgelöst zu haben. Doch es kam niemandem in den Sinn, das Ding herunterzunehmen und wegzuwerfen. Es gehörte hierher, genauso wie die große Standuhr, die trübselig vor sich hin tickte, und der Tisch mit den gedrechselten Beinen und der Box mit Briefen, die darauf warteten, zum Postamt in Harrogate geschafft zu werden – falls es überhaupt jemals Briefe gab. Gar nicht erst zu reden von dem Sammelsurium verschiedener Stühle, die jeder einmal Teil einer Essgarnitur gewesen waren und nun bunt zusammengewürfelt herumstanden für den Fall, dass jemand in diesem dunklen Museum verweilen und Platz nehmen wollte. Allem fehlte die Hand einer Frau.

Isaac Gregson nahm mir Mantel und Hut ab und hängte beides auf eine Garderobe. Dann stieß er eine Tür auf und führte mich in ein großes, gleichermaßen vollgestelltes Zimmer, viel zu spärlich beheizt durch einen einzelnen Kamin am gegenüberliegenden Ende. Ein kleiner Terrier kam mir bellend entgegengerannt. Er schnüffelte an meinen Stiefeln und schien damit zufrieden zu sein. Nach seinem allgemeinen Aussehen musste er sehr alt sein.

»Keine Angst wegen Sammy«, sagte eine Stimme. »Er beißt nicht. Er hat nicht mehr viele Zähne im Maul.«

Der Sprecher war ein stämmiger Mann von vielleicht fünfundfünfzig Jahren in einem dicken Tweedjackett, der vor dem Kamin in einem großen Ohrensessel saß. Er hatte dichtes, bis auf den Kragen reichendes Haar, das immer noch nordisch blond war, wenngleich mit grauen Strähnen durchsetzt. Seine Gesichtsfarbe war rötlich, was sicherlich nicht von der Hitze im Zimmer herrührte – die war nämlich kaum vorhanden. Vielleicht eine Neigung zur Flasche? Oder wettergegerbt von seinen Ausritten über das Land, wie Barnes erzählt hatte? Ein Mann, für den die Wucht des Sturmes oder der kalte nasse Kuss des Schnees etwas waren, das ertragen und abgeschüttelt werden musste? Ein Nachfahre der Wikinger!, schoss es mir durch den Kopf. Sein linker Knöchel steckte in einem Gipsverband, aus dem die mit einer Wollsocke geschützten Zehen ragten. Das Bein ruhte auf einem Fußschemel. Er stieß einen Pfiff aus, und der Hund trottete zu seinem Herrn zurück und setzte sich neben seinen Sessel.

»Mr. Anderson?« Ich verneigte mich höflich.

»Sie werden verzeihen, wenn ich mich nicht erhebe, um Sie zu begrüßen, Inspector Ross«, erwiderte er. »Ich habe mir den elenden Knöchel gebrochen.« An seinem Sessel lehnte ein stabiler Gehstock. Seine Stimme war tief und wohlklingend und auf ihre Weise so verwittert wie sein Gesicht. Doch er klang nicht unhöflich.

»Das tut mir leid zu hören«, sagte ich und fragte mich, bei welcher Gelegenheit es wohl passiert war. Ich schätzte auch im Stillen, wie groß er wohl war, wenn er aufrecht stand. Gut einen Meter achtzig.

»Hatten Sie eine gute Anreise über das Moor? Wer hat Sie hergebracht?«, wollte er wissen.

»Herbert Wainwright, Sir.« Der Butler, immer noch hinter mir, hatte es übernommen, für mich zu antworten. Seine Stimme kam über meine Schulter hinweg.

»Guter Mann, dieser Wainwright.« Anderson nickte und richtete seine Aufmerksamkeit wieder auf mich. »Sie sind vermutlich durchgefroren bis auf die Knochen, wage ich zu sagen?« Es war mehr eine Feststellung als eine Frage.

»Ich gestehe, Sie haben recht.«

»Kann ich mir denken. Wir hatten hier zwar schon schlimmere Winter, aber dieser war auch nicht schlecht. Eine Menge Farmer waren bis vor ein paar Wochen eingeschneit. Sie kamen weder rein noch raus! Einer der Pächter hatte eine schwangere Frau, die ausgerechnet in dieser Zeit Zwillinge zur Welt bringen musste. Niemand da, um ihr zu helfen, außer ihrer alten Mutter, und die ist fast achtzig. Aber die Yorkshire-Frauen sind aus hartem Holz geschnitzt. Gregson! Bringen Sie jedem von uns einen heißen Grog!«

Der Butler zog sich zurück, und Anderson winkte mir, in einem Sessel neben seinem am Kamin Platz zu nehmen.

»Heilt der Knöchel gut?«, erkundigte ich mich höflich.

Anderson musterte das verletzte Gliedmaß missmutig. »Einigermaßen, aber viel zu langsam! Der Arzt hat gesagt, es könnte sechs Wochen dauern, bis der Knochen wieder zusammen ist. Verdammt unangenehm!«

»Ein Unfall auf dem Eis, nehme ich an?«

»Nein«, grollte er. »Ich bin meine eigene Treppe runtergefallen, am Sonntag vor zwei Wochen. Ohne jeden Grund. Ich hatte keinen Kater oder so was. Ich habe einfach eine Stufe auf dem dunklen Absatz verpasst.«

Was bedeutete, dass sich der Unfall am Tag von Emilys Ermordung in London ereignet hatte. Präsentierte mir Anderson etwa bereits sein Alibi?

Er sah mich auf eine Weise an, die zwar direkt, jedoch nicht offensiv war. »Sie sind gekommen, um mit mir über Emily zu reden, hab ich recht?«

»Das ist richtig, Sir, das bin ich, wenn Sie die Güte hätten. Ich versuche den Hintergrund ihrer Ermordung aufzuhellen. Je mehr ich darüber weiß, desto besser bin ich imstande, einen Sinn zu erkennen.«

Anderson stieß ein freudloses Lachen aus. Der Hund sah fragend zu ihm hoch. Anderson legte eine Hand auf den Kopf des Terriers. Beruhigt legte Sammy sich wieder hin. »Sinn in einem Mord erkennen, wie?« Er sah mich herausfordernd an. »Dem Mord an einem jungen Mädchen wie diesem. Viel Glück, Ross.«

»Ich bin Polizeibeamter«, sagte ich ihm gleichmütig. »Aber ich bin nicht gefühllos. Es ist eine furchtbare Angelegenheit, und ich werde alles in meiner Macht Stehende tun, um Miss Devray ein wenig Gerechtigkeit widerfahren zu lassen, auch wenn sie tot ist.«

Vielleicht spürte er eine verborgene Kritik in meinen Worten, eine Andeutung wegen des Testaments, denn er musterte mich sehr hart.

»Ah, werden Sie?«, sagte er. Er studierte mich minutenlang. Dann bewegte er sich in seinem Sessel. »Dieser verdammte Knöchel«, murmelte er.

Die Tür ging auf, und der Butler brachte den heißen Grog.

Anderson hob sein Glas zu einem wortlosen Toast. Ich antwortete auf die gleiche Weise, und wir saßen schweigend da und tranken. Das Feuer des Whiskys und die Süße des Honigs kreisten in meinen Adern, und ich fühlte mich wieder halbwegs menschlich. Ich war stärker ausgekühlt, als ich angenommen hatte.

Ich nutzte die Gelegenheit, um mich im Zimmer umzusehen. Es war mehr oder weniger im gleichen Stil möbliert wie die Eingangshalle mit einem Sammelsurium von Möbeln, ausnahmslos von sehr guter Qualität, doch vieles sicher mehr als fünfzig Jahre alt, einschließlich der verblichenen Tapeten. An den Wänden hingen noch mehr Gemälde, doch die Zeit und der Rauch aus dem Kamin sowie Generationen von Kerzen hatten zur Folge, dass sie dringend gereinigt werden mussten. Das mir am nächsten hängende Bild zeigte einen Mann, der voll Besitzerstolz neben einem gewaltigen Bullen stand. Der massive gedrungene Leib des Tiers erinnerte mich an eine Dampflokomotive. Es schien kaum möglich, dass die kurzen Beine imstande waren, ihn zu tragen. An seinem Kopf stand ein Farmarbeiter mit einer Kette, die zu einem Ring in der Nase des Bullen führte. Der stolze Besitzer trug Knickerbocker und einen flachen Hut und hatte eine ausgestreckte Hand nonchalant auf dem Rücken des Tiers liegen. Durch den Ruß und Schmutz hindurch war die Landschaft dahinter nur undeutlich zu erkennen, doch sie zeigte in der Ferne ein Haus, das dem sehr ähnlich sah, in dem ich mich nun befand.

Anderson hatte mein Interesse bemerkt. »Achilles«, sagte er. »Das war der Name des Bullen. Und der Mann auf dem Bild ist mein Großvater.«

Ich war ein wenig verlegen, als mir klar wurde, wie eingehend er mich beobachtet hatte. Nun stellte er sein leeres Glas vor sich ab, und bevor ich mir eine geeignete Antwort überlegt hatte, wechselte er forsch das Thema. Er kam zur Sache, wie es so schön heißt.

»Hören Sie, Ross, die Nachricht von Emilys Tod hat mich sehr betroffen gemacht. Wer zum Teufel würde einer so harmlosen kleinen Kreatur wie ihr so etwas zufügen?«

»Sie müssen sie ihr ganzes Leben lang gekannt haben«, spekulierte ich.

»Natürlich kannte ich sie! Meine Tante und mein Onkel haben sie als Baby bei sich aufgenommen! Ursprünglich sollte es nur eine vorübergehende Lösung sein, verstehen Sie, bis ein Verwandter der Devrays gefunden wurde, der die Verantwortung für Emily übernahm. Aber es fand sich niemand, zu keiner Zeit. Wann immer ich meine Tante und meinen Onkel besuchte, war Emily da, im Hintergrund, und wurde größer und größer. Mein Onkel und meine Tante brachten sie mit, als sie mich eines Sommers hier oben besuchten. Sie war damals so um die zwölf. Das war kurz bevor mein Onkel starb, auf See. Er hätte an Land bleiben sollen. Er hatte es nicht nötig, um die ganze Welt zu segeln! Er war kein Seefahrer. Er handelte mit Gütern.«

»Ich hätte erwartet, dass er in London lebt.«

»Er konnte London nicht ausstehen, und ich kann es ihm nicht verdenken. Und als die Eisenbahn kam, war es auch nicht mehr nötig, in London zu leben. Er konnte hinfahren, wann immer es erforderlich war.«

»Die Waterfields hatten keine eigenen Kinder, wenn ich richtig informiert bin?«

»Nein, keine. Genau wie ich!«, fügte er unvermittelt hinzu und starrte mir direkt in die Augen. »Ich bin Witwer. Ich bin seit zehn Jahren allein. Meine Frau und ich hatten nur ein einziges Kind, und das starb am Fieber, als es zwei Jahre alt war. Sind Sie verheiratet, Ross?«

»Ja, das bin ich.«

»Familie? Kinder?«

»Nein, ich, das heißt, wir haben keine Kinder.«

»Nun ja. Für mich bedeutet Kinderlosigkeit, dass es niemanden gibt, dem ich das hier hinterlassen könnte.« Er machte eine ausladende Bewegung, die das Haus und das hinter den Fenstern sichtbare Land ringsum einschloss. »Das bereitet mir nicht wenige Sorgen. Ich bin inzwischen siebenundfünfzig.«

Er starrte erneut an mir vorbei durch die Fenster und hinaus auf die verschneite Landschaft. »Da draußen arbeiten Leute für mich, die jeder ein Dutzend Kinder haben. Nicht jede Familie ist so groß, aber die meisten haben wenigstens zwei oder drei. Darin liegt eine gewisse Ironie, nicht wahr? Arme Familien ringsum mit einer Brut von wachsenden und gedeihenden Nachkommen, doch ich – und meine verstorbene Tante Maude unten in Salisbury – wir sind beide kinderlos geblieben.«

»Ihre Tante Maude – Mrs. Waterfield –, war sie die Schwester Ihres Vaters oder Ihrer Mutter?«

»Die Schwester meines Vaters. Sie und ich waren die letzten Andersons. Hätte ich mir den Hals gebrochen, als ich die Treppe runtergefallen bin, und nicht nur den Knöchel, und wäre Tante Maude zu diesem Zeitpunkt noch am Leben gewesen, hätte sie dieses Anwesen und die Ländereien von mir geerbt. Angesichts der Tatsache, dass sie fast zwanzig Jahre älter war als ich, wäre das sicher weniger als ideal gewesen. Jetzt bin nur noch ich übrig, und das ist eine sehr ernste Angelegenheit.« Er streckte die Hand nach einer Glockenschnur aus und zog daran. »Wir nehmen noch einen Grog«, entschied er.

Der eine, den ich bisher getrunken hatte, hatte sich bereits angenehm in meinem Kopf ausgebreitet, doch ich wollte nicht riskieren, meinen Gastgeber zu beleidigen. Abgesehen davon hatte ich eine Vermutung, wohin diese Unterhaltung führen würde.

Anderson bewies einmal mehr, dass er kein Mann war, der um den heißen Brei herumredete. »Ich wage zu sagen, dass es in Salisbury viel Gerede gegeben hat wegen des Testaments meiner Tante. Man hat mir berichtet, dass Sie dort waren und herumgestochert und Fragen gestellt haben. Ich nehme an, das ist der Grund, der Sie letztendlich aus London hierher geführt hat.«

Ich vermutete, dass es Carroway war, der ihn informiert hatte.

»Das ist richtig, Mr. Anderson. Eine Menge Gerede, wie mir mein Kollege Inspector Colby von der Salisbury City Police berichtet hat.«

»Ha!«, rief Anderson aufgebracht. »Ich kann es mir denken! All diese alten Waschweiber mit ihren Tees und ihren Kartenspielen – ah, Gregson!« Die Tür hatte sich hinter mir geräuschlos geöffnet. »Bringen Sie jedem von uns noch einen Grog.«

Ich beschloss, unsere Unterhaltung in die von mir gewünschte Richtung zu lenken. »Man hat angedeutet, dass Mrs. Waterfield ihr Testament nicht lange vor ihrem Tod geändert haben soll. Dass sie zuvor in einem anderen Testament großzügiger gegenüber Miss Devray gewesen sein soll. Nach der Änderung ist davon nicht viel geblieben.«

»Nun, das ist halbwegs richtig«, stimmte Anderson mir zu. »Ich werde Sie nicht fragen, Inspector, wer Ihnen das erzählt hat. Ich weise lediglich darauf hin, dass meine Tante nach dem Gesetz nicht verpflichtet war, Emily *überhaupt etwas* zu hinterlassen.«

»Aber sie wurde von Ihrer Tante von klein auf großgezogen!«, protestierte ich.

»Das mag sein, wie es will. Aber Emily Devray war kein Kind mehr. Meine Tante Maude war keine sentimentale Frau, Ross, und ich bin kein sentimentaler Mann. Das bedeutet nicht, dass sie oder ich herzlos wären. Lassen Sie es mich Ihnen in einfachen Worten erklären. Da sind Sie ja, Gregson. Stellen Sie sie hier ab.«

Die heißen Grogs waren mit einer Geschwindigkeit gebracht worden, die vermuten ließ, dass ein größerer Vorrat hergestellt worden war und in der Pantry des Butlers darauf wartete, serviert zu werden.

»Ich bin ein praktisch veranlagter Mann. Meine Tante war von Geburt an eine Yorkshire-Frau und genauso praktisch veranlagt. Ein paar Monate vor ihrem Tod schrieb sie mir und bat mich, sie in Salisbury zu besuchen und eine oder zwei Wochen zu bleiben. Ich habe hier einen kompetenten Verwalter. Also fuhr ich nach Salisbury. Als ich eine Woche dort war, erklärte mir meine Tante, was sie im Sinn hatte und warum sie mich hatte zu ihr kommen lassen. Ich hatte es bereits vermutet. Sie wurde alt, und ihr Herz war schwach. Sie sorgte sich wegen Emilys Situation, nachdem sie, meine Tante, gestorben wäre. Emilys Zukunft war ihr nicht egal, Ross, wie Sie zu glauben scheinen! Wie man Ihnen – welcher Wichtigtuer es auch immer war – ganz richtig erzählt hat, hatte sie einige Jahre zuvor ein Testament verfasst, in dem sie den größten Teil ihrer Habe mir vermacht hatte. Für Emily war in diesem Testament großzügig gesorgt.

Doch Emily war ein Bücherwurm. Immerzu las sie in irgendeinem Buch. Sie war scheu und verhielt sich sehr zurückhaltend in der Gesellschaft. Tante Maude befürchtete, dass sie, wenn sie erst allein und schutzlos war und mit einem kleinen, doch ansehnlichen Vermögen ausgestattet, von einer Schlange ungeeigneter Verehrer belagert werden könnte, die ihr die Heirat antrugen. Sie konnte nicht darauf vertrauen, dass Emily eine gute Wahl traf. Vermutlich würde sie eine Entscheidung treffen, die sie später bedauern würde.

Nun, wie Tante Maude richtig feststellte, bin auch ich ohne

Erben. Die einfachste Lösung wäre demnach gewesen, wenn ich Emily heiraten würde.«

Er brach ab, denn ich war so verblüfft, dies zu hören, dass ich es nicht verbergen konnte und mit offenem Mund dasaß wie ein vollendeter Narr.

Anderson warf den Kopf zurück. »Ich hielt es für einen sehr guten Vorschlag!«, sagte er aufsässig. »Emily war jung. Wir hätten Kinder haben können. Sie hätte ein komfortables Heim gehabt. Mit ein wenig Glück hätte ich noch einmal einen Sohn bekommen, selbst eine Tochter wäre gut gewesen. Es gibt mehrere gute Familien hier in der Gegend mit Söhnen. Eine Tochter hätte einen davon heiraten können, und sie wären hier geblieben und hätten das Anwesen von mir übernommen. Aber ein Sohn wäre natürlich besser gewesen. Ein Mann möchte, dass der Familienname fortbesteht.«

Anderson machte eine Handbewegung, die das Zimmer ringsum umfasste. »Als Gegenleistung hätte Emily so viel Taschengeld gehabt, wie sie wollte. Sie hätte das Haus führen können, wie sie gewollt hätte. Sämtliche Möbel, Vorhänge, Tapeten, alles wechseln. Und sie wäre sicher und behütet gewesen. Sie hatte das Haus gesehen, als sie klein war, und sie kannte es. Sie wäre sich sehr genau bewusst, was ich ihr anbot. Also sagte ich zu Tante Maude, dass ich die Idee ausgezeichnet fand, und erbat von ihr die formelle Erlaubnis, mich Emily zu erklären. Tante Maude war erfreut. Sie dachte, dass so alles zum Besten geregelt wäre. Jeder würde bekommen, was er wollte, richtig?«

Anderson verstummte und starrte in die tanzenden Flammen im Kamin.

»Und haben Sie?«, fragte ich taktvoll. »Haben Sie Miss Devray gefragt, ob sie Ihre Frau werden möchte?«

»Aye.« Anderson starrte weiter in die Flammen. »Ich habe sie gefragt. Und sie hat mich rundweg abgelehnt. Es gibt keinen anderen Weg, es zu beschreiben. Sie hat ihre Worte nicht geschönt oder auch nur versucht, ihr … ihr Entsetzen angesichts der bloßen Vorstellung zu verbergen. Außerdem gab sie noch eine Menge dummes Zeug von sich, sie würde sich nicht kaufen und verkaufen lassen, sie wäre keine Ware und dergleichen Unsinn mehr. Das kommt davon, wenn eine Frau die Nase ständig in Bücher steckt.«

»Sie waren wütend?«, schlug ich vor, nachdem ich für einige Sekunden taktvoll geschwiegen hatte. Er musste wütend, verlegen und verwirrt gewesen sein, überlegte ich.

»Das war ich, wie ich gestehe, für eine Weile. Aber nicht annähernd so wütend wie Tante Maude. Sie war bitter enttäuscht. Es war ihre Idee gewesen, verstehen Sie, und nach allem, was sie für Emily getan hatte, weigerte sich das Mädchen, auch nur darüber nachzudenken. Nun denn, wie du meinst, sagte meine Tante zu ihr. Dann musste Emily halt ihren eigenen Weg gehen. Sie konnte gleich damit anfangen, indem sie sich eine Anstellung als Gouvernante oder Gesellschafterin suchte. Meine Tante würde sie nicht länger unterstützen. Sie unterstrich dies noch, indem sie persönlich einen Brief an eine ihrer Bekannten schrieb, eine Lady Temple in London, die eine Gesellschafterin und Pflegerin suchte. Meine Tante änderte außerdem ihr Testament und verringerte Emilys ursprünglichen Anteil drastisch. Sie hätte sie völlig außen vor gelassen, doch ich konnte sie überzeugen, das nicht zu tun – es hätte zu viel Gerede nach sich gezogen. Nun, so wie es aussieht, hat es genügend Gerede zur Folge gehabt. Ich habe gehört, dass der Anwalt Carroway einen Großteil des öffentlichen Zorns tragen muss. Es macht ihm nichts aus. Er hat sich nie viel aus Emily gemacht. In seinen Augen war sie ein Parasit.«

Ich hatte recht gehabt: Carroway hatte Anderson über alle Vorgänge in Salisbury auf dem Laufenden gehalten.

»Haben Sie Miss Devray auch so gesehen?«, erkundigte ich

mich. »Als jemanden, der die Freundlichkeit Ihrer Tante ausnutzt?«

Andersons Kopf ruckte zu mir herum. »Selbstverständlich nicht, gottverdammt!«, schnappte er. »Ich war zufälligerweise sehr von Emily eingenommen. Und in meinem Lebensalter ist eine Ehefrau, die gerne herumsitzt und liest, sicherlich einer anderen vorzuziehen, die das ganze Jahr auf Bälle und Feste gehen möchte! Und ich gebe auch nicht so leicht auf.

Ich war bereit abzuwarten und mein Glück zu einem späteren Zeitpunkt noch einmal zu versuchen. Aber als könnten die Dinge nicht noch schlimmer werden, wurden sie es. Tante Maude starb plötzlich und unerwartet. Lady Temple war bereit, die Anstellung als Gesellschafterin für Emily frei zu halten, bis das Haus in Salisbury verkauft war. Ich wollte abwarten, bis Emily eine Weile in London und den ganzen Tag damit beschäftigt gewesen war, sich mit einer alten invaliden Lady abzumühen. Das sollte sie zur Vernunft bringen, ihr die Realität ihrer Lage klarmachen. Anschließend hoffte ich, ihr erneut einen Antrag zu machen. Ich hoffte, beim zweiten Mal könnte ich sie vielleicht überzeugen, mich zu heiraten. Aber dann kam irgendein schäbiger Halunke dazwischen und nahm ihr das Leben. Ich hatte keine Gelegenheit, sie noch einmal zu fragen.«

Sammy war eingeschlafen und zuckte im Traum. Vielleicht erinnerte er sich an seine Jugend und die Jagd auf Ratten oder Kaninchen in ihren Löchern. Anderson lehnte sich in seinem Sessel zurück, bewegte das hochliegende Bein ein wenig und verzog das Gesicht. »Vermaledeiter Knöchel!«, murmelte er. Dann sah er mich an. »Genug gehört? Haben Sie noch mehr Fragen?«

»Nein, Mr. Anderson. Ich habe keine Fragen mehr.«

»Und denken Sie, ich habe mich verkehrt verhalten?«, fragte er unvermittelt. »Sie dürfen Ihre Meinung frei äußern.«

Ich war verblüfft. Ich hätte nicht gedacht, dass er ein Mann war, der einen Fremden um einen Kommentar zu seinen privaten Angelegenheiten bittet.

»Es ist nicht an mir, das zu beurteilen, Sir.«

Anderson richtete einen dicken Zeigefinger auf mich. »Hören Sie auf mit den Spielchen. Reden Sie, Mann!«

»Sir!«, protestierte ich. »Ich bin hier in meiner offiziellen Eigenschaft als Ermittler. Ich recherchiere den Hintergrund eines Mordopfers. Ich interessiere mich lediglich für Fakten, die meine Arbeit beeinflussen.«

»Kommen Sie schon, Ross. Sie sind ein intelligenter Bursche. Sie müssen doch in ihrer Zeit als Ermittler schon mehr als einmal hinter die Vorhänge respektabler Leute geblickt haben, jede Wette. Ich bin an Ihrer Meinung interessiert. Ich verspreche Ihnen, ich nehme sie Ihnen nicht übel«, fügte er ironisch hinzu.

Ich holte tief Luft. »Nun denn. Sie wurden von Ihrer Tante bedrängt und dachten möglicherweise, sie hätte Emily bereits für Sie eingenommen, und das führte dazu, dass Sie zu zuversichtlich waren. Vielleicht, wenn Sie das Mädchen ein wenig länger umworben hätten und nicht einfach mit einem Ultimatum konfrontiert …«

»Hmmm«, brummte Anderson.

Ich entschied mich, nicht zu erwähnen, dass Mrs. Waterfield mehr Vernunft an den Tag hätte legen müssen. Sie schien überhaupt nicht begriffen zu haben, was im Kopf ihrer Ziehtochter vor sich ging. »Möglicherweise dachte Ihre Tante, dass es nicht der richtige Zeitpunkt war«, fügte ich taktvoll hinzu. »Es war eine unglückselige Situation.«

Anderson beugte sich zu mir vor. »Es war eine völlig unnötige Situation! Meine Tante dachte, Emily wäre vernünftiger!«

»Sie war sehr jung und … und so ein unerwarteter Heiratsantrag …«, sagte ich schwach und wünschte, ich hätte mich nicht zu einem Kommentar überreden lassen.

»Ein Bücherwurm!«, murmelte Anderson. »Nun ja. Meine Tante trug sicherlich einen Teil der Verantwortung, darin stimme ich Ihnen zu.«

Hatte ich das tatsächlich gesagt? Ich hatte es definitiv so gemeint, doch vermieden, es rundheraus zu sagen.

»Tante Maude hätte Emily viel früher klarmachen müssen, dass sie sich nicht für immer auf ihre Wohltätigkeit verlassen kann. Dass sie nicht erwarten konnte, ein Erbe anzutreten, das ihr für immer Unabhängigkeit beschert hätte!«, brummte Anderson.

»Sie glauben, dass Emily damit gerechnet hat, nach dem Tod Ihrer Tante genügend zu erben, um unabhängig zu sein?«, fragte ich rasch.

»Wer weiß, was Emily dachte«, lautete Andersons trübselige Antwort.

Nein, sagte ich zu mir. Niemand weiß, was Emily dachte oder wollte oder erwartete, weil niemand sie je gefragt hat. Aber das sprach ich nicht laut aus.

Anderson hatte den Gehstock neben seinem Sessel zur Hand genommen und klopfte damit auf seinen Gipsverband. »Ich muss den verdammten Arzt kommen lassen, damit er sich das noch mal ansieht! Es juckt wie der Teufel!« Er blickte zu mir hoch. »Nun, wenn es nichts mehr gibt, das Sie von mir wissen wollen, lasse ich Gregson nach Wainwright rufen, damit er das Gespann vorfährt.«

Man bot mir nichts zu essen an. Die heißen Grogs mussten genügen. Vermutlich ernährte sich Anderson selbst davon, bis es Zeit war für das Abendessen und der Braten auf dem Tisch erschien. Aber er übermittelte mir zugleich eine unausgesprochene Botschaft: Ich war kein willkommener Gast. Ich war ein

Eindringling, sowohl in sein Haus als auch in seine Angelegenheiten. Vielleicht war es meine Einmischung in diese Angelegenheiten, die ihm am meisten zuwider waren, ungeachtet der Tatsache, dass ich ein offizielles Interesse an Emily Devrays Tod hatte. Er hatte mich so forsch abgefertigt, wie er es mit seinem Verwalter getan hätte. Besprechung zu Ende. Entlassen.

Sammy erwachte und folgte mir zur Tür. Er führte mich aus dem Haus. Draußen stellte ich fest, dass ich erfreut war, wieder an der kalten frischen Luft zu sein. Sie klärte meinen Verstand.

Als wir zurück über das Moor fuhren, wandte sich Herbert Wainwright unvermittelt an mich. »Sie haben erfahren, was Sie wissen wollten?«

»Ich denke schon«, antwortete ich. Rings um uns wurde es bereits dunkel und das schwächer werdende Licht warf lange eigenartige Schatten, verzerrt und erschreckend. Das Pony trabte munter voran. Vielleicht wusste es, dass es auf dem Heimweg war, und wollte zurück in seinen warmen Stall, oder vielleicht mochte es die Schatten genauso wenig wie ich.

»Er wollte, dass das junge Ding ihn heiratet, wie?«, fragte Herbert plötzlich.

»Sie wissen davon?«, fragte ich überrascht.

»War nicht zu übersehen. Er kam zurück aus dieser Stadt unten im Süden …«

»Salisbury.«

»Ah. Salisbury. Jedenfalls, Mr. Anderson war in einem selten niedergeschlagenen Zustand. Alle hatten Angst vor ihm. Er hat einen Jähzorn, wie jeder weiß. Selbst Isaac Gregson musste seine Zunge hüten, aufpassen, was er sagte oder tat, und Isaac arbeitet schon seit vielen Jahren in Ridge House. Mr. Anderson hat Isaac einen Teil von dem erzählt, was passiert war, eines Abends, als er zu viel von seinem Grog intus hatte. Normalerweise trinkt er nicht so viel. Aber er war zutiefst gekränkt, verstehen Sie?

Er fühlte sich zum Narren gehalten, und er ist kein Narr. Nicht er, nicht Mr. Anderson. Meiner Meinung nach hätte das junge Ding seinen Antrag annehmen sollen.«

»Vielleicht wollte die junge Lady nicht weg aus dem Süden und hier oben leben?«, erwiderte ich, während ich nervös in die tiefer werdenden Schatten spähte. An einer Stelle am Straßenrand war eine besonders dunkle Silhouette, die aussah wie eine Kreatur aus einem Schauermärchen. Aber es war nur ein Busch, was sonst.

»Reden Sie keinen Unsinn, Mann«, sagte Herbert.

Ich dinierte mit Barnes und seiner Frau und verbrachte einen angenehmen Abend mit den beiden. Später dann, in meinem Bett im Commercial Hotel, wurden meine Gedanken ernster, und ich lag noch eine ganze Weile wach und starrte in die Dunkelheit. Meine Schlaflosigkeit war nicht die Schuld des Hotels – die Matratze war sehr komfortabel. Genauso wenig war der Fall schuld, an dem ich arbeitete.

Alte Erinnerungen waren in mir wach geworden wegen der dunklen Silhouette am Straßenrand, die ich erblickt hatte, als Herbert Wainwright mich von Ridge House zurück nach Harrogate gebracht hatte. Ich hatte mich wieder wie jener kleine Junge gefühlt, der im Alter von sieben Jahren hinunter in die Minen geschickt worden war. Dort musste ich viele Stunden lang in der Dunkelheit neben den Holztüren sitzen, um sie auf ein Kommando hin zu öffnen oder zu schließen und so die Luftzufuhr durch die Ventilationsschächte zu regeln, damit die Bergarbeiter in den düsteren Tunnels nicht erstickten. Das Gesetz war bereits geändert worden, und Kinder unter zehn Jahren durften nicht mehr in den Minen arbeiten. Die meisten Kinder in den Kohlengruben waren klein und drahtig und hatten die Gesichter alter Männer. Ich hingegen war ein stämmiges Kind gewesen, und wenn ein Junge aussah wie zehn, dann wurde er auch für zehn gehalten, soweit es die Betreiber der Minen betraf.

Also kauerte ich in der Dunkelheit und hielt meine einsame Wache, während ich angestrengt auf Geräusche lauschte, denn selbst das Getrappel von Rattenfüßen war besser als die unheimliche Stille. Ich fürchtete jedes Mal, man hätte mich vergessen und niemand würde kommen, um mich abzulösen oder zurück an die Oberfläche zu bringen. Mein Vater war während eines Grubenunglücks gestorben und nicht wieder lebendig ans Tageslicht zurückgekehrt.

Von Zeit zu Zeit waberten in der Ferne Lichter durch die Dunkelheit, und meine Ohren fingen das Knirschen schwerer Stiefel auf. Minenarbeiter tauchten auf, so schwarz vom Kohlenstaub, dass sie nichts als bloße Schatten in der Dunkelheit waren trotz der Lampen, die sie trugen. Schatten wie der Busch im Moor. Meist passierten sie mich schweigend. Manchmal sagte einer von ihnen etwas zu mir, doch in der Regel waren sie zu müde und trotteten bloß wortlos vorbei. Manchmal, auf dem Weg zu meinem Posten oder zurück, konnte ich den Hufschlag eines Ponys hören und das Knarren und Rattern der Eisenräder eines Kohlenwagens. Dann musste ich schnell zur Seite ausweichen, denn es gab nur wenig Raum zum Passieren. Die Ponys waren ebenfalls klein, zottig und beinahe blind. Sie sahen kaum jemals anderes Licht als das der Lampen der Bergarbeiter. Später, als ich ein wenig älter war, erhielt ich eine andere Arbeit in der Grube, härter, jedoch nicht mehr so einsam.

Dr. Mackay hatte mir gegenüber bemerkt, bevor ich nach Yorkshire aufgebrochen war, dass Blut überallhin gelangt. Das Gleiche gilt für Kohlenstaub. Wenn ich am Endes des Tages nach Hause kam, weinte meine Mutter jedes Mal bei meinem Anblick. Sie arbeitete im Haus des Bergwerksverwalters, wo sie die Böden wischte und die Öfen reinigte, was als eine gute und saubere Arbeit galt, wesentlich besser als das Sortieren von Kohle am Grubenausgang, was andere Frauen machten. Meine Mutter konnte lesen und schreiben, und sie hatte mich und einen anderen Jungen unterrichtet. Lizzies Vater, Dr. Martin, rettete mich von diesem Leben, als er zufällig erfuhr, dass ich kein Analphabet war. Er bezahlte dafür, dass ich zur Schule gehen konnte. Er brachte mich aus der Dunkelheit ins Licht, sodass meine Mutter nicht mehr länger weinen musste, wenn sie mich erblickte. So jedenfalls erinnere ich mich an diese Zeit.

Heute sind die Regeln strenger, was die Arbeit von Kindern unter Tage angeht. Zumindest in der Theorie. Wenn ich des Abends vor meinem eigenen Kamin sitze und ins Feuer sehe, dann sehe ich nicht das Spiel der Flammen. Ich sehe die müden, erschöpften Männer und die beinahe blinden Ponys, und ich höre die Ratten in der Dunkelheit scharren.

In meinem Bett im Commercial Hotel war all das plötzlich wieder da, wenn auch nur in meinem Kopf. Als Police Officer habe ich eine Menge schlimme Dinge gesehen, doch keines davon verfolgt mich so sehr wie jene Bilder aus Kindertagen, die in meinem Gehirn lauern.

Am nächsten Morgen nahm ich den Zug nach London und begab mich direkt zum Scotland Yard, um Superintendent Dunn Bericht zu erstatten.

»Nun?«, fragte er. »Haben Sie eine Verschwörung entdeckt, so wie Colby sich das dachte?«

»Ich habe eine Art Verschwörung entdeckt«, berichtete ich ihm. »Allerdings ganz anders, als Colby sich gedacht hat.« Ich erzählte ihm, was ich von Anderson erfahren hatte.

Dunn lauschte schweigend und schnalzte gelegentlich mit der Zunge. Ich wünschte wirklich, er würde damit wieder aufhören.

»Soso«, sagte er nachdenklich, als ich geendet hatte. »Es ging also um eine Hochzeit, wie? Oder besser gesagt, um einen Antrag, der abgelehnt wurde.«

»So ist es. Mrs. Waterfield wollte auf eine in ihren Augen angemessene Weise für Emily Vorsorge tragen, ohne sie verwundbar für die falsche Sorte von Männern zurückzulassen. Anderson wollte eine Frau. Mrs. Waterfield dachte, dass er die richtige Sorte Mann wäre. Keiner von beiden hat vorher mit Emily geredet.«

»Und er war ärgerlich, weil er abgewiesen wurde, wie?«, sinnierte Dunn und trommelte mit seinen Stummelfingern auf dem Schreibtisch. »Und außerdem ziemlich verlegen, wage ich zu behaupten. Vielleicht sogar beleidigt?«

»Ich nehme an, alles davon. In seinem Teil der Welt würde man ihn vermutlich als einen guten Fang bezeichnen, einen Mann von Wohlstand und Besitz und so weiter. Ich frage mich, ob er sein Auge nicht schon vorher auf Emily geworfen hatte. Ob er zugesehen hat, wie sie aufwuchs, und ob er die Besorgnis seiner Tante verstehen konnte. Er hätte gerne einen Nachkommen, einen Erben, doch er hat nichts in dieser Richtung unternommen, bis vor einem Jahr oder so. Meiner Meinung nach liegt der Grund darin, dass er sich für Emily Devray entschieden hatte, sobald sie in heiratsfähigem Alter war. Er gehört zu der Sorte, die es gewöhnt ist, ihren Willen durchzusetzen; nicht viele würden sich ihm in den Weg stellen. Man hat mir berichtet, dass er für seinen Jähzorn berüchtigt ist.«

»Und er hat zugegeben, dass er vorhatte, nach London zu fahren und das Mädchen erneut zu fragen?«

»Das ist richtig. Sobald sie Zeit gehabt hatte, über ihre Situation nachzudenken, so hatte er sich das überlegt. Nachdem sie sich einige Zeit um die gebrechliche alte Dame gekümmert hätte, die irgendwann sterben und sie ohne Dach über dem

Kopf zurücklassen würde, wäre sie bestimmt sehr froh, Mrs. Anderson zu werden und ein eigenes Heim zu haben. Außerdem, wie Anderson es wörtlich gesagt hat, mit so viel Taschengeld, wie sie haben will.«

»Das heißt, er wäre vermutlich außer sich gewesen, wenn sie ihn ein zweites Mal abgewiesen hätte! Ist Anderson unser Mann, Ross?«

»Es tut mir leid, Sir, das zu sagen, aber er kommt nicht als Täter infrage. Er war nicht imstande, nach London zu fahren und sie erneut zu fragen, weil er sich am Sonntag vor zwei Wochen den Knöchel gebrochen hat. Das ist der Tag, von dem wir annehmen, dass Emily gestorben ist. Er war sehr darauf bedacht, mir das zu sagen, noch bevor ich fünf Minuten mit ihm zusammen war.«

»Er konnte also nicht in London sein und Miss Devray einen zweiten Antrag machen!«, sagte Dunn trocken. »Daher konnte er auch nicht wütend auf die Ablehnung dieses zweiten Antrags reagieren! Wie hat er diesen wunderbar bequemen Unfall hingekriegt?«

»Er sagt, er wäre seine eigene Treppe hinuntergefallen, nachdem er auf einem dunklen Absatz gestolpert wäre. Keine Frage, es ist ein düsteres Haus. Ich nehme an, er war außerdem zumindest angetrunken, auch wenn er sagt, er wäre weder betrunken gewesen noch hätte er an einem Kater gelitten. Es ist vorstellbar. Das Haus ist so düster wie ein Mausoleum und bis unter die Decke vollgestellt mit jahrhundertealtem Plunder. Er hatte vermutlich Glück, dass er sich nicht den Hals gebrochen hat.«

Mir wurde klar, was ich gesagt hatte, und ich verstummte verlegen.

»Wie das Mädchen, eh?«, sagte Dunn.

Ich redete schnell weiter. »Er hat erwähnt, dass ein Arzt da war und sich um die Verletzung gekümmert hat. Der Unterschenkel und der Knöchel sind eingegipst. Ich bin sicher, der Arzt wird Andersons Geschichte bestätigen, wenn wir ihn fragen.«

»Hm«, murmelte Dunn. »Ich kann nicht sagen, dass er wie die Sorte von Mann klingt, mit der ich eine meiner Töchter verheiratet sehen wollte.«

»Er ist Mrs. Waterfields Neffe und ihr Erbe«, erinnerte ich Dunn. »Ich kann mir denken, dass Mrs. Waterfield und Anderson diese Ehe für eine gute Idee hielten. Aber sie sind völlig falsch an die Sache herangegangen. Ich könnte mir genau wie Sie denken, dass es nicht einfach ist für eine junge Frau, ihr Leben mit ihm zu teilen.«

Dunn schwieg für eine Weile. »Wirklich zu schade, dieser gebrochene Knöchel«, bemerkte er schließlich. »Wir sollten ihn trotzdem nicht ausschließen, Ross. Anderson, wie Sie ihn beschreiben, ist ein Mann mit beträchtlichem Einfluss in seiner Gegend, ein Mann mit Freunden. Zweifellos ist auch dieser Arzt ein alter Bekannter. Vielleicht war er um der Freundschaft willen bereit, eine Ladung Gips um Andersons Knöchel zu packen und zu erklären, dass er gebrochen ist. In meiner Zeit als Ermittler habe ich gelernt, dass man vorsichtig sein muss bei Leuten mit Einfluss, insbesondere in ländlichen Gegenden.«

Endlich wieder zu Hause und am eigenen Kamin, saß ich abends mit Lizzie zusammen und erzählte ihr alles, was ich in Erfahrung gebracht hatte. Sie stimmte mir zu, dass Mrs. Waterfields Plan wirklich schlecht ausgeführt worden war.

»Einfach so Anderson aus dem Nichts heraus hervorzuzaubern und Emily vorzuschlagen, ihn zu heiraten – was hätte sie anderes erwarten können als ein Nein?«

»Ich habe während der Rückreise nach London lange darüber nachgedacht«, sagte ich zu ihr. »Du hast ein paar Mal von deinem verstorbenen Vater gesprochen während der letzten Zeit. Sag mir eins, Lizzie – hat er jemals einem Patienten erklären müssen, dass er stirbt?«

»Jedenfalls nicht so unverblümt, hoffe ich doch!«, rief Lizzie aus. »Aber die Leute brauchen Zeit, um ihre Angelegenheiten in Ordnung zu bringen, deswegen muss er wohl gelegentlich gesagt haben, dass es eine gute Idee wäre, nur für den Fall, diese Dinge zu bedenken.«

»Ganz genau«, sagte ich zu ihr. »Ich schätze, Mrs. Waterfields Arzt hatte so ein Gespräch mit ihr. Er muss ihr gesagt haben, dass ihr Herz schwach war, denn sie wusste es. Anderson hat es mir erzählt. Sie hatte einige Zeit zuvor ein Testament gemacht. Das ist das Testament, das Anderson erwähnt hat und in dem sie Emily großzügig bedacht hatte. Doch dann, vielleicht mit weniger verbleibender Zeit, als sie angenommen hatte, geriet sie in Panik. Möglicherweise hatte der Arzt die eine oder andere Andeutung fallen lassen. Sie fing an, die Dispositionen zu überdenken, die sie gemacht hatte, und sich um Emily zu sorgen. Das Mädchen war jung und weltfremd. Nach Andersons Worten hatte sie ständig den Kopf in irgendwelchen Büchern.«

Lizzie sah nachdenklich drein und ein wenig traurig. »Ich kann verstehen, wie es dazu gekommen sein muss. Aber trotzdem … anzunehmen, Emily hätte einen Mann von siebenundfünfzig Jahren akzeptiert, der ein beschauliches Landleben im Norden von England führt, wo sie selbst ihr ganzes Leben in Salisbury verbracht hat …«

»Sie hat Ridge House gekannt«, erinnerte ich sie. »Sie war schon einmal dort.«

»Ja, sicher, mit zwölf! Nach deiner Beschreibung nehme ich an, es hat schon genauso ausgesehen wie heute, als Emily dort war. Es hätte einer Zwölfjährigen bestimmt nicht gefallen! Für sie muss es ausgesehen haben wie ein staubiges altes Museum von einem Haus, irgendwo mitten im Nichts, wo man, wenn man eine Nachbarin besuchen wollte, mindestens ein Ponygespann benötigt!«

»Schon gut, schon gut«, beruhigte ich sie. »Mrs. Waterfield war töricht und Anderson war zu optimistisch. Es erklärt, wie es dazu kam, dass Emily als Gesellschafterin und Pflegerin bei Lady Temple in London gelandet ist, aber es hilft mir nicht viel weiter bei der Aufklärung der Umstände ihres Todes. Anderson hat sich am fraglichen Wochenende den Knöchel gebrochen. Dunn ist zwar skeptisch, aber ich denke, ich muss akzeptieren, dass es so ist. Anderson fällt als Verdächtiger aus. Aber wenn ich ihn ausschließe, dann weiß ich nicht, wo ich sonst noch suchen soll, außer im Haushalt von Lady Temple.«

»Du verdächtigst George Temple?«

»Ich kann ihn verdächtigen, so viel ich will«, murmelte ich. »Es bringt mich keinen Schritt weiter.« Mir wurde bewusst, dass ich so gefangen gewesen war in meiner eigenen Geschichte, dass ich Lizzies Pläne für die vergangenen Tage völlig vergessen hatte. »Sag mir, hast du deine Idee, diesen Bankier, Bernard, zu besuchen, noch einmal überdacht? Ich hoffe doch …«

Noch als ich sprach, sah ich, dass meine Hoffnung vergeblich war. Lizzies Wangen wurden ein wenig rosiger als vom Kaminfeuer allein. Ihr Verhalten wirkte ein wenig trotziger. Doch in ihren Augen glitzerte auch ein Funken von Triumph. »Also schön«, sagte ich resigniert und auf das Schlimmste gefasst. »Erzähl mir, was du angestellt hast.«

»Ich verstehe nicht, wieso du glaubst, dass es so ein Desaster gewesen sein muss!«, erklärte meine Frau energisch. »Rein zufällig hat sich nämlich alles zum Guten gewendet!«

Dann setzte sie zu einem langen Bericht über den erfolgreichen Verlauf ihrer Mission an. Ich war gezwungen einzuräumen, dass sie eine Menge erreicht hatte. Doch die letzten beiden Tage waren anstrengend gewesen, das Kaminfeuer war warm, und ich muss gestehen, dass ich gegen Ende von Lizzies Geschichte einschlief.

KAPITEL FÜNFZEHN

Als ich am folgenden Morgen erwachte, geschah dies in einer eigenartigen Stille. Lizzie schlief friedlich neben mir. Ich schob mich behutsam aus dem Bett, um sie nicht zu wecken, und stand mit nackten Füßen da, um auf Geräusche aus der Küche zu lauschen, die andeuteten, dass Bessie unten bei der Arbeit war und mit klappernden Töpfen das Frühstück zubereitete. Nichts. Das Zimmer war kalt. Draußen war es vermutlich noch kälter. Ich ging zum Fenster und zog die Vorhänge zurück.

Mein Hörvermögen war genauso beeinträchtigt wie mein Sehvermögen. Wenn es draußen auf der Straße irgendetwas gab, dann war es verborgen hinter einem grauweißen Vorhang, hier und da mit blass orangefarbenen Flecken durchsetzt. Das Haus war nicht länger Teil der materiellen Welt. Wir steckten in einem Kokon aus Stille, so unheimlich und isoliert, dass ich mich für einen Moment fragte, ob wir vielleicht in der Nacht alle gestorben waren und durch irgendeinen himmlischen Äther schwebten. Doch es war natürlich der Nebel. Er war in den vergangenen paar Tagen dünner gewesen, doch jetzt war er mit Macht zurückgekehrt, war während der Nacht flussaufwärts gekrochen und hatte die kalten, feuchten Arme nach uns ausgestreckt, um uns alle zu verschlingen. So oder ähnlich musste der Wal den glücklosen Jonas verschlungen haben.

Endlich erklang von unten ein Geräusch. Die Hintertür fiel ins Schloss. Bessie war draußen auf dem Abort im Hof gewesen. Wenige Minuten später hörte ich sie die Stufe hochtrampeln. Es klopfte an der Tür, und ihre kleine kräftige Gestalt erschien mit einem Krug heißen Wassers in den Händen.

Ungeniert ob der Tatsache, mich barfuß im Nachthemd am Fenster stehend vorzufinden, marschierte sie durch das Zimmer zum Waschtisch und stellte den Krug ab. »Hier, jetzt können Sie sich rasieren!«, verkündete sie, indem sie sich zu mir umdrehte. »Es ist ganz schrecklich draußen! Man sieht die Hand vor Augen nicht! Ich weiß nicht, wie Sie den Weg zur Arbeit finden wollen!« Mit diesen deprimierenden Neuigkeiten marschierte sie wieder nach draußen.

Lizzie rührte sich im Bett. »Was gibt's denn?«, fragte sie.

»Nichts«, sagte ich. »Nur Bessie. Der Nebel ist zurück.«

Lizzie stöhnte. Sie schlug die Bettdecke zurück und griff nach ihrem Morgenmantel. Ein weiterer Tag im Haushalt der Ross nahm seinen Lauf.

Zur Arbeit zu gelangen erwies sich als genauso schwierig, wie Bessie es prophezeit hatte. In sämtlichen Häusern ringsum waren Feuer entfacht worden, und der Rauch aus den Schornsteinen, vermischt mit dem Flussnebel, erzeugte eine stinkende, erstickende Suppe, durch die ich meinen Weg ertasten musste. Es hätte keinen größeren Kontrast geben können zwischen dieser und der kalten, klaren Luft über den Mooren von Yorkshire, das ich gestern hinter mir gelassen hatte. Mein Orientierungssinn war völlig durcheinander. Ich lauschte auf den Verkehr vor mir, doch ich vermochte die Geräusche nicht zu platzieren, die an meine Ohren drangen. Als ich den großen Endbahnhof bei der Waterloo Bridge erreichte, kam noch der Rauch der Lokomotiven zu der Mischung hinzu. Das Atmen wurde zunehmend schwieriger. Unvorsichtigerweise öffnete ich den Mund, um nach Luft zu ringen, und verschluckte mich fast. Der Geschmack war faulig. Ich hustete und spuckte, während ich andere frühmorgendliche Londoner rings um mich herum hörte, ohne sie zu sehen. Wir rannten ineinander, murmelten Entschuldigungen und stolperten weiter. Als ich die Brücke überquerte, hörte ich den Verkehr auf dem Fluss unter meinen Füßen, doch auch ihn konnte ich nicht sehen. Nebelhörner und Fanfaren spielten eine melancholische Symphonie. Hufgeklapper und das Knarren von Rädern warnten mich vor einem herannahenden Gefährt, das sich lediglich in Schrittgeschwindigkeit fortbewegte. Ich drückte mich gegen die Brüstung, und ein dunkler Umriss tauchte vor mir auf. Ein Hansom brachte einen Reisenden und sein Gepäck zum Bahnhof. Der scharfe Geruch nach Pferd stieg in meine Nase, als ich den Kutscher fluchen hörte, und ich erhaschte einen flüchtigen Blick auf das bleiche Gesicht seines Fahrgastes, der nervös durch die Scheiben starrte und sich vermutlich fragte, ob er seinen Zug bekommen würde. Ich wünschte ihm leise viel Glück.

Ich fand den Scotland Yard leerer vor, als er zu dieser Zeit hätte sein sollen, nur eine Handvoll müde aussehender Beamter, die vermutlich schon vor einer Stunde von ihrer Schicht hätten abgelöst werden sollen. Ich fragte den Officer am Empfang, ob die Kollegen unterwegs zu verschiedenen Tatorten waren. Er erwiderte, dass die meisten einfach noch nicht eingetroffen waren, um ihre Tagesschicht anzutreten.

»Aber Superintendent Dunn ist schon da, Sir«, informierte er mich. »Er ist vor zwanzig Minuten gekommen.«

So ein Pech auch!, dachte ich frustriert. Alle anderen wurden aufgehalten, mich selbst eingeschlossen, doch Dunn, der ein gutes Stück entfernt in St. John's Wood wohnte, hatte es tatsächlich fertiggebracht, schon im Dienst zu sein.

»Was ist mit Sergeant Morris?«, fragte ich hoffnungsvoll.

»Noch nicht da, Sir.«

Eine letzte verzweifelte Frage. »Constable Biddle?«

»Kann nicht sagen, dass ich ihn schon gesehen hätte, Sir.«

Dann also nur meine Person und Dunn und ein paar Constables, die fast im Stehen schliefen. Ich stieg die Treppe hinauf und ging als Erstes in das Büro des Superintendents, um ihn wissen zu lassen, dass wenigstens ich bereits eingetroffen war. Als ich eintrat, bot sich mir ein recht komfortabler Anblick. Im Ofen brannte ein munteres Feuer. Dunn saß in seinem Sessel und hatte es sich bequem gemacht; er stärkte sich mit einem Glas einer trüben braunen Flüssigkeit, die er sich aus einer Flasche auf seinem Schreibtisch eingeschenkt hatte. Die Flasche war eigenartig geformt, flach, nicht rund, von mittlerer Größe mit einem schmalen Hals. Ich hatte ähnliche Flaschen in Apotheken gesehen. Was auch immer der Inhalt war, es war weder Ale noch irgendetwas Geistiges, das ich hätte identifizieren können. Die Flüssigkeit sah dick aus, wie etwas, mit dem eine Magd Kratzer aus poliertem Holz entfernte.

»Guten Morgen, Sir«, begrüßte ich ihn. »Sie sind früh da.«

»Nein, bin ich nicht«, entgegnete Dunn. »Ich bin pünktlich. Sie sind zu spät, Ross.« Er klang nicht sonderlich verärgert wegen meiner Verspätung. Das war eigenartig. Dann hustete er, spuckte und leerte das Glas. »Ah, das ist besser. Meine Atemwege sind immer noch verstopft, Ross.«

»So eine Krankheit ist oft langwierig, Sir«, sagte ich mitfühlend. »Was ist das für ein Elixier?«, riskierte ich zu fragen. Ich glaubte mich zu erinnern, dass Dunn Mitglied in irgendeinem Temperenzverein war. Was um alles in der Welt war also in dieser Flasche?

»Das ist Mrs. Dunns bevorzugtes Hustenelixier«, informierte er mich. »Sie hat es beim Apotheker für mich mischen lassen.« Er tätschelte die Flasche liebevoll. »Ein ausgezeichnetes Zeug, Ross. Es hat mir durch diese letzte Runde meiner Erkrankung geholfen. Sie sollten es auch mal probieren.«

»Oh, ich verstehe …« Ein Verdacht keimte in mir auf. »Sie

haben diese Medizin regelmäßig genommen, Sir? Seit Sie mit dieser Brustinfektion ins Bett gefallen sind?«

»Es ist das Erste, wonach Mrs. Dunn greift«, versicherte er mir.

War das vielleicht die Erklärung für die eigenartige Verhaltensweise, die Dunn an den Tag legte?

»Nur aus Neugier, Sir, es ist nicht zufälligerweise Laudanum?«, fragte ich. »Oder etwas Ähnliches?«

»Keine Ahnung«, kam die vage Erwiderung. »Der Apotheker hat es empfohlen. Ich habe gehört, er verkauft in dieser Jahreszeit eine Menge von seiner Medizin.«

Vermutlich nicht nur in dieser Jahreszeit, dachte ich. Ich entschuldigte mich und ging in mein eigenes Büro.

Dort erwartete mich eine weitere Überraschung. Als ich mich der Tür näherte, hörte ich Stimmen. Eine krächzte – was bedeutete, dass Sergeant Morris eingetroffen war –, und eine weitere hatte einen schottischen Akzent. Und tatsächlich, Dr. Mackay erhob sich, um mich zu begrüßen.

»Ich wünsche Ihnen einen guten Tag, Inspector Ross!«, sagte Mackay entschuldigend. »Obwohl man es wohl kaum so nennen kann, ich meine, der Nebel …«

»Ganz recht, Doktor«, erwiderte ich, und an Morris gewandt: »Ich freue mich, Sie zu sehen, Sergeant.«

»Tut mir leid, dass ich zu spät komme, Sir«, sagte Morris. »Ich entdeckte Dr. Mackay unten am Empfang und habe mir die Freiheit erlaubt, ihn mit nach oben und zu Ihnen zu bringen.«

»Selbstverständlich«, sagte ich freundlich. »Immer ein Vergnügen, Sie zu begrüßen, Doktor. Sie sind früh auf den Beinen und unterwegs.«

»Ich war nicht zu Hause«, gestand Mackay. »Nicht seit gestern. Ich war im Bart's Hospital, und als der Nebel einsetzte, beschloss ich, über Nacht zu bleiben. Ich habe mir eine der Pritschen ausgesucht, die von den diensthabenden Ärzten benutzt werden, und darauf geschlafen.«

»Dr. Mackay war so freundlich, mir Ratschläge wegen meiner Erkältung zu erteilen«, krächzte Morris.

»Nur ganz allgemeine Dinge und ein paar traditionelle Heilmittel«, gestand Mackay. »Reichlich Wasser trinken. Kräutertees sind oft hilfreich: Meine eigene Großmutter hat auf Ingwertee geschworen. Zitronensaft mit Honig in heißem Wasser ist ebenfalls ein hilfreiches Gebräu.«

»Viele Hausfrauen schwören heute noch auf Laudanum«, schlug ich behutsam vor.

»Ich bestimmt nicht!«, lautete Mackays strenge Antwort. »Laudanum macht sehr schnell abhängig!«

»Aber vielleicht ist es gut für die Nerven?«, spielte ich weiter den Anwalt des Teufels.

»Es macht fröhlich, schätze ich. Hebt die Stimmung«, pflichtete Mackay mir bei. »Allerdings nur kurzfristig. Und es ist nicht zu empfehlen.«

»Ich danke Ihnen, Doktor. Ich werde es mir merken. Nun denn, hatten Sie Gelegenheit, die Blutflecken in Augenschein zu nehmen, die Sie im Gartenschuppen von Lady Temple gefunden haben?«

»Das habe ich und das ist auch der Grund, der mich hergeführt hat.« Mackay wurde munter. »Ich musste auf Händen und Knien suchen. Auf der Innenwand unten ist eine deutliche Blutspur zu erkennen – jedenfalls eine, von der ich überzeugt bin, dass es sich um Blut handelt. Außerdem findet sich eine Spur auf dem Rasenmäher!«

»Dem Rasenmäher?«, rief ich aus.

»In der Tat. Meiner Schlussfolgerung nach muss jemand – ich kann natürlich nicht sagen, dass es definitiv die junge Frau gewesen ist – im Schuppen gestürzt sein. Nehmen wir an, sie war es. Sie hat sich den Kopf an diesem schweren Metallgerät angeschlagen und aus der Wunde am Hinterkopf geblutet, bis das Blut letztendlich geronnen war, doch sie starb ziemlich schnell, weil sie sich auch das Genick brach. Das alles ist wegen des beengten Raums im Schuppen passiert, könnte ich mir denken. Es hatte zur Folge, dass sie nicht der Länge nach fallen konnte, sondern einfach direkt nach unten. Die Kollision mit dem Rasenmäher war wie ein Genickschlag.«

»Und sie blieb dort in diesem Schuppen, bis der Leichnam später, nach einem Zeitraum von wenigstens sechs oder acht Stunden fortgeschafft wurde?«, warf ich ein.

»Mit dem Rücken gegen die Wand gelehnt, mit dem Hinterkopf an der Stelle, wo ich den Blutfleck fand, ja.« Mackay nickte eifrig.

Es herrschte Stille, während wir alle drei über die Situation nachdachten. Morris räusperte sich. »Das Problem, wie ich das sehe, besteht darin, Gentlemen – mit Ihrer Erlaubnis, Mr. Ross?«

»Nur zu, Morris, reden Sie.«

»Ein guter Strafverteidiger wird versuchen, das Blut als Beweismittel auszuschließen. Das soll nicht despektierlich sein, Doktor!«

»Das wird er gewiss, ganz bestimmt, wenn er von Pelham instruiert wurde.« Ich seufzte. »Es tut mir leid, Dr. Mackay.«

»Entschuldigen Sie sich nicht!«, sagte Mackay zu mir. »Ich wünschte, ich könnte es so beweisen, dass es einen Richter und eine Jury überzeugt. Geben Sie mir noch ein oder zwei Jahre, und ich werde bestimmt in der Lage sein, genau das zu tun.«

»Ich bin Ihnen immer noch außerordentlich dankbar, Doktor. Ich gehe jetzt besser und berichte alles Mr. Dunn. Kommen Sie mit mir, Dr. Mackay?«

»Soso, Dr. Mackay …«, sagte Dunn, nachdem er uns beide angehört hatte. »Wir sind Ihnen selbstverständlich dankbar für Ihre Hilfe. Allerdings, Ross, obwohl ich zu behaupten wage, dass Sie am liebsten gleich zurück zum Haus von Lady Temple gehen und alle aufs Neue vernehmen würden, können wir das nicht tun. Dennoch scheint es, dass wir an der richtigen Stelle suchen. Etwas anderes, Ross. Es muss noch etwas anderes geben.«

»Oh, nun denn«, sagte Mackay. »Ich habe getan, was ich konnte, und ich bin Ihnen dankbar für die Gelegenheit, meine Forschungen zu vertiefen. Ich werde mich nun verabschieden und ins Hospital zurückkehren.«

Ich beschloss, die Gelegenheit zu ergreifen. »Dr. Mackay war so freundlich, Sergeant Dunn einen ärztlichen Rat wegen seines Hustens und seines schmerzenden Halses zu erteilen«, sagte ich an Dunn gewandt.

»Tatsächlich?«, fragte Dunn interessiert.

»Ich war gerne behilflich«, sagte Mackay. »Obwohl es mehr die Zeit ist als die Medikamente, die ihn heilen werden. Die Symptome können gelindert werden. Ich empfehle reichlich Flüssigkeiten, Zitronentee, Ingwer oder Thymianöl. Alles sehr wirksame Mittel. Ich habe ihm dringend von Mischungen mit Laudanum abgeraten. Ich kann sie beim besten Willen nicht empfehlen, obwohl sie gegenwärtig sehr beliebt zu sein scheinen. All diese Opiate enthaltenden Heilmittel machen schnell abhängig.«

»Tatsächlich?«, fragte Dunn überrascht.

»O ja. Wer sie häufig benutzt, wird genauso davon abhängig wie ein Trinker vom Alkohol.«

Dunn blickte zuerst verblüfft und dann besorgt drein. »Ist das wirklich so, Doktor?«

Ich führte Mackay nach draußen und ließ Dunn allein zurück. Der Superintendent starrte nachdenklich auf seinen Schreibtisch.

Ich habe die Hustensaftmischung von Mrs. Dunn nie wieder im Büro des Superintendents gesehen. Ich kann auch berichten, dass Mr. Dunns gewohntes brüskes Verhalten in der Folge von Dr. Mackays Besuch innerhalb weniger Tage zurückkehrte.

Elizabeth Martin Ross

Ich sah voller Bestürzung hinaus auf den Nebel an diesem Morgen. Bedeutete er etwa, dass ich meine Pläne, Ruby Eldon in ihrer Wohnung über der Queen-Catherine-Taverne abzuholen und mit ihr Rose Bernard auf der gegenüberliegenden Straßenseite einen Besuch abzustatten, verschieben musste?

»Es dauert bestimmt eine Ewigkeit, bis wir dort sind!«, warnte mich Bessie. »Ich kann gehen und uns eine Kutsche holen, aber es dauert trotzdem lang. Und zu Fuß ist es zu gefährlich. Man sieht die Hand vor Augen nicht, ganz zu schweigen von der Gefahr, dass wir uns völlig verlaufen. So ist das mit dem Nebel, oder? Nicht nur, dass man nicht sieht, in welche Richtung man läuft, man weiß die Hälfte der Zeit nicht mal, ob man überhaupt in die richtige Richtung läuft!« Sie sah mich nachdenklich an. »Sie wollen es trotzdem versuchen, hab ich recht, Missis?«

»Das würde ich gerne, ja.«

»Essen Sie noch was von der Suppe, bevor wir aufbrechen? Und es ist ein halber Apfelkuchen übrig.«

Also war die Angelegenheit entschieden. Doch es wartete noch eine Überraschung. Wir machten uns fertig, um das Haus zu verlassen und dem Wetter zu trotzen. Der Nebel hatte sich ein ganz klein wenig gehoben, doch er bildete immer noch ein massives Hindernis für jegliche Orientierung. Plötzlich hörten wir draußen auf der Straße Hufeklappern und das Knarren von Rädern. Es war eine geschlossene Kutsche, und sie hielt direkt vor der Haustür. Kurz darauf wurde das Messinghufeisen, das unser Türklopfer war, energisch betätigt. Bessie ging, um nachzusehen, und kam einige Augenblicke später mit einem völlig verblüfften Gesichtsausdruck und einem weißen Umschlag in der Hand zurück, den sie mir schweigend überreichte.

Es brauchte eine ganze Menge, um Bessie die Sprache zu verschlagen. Ich nahm den Umschlag und riss ihn auf.

Meine liebe Mrs. Ross,

meine Tochter und ich würden es vollkommen verstehen, wenn Sie sich aufgrund des Wetters entscheiden würden, den verabredeten Besuch heute Nachmittag ausfallen zu lassen. Ich habe mir die Freiheit herausgenommen, Miss Eldon nach Ihrer Adresse zu fragen [Ich hatte Ruby meine Adresse gegeben, für den Fall, dass sie mir eine Note schicken musste.] *Ich sende Ihnen diesen Brief durch José, meinen Butler, der ihn mit der Kutsche überbringen wird. Falls Sie sich also imstande fühlen zu kommen, wird José Sie in der Kutsche mitnehmen. Selbstverständlich habe ich ein ähnliches Arrangement für Ihre sichere Rückkehr nach Hause getroffen.*

Der Brief endete mit einer höflichen Grußformel und war unterschrieben mit *Léon Bernard*.

»Also fahren wir?«, fragte Bessie. »In dieser Kutsche?«

»Ja, oder zumindest ich werde fahren«, sagte ich zu ihr. »Du kannst hierbleiben.«

Bessies Gesichtsausdruck nahm störrische Züge an. »Ich komme mit, Missis, und wenn ich dieser Kutsche zu Fuß hinterherlaufen muss!«

Sie war durchaus imstande, das zu tun. Also ging ich nach draußen zu José und sagte, dass wir ihn begleiten würden.

Ich dachte nicht, dass José Franzose war. Hätte ich raten müssen, hätte ich gesagt Spanier oder Portugiese. Doch der Haushalt der Bernards war ohnehin ungewöhnlich. Wenn Bernard glaubte, dass er jemandem vertrauen konnte, dann war er imstande, eine Entscheidung zu fällen, die ein unbeteiligter Dritter zumindest für seltsam, wenn nicht sogar leichtsinnig erachtete. Ich wusste dies, weil er beschlossen hatte, dass er mir vertrauen konnte. Er hatte mich zu seiner Tochter gebracht. Irgendwann in seiner zweifellos bunten Vergangenheit war Bernard José und seiner Frau begegnet, hatte beschlossen, dass sie vertrauenswürdig waren, und sie als Personal für seinen Haushalt eingestellt. Wo er die beiden gefunden hatte, war ein Rätsel. Sie arbeiteten vermutlich schon seit Jahren für ihn. Ich nahm an, dass sie mit ihm zusammen nach England gekommen waren. Und davor? Frankreich? Es gab eine Menge über Léon Bernard, was ich nicht wusste und vermutlich niemals erfahren würde.

Als wir die Straße erreichten, in der sowohl die Queen-Catherine-Taverne als auch das Haus der Bernards stand, stiegen wir alle zusammen aus, und José entlohnte den Kutscher. Ich informierte José, dass ich in die Taverne gehen und Miss Eldon abholen würde. Er nickte schweigend.

»Ich wusste nicht, ob Sie bei diesem Wetter kommen würden, meine liebe Mrs. Ross!«, strahlte mich Ruby Eldon an. Sie hatte sich erhoben, sobald ich den Raum betreten hatte, und sie hatte ganz offensichtlich in fiebriger Ungewissheit auf mich gewartet. »Ich hatte es allerdings sehr gehofft! Ich war sicher, Sie würden nichts unversucht lassen, um unsere Verabredung einzuhalten. Ich bitte um Verzeihung dafür, dass ich Mr. Bernard Ihre Adresse verraten habe.« Sie sah mich nervös an. »Ich dachte mir, er ist ein Bankier, er ist sicherlich ein Mann von Diskretion. Ich mochte die Vorstellung gar nicht, dass Sie versuchen könnten, durch diesen furchtbaren Nebel zu Fuß hierherzukommen.«

»Ich weiß es wirklich zu schätzen, dass Mr. Bernard seinen Butler mit einer Kutsche geschickt hat, um mich abzuholen. Es ist sehr kalt und ungesund da draußen, Miss Eldon, und obwohl es von hier bis zum Haus der Bernards nur ein paar Schritte über die Straße sind, hoffe ich sehr, dass Sie sich nicht erkälten.«

»Oh, nein, nein!«, versicherte mir meine Freundin. »Mir ist sogar ausgesprochen warm!«

Ich konnte dies von dem Zimmer, in dem sie mich empfangen hatte, beim besten Willen nicht behaupten. Das Feuer brannte wie gewöhnlich im Kamin, doch es vermochte das große Mansardenzimmer mit der hohen schrägen Decke und den dunklen Balken nicht adäquat zu erwärmen. Ruby Eldon schätzte sich vermutlich glücklich, überhaupt ein Dach über dem Kopf zu haben, und unter ihren reduzierten finanziellen Umständen stimmte das wohl auch. Doch sie war wie ein Vogel in einem Baumwipfel, der sich gebeutelt von den Elementen an seinen Zweig klammerte.

Man kam nicht umhin, an einen Vogel zu denken, wenn man sie ansah. Sie hatte sich sorgfältig gekleidet, um diesen für sie eminent wichtigen Besuch zu machen, und war ein Bild der Mode von vor dreißig Jahren. Wir begaben uns zum Fuß der gewundenen, knarrenden Holztreppe, wo wir Bessie und Louisa Tompkins wartend vorfanden.

»Er ist draußen«, sagte Bessie grimmig. »Dieser Butler, oder was immer er ist. Er wartet auf uns.«

»Tompkins und ich möchten hinterher alles hören!«, warnte uns Louisa. »Vergessen Sie das nicht! Ich will eine vollständige Beschreibung der Einrichtung, der Möbel, des Porzellans, einfach alles!«

Bernard hatte sich in der Bank freigenommen, um uns persönlich in Empfang zu nehmen. Er erwartete uns im gleichen Salon, in dem ich ihm beim ersten Mal vorgestellt worden war. Diesmal jedoch war er nicht allein. Rose saß bei ihm. Er empfing Miss Eldon mit einer Eleganz, die an Galanterie grenzte. Ruby Eldon für ihren Teil errötete wie ein junges Mädchen, offensichtlich vollkommen überwältigt.

Rose hatte sich für diese Gelegenheit ebenfalls sorgfältig gekleidet. Sie trug ein seidenes Kleid mit Spitzenbesatz. Wir alle knicksten, verneigten uns und nickten, als handelte es sich um eine Audienz bei Hofe.

Ich fragte mich, ob wir für die gesamte Dauer unseres Besuchs in diesem Salon bleiben würden, doch Rose führte uns nach oben in ihr privates Wohnzimmer. Dort fanden wir einen Tisch mit einem Spitzentuch und dem vorbereiteten Teeservice. Die silberne Teekanne stand auf einem kleinen Stövchen. Das Porzellan war hauchdünn und nicht aus England, wenn ich es richtig beurteilte. Es gab mehrere Teller mit kleinen Küchlein und Gebäck.

Bernard setzte sich nicht zu uns an den Tisch, sondern zog sich in einen Sessel in der Ecke des Raums zurück und beobachtete uns aufmerksam für den Fall, dass seine Tochter Hilfe benötigte. Bessie saß unten in der Halle auf dem gleichen Stuhl wie bei unserem ersten Besuch und platzte zweifellos vor Begierde zu erfahren, was wir hier oben trieben.

Wie sich herausstellte, kamen wir drei Frauen nach anfänglicher Scheu von Rose und noch mehr Verlegenheit vonseiten Rubys wunderbar miteinander zurecht.

Als wir unseren Tee getrunken und von den dargebotenen Köstlichkeiten genascht hatten, sah ich aus dem Augenwinkel, wie sich Bernard rührte und an einer Glockenschnur zog. Kurze Zeit darauf öffnete sich die Tür, und José sowie seine Frau erschienen. Es war das erste Mal, dass ich die Frau des Butlers zu Gesicht bekam. Sie hatte wie José einen olivfarbenen Teint, war stämmig gebaut und teilnahmslos. Die beiden räumten gemeinsam den Tisch ab, einschließlich der Tischdecke, und falteten den Teetisch zusammen, um ihn sodann an eine Wand zu stellen.

Das würde vermutlich der schwierigste Teil unseres Besuchs werden, weil sich nun eine Unterhaltung entwickeln sollte.

Ich beugte mich vor und deutete Rose gegenüber auf Miss Eldon. »Ich habe Miss Ruby Eldon von Ihrem Skizzenbuch erzählt«, sagte ich und vollführte dabei eine Bewegung, als würde ich ein Buch aufschlagen und die Seiten durchblättern. Rose nickte. »Miss Eldon würde sehr gerne einige Ihrer Zeichnungen sehen, glaube ich.«

»O ja, unbedingt!«, sagte Ruby nickend und lächelte Rose an.

Rose errötete ein weiteres Mal, doch sie erhob sich bereitwillig und brachte zwei große Skizzenbücher herbei. Sie klappte das erste der beiden auf und legte es behutsam auf eine Staffelei. Ruby Eldon und ich erhoben uns und gingen, um die Bilder anzusehen, während Rose langsam die Seiten umblätterte.

»Wie wunderschön!«, krähte Miss Eldon. »Sie sind in der Tat außergewöhnlich talentiert, meine liebe Miss Bernard!« Sie holte tief Luft. »Sie haben ein gutes Auge!«, sagte sie auf Französisch und deutete dabei auf ihr eigenes Lid.

Rose atmete tief durch, was ich inzwischen als Vorbereitung erkannte, wenn sie selbst etwas zu sagen versuchte, und brachte ein *»Mer-ci!«* hervor.

Dieses Buch war dasjenige, das Rose mir bei meinem ersten Besuch gezeigt hatte. Miss Eldon war offensichtlich bezaubert davon, sich selbst dargestellt zu sehen, ganz besonders von der Skizze, wo sie sich an ihren Regenschirm klammerte; als sie es sah, lachte sie verzückt und klatschte in die Hände.

Rose stimmte mit ein. Es war ein eigentümliches Geräusch, tief aus ihrer Kehle, doch es klang sehr bezaubernd. Etwas brachte mich dazu, den Kopf zu drehen und über das Zimmer hinweg zu ihrem Vater zu sehen, der still in seinem Sessel saß, fast vergessen von uns anderen. Er bemerkte meinen Blick, erhob sich, verneigte sich kurz in unsere Richtung und verließ das Zimmer. Ich begriff, dass er zutiefst bewegt war und nicht wollte, dass ich seine Emotion sah.

Wir waren fertig mit dem ersten Buch. Rose nahm es von der Staffelei und tauschte es gegen das zweite aus, und wir betrachteten einen neuen Satz von Zeichnungen. Diese hatte ich zuvor noch nicht gesehen. Einige davon waren Straßenszenen, doch dann kam ein Satz merkwürdiger Skizzen, die aussahen, als wären sie während der Nacht zu Papier gebracht worden, als die Straße nur durch ein paar Gaslaternen erhellt gewesen war und von einer im Wind schwankenden Laterne über der Tür zur Taverne.

Ich sah Rose fragend an. Sie schüttelte den Kopf und deutete durch die offene Tür zum angrenzenden Schlafzimmer. Dann legte sie die Hand gegen die Wange und neigte den Kopf zur Seite, als würde sie schlafen, bevor sie sich wieder aufrichtete und den Kopf schüttelte und die Hände auf eine charakteristisch französische Art und Weise ausbreitete.

Ich begriff. Sie schlief nicht immer gut. Wenn das geschah, stand sie auf, ging an ihr Fenster und beobachtete die Straße auf die gleiche Weise, wie sie es tagsüber tat. Diese Zeichnungen waren ernst, ohne jenen Humor, den die Szenen in ihrem ersten Buch auszeichneten. Die Kreaturen der Nacht waren traurige, getriebene Gestalten. Ein derangierter Betrunkener torkelte aus der Taverne auf die Straße. Eine obdachlose Person, so dick verhüllt von Lumpen und zerfetzter Kleidung, dass es unmöglich war zu sagen, ob sie männlich oder weiblich war, kauerte sich

Schutz suchend vor dem peitschenden Regen in einen Hauseingang. Eine junge Frau in flitterhafter Kleidung wanderte auf der Suche nach Kundschaft durch die Straße. Ein Kind, ein kleines Mädchen von höchstens zwölf Jahren, lief ihr hinterher. Sie trug einen Hut mit einer Feder. Er sah merkwürdig unpassend aus. Ich begriff verzweifelt, dass dieses Kind ebenfalls angeboten wurde. Die tragische kleine Seele hatte eine elende Lehrzeit in einem uralten Gewerbe.

Ich warf einen Seitenblick auf Rose, während ich mich fragte, ob sie die Szene begriff, die sie so lebendig eingefangen hatte. Sie wirkte traurig. Die Szenen, die sie aus ihrem Fenster beobachtete, hatten ihr fast alles über das Leben und seine Schrecken erzählt. Sie musste nicht nach draußen in die Welt, um sie eigenhändig zu entdecken.

»O mein Gott, o nein …«, sagte Miss Eldon neben mir leise.

Rose blätterte rasch weiter. Diesmal stieß ich ein Ächzen aus, und Ruby Eldon rief: »Um Himmels willen, was ist das?«

Es war bei Weitem die unerwartetste und merkwürdigste von allen Skizzen. Die anderen Bilder waren mit ein paar schnellen, starken Strichen gezeichnet. Diese hier hatten eine weiche, beinahe unpräzise Linienführung und sahen aus wie durch ein Fenster betrachtet, das dringend gereinigt werden musste. Dann wurde mir klar, dass diese Szene nicht nur des Nachts spielte, sondern die Luft draußen von dichtem Nebel durchdrungen war. Trotz der verschwommenen Natur der Subjekte erkannte ich einen Riesen von einem Mann, der tief über einen Rollstuhl gebeugt diesen die Straße entlangschob. Im Rollstuhl saß eine verhüllte Gestalt, vollständig bedeckt von einer Decke oder etwas Ähnlichem. Ich hatte diesen Riesen schon früher gesehen, und Ben hatte ihn ebenfalls gesehen, als er bei Lady Temple gewesen war. Ich sah Ruby Eldon an, die ernst und sorgenvoll dreinblickte.

»Ja, Mrs. Ross, so ist es«, sagte sie zu mir. »Das ist ohne Zweifel Michael. Der Diener von Lady Temple.«

Ich wandte mich an Rose, die allmählich nervös zu werden drohte. Sie begriff, dass etwas passiert war, als unmittelbares Ergebnis der Zeichnung, die sie uns gezeigt hatte, doch sie konnte natürlich nicht wissen, was. Sie war sensibel, was Stimmungen anging, und sie berührte zögernd meinen Arm und hob fragend die Augenbrauen.

Mit einer Mischung aus Gesten und Pantomime fragte ich Rose, ob sie mir die Skizze geben oder ob ich sie zumindest ausleihen könnte. »Ich bringe sie auch wieder zurück!«, versprach ich.

Rose begriff, was ich wollte, und nahm bereitwillig das Blatt aus dem Buch. Sie rollte es in eine Röhre und reichte sie mir.

In diesem Moment passierten zwei Dinge. Die geschlossene Kutsche, in der Bessie und ich hergebracht worden waren, traf ein und hielt vor dem Hauseingang. Zur gleichen Zeit klopfte es an der Tür. Ich drehte mich um und sah Bernard eintreten. Er war gekommen, um uns zu sagen, dass unser Besuch zu Ende ging.

»Mr. Bernard«, sagte ich. »Ich hoffe, Sie sind nicht verärgert, aber Mademoiselle Rose hat mir freundlicherweise gestattet, eine ihrer Zeichnungen auszuborgen. Ich würde sie gerne meinem Mann zeigen.«

Bernard hob die Augenbrauen und kam durch das Zimmer zu uns. Ich reichte ihm die Rolle. Er nahm die Zeichnung heraus, betrachtete sie stirnrunzelnd und sah mich fragend an.

»Ich denke, sie könnte von Bedeutung sein für einen Fall, in dem mein Mann zurzeit ermittelt.«

Bernard war alles andere als glücklich darüber. »Ist sie wirklich so wichtig?«, fragte er nach einem Augenblick, in dem ich ernsthaft fürchtete, er würde mir verbieten, Roses Zeichnung mitzunehmen.

»Ja, Mr. Bernard. Ich glaube, sie ist sehr wichtig.«

»Ich möchte nicht, dass meine Tochter in eine polizeiliche Ermittlung hineingezogen wird. Sie käme nicht damit zurecht.«

»Das wird nicht geschehen. Die Zeichnung ist wahrscheinlich von großem Interesse für meinen Mann, aber sie ist nichts, was bei einer Gerichtsverhandlung als Beweis herangezogen werden könnte, da bin ich mir ganz sicher. Er wird sie nur gerne sehen wollen, das ist alles. Anschließend bringe ich sie zu Ihnen zurück.«

Bernard schwieg, und ich wartete nervös. »Also schön«, sagte er schließlich. »Ich setze großes Vertrauen in Sie, Mrs. Ross. Ich verlasse mich auf das, was Sie gesagt haben. Meine Tochter darf nicht von einem Police Officer vernommen werden, nicht einmal von Ihrem Mann.«

In diesem Moment meldete sich Miss Eldon zu Wort. »Wenn hier irgendjemand von der Polizei befragt wird, dann bin das ich, Mr. Bernard. Ich bin diejenige, die die Gestalten, die Ihre Tochter skizziert hat, identifiziert hat. Miss Rose hat offensichtlich keine Ahnung, wer die Leute sind. Aber ich erkenne sie, und falls nötig, bin ich auch bereit, dies Inspector Ross zu sagen.«

Bernard zögerte noch immer.

»Ich verstehe Ihr Zögern, Sir«, sagte ich zu ihm. »Das ist genau das, was Sie immer gefürchtet haben, wenn Sie die Außenwelt in Ihr Haus lassen oder Ihre Tochter nach draußen in die Welt. Dass etwas passieren wird, das Sie nicht kontrollieren können. Doch Sie können die Welt nicht für alle Zeiten aussperren.«

»Das sehe ich!«, sagte Bernard in scharfem Ton. »Ich habe Ihnen genügend vertraut, um Sie in mein Haus zu lassen. Ich denke nicht, dass Sie dieses Vertrauen honorieren!«

»Mademoiselle Rose wird nicht belästigt werden, das versichere ich Ihnen.«

Hinter mir war eine Bewegung. »Papa?«, sagte Rose. Sie teilte das Wort in zwei Hälften, wie sie es vorhin mit dem Wort *merci* getan hatte. *Pa-pa.*

Wir alle drehten uns um und sahen sie an. Sie trat vor, legte ihrem Vater die Hand auf den Arm und nickte.

Bernard lächelte sie an. Dann drehte er sich zu mir um, rollte die Zeichnung wieder zusammen, schob sie in die Röhre und reichte sie mir. »Die Skizze gehört meiner Tochter, und sie hat die Entscheidung getroffen. Enttäuschen Sie nicht mein Vertrauen in Sie, Mrs. Ross, oder das meiner Tochter.«

»Nein, Sir, das werde ich nicht.«

Wir verabschiedeten uns von Rose. Bernard begleitete uns beide nach unten, wo Bessie von ihrem Stuhl aufsprang. José wartete bereits.

»José wird Sie nach Hause bringen, Mrs. Ross.« Bernard zögerte. »Meine Tochter war sehr glücklich heute Nachmittag. Vielleicht könnten wir es einrichten, dass Sie und Miss Eldon uns noch einmal besuchen?«

»Ich wäre entzückt wiederzukommen!«, sagte Ruby Eldon strahlend. »Es war mir eine große Freude, die Bekanntschaft von Miss Rose zu machen. Sie ist wirklich außerordentlich talentiert.«

Bernard lächelte sie an. »Ja, das ist sie, nicht wahr? Erlauben Sie mir, Sie über die Straße zu Ihrer … Unterkunft zu begleiten, Miss Eldon.«

»Wäre es möglich, dass mich der Fahrer zum Scotland Yard bringt?«, sagte ich zu José, als dieser mir in die Kutsche half.

Der Butler starrte mich verblüfft an und warf dann einen fragenden Blick in Richtung seines Arbeitgebers. Bernard nickte.

Bessie kletterte zu mir hinauf in die Kutsche, José gab dem Kutscher das neue Fahrtziel bekannt und gesellte sich sodann zu uns, und wir rollten davon. Als wir fuhren, drehte ich den

Kopf nach hinten, gerade rechtzeitig, um zu sehen, wie Miss Eldon am Arm von Bernard vor der Tür der Queen-Catherine-Taverne eintraf und von Louisa Tompkins herzlich willkommen geheißen wurde. Die Frau des Wirts knickste so tief, als würde sie eine königliche Hoheit begrüßen.

Bessie war entzückt, zum Yard zu fahren, weil sie die Hoffnung hegte, Constable Biddle zu sehen, dessen Abwesenheit aufgrund meiner Verbannung aus der Küche großen Kummer bei ihr hervorgerufen hatte. Als wir ankamen, sagte ich zu José, dass wir von hier aus allein zurechtkämen und er und die Kutsche zurückkehren könnten. Das Gefährt ratterte mitsamt Butler davon.

»Mensch, was für ein Tag!«, sagte Bessie glücklich, als wir das Gebäude von Scotland Yard betraten.

»So interessant war er für dich doch gar nicht«, erwiderte ich. »Du musstest die ganze Zeit unten in der Halle warten.«

»Oh, sie haben mir eine Tasse Tee gegeben«, sagte Bessie. »Die Frau von diesem Butler hat sie mir gebracht. Sie heißt Adela. Es war ein eigenartiger Tee, ziemlich schwach für meinen Geschmack, und er war irgendwie anders als unserer. Aber es war nett von ihr. Ich habe auch ein Stück Schokoladenkuchen bekommen, also war das Warten ganz in Ordnung.«

Ben war überrascht, mich zu sehen, und, wie ich mir einbilde, auch ein wenig erschrocken.

»Was hast du angestellt?«, fragte er.

»Ich denke, ich war sehr hilfreich«, antwortete ich ihm und zückte die Skizze. »Hier, sieh mal.« Ich erklärte ihm, wie ich an die Zeichnung gekommen war. »Rose Bernard hat einen guten Blick, und ich bin sicher, diese Gestalten sind so akkurat wie nur möglich.«

Ich wusste nicht recht, was ich von ihm zu hören erwartet

hatte. Tatsächlich sagte er im ersten Moment gar nichts. Dann blickte er auf und sah mich an. »Lizzie, du hörst nicht auf, mich ins Staunen zu bringen! Ich denke, wir müssen damit zu Mr. Dunn und ihn nach seiner Meinung fragen.«

»Mr. Dunn mag es aber nicht, wenn ich mich in Polizeiangelegenheiten einmische«, erinnerte ich ihn warnend.

»Nein, er mag es nicht, aber er hat sich inzwischen daran gewöhnt«, lautete die Antwort meines Ehemannes. »Er wird nicht überrascht sein.«

Und so fand ich mich einmal mehr im Büro von Superintendent Dunn wieder. Bessie hatte in der Zwischenzeit Constable Biddle aufgespürt und sich mit ihm in eine abgeschiedene Ecke verzogen, wo sie Arbeitszeit der Polizei verschwendeten.

»Mrs. Ross!«, sagte Dunn, nachdem er die Zeichnung studiert hatte. »Ich kann nur sagen, dies ist eine bemerkenswerte Entdeckung! Ich danke Ihnen, dass Sie dieses Bild zu uns gebracht haben.«

»Ich dachte mir, es könnte Sie interessieren«, sagte ich schwach.

Dunn musterte mich misstrauisch. »Ja, interessiert sind wir in der Tat. Ob wir etwas davon haben, ist eine andere Frage. Ich muss das mit Ihrem Mann besprechen.«

Ben verstand den Wink. »Ich setze Bessie und dich in eine Kutsche, die euch beide nach Hause bringt«, sagte er.

»Und was macht Constable Biddles Erkältung?«, fragte ich Bessie, als wir in der Kutsche saßen und langsam in Richtung Zuhause zockelten.

»Schon viel, viel besser!«, versicherte sie mir. »Sie ist fast völlig auskuriert, nur noch gelegentlich ein Schniefen. Darf er mich wieder in der Küche besuchen? Ich glaube wirklich nicht, dass er noch jemanden ansteckt.«

Meiner privaten Meinung nach war Biddle kein besonders aufregender Mann, aber das war Bessies Entscheidung, nicht meine.

»Nun denn, dann sag ihm, dass er wieder kommen darf.«

Bessies Lächeln reichte von einem Ohr bis zum anderen.

KAPITEL SECHZEHN

Inspector Ben Ross

Nachdem ich Lizzie in die Kutsche gesetzt hatte, kehrte ich in das Büro von Dunn zurück. Der Superintendent saß an seinem Schreibtisch und studierte die Skizze, die Rose Bernard angefertigt hatte.

»Das ist eine verdammt merkwürdige Geschichte, Ross!«

»Das stimmt, Sir. Sie werden feststellen, dass die Künstlerin ihr Werk signiert und mit Datum versehen hat. Diese Zeichnung entstand in der gleichen Nacht, in der Emily Devray starb.«

»Die Verteidigung vor Gericht wird sagen, jeder kann irgendein Datum auf eine Zeichnung kritzeln. Aber nehmen wir einmal für einen Moment an, das Datum ist korrekt. Was sehen Sie in der Szene, die dort festgehalten ist? Müssen wir möglicherweise annehmen, es ist ihre Leiche, die der Diener mitten in der Nacht durch die Straße schiebt?«

»Ich denke, so ist es, Sir. Das ist fraglos der Rollstuhl von Lady Temple. Ich glaube nicht eine Sekunde, dass Michael Ihre Ladyschaft zu dieser Jahreszeit mitten in der Nacht durch die Stadt schiebt.«

»Ich kann nicht erkennen, wer oder was in diesem Rollstuhl sitzt«, brummte Dunn. »Er ist vollkommen zugedeckt. Und es ist ein verdammt merkwürdiger Umriss darunter.«

»Die Person hat jedenfalls keine normale Körperhaltung«, pflichtete ich ihm bei. »Wir wissen allerdings, dass die Tote mit

Gewalt in den Sitz gedrückt werden musste, weil die Leichenstarre eingesetzt hatte. Vielleicht hat George dem Diener geholfen.«

»Ja, ja, das ist alles sehr plausibel, Ross. Aber als Beweis ist diese Skizze genauso viel oder wenig wert wie die Blutflecken, die Ihr Freund Mackay gefunden hat. Beide mögen durchaus auf den Mord hinweisen, aber beides ist nichts, was vor Gericht belastbar wäre.« Er lehnte sich zurück. »Was schlagen Sie vor, Ross?«

»Ich würde mich gerne noch einmal mit George Temple unterhalten.«

»Auf der Basis dieser Zeichnung?« Dunn tippte wieder auf die Skizze. »Wir können ihn nicht allein aufgrund dieser Zeichnung herbestellen, nicht einmal zusammen mit den Blutflecken. Dieser Anwalt, Pelham, hätte ihn in weniger als fünf Minuten wieder draußen, und wir hätten alle Hände voll zu tun, uns zu rechtfertigen, wenn Lady Temple sich entschließt, eine offizielle Beschwerde einzureichen und zu erklären, wir hätten ihrem Patensohn übel mitgespielt.«

»Ich glaube nicht, dass sie das tun würde, Sir«, sagte ich. »Angst vor Skandal, verstehen Sie? Kein Rauch ohne Feuer, würden die Leute sagen. Ich denke, Lady Temple würde eher versuchen, die Dinge gemeinsam mit Pelham unter dem Teppich zu halten.«

»Und sie verfügt über die Beziehungen, genau das zu tun! Wir brauchen mehr, Ross! Wie die Dinge im Moment stehen, *können* wir George Temple einfach nicht verhaften!«

»Ich würde trotzdem gerne noch einmal mit ihm reden. Wenn er weiß, dass Michael gesehen wurde – es wäre nicht notwendig, den Namen der Zeugin preiszugeben. Tatsächlich ist es sogar besser, wenn wir das nicht tun. Aber es würde ihn aufschrecken. Er könnte … er könnte sich veranlasst sehen zu reden.«

»Sie dürfen nicht allein auf der Grundlage dieser Zeichnung zu dem Haus, Ross!«, warnte Dunn.

»Das ist mir sehr wohl klar, Sir. Darum schlage ich vor, dass ich eine Note an Mr. Temple schreibe und ihn darum bitte, mich morgen Nachmittag in der gemütlichen Atmosphäre der Queen-Catherine-Taverne zu treffen.« Verspätet fügte ich hinzu: »Wäre das in Ordnung, Sir?«

»Oh, meinetwegen, Ross. Aber seien Sie vorsichtig! Der junge Mann könnte ein Mörder sein oder nicht, und er könnte ein Narr sein oder nicht. Es wäre höchst unklug, in einer der beiden Fragen voreilige Schlussfolgerungen zu ziehen.«

Lizzie hatte mir die Queen-Catherine-Taverne recht genau beschrieben, mit dem Ergebnis, dass ich, als ich das Lokal am folgenden Nachmittag betrat, glaubte, schon einmal dort gewesen zu sein. Dort am Kamin saßen die beiden alten Männer und rauchten ihre Pfeifen. Ich war sicher, es handelte sich um das gleiche Paar, das Lizzie dort gesehen hatte.

Das Geschäft an diesem Nachmittag ging schleppend. Ein kalter Regen hatte eingesetzt, durchmischt mit Schnee. Er hatte geholfen, den Nebel vom Vortag zu vertreiben, doch die Sicht war immer noch ziemlich schlecht. Fußgänger waren bis zu den Augenbrauen in Mäntel und Schals gehüllt, die Hüte bis über die Ohren heruntergezogen, und viele hatten große Schirme bei sich. Sie eilten durch die Straßen, so schnell es ihnen möglich war angesichts der rutschigen Verhältnisse, und hielten die Köpfe gesenkt.

Ich fragte mich, ob George Temple auf meine Note reagieren und erscheinen würde. Im Haus seiner Patentante brannten warme Kaminfeuer. Oder vielleicht zog er es vor, sich mit seinen Freunden in einem anderen, ausgewählteren Etablissement zu treffen. Er würde so gut wie sicher alles andere lieber tun, als sich mit mir hinzusetzen und über Emily Devray und ihre Ermordung zu reden. Beinahe tat er mir leid. Er hatte so hart gearbeitet, um sich selbst von der unglückseligen Affäre zu distanzieren. Der Moment des Mitgefühls für ihn war jedoch schnell vorbei. *Komm schon, Ross!*, schalt ich mich. *Dieser junge Kerl war nicht Emilys Freund.* Aber war er deswegen ihr Feind gewesen? Der Ausdruck war vielleicht zu stark. Andererseits, überlegte ich, hatte er sie und ihren Einfluss gefürchtet. Die ganze Zeit, die sie mit ihm unter einem Dach gelebt hatte, hatte er sich nicht entspannen können. Selbst wenn er nicht an ihrer Ermordung Schuld trug, hätte er früher oder später nach einem Weg gesucht, sie aus dem Haus seiner Patentante zu schaffen.

Der einzige andere Gast im Schankraum – abgesehen von den beiden alten Pfeifenrauchern – war eine ärmlich gekleidete Frau von unbestimmbarem Alter mit einem roten Gesicht und ergrauendem Haar, hochgesteckt unter einer flachen Haube mit zerquetschten künstlichen Blumen. Sie trug eine fleckige Schürze über dem Rock und hatte ein gestricktes Tuch über den Schultern. Hätte ich raten müssen, welchem Beruf sie nachging, hätte ich vermutlich ohne Zögern auf Putzfrau gewettet. Sie war fertig mit dem Schrubben der Böden, hatte ihren Lohn erhalten und war auf dem Heimweg hier eingekehrt, um ihre Kehle »mit einem Tropfen zu ölen«, vermutlich Gin. Allerdings machte sie den Eindruck, als hätte sie bereits mehr als einen Tropfen Schmiermittel intus. Ihr Blick war verschwommen, als sie mich vollkommen desinteressiert musterte. Die Tür zum Nebenzimmer stand offen; es schien leer zu sein.

Hinter dem Tresen stand ein stämmiger Mann mit dünnem Haar, die beiden fleischigen Arme auf die Theke gestützt. Das war vermutlich Mr. Tompkins, der Wirt. Er betrachtete mein Eintreten mit Misstrauen.

»Einen guten Tag, Sir«, sagte er, während er mich aus kleinen dunklen Augen abschätzte.

»Erwarten Sie heute Nachmittag Mr. Temple in Ihrem Lokal?«, fragte ich salopp. Es war nicht nötig, ihn wissen zu lassen, dass ich Temple gebeten hatte zu kommen.

»Das wäre gut möglich, Sir. Ich könnte es allerdings nicht beschwören.«

»Dann warte ich dort drinnen auf ihn«, sagte ich und deutete auf das Nebenzimmer.

»Recht so, Sir«, sagte Tompkins. »Möchten Sie etwas zu trinken, während Sie warten?«

»Nein, danke sehr.«

»Ah«, sagte Tompkins weise. »Sie dürfen vermutlich nichts trinken, solange Sie im Dienst sind?«

Er wusste, dass ich ein Vertreter des Gesetzes war. Natürlich wusste er es. »Mein Name ist Ross«, sagte ich. »Meine Frau hat Ihre Mieterin ein paar Mal besucht, Miss Ruby Eldon.«

»Dachte ich mir, Sir«, sagte Tompkins. »Ich dachte mir, Sie könnten es sein, meine ich. Ruby hat uns erzählt, dass Mrs. Ross mit einem Police Officer verheiratet ist.«

»Das ist sie in der Tat. Ich hoffe, Sie machen ihr das nicht zum Vorwurf.« Ich lächelte und wandte mich zum Nebenraum, doch auf der Schwelle blieb ich stehen und drehte mich zu Tompkins um. »Sie werden Temple nicht warnen, habe ich recht?«

»Würde ohnehin nichts nutzen, wage ich zu behaupten!«, entgegnete Tompkins. »Sie würden ihn irgendwo anders abfangen.«

»Ich möchte mich lediglich kurz mit ihm unterhalten«, erklärte ich. »Eine vollkommen zwanglose Unterhaltung, weiter nichts.«

Mr. Tompkins gab keine hörbare Antwort, doch sein Gesichtsausdruck sprach Bände. Er wusste, was zwanglose Unterhaltungen mit der Polizei nach sich zogen.

Der Nebenraum war überheizt. Ein gusseiserner Ofen mit einem Rohr, das den Rauch nach draußen führte, sorgte für mehr als nur wohlige Wärme. Ein Teil des Rauchs fand seinen Weg in den Raum, und die Luft war beinahe zum Ersticken. Das einzige Licht kam durch ein sehr kleines Fenster, und an einem Tag wie diesem war das nur sehr wenig. Doch innerhalb von ein oder zwei Minuten erschien der Wirt und brachte zwei Kerzen in Tonhaltern. Er stellte eine davon auf den Tisch und die andere auf ein schmales Regal. All das geschah in völliger Stille. Doch als er ging, blieb er in der Tür stehen und drehte sich kurz zu mir um.

»Wenn Sie ihn einbuchten, Sir«, sagte er, »wäre ich Ihnen dankbar, wenn Sie ihn nicht in meinem Lokal verhaften. Es würde meinem Ruf schaden.« Mit diesen Worten ging er und schloss hinter sich die Tür.

Ich musste weitere zehn Minuten in der stygischen kleinen Zelle warten, bevor George Temple eintraf. Ich empfand Erleichterung, als ich seine Stimme erkannte, wie er den Wirt ansprach. Ich nahm an, er wollte wissen, ob ich bereits da wäre. »Im Nebenzimmer!«, kam Tompkins' gedämpfte Antwort.

Die Tür öffnete sich, um den Neuankömmling einzulassen, und ich erhob mich von meinem Stuhl.

»Nun, hier bin ich«, begrüßte mich Temple mürrisch. Er streifte seinen Übermantel ab und warf ihn auf den nächsten freien Stuhl. Dann hängte er seinen Hut an einen Haken und setzte sich, wobei er seine Frackschöße zur Seite schnippte.

Ich setzte mich ebenfalls wieder. »Ich danke Ihnen für Ihr Kommen, Mr. Temple.«

»Ich weiß beim besten Willen nicht, warum Sie mich ausgerechnet hier treffen wollten!«, brummte er. »Es ist völlig überflüssig, dass dieser Tompkins über all meine privaten Angelegenheiten informiert ist.«

»Ich dachte, Sie würden es vorziehen, mich hier zu treffen«, erwiderte ich so freundlich, wie ich konnte. »Sie wollten bestimmt nicht, dass ich wieder vor der Haustür Ihrer Patentante erscheine, könnte ich mir denken – und ohne die Gegenwart von Mr. Pelham, der Ihre Interessen schützt. Genauso wenig, wie Sie einen weiteren Besuch beim Yard nach Möglichkeit vermeiden wollen.« Ich war versucht hinzuzufügen, dass Tompkins bereits eine ganze Menge über die »privaten Angelegenheiten« des jungen Mr. Temple wusste und mich nicht brauchte, um sie ihm zu verraten.

»Ich brauche also Pelham hier?«, fragte Temple und bedachte mich mit einem schrägen Blick.

»Haben Sie Grund zu der Annahme, Sie hätten seine Hilfe nötig?«, entgegnete ich.

Für einen flüchtigen Moment machte Temple den Eindruck eines Mannes, der im Begriff stehtaufzuspringen und zu flüchten. Doch dann lehnte er sich auf seinem Stuhl zurück, was dieser mit einem protestierenden Knarren quittierte, als die Stuhlbeine über den nackten Holzboden schabten. Er schaukelte auf den Hinterbeinen, und sein Gesicht verschwand im Schatten. Ich hatte schon früher gesehen, wie Verdächtige so etwas getan hatten, und begriff, dass der Zweck des Manövers darin lag, dem Kreis aus Kerzenlicht zu entkommen. Dann wich die Panik einer kühlen Unverfrorenheit, und er kippte den Stuhl wieder zurück auf alle vier Beine, bis seine Gesichtszüge im gelben Lichtschein erkennbar waren. Er winkte meine Frage als Trivialität ab. Doch so leicht ließ ich mich nicht täuschen. George Temple war sichtlich außer Fassung.

Ich beruhigte ihn. »Ich habe nicht vor, Sie zu verhaften, Mr. Temple. Zumindest nicht heute, heißt das.«

»Was soll das nun schon wieder heißen?«, begehrte er auf. »Was zum Teufel wollen Sie überhaupt von mir? Ich habe dem nichts mehr hinzuzufügen, was ich Ihnen schon bereits über den Tag von Devrays Verschwinden erzählt habe! Haben Sie niemand anderen, den Sie in dieser Angelegenheit ausquetschen können?«

Ich ignorierte seine Frage. »Ich dachte, es wäre Ihnen vielleicht lieber, wenn Sie die jüngsten Neuigkeiten von mir erfahren.«

Temple antwortete nicht sogleich, sondern saß schweigend da und studierte mich nachdenklich. Ich studierte ihn ebenfalls. Er war, nahm ich an, das, was man gemeinhin als attraktiv bezeichnen würde. Doch sein Aussehen wurde gestört durch eine verdrießliche Mimik um den Mund herum. *Ein verwöhntes Balg von einem Kind, das zu einem jungen Mann herangewachsen ist und allen Ernstes erwartet, dass die Welt sich ändert, bis sie ihm passt!*, dachte ich. Ein junger Mann, der es nicht freundlich aufnimmt, wenn ein mittelloses Mädchen wie Emily Devray seine Avancen abweist. Doch war das wirklich passiert?

Temple für seinen Teil war zu einer Schlussfolgerung gelangt, was mich anging. »Wissen Sie, Ross«, sagte er. »Sie sehen gar nicht wie ein richtiger Police Officer aus. Jedenfalls nicht so, wie ich mir einen vorstelle.«

»Es heißt, wer einen Beamten in Zivil nicht sofort als solchen erkennt, muss ein makelloses Leben führen. Tompkins hat mich sofort als Polizist erkannt«, sagte ich.

»Er sieht alle möglichen Leute hier in seinem Laden, wage ich zu behaupten. Er hat mir gesagt, dass Sie es abgelehnt haben, etwas zu trinken. Heißt das, dass ich auch nichts trinken darf?«

»Sie dürfen tun, wie Ihnen beliebt, Mr. Temple.«

George lachte unvermittelt laut auf. Es war ein so unechtes

Lachen, dass es beinahe klang wie ein Schmerzensschrei. Diese Reaktion hätte ich am allerwenigsten erwartet, und meine Überraschung muss sich gezeigt haben. »Wenn es doch nur so wäre!«, sagte er.

»Sprechen Sie weiter …«, lud ich ihn ein.

»Wenn ich wirklich tun könnte, wie mir beliebt, Ross, müsste ich nicht nach der Pfeife meiner Patentante tanzen, wie ich es tue! Oh, verstehen Sie mich nicht falsch. Ich habe den größten Respekt für die alte Lady und mag sie sogar sehr gerne, auch wenn sie gelegentlich ein Drachen sein kann, wissen Sie? Ein sehr leise sprechender, gut erzogener Drachen, und das ist die schlimmste Sorte, Ross! Die Sorte, die schnauft und Flammen speit und brüllt, ist als Feind viel leichter zu durchschauen. Sie zeigt ihre Waffen. Die stärkste Waffe meiner Patentante besteht darin, dass sie mich jederzeit enterben könnte. Mein Onkel hat alles ihr vermacht, verstehen Sie? Ich glaube, er hat mir nicht vertraut, was Geld angeht. Vielleicht hatte er recht. Daher erhalte ich von Lady Temple eine großzügige Apanage, wie ich in aller Fairness einräumen muss.«

»Sie haben kein eigenes Geld? Von Ihrem Vater vielleicht?«

»Ausgegeben«, sagte George kurz. »Kartenspiel und so weiter, Sie wissen ja. Es schien keine Rolle zu spielen, solange ich sicher war, dass ich eines Tages erben würde. Und sie hat mir versichert, dass es so sein würde. Doch es hängt von meinem guten Betragen ab und davon, dass ich um Gottes willen nicht in einen Skandal verwickelt werde. Es erfordert außerdem meine Anwesenheit in ihrem Haus. Sie mag es, mich um sich zu haben, damit sie mich besser beobachten kann. Sicherstellen kann, dass ich nicht herumstreune. Nicht zu weit vom Weg abkomme.«

»Oder Michael wird ausgeschickt, um Sie nach Hause zu holen?«, schlug ich vor.

»Ganz genau!«, pflichtete George mir bei, nachdem er mich für einen Moment schweigend angesehen hatte. »Sie wissen Bescheid über diese Dinge, wie, Ross? Oder wie man sie herausfindet?«

»Es ist meine Arbeit«, sagte ich.

»Pelhams auch«, murmelte er. »Er hat seine Spione, und sie berichten ihm, und er berichtet ihr. Wissen Sie, warum ich so gerne hierherkomme, in diesen klapprigen alten Schuppen, um zu trinken und meine Freunde zu treffen? Das liegt daran, dass Tompkins mich nicht verpfeift. Oder jedenfalls nicht direkt, nicht an Lady Temple oder Pelham. Hin und wieder schickt er nach Michael, damit er mich nach Hause bringt, wenn ich einen über den Durst getrunken habe. Aber er verpfeift mich nicht an irgendjemand anderen!«

»Das hier ist London, Mr. Temple! Es gibt in dieser Stadt nur wenig, was irgendjemand tun kann, ohne dass er von irgendjemand anderem dabei beobachtet wird.«

Es war schwierig zu erkennen im schwachen Schein der Kerze, dennoch hatte ich bereits zum zweiten Mal den Eindruck, dass George Temple unsicher wurde. »Aus welchem Grund haben Sie mich heute Nachmittag herbestellt? Was wollen Sie mir mitteilen?«, fragte er.

»Wie ich bereits sagte, ich dachte mir, Sie würden vielleicht gerne erfahren, wie weit ich in meinen Ermittlungen zum Tod von Miss Emily Devray gekommen bin. Sie hatte sich ebenfalls auf ein Testament verlassen, das einer kinderlosen Lady, die sie aufgezogen hat. Sie hatte sich Hoffnungen gemacht. Doch die Lady änderte ihr Testament, und Emily ging so gut wie leer aus. Nur aus diesem Grund kam sie nach London, um in die Dienste von Lady Temple zu treten.«

»Tatsächlich? Das wusste ich nicht«, sagte Temple stirnrunzelnd. »Ich wusste ohnehin nicht viel über sie, abgesehen davon, dass sie aus Salisbury kam. Ich wünsche Ihnen viel Erfolg bei Ihren Ermittlungen, Inspector, aber ich kann Ihnen wirklich nicht mehr erzählen. Sie wissen eindeutig mehr über sie als ich.«

»Und trotzdem haben wir guten Grund zu der Annahme, dass sie im Haus von Lady Temple gestorben ist, Sir. Oder genauer gesagt, in dem kleinen Garten.«

Jetzt starrte mich Temple vollkommen entgeistert an. Selbst im schwachen Lichtschein der flackernden Kerzen konnte ich sehen, dass er ganz blass geworden war. »Wie kommen Sie dazu, das zu sagen?«, fragte er mit erstickter Stimme.

»Oh, wir sind beharrliche Burschen beim Yard, und wir stecken unsere Nasen, wie Sie es ausdrücken würden, in einfach alles. Kleine Fetzen von Informationen werden zu einem größeren Bild. Ich stelle mir vor, es ist wie einer dieser Schirme, den die jungen Künstlerinnen dekorieren, mit Stückchen von buntem Papier. Découpage nennt man es, glaube ich. Sie schneiden bunte Dinge aus Zeitschriften und dergleichen aus und kleben sie auf einen Schirm oder eine Nähkiste und machen ein Muster daraus. Wenn sie zufrieden sind mit dem Ergebnis, lackieren sie es. Das ist mehr oder weniger genau das, was ich oder irgendein anderer Ermittler macht.«

»Dieser Sergeant von Ihnen, dieser Morris …«, sagte George Temple leise. »Ihn würde ich überall als Polizeibeamten erkennen. Es ist die Art und Weise, wie er einen ansieht, wie er geht und wie er redet. Aber Sie, Ross, Sie sind ein Rätsel. Sie sehen aus wie ein Räuber, Sie reden wie ein gebildeter Mann, und Sie jagen wie … ich weiß es nicht. Ein Fuchs vielleicht? Nein, etwas, das listiger zu Werke geht. Ein Tiger? Ja, ich denke, Tiger trifft es, obwohl ich nie einen lebenden Tiger gesehen habe. Aber ich kann mir vorstellen, wie Sie beobachten, den Wind schnüffeln, lautlos durch das Unterholz streifen und sich unbemerkt Ihrer

Beute nähern.« Er beugte sich plötzlich vor. »Aber ich bin nicht Ihre Beute, Ross!«, sagte er barsch. »Ich bin keine Ziege, die jemand irgendwo angebunden hat!«

»Und was sind Sie?«, fragte ich ihn. »Sie haben mich groß und breit beschrieben, Temple, aber wie sehen Sie sich selbst? Betrachten Sie sich als Gentleman? Einen Mann von Ehre?«

»Ja, verdammt, das tue ich! Das bin ich! Sie sind unverschämt, Ross!«, rief Temple aufgebracht.

»Als Gentleman und anständiger Bursche würden Sie zulassen, dass ein anderer, vom Leben weniger Begünstigter die Bürde Ihrer Missetaten trägt?«

»Nein!«, sagte George, und seine Stimme klang belegt, als würde ihm das Wort im Hals stecken.

»Emily Devray …«, ermunterte ich ihn leise.

»Ich habe sie nicht umgebracht!«, platzte es aus ihm heraus. »Warum geht das nicht in Ihren verdammten Schädel?«

»Haben Sie vielleicht zufällig ihren Leichnam gefunden?«

Für einen Moment befürchtete ich, er würde ohnmächtig werden und seitlich vom Stuhl kippen. Ich erhob mich, ging zur Tür und rief nach Tompkins, um Brandy zu bestellen.

Wir warteten schweigend, bis der Wirt mit einer Flasche und zwei Gläsern auf einem Tablett erschien. Er sah George an und bedachte mich sodann mit einem harten Blick, bevor er sich wortlos wieder zurückzog.

»Er fragt sich, ob er nach Michael schicken soll, damit er Sie retten kommt«, sagte ich. »Sie haben erwähnt, dass er diese Angewohnheit hat. Wenn Sie zu viel getrunken haben oder in der Klemme sitzen, rettet Michael Sie, bringt Sie nach Hause und in den Schutz von Lady Temples Haushalt.«

George hatte sich halbwegs erholt. Er schenkte sich ein Glas Brandy ein, hob die Flasche mit einem fragenden Blick in meine Richtung und dann, als ich den Kopf schüttelte, stellte er sie wieder ab. Er kippte den Brandy hinunter und saß schweigend da.

»Lassen Sie mich Ihnen eine andere Frage stellen, etwas mehr spezifisch«, sagte ich zu ihm. »Haben Sie Michael befohlen, den Leichnam zu bewegen? Ihn zu verstecken? Sie hätten übrigens ein Tuch oder einen Mantel bei der Toten zurücklassen sollen. Das Fehlen von Überkleidung war der erste Hinweis, dass Emily im Haus starb. Hat Michael getreu Ihren Anweisungen den Leichnam von Emily in den Rollstuhl von Lady Temple gesetzt, mit einer Decke verhüllt und später in der gleichen Nacht durch den Garten und hinaus auf die Straße geschafft?«

Temple öffnete den Mund und schloss ihn wieder.

»Und hat Michael, wieder getreu Ihren Anweisungen, die Tote spät in der Nacht durch die dunklen Straßen geschoben und dort abgeladen, wo sie gefunden wurde, hinter dem Speisehaus?«

»Das können Sie unmöglich wissen«, flüsterte George. »Das ist nur Ihre Fantasie.«

»Nein, nein. Es gibt einen Zeugen, verstehen Sie? Ich sagte Ihnen doch, die Londoner Straßen sind voller Augen, die alles sehen. Sie selbst bleiben unsichtbar, doch ihnen entgeht nichts. Und davon abgesehen, Michael ist ein ungewöhnlicher Mann, geradezu ein Riese. Man kann ihn unmöglich sehen und vergessen. Was ist mit seiner Vergangenheit?«

»Er ist ein ehemaliger Soldat«, sagte Temple zögernd. »Er wurde am Kopf verwundet, als er gerade achtzehn war, im Krimkrieg. Der Arzt hat die Kugel entfernt, und entgegen aller Erwartungen hat er die Verwundung und die Operation überlebt, doch sein Verstand ist seitdem beeinträchtigt. Er war nie der Schnellste, aber jetzt hat er den Verstand eines kleinen Kinds. Er wurde aus der Armee entlassen und hatte eine schwere Zeit.

Meine Patentante erfuhr von seinem Schicksal und bot ihm eine Anstellung an.«

»Könnte er Emily ermordet haben? Vielleicht nicht absichtlich, aber er ist bestimmt sehr stark, und wenn er mental zurückgeblieben ist, wie Sie sagen, dann weiß er vielleicht gar nicht, wie stark er ist.«

Ich wartete. Ich hatte gepokert. Wenn George Temple tatsächlich der selbstsüchtige Schwächling war, für den ich ihn zuerst gehalten hatte, dann würde er jetzt vielleicht versuchen, die Schuld Michael in die Schuhe zu schieben. Es wäre eine einfache Möglichkeit, mich von sich selbst abzulenken. Vielleicht überlegte er einen Moment, genau das zu tun. Ich bildete mir ein, sein Zögern zu bemerken. Doch dann schüttelte er den Kopf.

»Ich glaube nicht, dass er sie getötet hat, Ross, aber ich war es auch nicht.«

»Wer fand die Leiche und wo?«

George schenkte sich einen weiteren Brandy ein. »Ich fand sie. Genau wie Sie … geraten haben. Und Sie müssen geraten haben. Sie konnten es unmöglich wissen. Ich fand sie im Gartenschuppen.« Er starrte bitter in das Glas, schwenkte die braune Flüssigkeit in einem Miniatur-Mahlstrom und durchlebte erneut den Schock dieses Moments.

Die Kerzenflammen flackerten und tanzten in einem Luftzug und malten ihre Muster über den Tisch. Ich fragte mich, woher der Luftzug gekommen war. Das Fenster war fest geschlossen, genau wie die Tür. Doch ein altes Gebäude wie dieses war voller Nischen und Winkel. Ich fragte mich, ob Tompkins durch einen winzigen Spalt irgendwo in einer der Wände imstande war, unsere Unterhaltung zu belauschen.

»Was hatten Sie dort zu suchen?«, fragte ich Temple. »An einem kalten Winterabend, draußen in einem Gartenschuppen?«

Temple sah mich an. »Benutzen Sie Ihren Kopf, Ross! Ich bin nach draußen, um eine Zigarette zu rauchen. Ich darf nicht im Haus rauchen, also gehe ich nach draußen in den Garten. Aber Sie haben recht, es war eisig kalt und feucht an diesem Abend. Als Erstes fiel mir auf, dass der Schlüssel im Schloss der Schuppentür steckte, was eine Überraschung war, weil der Gärtner um diese Jahreszeit nicht mehr kommt. Wie dem auch sei, ich betätigte die Klinke und öffnete die Tür. Ich trat ein, um Schutz vor dem Wetter zu suchen, so gering der Schutz auch war. Weil ich nicht zum ersten Mal zum Rauchen im Schuppen gewesen war, wusste ich, dass es dort eine kleine Öllampe gab – gibt –, an einem Haken an der Wand. Ich hatte eine Schachtel Lucifers Streichhölzer bei mir, um sowohl meine Zigarette als auch die Lampe anzuzünden. Dann drehte ich mich um und … und da saß sie, zusammengesunken auf dem Boden, gegen die Wand gelehnt, und ihre Augen … tot. Ich war noch nie im Leben so … verängstigt, so erschüttert, so erschrocken.« Temple zückte sein Taschentuch und wischte sich über die Stirn. »Ihre Augen standen offen. Sie starrte mich an. Zuerst dachte ich, sie könnte mich sehen. Ich sagte sogar ihren Namen. Doch noch während ich ihn aussprach, wusste ich, dass es sinnlos war. Ich würde keine Antwort erhalten.«

»Um welche Zeit war das?«

»Oh, nicht sehr spät, aber es wird so früh dunkel um diese Jahreszeit. Ich war mit Freunden unterwegs gewesen und eben erst nach Hause zurückgekehrt. Aber ich bin sicher, es war noch vor neun.«

»War die Leiche steif?«

»Nein, nein, sie war nicht steif. Oder zumindest nicht sonderlich steif.« Er redete zögernd, nicht willens, diesen Moment des Schreckens und Entsetzens noch einmal zu durchleben. »Ihr Kopf war eigenartig verdreht. Ich … ich dachte, man würde mir die Schuld geben. Ich geriet in Panik. Was sollte man denn auch erwarten? Gütiger Himmel, Inspector Ross, ich würde gerne wissen, was irgendjemand anders in meiner Lage getan hätte! Ins Haus gehen und Wilson informieren, dass die Gesellschafterin mit, wie es scheint, gebrochenem Genick draußen im Schuppen liegt, und ob er sie freundlicherweise wegräumen könnte?«

»Jemanden schicken, der die Polizei holt«, schlug ich vor.

George sah mich aufgebracht an. »Ich weiß nicht, ob das Ihre Vorstellung von Humor ist, Inspector, oder ob Sie dumm sind. Nun, ich weiß definitiv, dass Sie nicht dumm sind. Ich wollte nicht, dass das Haus voller Polizisten ist! Was sollte meine Patentante dazu sagen? Sie war bereits außer sich vor Sorge, weil Emily nicht da gewesen war, als sie ihre Hilfe benötigt hatte, um zu Bett zu gehen. Zu erfahren, dass das Mädchen tot im Schuppen gefunden wurde, hätte sie um den Verstand gebracht.«

»Oh, das bezweifle ich. Mein Eindruck von Lady Temple ist vielmehr, dass sie schon früher Tote gesehen hat. Sie hat einen Soldaten auf seine Kriegszüge begleitet, ist es nicht so? Andererseits erinnere ich mich, wie Sie bei unserem ersten Treffen die verspätete Vermisstenmeldung damit erklärt haben, dass die gesellschaftlichen Kreise Ihrer Patentante das nicht gut aufnehmen könnten. Heute hingegen erscheint es mir, dass das Zögern, die Polizei einzuschalten, ausgewachsener Panik zuzuschreiben ist, zumindest auf Ihrer Seite.«

Temple funkelte mich an. »Oh, ich bin sicher, Sie an meiner Stelle hätten einen völlig kühlen Kopf bewahrt. Ich habe das Einzige getan, was mir eingefallen ist, nämlich Michael um Hilfe zu bitten. Er befolgt Befehle, wissen Sie? Er stellt sie nie infrage, nicht einmal dann, als ich ihn gebeten habe, die … die Leiche fortzuschaffen.«

»Was ist mit der Leiche? Haben Sie die Schuppentür verschlossen, bevor Sie losgegangen sind, um Michael zu holen? Damit niemand anders über die Tote stolpert?«

»Dessen war ich mir durchaus bewusst! Es war das Letzte, was ich wollte!«, schnappte er. »Ich brauchte Zeit, um Michael zu finden oder zu entscheiden, was ich tun sollte, falls ich ihn nicht fand. Glücklicherweise steckte der Schlüssel zum Schuppen in der Tür. Der andere lag auf dem Boden. Ich hob ihn auf und steckte ihn ein, dann sperrte ich die Tür ab, steckte auch diesen Schlüssel ein und kehrte ins Haus zurück, bevor jemand anders nach draußen in den Garten kommen konnte. Nicht, dass um diese Jahreszeit jemand in den Garten gehen würde, normalerweise nicht – viel zu kalt und neblig. Aber man kann schließlich nie wissen.«

»Was war das für ein anderer Schlüssel?«, fragte ich scharf. »Der auf dem Boden?«

George starrte mich überrascht an. »Der Schlüssel für die Pforte zur Straße natürlich, was denn sonst? Die beiden werden normalerweise zusammen aufbewahrt. Ich dachte – und das tue ich immer noch –, dass sie sich die Schlüssel irgendwie genommen hat, ohne zu fragen, um jemanden durch die Pforte ins Haus zu lassen.«

Seine Stimme wurde fester und aggressiver. »Hören Sie, Ross, alle betonen immer wieder, was für eine nette, unschuldige Person Emily war, aber meiner Meinung nach war sie ein verschlagenes kleines Miststück! Sie wusste ganz genau, wie sie meine Patentante herumkriegen konnte. Ich glaube – und ich kann Sie nur bitten, das zu bedenken, ernsthaft zu bedenken –, dass sie selbst ihren Mörder in den Garten gelassen hat! Wie sonst hätten die Schlüssel dorthin gelangen können? Sie muss sie an sich genommen haben.« Er holte tief Luft. »Wie dem auch sei, als ich die Schlüssel sah, dachte ich, es wäre am einfachsten, sie wegzuschaffen, die Leiche irgendwo liegen zu lassen – irgendwo, wo niemand sie kannte. Ich ging Michael holen, und wir bereiteten alles vor, um sie später in der Nacht, nachdem meine Patentante und der Rest des Haushalts schlafen gegangen waren, aus dem Haus zu bringen. Als die Zeit gekommen war, stieß ich auf eine weitere Schwierigkeit. Sie war steif geworden, und es war schwierig, sie zu manövrieren. Wir benutzten den Rollstuhl, um sie zu transportieren, wie Sie zu wissen scheinen – oder dieser ›Zeuge‹, der es gesehen hat. Ich würde zu gerne erfahren, wer er ist!«

»Das kann ich mir lebhaft vorstellen, Mr. Temple«, sagte ich. »Ich möchte, dass Sie mit mir zum Yard kommen, aus freien Stücken. Sie stehen nicht unter Arrest. Dort können Sie Ihre Geschichte von der Entdeckung des Leichnams und der Durchführung Ihres Plans, sie aus dem Haus zu bringen – auf Ihre Anweisung hin –, zu Protokoll geben und dieses Protokoll unterschreiben.«

»Und dann, wenn ich das gemacht habe?«

»Dann können Sie nach Hause zurück. Und falls ich Sie wieder brauche, werde ich mich mit Ihnen in Verbindung setzen.«

»Halten Sie mich für einen Narren?«, fragte Temple ernst. »Wenn ich Ihnen ein unterschriebenes Protokoll liefere, lege ich damit den Strick um meinen eigenen Hals.«

»Nein, nicht, wenn Sie unschuldig sind und wenn sich das, was Sie beschrieben haben, genauso ereignet hat.«

»Sie bitten mich, Ihnen zu vertrauen«, sagte Temple nach einer längeren Pause. »Aber Sie stehen unter Druck, den Mörder zu finden, oder nicht? Sobald Sie meine Aussage haben, niedergeschrieben von eigener Hand und unterzeichnet, was wäre einfacher für Sie? Sie wegzulegen mit allen anderen Schnipseln dieser Découpage, wie Sie es nennen, und darauf zu warten, bis sich ein Bild formt? Oder sie Ihren Vorgesetzten zu zeigen als Grundlage für meine Verhaftung und eine Anklage wegen Mordes?«

»Ja, ich bitte Sie, mir zu vertrauen.«

Temple erhob sich, nahm seinen Hut vom Haken und hob seinen Mantel auf. »Sie werden entschuldigen, Inspector, aber das ist eine Angelegenheit, in der ich das dringende Gefühl habe, zuerst Mr. Pelham konsultieren zu müssen. Ich denke, ich weiß bereits, was er sagen wird – genau wie Sie, Inspector Ross. Bringen Sie Ihre Beweise, Ihren Zeugen, was immer Sie haben, um damit vor Gericht zu gehen. Bis dahin jedoch wünsche ich Ihnen einen guten Tag!«

»Einen Moment noch, Sir!« Ich hob eine Hand. Temple starrte mich misstrauisch an. »Ich muss mit Michael sprechen. Ich wäre Ihnen dankbar, wenn Sie ihn zum Yard schicken würden. Lady Temple muss nichts davon erfahren, es sei denn, es ist absolut unumgänglich. Aber ich muss seine Version der Geschichte hören. Ich nehme an, es wäre Ihnen lieber, wenn ich keinen Beamten zum Haushalt Ihrer Tante schicke, um ihn zu vernehmen?«

»Selbstverständlich nicht! Ich schicke ihn vorbei!«, schnappte Temple. »Wenn Sie es für unbedingt erforderlich halten, auch wenn ich nicht sehen kann, warum das so sein sollte. Und Sie müssen Rücksicht nehmen auf seine … seine Langsamkeit.«

»Das werde ich«, versprach ich ihm. »Und was Sie betrifft, ich muss Sie bitten, ihm nicht vorzuschreiben, was er sagen soll.«

Temple sah mich finster an. »Sie haben mein Wort.« Er ging nach draußen.

Nun, es war ein Spiel gewesen, und es war nicht aufgegangen. Das heißt, ich war ziemlich sicher, dass ich nun wusste, was in jener Nacht passiert war, von dem Augenblick, als die

Leiche im Schuppen entdeckt worden war, zusammengekauert am Boden, genau wie Mackay es vermutet hatte. Aber davor? Hatte sich alles so zugetragen, wie Temple es geschildert hatte? Hatte Emily die Pforte zur Straße aufgesperrt und ihren Mörder selbst eingelassen?

Ich kehrte zum Yard zurück und berichtete Dunn von meiner Unterhaltung mit Temple. Er lauschte schweigend, dann erhob er sich und begann, mit hinter dem Rücken verschränkten Händen in seinem Büro auf und ab zu gehen.

»Damit stellt sich für uns die Frage, Ross, glauben wir ihm? Glauben *Sie* ihm? Ich weiß, dass Sie ihn als den Hauptverdächtigen auf dem Plan hatten. Aber hat er sie wirklich umgebracht?«

»Seine Aussage ist plausibel«, räumte ich zögernd ein. »Ich glaube nicht, dass ich ihn je wirklich für einen Narren gehalten habe. Einen Taugenichts? Ganz bestimmt. Einen jungen Mann, der sich unvermittelt in sehr tiefem Wasser wiedergefunden hat, das ihm bis weit über den Kopf reicht? Ja, gewiss. Er geriet in Panik. Er hätte Michael alle Schuld in die Schuhe schieben können. Ich gab ihm die Gelegenheit dafür. Er hat es nicht getan. Meine Meinung von ihm hat sich nicht grundlegend geändert, aber er ist eine oder zwei Stufen in meiner Achtung gestiegen.«

Dunn stieß eine Art Knurren aus. »Was ist mit diesem Diener, Michael?«

Ich erzählte, was ich von Temple erfahren hatte.

Dunn knurrte erneut wie Andersons alter Terrier, der in seinem Körbchen gestört wurde. Er war ununterbrochen auf und ab gewandert. Jetzt blieb er stehen und fuhr zu mir herum.

»Warum den Leichnam im Hof hinter Bellinis Speisehaus zurücklassen? In diesem Abfallbehälter? Wie erklären Sie sich diesen Ort? Michael hatte den Auftrag, die Tote irgendwo zu entsorgen. Aber er lässt sie an einem Ort zurück, wo sie früher oder später gefunden werden *muss*, spätestens dann, wenn die Küche des Lokals die Arbeit aufnimmt.«

»Ich weiß es wirklich nicht«, gestand ich. »Vielleicht dachte er, er hätte den Rollstuhl mit der Leiche weit genug geschoben? Vielleicht hatte er Angst, dass die Wahrscheinlichkeit größer wurde, gesehen zu werden, je weiter er damit durch die Straßen lief? Wir wissen aufgrund dieser Zeichnung, dass er gesehen wurde, doch das wusste er nicht. Aber er ist in Rose Bernards Skizzenbuch festgehalten. Es gibt auf den Straßen Londons immer irgendjemanden, der etwas beobachtet, selbst tief in der Nacht. Vielleicht ist er einem Constable auf Patrouille begegnet. So ein Anblick in einer so schlimmen Nacht muss jeden Police Officer neugierig machen. Vielleicht war Bellinis Hinterhof einfach ein guter Fleck? Wer versteht schon die Gedankengänge eines Mannes, der von einem Armeechirurgen am Kopf operiert wurde?«

»Schon gut, meinetwegen«, räumte Dunn ein. »Der arme Teufel«, sagte er nach einer Pause. »Hoffen wir, dass sie wenigstens Chloroform benutzt haben, bevor sie angefangen haben! Es war ziemlich knapp damals, während des Krimkriegs. Abgesehen davon waren noch längst nicht alle Ärzte davon überzeugt, dass es etwas nützt.«

Alles war knapp gewesen während des Krimkriegs. Er hatte unter einem schlechten Stern gestanden. Das Versagen der Logistik war legendär.

Dunn war an seinen Schreibtisch zurückgekehrt, wo er für einen Moment durch seine Papiere blätterte. »Dieser Temple mag Ihnen vielleicht sein Wort gegeben haben, aber ich bin sicher, er wird Michael genau erzählen, was er sagen darf und was nicht. Aber natürlich brauchen Sie auch von ihm eine schriftliche Aussage.« Dunn seufzte. »Und wie so vieles andere bei diesem Fall ist sie kaum das Papier wert, auf dem sie steht, wenn wir sie vor Gericht vorlegen.«

Ich hatte mich gefragt, ob Michael ohne Hilfe den Weg zum Yard finden würde oder ob er wirklich verstand, was es bedeutete, eine Aussage zu machen. Wie dem auch sei, er traf spät am Nachmittag ein, als die Dämmerung bereits eingesetzt hatte und auf den Straßen ringsum die Gaslaternen brannten. Der Besucher wurde von Biddle angekündigt, der abrupt in fieberhafter Aufregung in meinem Büro erschien. »Da draußen wartet ein richtiger Riese«, rief er. »Ich habe noch nie einen so großen Kerl gesehen, Mr. Ross, Sir! Soll ich sicherheitshalber um Verstärkung bitten? Er könnte gefährlich werden!«

»Ich glaube nicht, dass er gefährlich ist, Biddle«, versicherte ich dem Sergeant. »Führen Sie ihn einfach in mein Büro.«

Doch Michael war nicht allein gekommen. Der Butler Wilson hatte ihn begleitet, und es war Wilson, der als Erster eintrat und den Diener draußen im Vorzimmer unter den nervösen Augen von Biddle zurückließ. Biddle hat eine Schwäche für Groschenromane. Michael sah aus, als wäre er aus den Seiten einer dieser billigen Horrorgeschichten geklettert.

»Sie werden verstehen, Inspector Ross, dass sämtliches Personal im Haushalt Ihrer Ladyschaft unter meiner Verantwortung steht«, sagte Wilson auf eine Weise, die zugleich respektvoll als auch unerschütterlich klang. »Ich für meinen Teil habe Verantwortung für sie. Aus diesem Grund habe ich den Diener Michael hierher begleitet, den Sie zu sprechen wünschen. Der junge Mr. Temple hat Ihnen, glaube ich, erklärt, welcher Art die Behinderung Michaels ist.«

»Das hat er. Weiß Lady Temple, dass Sie hier sind?«

»Nein, Inspector Ross. Mr. Temple und ich sind der Meinung, dass Ihre Ladyschaft nicht mit diesen Dingen belästigt werden sollte. Sie ist bereits sehr gestresst durch das traurige Schicksal, das Miss Devray ereilt hat.«

»Sehr wohl. Schicken Sie bitte Michael herein.«

Wilson räusperte sich. »Ich würde es sehr schätzen, Inspector, wenn ich im Zimmer bleiben könnte. Ich werde mich nicht einmischen. Aber Michael wird sehr verängstigt reagieren, wenn ich ihn mit Ihnen allein lasse.«

Ich war einverstanden, und er ging nach draußen, um einen Augenblick später mit der gewaltigen Gestalt des Dieners zurückzukehren. In meinem kleinen Büro erschien Michael noch größer, als er ohnehin bereits war. Ich erhaschte einen Blick auf Biddle, der mit offenem Mund im Hintergrund lauerte.

»Keine Angst, Michael«, sagte ich zu dem Riesen. »Setzen Sie sich einfach dort auf den Stuhl.«

Die Vorstellung, sich in meiner Gegenwart zu setzen, schien Michael Angst zu machen. Er drehte den Kopf fragend zu Wilson, und der Butler nickte. Michael setzte sich, legte die mächtigen Unterarme auf die Oberschenkel und starrte mich an. Sein Blick war weder gleichgültig noch völlig leer, sondern irgendetwas dazwischen. Ich begriff, dass er darauf wartete, einen Befehl zu erhalten.

»Nun denn, Michael«, begann ich. »Erzählen Sie mir von der Nacht, als Miss Devray gestorben ist.«

Michael sah mich perplex an. »Gibt nichts zu erzählen, Sir. Die junge Lady war tot.«

»Waren Sie dabei, als sie starb?«

Wilson sah mich missbilligend an, doch getreu seinem Wort mischte er sich nicht ein.

»Nein, Sir«, sagte Michael.

»Wer hat Ihnen gesagt, dass sie tot ist?«

»Mr. Temple kam und hat es mir gesagt.«

»Was hat er Ihnen sonst noch gesagt?«

»Dass er sie im Gartenschuppen gefunden hat.«

Wir liefen Gefahr, uns im Kreis zu bewegen. »Ist er gekommen, um Sie zu holen?«

»Ja, Sir.«

»Es muss ziemlich dunkel gewesen sein draußen im Garten, ganz besonders im Innern des Schuppens?«

»Mr. Temple hatte die kleine Öllampe angezündet. Sie ist immer da draußen, im Schuppen.« Michael hob die Hände. Sie waren groß und breit, und als er sie krümmte, erinnerten sie mich an Schaufeln. »Es ist ein kleines Ding, ungefähr so groß, und es hängt an einem Haken an der Wand.«

»Der Anblick muss ein Schock gewesen sein. Bestimmt waren Sie erschrocken.«

»Nein«, sagte Michael nach einem Versuch nachzudenken, angedeutet durch eine zusammengezogene Stirn und angestrengtes Atmen. »Mr. Temple hat mir gesagt, auf dem Weg zum Schuppen, dass es einen Unfall gegeben hatte und Miss Devray tot war. Deswegen wusste ich, dass ich sie dort im Schuppen sehen würde.«

Jetzt, wo er so dicht vor mir war, konnte ich die lange weiße Narbe sehen, die sich quer über seinen Schädel zog. Dort hatte der Chirurg mit seinem Skalpell die Kopfhaut durchtrennt. Eine leichte Delle zeigte die Stelle, wo er die Kugel herausgeholt hatte. Michaels dichtes blondes Haar war an dieser Stelle länger und über die Stelle gekämmt, um sie zu verbergen. Ich erschauerte innerlich bei dem Gedanken an diesen Armeearzt und seine Instrumente. Ich hoffte, sie hatten den Patienten wenigstens mit Brandy ruhiggestellt, wenn es schon kein Chloroform gegeben hatte. Selbst wenn es welches gegeben hatte, bestand eine hohe Wahrscheinlichkeit, dass sie das kostbare Betäubungsmittel nicht an einen achtzehnjährigen einfachen Soldaten verschwendet hatten.

Ich zwang mich zurück zum vorliegenden Fall: dem Leichnam von Emily Devray, zusammengesunken im Gartenschuppen, und Michaels nicht vorhandene Überraschung bei ihrem Anblick. Er war vorgewarnt worden auf dem Weg dorthin, nichtsdestotrotz … Trotzdem war ich irgendwie geneigt, ihm zu glauben. Zu lügen und sich irgendetwas auszudenken lag vermutlich über seinen mentalen Fähigkeiten.

»Haben Sie sich nicht gewundert, wieso Miss Devray, tot oder lebendig, in diesem Gartenschuppen war? Es war ein Winterabend, kalt und ungemütlich und dunkel. Warum hätte die junge Lady in diesen Schuppen gehen sollen?«

»Sie hatte wohl ihre Gründe, könnte ich mir denken«, antwortete Michael einfach.

Ich lehnte mich zurück und überlegte mir meine nächsten Worte sorgfältig. »Michael …«, begann ich schließlich. »Haben Sie Miss Devray schon früher gelegentlich im Garten gesehen?«

»Manchmal«, sagte Michael.

»Und was hat sie dort gemacht?«

»Sie ist herumspaziert.«

»Hat sie vielleicht auf jemanden gewartet?«

»Keine Ahnung, Sir«, antwortete Michael. »Sie ist einfach hin und her gelaufen.«

»Obwohl Mr. Temple Sie vorher gewarnt hatte, müssen Sie doch trotzdem ziemlich schockiert gewesen sein, als er die Schuppentür geöffnet hat?«

Michael sah mich leicht verwirrt an. »Hab schon früher Tote gesehen, Sir. Sie sehen alle gleich aus, mehr oder weniger.«

»Aber bei Miss Devray muss es doch etwas anders gewesen sein! Sie ist nicht an einer Krankheit oder aufgrund fortgeschrittenen Alters oder einer Verwundung gestorben. Sie war eine gesunde junge Frau.«

»Das ist auch so bei Soldaten«, entgegnete Michael mit unerwarteter Schärfe. »Sie sind jung und gesund, aber das hält eine Musketenkugel nicht auf, Sir.«

Ich beschloss, das Thema der Beseitigung der Leiche anzugehen. »Wer hat Sie gebeten, die Leiche fortzuschaffen?«, fragte ich.

»Das war der junge Master Temple, Sir. Deswegen kam er mich holen.« Michael runzelte leicht die Stirn. Vielleicht überlegte er, dass von uns beiden ich derjenige mit der langen Leitung war.

»Hat er Ihnen gesagt, wo genau Sie die Tote hinbringen sollen?«

»Nein«, sagte Michael. »Nur, dass ich sie fortschaffen und in einer dunklen Seitengasse liegen lassen soll, so weit weg wie möglich, ohne dass mich jemand dabei sieht. Ich brachte sie im Rollstuhl Ihrer Ladyschaft weg. Das war Mr. Temples Idee. Es war eine gute Idee«, fügte er hinzu, und seine Stimme klang anerkennend. »Ich konnte sie leicht in diesem Stuhl durch die Gegend schieben. Aber es war nicht so einfach, sie in diesen Stuhl zu setzen, wissen Sie, weil sie so steif und zusammengefaltet war mit den Knien unter dem Kinn und alles. Aber sie war ein kleines Ding, also haben wir es geschafft. Der Nebel war aufgezogen, als ich dann mit ihr los bin.«

»Und wie kamen Sie auf den Gedanken, die Tote im Hof hinter dem Speisehaus liegen zu lassen?«

Michael starrte mich verständnislos an. Ich begriff, dass er nicht gewusst hatte, dass der Hinterhof zu einem Lokal gehörte.

Ich probierte es erneut. »Was hat Sie bewogen, die Leiche dort zu lassen, wo Sie sie abgelegt haben?«

»Mr. Temple sagte, ich soll sie in einer dunklen Gasse ablegen, also bin ich losgezogen, um eine zu suchen. Ich wäre noch weiter gelaufen, aber es waren so viele Leute unterwegs, trotz Nebel und später Stunde. Als ich den Eingang zu dieser Gasse sah, dachte ich, sie würde reichen. Aber sie war schmal, und ich hatte Angst, man könnte die Leiche sofort finden. Da war eine Pforte, und ich drückte sie auf. Sie war nicht verschlossen. Sie führte auf einen kleinen Hof. Ich trug die Tote hinein und steckte sie in einen großen Behälter, wo sie niemand sehen konnte, solange er nicht den Deckel abnahm und direkt hineinsah. Sie passte genau hinein, zusammengefaltet, wie sie war. Danach schob ich den Rollstuhl von Lady Temple wieder nach Hause.«

Dunn hatte sich gewundert, wieso Emily Devrays Leiche an einem Ort gelegen hatte, wo man sie gleich am nächsten Morgen finden musste. Doch Michael war mehr besorgt gewesen, man könnte sie in einer kleinen Seitengasse auf dem Boden finden. Für seine Begriffe hatte er sie versteckt.

»Ich danke Ihnen, Michael. Wenn Sie jetzt mit Mr. Wilson nach vorne gehen, dort wartet ein Constable, der alles aufschreiben wird. Sie müssen ihm nur noch einmal sagen, was Sie mir erzählt haben, und es dann unterschreiben. Können Sie schreiben?«

»Nicht besonders gut, Sir«, gab Michael zu.

»Geben Sie Ihr Bestes. Wenn Sie es nicht schaffen, kommen Sie mit Ihrer Aussage zu mir zurück und machen vor meinen Augen Ihr Zeichen auf dem Papier. Ich werde unterschreiben, dass ich es gesehen habe.

Das war eine Feinheit, die über Michaels Begriffsvermögen hinausging. Er starrte mich an und blieb reglos sitzen.

Wilson löste sich von der rückwärtigen Wand und kam zu meinem Schreibtisch. Er tippte Michael auf die Schulter, und der Riese erhob sich gehorsam von seinem Stuhl und trottete nach draußen.

Der Butler blieb noch einen Moment und drehte sich zu mir um. »Sir?«

Ich meinte, so etwas wie Verlegenheit in seiner Stimme zu erkennen, oder etwas, das dem sehr nahekam. »Machen Sie sich keine Gedanken wegen Michael«, versicherte ich ihm. »Ich nehme Rücksicht auf seine Behinderung.«

»Ja, Sir, aber das ist es nicht ...« Wilson zögerte erneut. »Ich denke, da ist noch etwas, das ich Ihnen sagen muss.«

Ich lehnte mich in meinem Stuhl zurück und deutete auf den Sitz mir gegenüber. »Nun denn, Mr. Wilson, vielleicht möchten Sie Platz nehmen und sich von der Seele reden, was Sie belastet?«

Wilson zögerte noch weiter, doch dann nahm er auf dem angebotenen Stuhl Platz. Als ich ihn so betrachtete, mit seinem bleichen Gesicht, vorsichtig und halsstarrig zugleich, fühlte ich mich an einen Land-Vikar erinnert, entschlossen, das Beste für seine Gemeinde zu tun, ohne zu vergessen, dass sein Lebensunterhalt vom Landgrafen in dem großen Haus auf dem Hügel abhing.

Wilson räusperte sich. »Es ist so, Inspector Ross. Ich stehe seit fünfzehn Jahren in Diensten von Lady Temple.«

»Das ist eine lange Zeit«, erwiderte ich. »Sie waren schon dort, als ihr Ehemann noch lebte?«

»Das ist richtig, Sir, allerdings nur kurz. Ich kam 1855 als Diener in den Haushalt. General Temple erhielt während der Meuterei von siebenundfünfzig seine Versetzung nach Indien. Lady Temple begleitete ihn nicht, wegen der Unsicherheit der Situation vor Ort. Der General war noch nicht lange dort, als wir die Nachricht erhielten, dass er am Fieber gestorben war. Es war ein großer Schock für uns alle.« Er hielt inne. »Es ist erforderlich, dass jemand in meiner Position diskret ist, zu allen Zeiten. Es ist indiskutabel, dass ich über den Haushalt rede oder dem Personal erlaube, außerhalb des Hauses zu plappern. Alle verstehen das.«

»Mr. Wilson!«, unterbrach ich ihn. »Verstehe ich Sie richtig, dass Sie im Begriff stehen, mir etwas zu sagen, das Sie mir schon von Anfang an hätten sagen sollen?«

Wilson errötete. »Das ist wohl so, Inspector Ross. Doch ich möchte, dass Sie meine Gründe verstehen. Ich wollte Ihre Arbeit nicht behindern. Ich wusste nicht, dass es von Bedeutung sein könnte.«

»Überlassen Sie diese Sorge ruhig mir. Wenn es hilft, ich verstehe die prekäre Situation, in der Sie sich befunden haben. Bitte erzählen Sie weiter, und bitte, lassen Sie diesmal nichts aus.«

»Jawohl, Sir. Es ist ein Zwischenfall, der sich vielleicht fünf Wochen vor Miss Devrays traurigem Ende ereignet hat. Deswegen habe ich ihn bisher nicht erwähnt. Ich war zur Abendandacht in St. Martin. Es war ein kalter, dunkler Abend, Nebel zog auf und verschlechterte zunehmend die Sicht, aber man konnte dennoch etwas erkennen. Ich war auf dem Heimweg und bog gerade in die Straße zu Lady Temples Haus ein, als ich vor mir einen Mann sah, der in die gleiche Richtung ging. Ich beachtete ihn zunächst nicht weiter, weil ständig Leute unterwegs sind. Er war ein ziemlich groß gewachsener Bursche, schmal und schlaksig in einem langen Übermantel. Ich glaube, er war schwarz, und er trug außerdem einen Bowler, daran erinnere ich mich genau. Es war kein Zylinder.«

Der Butler zögerte erneut, also hakte ich nach. »Würden Sie sagen, er war ein Gentleman, Mr. Wilson, oder ein Arbeiter in seinem Sonntagsstaat?«

»Nun ja, keins von beidem, Sir.« Wilson schüttelte den Kopf und wog seine nächsten Worte ab. »Er hatte nicht die Haltung eines Gentlemans. Aber er war auch kein Arbeiter. Er hatte eine sehr gleichförmige Art, sich zu bewegen. Ich denke, er war vielleicht ein Angestellter in irgendeinem Büro, vielleicht ein Anwaltsgehilfe oder ein Kassierer in einer Bank.«

Wilson zögerte erneut, und ich setzte ein weiteres Mal nach. »Sprechen Sie weiter, Mr. Wilson.«

Er beugte sich ein wenig auf seinem Stuhl vor. »Hätte ich gewusst, was er als Nächstes tun würde, hätte ich mehr Aufmerksamkeit auf ihn verwendet. Aber ich war völlig überrascht. Er hatte die Mauer zu unserem Garten erreicht und ging daran entlang. Es gibt eine Pforte in der Mauer, die normalerweise zugesperrt ist, besonders im Winter, wenn der Gärtner nicht kommt. Der Fremde blieb an der Pforte stehen und klopfte daran! Ich beschleunigte sofort meine Schritte, um ihn zu fragen, was er im Sinn führte.« In Wilsons Stimme war ein leises Echo des damals empfundenen Schreckens zu hören. »Bevor ich ihn erreichen konnte, wurde die Pforte von innen geöffnet, er trat hindurch und in den Garten, und die Tür wurde wieder geschlossen.«

»Haben Sie ebenfalls geklopft, um zu sehen, ob man erneut öffnen würde?«

»Nein, wo denken Sie hin, Inspector! Ich rannte die Treppe hinunter in das Untergeschoss. Verstehen Sie, ich dachte, eines der Dienstmädchen hätte einen Verehrer eingelassen. Ich war vollkommen perplex, weil sie wissen, dass es verboten ist. Abgesehen davon ist keines der Mädchen jung und flatterhaft. Die meisten arbeiten schon seit mehreren Jahren im Haushalt. Doch man kann nie wissen, nicht wahr?« Wilsons förmlicher Ton und seine Haltung wankten für einen Moment.

»Äh, nein«, pflichtete ich ihm bei.

»Ich ging geradewegs in die Pantry, wo die Gartenschlüssel an einem Haken aufbewahrt werden, und tatsächlich, sie waren verschwunden. Also ging ich die Stufen hinauf ins Erdgeschoss und warf einen langen prüfenden Blick durch das Fenster des hinteren Salons. Von dort aus hat man eine gute Übersicht über den Garten. Ich machte kein Licht. Ich brauche nie Licht, ich kenne das Haus in- und auswendig! Und tatsächlich, dort im Garten war der Mann, den ich gesehen hatte, und eine Frau. Ich konnte sie nicht genau erkennen, aber ich dachte, dass sie ziemlich jung war, nach ihrer zierlichen Statur zu urteilen. Mein erster Gedanke war Erleichterung, dass es keines der Dienstmädchen war. Sie sind allesamt ein wenig, äh, stämmig. Mein nächster Gedanke war, dass es Miss Devray sein könnte. Ich war sehr überrascht, weil ich sie immer für eine sehr anständige junge Person gehalten hatte.«

»Sind Sie nach draußen gegangen und haben die beiden zur Rede gestellt?«

»Nein!«, sagte Wilson entschieden. »Wäre ich sicher gewesen, dass es eins unserer Dienstmädchen gewesen war, hätte ich dies sofort getan. Aber Miss Devrays Stellung im Haushalt war nicht die einer Dienerin, verstehen Sie? Sie saß zusammen mit der Familie bei Tisch. Sie war mir nicht unterstellt.«

»Was ist mit Mr. George Temple? War er im Haus? Sie hätten mit ihm sprechen können, und er hätte der Sache nachgehen können.«

»Mr. George war ausgegangen, um sich mit Freunden zu treffen. Er war noch nicht wieder zu Hause. Dann, während ich das Paar im Garten beobachtete, nahm der Mann etwas aus seinem Mantel und gab es der Frau. Ich konnte nicht sehen, was es war, aber es sah aus wie ein Paket Papiere. Das bestärkte mich in meiner Vermutung, es könnte sich um irgendetwas Anwaltliches handeln. Er gab der Frau die Papiere, und sie nahm sie und schien sich bei ihm zu bedanken. Dann standen sie dort und unterhielten sich …«

»In der Kälte?«, unterbrach ich ihn.

Wilson blickte verlegen drein. »Nach einigen Minuten gingen sie in den kleinen Schuppen. Sie sperrte die Tür auf. Ich glaube, sie zündeten die kleine Lampe im Innern an. Es war eine … eine sehr peinliche Situation, Mr. Ross, Inspector, eine sehr delikate Geschichte, wenn Sie verstehen.«

»Und was haben Sie unternommen?«

»Letzten Endes ging ich zurück nach unten in meine Pantry. Wer immer die Frau war, sie musste die Schlüssel zurückbringen, nicht wahr? Ich saß nicht im Dunkeln, das wäre würdelos gewesen. Ich zündete eine kleine Paraffinlampe an und drehte die Flamme ganz klein, und dann wartete ich.«

Wilson blickte verlegen drein. »Ich legte mein Gebetbuch auf den Tisch, sodass jeder, der den Kopf hereinsteckte, glauben musste, ich hätte darin gelesen.«

»Dauerte es lange, bevor die Frau mit den Schlüsseln zurückkam?«

»Ich schätze, zwanzig Minuten bis eine halbe Stunde«, sagte Wilson vorsichtig. »Die Tür zur Pantry wurde geöffnet, und Miss Devray kam herein. Sie war sehr überrascht, mich zu sehen. Aber sie verbarg ihren Schrecken gut! ›Ich war noch kurz draußen, um frische Luft zu schnappen, Wilson‹, sagte sie zu mir. Dann hängte sie die Schlüssel zurück an den Haken, wünschte mir seelenruhig eine gute Nacht und ging. Eine Sache fiel mir auf – sie hatte die Papiere nicht mehr bei sich, wenn es sich um Papiere gehandelt hatte. Entweder hatte sie sie dem Besucher zurückgegeben, oder sie hatte sie nach oben auf ihr Zimmer gebracht, bevor sie zur Pantry kam.«

»Und Sie haben sie nie danach gefragt? Vielleicht zu einem späteren Zeitpunkt?«

»Nein, Sir«, gestand Wilson. »Sie war so … distanziert. Ich dachte, dass es mir nicht zusteht, sie zu fragen, und sie hat nie von sich aus eine Erklärung angeboten. Ich wollte Lady Temple nicht damit behelligen. Bei näherer Betrachtung schien es besser, Mr. George nichts davon zu erzählen. Ich vermute, er hatte seine Zweifel, was Miss Devray angeht, und ich wollte nicht …«

Wilson verstummte.

»Sie wollten ihm keine Munition gegen Miss Devray in die Hand geben?«, schlug ich vor.

»Ganz recht, Sir. Ich wollte nicht der Grund sein, aus dem sie ihre Anstellung verliert. Und ich wollte Lady Temple nicht unnötig aufregen. Sie mochte Miss Devray sehr gern.«

»Ich danke Ihnen, Mr. Wilson, dass Sie mir das alles erzählt haben. Sie haben sich durchaus richtig verhalten«, sagte ich zu ihm.

Er sah mich erleichtert an.

»Nun …«, sagte Dunn, als ich ihm alles berichtet hatte. »Was halten Sie davon? Ein Anwaltsgehilfe? Kommt ein Anwalt in diesem Fall vor?«

»Man könnte sagen, sogar drei, Sir. Obwohl ich erst mit zweien davon gesprochen habe. Einer ist Pelham. Er vertritt die Interessen von Lady Temple. George Temple hat mir gesagt, dass Pelham ein Auge auf ihn hat, im Namen von Lady Temple. ›Er hat seine Spione‹, das waren seine Worte. Pelham mag seine eigenen Bedenken gehabt haben, dass eine Fremde in den Haushalt kam und seine Mandantin möglicherweise beeinflusst. Vielleicht hat er einen Gehilfen geschickt, um Emily auf den Zahn zu fühlen oder sie in eine Falle zu locken, irgendeine Indiskretion, mit der er ihr drohen konnte und die als Ausrede hätte dienen können, sie fortzuschicken?«

Dunn nickte. »Wäre möglich, schätze ich.«

»Der zweite ist dieser Carroway unten in Salisbury«, fuhr ich fort. »Er ist ein verschlagener Kerl. Vielleicht hat ihm die Situation Sorgen gemacht? Er könnte jemanden geschickt haben, der sich überzeugen sollte, dass Emily sicher und wohlbehalten war. Nicht, weil er sich einen Deut um ihr Glück geschert hätte, verstehen Sie? Es ging ihm um den eigenen Ruf, und seine Reputation hatte nach den dunklen Machenschaften des geänderten Testaments und Emilys erzwungenem Abschied aus Salisbury stark gelitten. Vielleicht versuchte er, jeder weiteren Kritik entgegenzutreten.«

»Und wer ist der dritte?«, wollte Dunn wissen.

»Der dritte Anwalt, uns unbekannt, könnte jemand sein, der im Auftrag von diesem Anderson agiert, dem abgewiesenen Freier aus Yorkshire oben im Norden. Anderson hat mir erzählt, dass er abwarten wollte, bis Emily ihre neue Lage begriffen hatte, um seinen Antrag dann zu wiederholen. Vielleicht hat er jemanden geschickt, der die Lage auskundschaften sollte.«

»Und wer von diesen dreien könnte Ihrer Meinung nach dahinterstecken, Ross?«, fragte Dunn und sah mich aus zusammengekniffenen Augen an.

»Meiner Meinung nach war es jemand aus Salisbury«, sagte ich prompt. »Ich kann mir nämlich denken, um was es sich bei diesem Stapel Papiere gehandelt hat, den Wilson im schwachen Licht gesehen zu haben glaubt. Es waren keine Papiere, sondern eine Zeitung, zusammengefaltet, bis sie in eine Tasche passte. Mit anderen Worten, die Zeitung aus Salisbury, die ich in Emily Devrays Zimmer gefunden habe.«

Dunn rieb sich mit den Händen über das Gesicht und stieß ein dumpfes Knurren aus. »Ich für meinen Teil würde George Temple nicht so schnell aus dem Kreis der Verdächtigen ausschließen. Er hat sein eigenes Geld durchgebracht und ist abhängig von seiner Patentante. Geld ist ein starkes Motiv für Mord, Ross. Vergessen wir für den Moment die Geschichte dieses Wilson von einem großen dunklen Mann, der in der Nacht an die Gartenpforte geklopft hat, und denken wir an die Geschichte dieses Dieners Michael. Was er sagt, bestätigt Temples Schilderung des Abends, an dem das Mädchen starb, nehme ich an.« Er nahm die Hände vom Gesicht und starrte mich fragend an.

»Ich habe keine Sekunde geglaubt, dass etwas anderes dabei herauskommen könnte«, murmelte ich.

»Ein elendes Ärgernis!«, sagte Dunn. »Wenn wir akzeptieren, heißt das, dass Michael nicht beeinflusst wurde.«

»Er schien mir die Wahrheit zu sagen, Sir. Lügen erfordert eine gewisse Beweglichkeit des Verstandes, und die besitzt er nicht.«

»Man kann ihm keine Geschichte beibringen, die er dann wiederholt?«

»Könnte man, aber um glaubwürdig zu sein, wäre ein gewisses Talent nötig.«

»Jemand ist clever«, sagte Dunn nach einem Moment des Nachdenkens.

Ja, dachte ich, als ich in mein Büro zurückkehrte. Jemand ist sehr clever.

Der Nebel hatte sich aufgelöst, als ich später am Abend nach Hause ging, und London war wieder geschäftig. All die Aktivitäten, die durch die Macht des Londoner Nebels verlangsamt worden oder ganz zum Erliegen gekommen waren, hatten sich mit ganzer Kraft wieder entfaltet, und es schien, als wollte alles und jeder die verlorene Zeit wettmachen. Zeitungsverkäufer brüllten ihre Schlagzeilen an den Straßenecken in die Menge. Karren, Kutschen, Omnibusse, gelegentlich das Gespann eines Gentlemans, sie alle klapperten vorbei und wirbelten dicke Spritzer von Schlamm, Wasser und Dreck auf. Hausfrauen, eingehüllt in Tücher, hasteten vorbei, um Einkäufe in letzter Minute zu machen. Trickbetrüger und Taschendiebe waren ebenfalls aus ihren Löchern gekrochen und gingen ihren Geschäften nach. Wenn die Bürger in den Häusern bleiben, haben sie nichts zu tun. Ich sah ein oder zwei vertraute Gesichter in diesem Gewerbe. Sie bemerkten mich und verschwanden augenblicklich im Durcheinander der Menge.

Ich erreichte die große Brücke über die Themse, und vor mir stiegen die schmutzig weißen Qualm- und Dampfwolken der Lokomotiven im Kopfbahnhof auf der anderen Seite des Flusses in die Luft.

Mitten auf der Brücke blieb ich stehen und lehnte meine Arme auf die Brüstung, um hinunter in den Fluss zu starren. Auch der war inzwischen voller Leben, nachdem sich der Nebel gehoben hatte. Fahrzeuge aller Art passierten die Brücke unter mir. Ich beachtete sie kaum. Ich dachte über Emily Devray nach und meine Bemühungen, ihre Geschichte zu erfahren. Ich hatte etwas über ihr Leben in Salisbury herausgefunden und die Umstände, die sie nach London geführt hatten. Ich hatte mehr über ihren Tod herausgefunden. An diesem Nachmittag hatte ich Wilsons Geschichte erfahren. Doch über Emily selbst wusste ich noch überhaupt nichts. Und doch musste ich, wie ich Lizzie und Bessie erklärt hatte, alles über sie wissen, damit sie eine Person für mich war und nicht nur eine Leiche.

Mit dem Wenigen, was ich herausgefunden hatte, war es allzu leicht, zu den falschen Schlussfolgerungen zu gelangen. Miss Eldon hatte solche voreiligen Schlussfolgerungen über Rose Bernards Schicksal gezogen, weil sie nur das gewusst hatte, was sie von ihrem Fenster aus hatte sehen können. Auf der anderen Seite hatte sie nicht vollkommen falschgelegen. Welches Bild von Emily konnte ich bis jetzt zusammensetzen?

Drei Stimmen echoten durch meinen Kopf. Die erste war die von Mrs. Bates, die Emily so gut gekannt hatte. »Einen Engel«, hatte sie das Mädchen genannt. Dann hörte ich George Temples wütende Worte, alle dächten, sie wäre so tugendhaft und sittsam, und auch, dass sie wusste, wie sie seiner Patentante

Honig um den Bart schmieren konnte. Und schließlich war da die Emily, die im Schutz der Dunkelheit einen mysteriösen Besucher in den Garten gelassen und eigens dafür die Schlüssel aus der Pantry des Butlers entwendet hatte. Sie musste sehr erschrocken gewesen sein, als sie die Schlüssel zurückgebracht und Wilson angetroffen hatte. Aber sie hatte sich nichts anmerken lassen, hatte Wilson gesagt, und weder die Contenance verloren noch Verlegenheit gezeigt. Seelenruhig, hatte der Butler es genannt. Bedeutete das, dass Emily keine Novizin war, wenn es um kleinere Täuschungsmanöver ging? Wie dem auch sein mochte, ich hatte einiges mehr als nur eine Sicht auf das gleiche Mädchen, und ich konnte nicht sagen, welche der Wahrheit am nächsten kam.

War Emily die Unschuld, von der Mrs. Waterfield gefürchtet hatte, sie würde in die Hände eines skrupellosen Bewerbers fallen, wenn sie ihr eine große Summe Geldes hinterließ? Hatte es je einen solchen Bewerber gegeben, einen Fleisch und Blut gewordenen Grund hinter den Ängsten von Mrs. Waterfield?

War Emily die unrealistische Träumerin, die den Kopf ständig in irgendeinem Buch gehabt hatte, wie sich Frederick Anderson verbittert erinnerte, das Mädchen, das seinen Antrag hochnäsig abgewiesen hatte?

Oder war sie der Kuckuck im Nest, für den George sie gehalten und die sich ränkeschmiedend Lady Temples Zuneigung erschlichen und Wilsons Besorgnis erregt hatte? Ich vermochte es nicht zu sagen. Vielleicht würde ich es niemals herausfinden, weil ich Emily nicht persönlich kennenlernen würde.

»Hallo, Sie da, Sir! Einsam heute Nacht? Lust auf ein wenig Gesellschaft, die Sie aufmuntert?«

Eine Woge von starkem, billigem Parfum füllte meine Nasenlöcher. Ich drehte mich um und erblickte einen Schopf hennaroter Haare unter einer absurden Haube mit Seidenblumen darauf, völlig unangemessen für die Jahreszeit. Die Haube saß über einem vertrauten Antlitz, obwohl es eines war, das ich seit einer Weile nicht gesehen hatte.

Sie erkannte mich ebenfalls sofort. »Mensch!«, sagte sie. »Mr. Ross! Sie sind es!«

»Daisy Smith!«, rief ich aus. »Ich freue mich, Sie gesund und munter zu sehen, auch wenn es mich traurig macht, dass Sie noch immer Ihrem alten Gewerbe nachgehen.«

»Ein Mädchen muss schließlich von irgendwas leben!«, entgegnete Daisy. »Ich weiß, Sie wollten immer, dass ich es aufgebe und was Anständiges lerne, Dienstmädchen oder so was in der Art. Aber ich hatte damals keine Lust drauf, und ich hab immer noch keine Lust drauf!« Sie hob die Hand, um diese Groteske von einer Haube zurechtzurücken. »Wie dem auch sei, ich hab einen neuen Kerl, der auf mich aufpasst.«

»Haben Sie das, tatsächlich? Nun, falls er anfängt, Sie zu schlagen, geben Sie mir Bescheid, und ich unterhalte mich mit ihm.«

Daisy starrte mich für einen Moment entsetzt an, dann prustete sie lachend los. »Was denn, und jeder denkt, ich hätte einen Kerl von Scotland Yard, der auf mich aufpasst? Das kann nicht Ihr Ernst sein, Inspector, das wollen Sie bestimmt nicht! Es würde Ihrem Ruf nicht guttun, meinen Sie nicht, Mr. Ross?«

Sie tätschelte mir die Wange und wandte sich ab, um immer noch kichernd über die Brücke davonzuschlendern.

Ich hatte Daisy auf der Waterloo Bridge kennengelernt. Sie war mir in die Arme gerannt in panischer Flucht vor etwas, das sie nur dem Namen und der Legende nach kannte, doch diese Erfahrung hatte offensichtlich nicht gereicht, um sie vom Leben auf der Straße wegzubringen. Sie war nicht zu überzeugen gewesen. Genauso wie Emily?

Ich ging weiter in Richtung Zuhause. Emily Devray hatte

sich geweigert, Andersons Antrag anzunehmen, weil es bedeutet hätte, sich selbst zu verkaufen, wie sie es gesehen hatte, im Austausch für ein komfortables Heim. Eines Tages hätte sie diese Entscheidung möglicherweise bereut. Wie Daisy gesagt hatte, ein Mädchen musste schließlich von irgendwas leben. Eine mittellose und obdachlose junge Frau konnte damit enden, sich selbst für weit weniger zu verkaufen als für ein großes Haus und einen reichen Ehemann. Hatte Anderson versucht, ihr das zu erklären? Oder war er wütend gewesen, weil sie das nicht gesehen hatte? Hatte Mrs. Waterfield versucht, Emily zu warnen? Oder war sie, alt und gebrechlich, erbost gewesen, dass Emily verweigert hatte, was ihre Wohltäterin als eine ebenso praktische wie exzellente Lösung betrachtet hatte, die Heirat mit einem Witwer mittleren Alters, und sich von ihrem eigenwilligen Protegé getrennt?

Lagen die Antworten auf all diese Fragen im Haus von Lady Temple? Oder eher auf dem Moor außerhalb von Harrogate? Oder musste ich meine Schritte nach Salisbury zurücklenken und dort ganz von vorn mit meinen Nachforschungen anfangen?

KAPITEL SIEBZEHN

Ich lag die halbe Nacht wach und drehte das Problem in meinem Kopf hin und her. Am Morgen war ich sicher, dass ich zurück nach Salisbury musste. »Dort liegt die Antwort, Lizzie!«, sagte ich beim Frühstück zu meiner Frau.

Lizzie schien wenig überzeugt. »Ich neige eher zu der Annahme, dass Anderson jemanden geschickt hat, um Emily nachzuspionieren. Vielleicht solltest du nach Yorkshire fahren und noch mal mit ihm reden?«

»Wenn ich in Salisbury nichts erreiche, fahre ich nach Yorkshire. Aber mein Instinkt sagt mir, dass ich in die Stadt muss, in der Emily geboren wurde und aufgewachsen ist. Dort war sie bekannt. Ich könnte noch einmal mit Carroway reden. Ich schicke Colby ein Telegramm und informiere ihn, dass ich komme.«

»Was denn, schon wieder unterwegs?«, grollte Superintendent Dunn, als ich mit meinem Plan zu ihm kam. »Sie werden von der Metropolitan Police bezahlt, das wissen Sie, und Ihre Aufgabe ist es, Verbrechen in London und den Londoner Vorstädten aufzuklären, insbesondere Mord und Totschlag! Gelegentlich, bei schwierigen Fällen, stellen wir einen erfahrenen Mann ab, um den lokalen Dienststellen in der Provinz auszuhelfen. Ich erinnere mich, dass Sie einmal sogar nach Hampshire gefahren sind. Aber wenn es mit dem Mord an Emily Devray zu tun hat, nun ja, dieses Verbrechen wurde in London begangen, unter unseren Augen, und deswegen sollen Sie hier ermitteln und nicht in Wiltshire! Sie waren schon einmal in Salisbury, um die Vergangenheit des Opfers zu überprüfen. Was um alles in der Welt kann es sonst noch geben, das eine zweite Reise dorthin erforderlich macht?«

»Wilsons Aussage, Sir. Ich bin sicher, es war die Zeitung, die der Unbekannte an jenem Abend im Garten der Temples an Emily ausgehändigt hat. Wilson hat sie dabei beobachtet, fünf Wochen vor ihrem Tod. Die Zeitung, die ich gefunden habe, war fünf Wochen alt. Das kann kein Zufall sein, Sir.«

Ein weiteres Grollen von Dunn. »Nun, fahren Sie meinetwegen, Ross. Aber ich will eine detaillierte Abrechnung über jeden Penny, den Sie ausgeben! Sie waren auch oben in Yorkshire und haben dafür Spesen geltend gemacht. Also, halten Sie die Kosten für Speisen und Getränke niedrig. Bilden Sie sich nicht ein, Sie könnten auf Kosten der Öffentlichkeit gut essen und trinken. Es gibt Imbissstände am Bahnhof, richtig? Kaufen Sie sich eine Bratwurst und eine Tasse Tee. Das sollte Ihnen über den Tag helfen.«

»Übrigens, Ross!«, rief er mir hinterher, als ich bereits nach draußen eilte. »Sie haben bei Ihrer letzten Reise nach Wiltshire eine Fahrkarte zweiter Klasse gelöst! Das ist vollkommen unnötig. Fahren Sie beim nächsten Mal in der dritten Klasse. Oder, wenn Sie darauf bestehen, stilvoll zu reisen, bezahlen Sie Ihre Fahrkarte selbst!«

Ich erinnerte mich noch gut an den beißenden Gestank der mit Zwiebeln belegten Pastete des Mitreisenden bei meiner letzten Reise nach Salisbury, deswegen machte ich einen weiten Bogen um den Imbissstand, im Gegensatz zu Dunns Empfehlung. Es ging hier schließlich um meine eigene Verdauung und das Wohlbefinden meiner Mitreisenden. Auf dem Weg zum Bahnhof von Waterloo kam ich an einer Bäckerei vorbei, und ein wahrhaft verlockender Duft ließ vermuten, dass soeben etwas

Wohlschmeckendes aus dem Backofen gekommen war. Ich ging nachsehen und kam mit zwei frisch gebackenen Korinthenbrötchen in einer Papiertüte nach draußen. Die Brötchen, zusammen mit einem Kaffee an einem Stand vor dem Bahnhof, machten mich auf eine sehr zufriedenstellende Weise bereit für meine Reise.

Ich erreichte Salisbury am frühen Nachmittag. Zu meiner Überraschung war Colby erneut an den Bahnsteig gekommen, um mich abzuholen. Er stand mit seinem Bowler winkend da, um meine Aufmerksamkeit zu gewinnen. Er trug einen schweren Tweedmantel, und sein Gesichtsausdruck war gehetzt. Er hüpfte zwar nicht auf und ab, aber er scharrte mit dem Fuß wie ein Schlachtross.

»Gott sei Dank, dass Sie gekommen sind!«, begrüßte er mich und packte meine Hand. »Wären Sie nicht gekommen, hätte ich nach Ihnen geschickt. Kommen Sie, wir haben keine Zeit zu verschwenden. Ich erkläre Ihnen alles unterwegs!« Colby drängte mich am Fahrkartenkontrolleur vorbei, der mir den Fahrschein im Vorübergehen fast aus den Händen riss, und dann waren wir draußen vor dem Bahnhof. Wir fanden uns unter einem dunkler werdenden Himmel wieder, und ein steifer Wind zerrte an unserer Garderobe. Alles sah nach starkem Regen aus, der nicht mehr lange auf sich warten lassen würde.

»Wohin gehen wir?«, fragte ich. Wir marschierten eilig durch die Straßen, und der Boden unter unseren Füßen war rutschig vom Schlamm. Wir hielten beide unsere Hüte fest.

»Zum Krankenhaus!«

»Wer liegt denn im Krankenhaus?«

»Der alte Tobias Fitchett, und er ist in einem ziemlich üblen Zustand. Hey, oh, verdammt!« Colby packte mich beim Arm und hielt mich fest. »Warum müssen wir ihm ausgerechnet jetzt über den Weg laufen!«

Ich sah nach vorn und entdeckte die große, würdevolle Gestalt von Reverend Bastable, der sich uns zielstrebig näherte. In seiner Begleitung war eine schlanke Frau, gekleidet in einen voluminösen schwarzen Mantel, der ihr Ähnlichkeit mit einer großen Krähe verlieh. Sie hatte den scharfen und mitleidlosen Blick einer Krähe, und dieser Blick war auf mich gerichtet. Sie konnte niemand anders sein als Bastables Schwester.

»Du meine Güte!«, sagte Bastable mürrisch und hob zögernd den Hut zur Begrüßung. »Inspector Colby! Und der Emissär von Scotland Yard. Ross, nicht wahr?« Er starrte mich an, um sodann, noch zögerlicher, die Frau vorzustellen. »Meine Schwester.«

»Miss Bastable«, sagte ich höflich und verneigte mich. »Ich bin in der Tat Inspector Ross von Scotland Yard.«

Die Dame, gezwungen, meine Begrüßung zu erwidern, neigte den Kopf. »Mein Bruder hat von Ihnen gesprochen«, sagte sie gepresst.

Und er hat kein gutes Haar an mir gelassen!, dachte ich mir.

»Ich nehme an, es geht um diese unglückselige Angelegenheit den Schuhmacher betreffend, Fitchett, die Sie hergeführt hat? Obwohl mir das als Angelegenheit der lokalen Polizei erscheint, ein versuchter Raub, ohne Zweifel. Kaum von Interesse für Sie, Inspector Ross.«

»Das ist wohl wahr«, pflichtete seine Schwester ihm bei. »Natürlich ist es eine bedauerliche Angelegenheit.«

Sie starrte mich noch immer an, als wollte sie sich jeden Augenblick auf mich stürzen und wütend auf mich einhacken.

»Ich nehme an, Sie haben nicht vor, uns wieder in unserem Haus zu belästigen?«, intonierte Bastable.

»In unserem Haus!«, schnappte Miss Bastable.

»Oh, ich glaube nicht, dass das notwendig sein wird«, versicherte Colby den beiden.

»Das hoffe ich doch sehr! Dann wollen wir Sie auch nicht länger aufhalten«, sagte Bastable zu ihm.

Er und seine Schwester gingen ihres Weges.

»Um Himmels willen, Colby, erzählen Sie mir, was mit Fitchett passiert ist!«, bedrängte ich meinen Kollegen. »Worüber hat Bastable geredet?«

»Der Laden wurde am Montagmorgen nicht geöffnet. Es gab kein Hinweisschild im Schaufenster, demzufolge er geschlossen war, und keinerlei Begründung. Die Kundschaft war ungehalten, doch niemand alarmierte uns. Doch als das Geschäft auch gestern Morgen nicht öffnete, wurde eine Antwort vonnöten. Ein Kunde, der eine dringende Bestellung aufgegeben hatte, war verärgert anstatt besorgt. Die Polizei wurde informiert. Wir brachen die Tür auf und fanden den armen alten Fitchett mit schweren Kopfverletzungen am Boden liegend in seiner Werkstatt. Wir brachten ihn unverzüglich ins Krankenhaus. Ich war im Begriff, Sie telegrafisch zu benachrichtigen, als ich Ihr Telegramm erhielt, in dem Sie mir mitteilten, dass Sie auf dem Weg hierher wären.«

»Was ist mit seinem Gesellen, diesem Ezra Jennings? Hat er nicht versucht, das Geschäft allein zu öffnen?«

»Er ist verschwunden«, antwortete Colby gepresst.

Ich blieb stehen und packte Colby am Arm, sodass der arme Kerl fast das Gleichgewicht verlor. Ich entschuldigte mich hastig. »Sind Sie der Meinung, Jennings könnte Fitchett angegriffen haben?«, fragte ich.

»Er ist jedenfalls der Hauptverdächtige! Zum einen ist er unauffindbar. Niemand hat ihn seit vergangenen Freitag gesehen, nicht einmal seine Vermieterin. Er war am Sonntag in keiner einzigen Messe. Was denken Sie?« Colby starrte mich fragend an.

»Ich bin mir mehr und mehr sicher, dass die Antwort auf

alle Fragen hier in Salisbury zu suchen ist«, antwortete ich ihm. »Emily Devrays Geschichte begann in Salisbury. Sie wurde zwar in London ermordet, doch die Wurzeln dieses Verbrechens liegen ebenfalls hier.«

Entweder wegen der Kälte oder aus Ungeduld stampfte Colby erneut mit dem Fuß auf. »Hören Sie, wir dürfen keine Zeit verschwenden. Fitchett hat zwar das Bewusstsein wiedererlangt, sozusagen, aber er dämmert immer wieder weg, verstehen Sie? Er sagt ständig die gleichen Worte. ›Ezra. Ezra hat sie!‹ Wir wissen nicht, was mit ›sie‹ gemeint ist. Er könnte jederzeit wieder ins Koma fallen.« Er zupfte an meinem Ärmel.

»Trotzdem würde ich gerne den Tatort sehen, bevor wir das Opfer besuchen, wenn es nicht zu viel Zeit in Anspruch nimmt.«

»Nein, überhaupt nicht, wenn Sie das wünschen. Aber Fitchetts Zustand gibt Anlass zur Sorge, deswegen sollten wir uns nicht allzu viel Zeit lassen.«

Ein tapferer Constable bewachte die Geschäftsräume. Draußen hatte sich eine kleine Menschenmenge eingefunden, doch als der Constable mich und Colby näher kommen sah, verscheuchte er alle. Die Schaulustigen zogen sich in einige Entfernung zurück, wo sie abwarteten, verärgert und aufgeregt zugleich. Die Nachricht von unserer Anwesenheit würde bald wie ein Lauffeuer durch die Stadt ziehen, und eine noch größere Menge würde sich einfinden. Ich fühlte mich an das Interesse erinnert, das die Einwohner von Salisbury Emilys Beerdigung hatten zuteilwerden lassen.

Der vordere Teil des Geschäfts sah aus wie immer. In einem geradezu schockierenden Kontrast dazu stand Fitchetts Werkstatt, die von oben bis unten durchwühlt worden war. Abgesehen davon waren sämtliche Anzeichen eines Kampfes zu sehen. Fitchetts Werkzeuge lagen überall verstreut herum, und auf den Dielenbrettern war ein unheilverkündender dunkler Fleck.

»Hinweise auf einen Raubüberfall? Gewaltsames Eindringen? Wurde Geld aus der Registrierkasse genommen?«

»Fitchett hat die Tageseinnahmen in einer Holzschachtel unter der Theke vorne im Laden aufbewahrt. Die Schachtel ist noch da, doch sie ist leer. Entweder hat irgendjemand – der Angreifer? – den Inhalt genommen und ist damit geflüchtet, oder der Angriff ereignete sich, noch bevor der Laden aufgemacht wurde, und es war nur wenig oder gar kein Geld in der Schachtel. Es sieht nicht nach einem Raubüberfall aus, es sei denn, er fand am Abend vorher statt und es war mehr Geld in der Schachtel. Fitchett hat bisher noch keine kohärente Aussage gemacht. Ich hoffe, das wird er noch – wenn er überlebt.«

»Warum sollte Jennings seinen Arbeitgeber ausrauben?«, sinnierte ich laut. Dann kam mir ein Gedanke. »Es gibt noch andere Dinge, auf die es Diebe abgesehen haben könnten, außer Geld!«, rief ich aus. »Colby, haben Sie das Schaufenster kontrolliert?«

»Das Schaufenster?«, rief Colby verdutzt. »Aber wieso? Die Scheibe war nicht eingeschlagen. Wer sollte irgendetwas aus dem kleinen Schaufenster haben wollen? Dort gibt es nichts Wertvolles, nur das ein oder andere Ausstellungsstück, um die Kundschaft anzulocken.«

Doch ich war bereits auf dem Weg zum Schaufenster, um selbst nachzusehen. Es war, wie ich mir gedacht hatte. Die Leisten für die Stiefel von Emily Devray, für eine Weile ein gruseliges Ausstellungsobjekt, waren verschwunden.

»Colby! Wo ist die Auftragskladde?« Ich suchte unter der Theke, während ich redete, und meine Finger berührten den großen massiven Wälzer, in dem Fitchett uns den Eintrag mit der Order für die Stiefel von Emily gezeigt hatte. Ich zerrte ihn hervor, legte ihn auf den Tresen, schlug ihn auf und fuhr mit dem Finger die Seiten hinunter. »Sehen Sie, hier! Hier ist der

Auftrag von Mrs. Waterfield, und das ist die Auftragsnummer! Schnell, der Lagerraum!«

Ich rannte durch den Laden, Colby dicht auf meinen Fersen, und in den rückwärtigen Raum, wo die Leisten der Kunden in ordentlichen Regalreihen aufbewahrt wurden.

»Nicht da!«, rief Colby, der begriffen hatte, was ich tat, und die leere Stelle gefunden hatte, wo Emilys Leisten gewesen waren. »Wenn das hier Ezras Werk war, dann hat es mit den Leisten von Emily zu tun! Das ist es, was der arme Fitchett meinte, als er sagte, ›Ezra hat sie!‹ Er muss sie mitgenommen haben, wo auch immer er jetzt steckt. Was kann der elende Kerl damit wollen?«

»Hoffen wir, dass der arme Fitchett imstande ist, mit uns zu reden.«

Die Oberschwester war eine imposante Gestalt, so aufrecht und steif wie ein Wachsoldat, mit einer gestärkten Haube und einem so steifen Kragen, dass ich mich wunderte, wieso er nicht in ihren Hals schnitt.

»Der Patient ist nur halb bei Bewusstsein, Gentlemen«, informierte sie uns, als sie uns den Gang hinunterführte. »Wir haben Mr. Fitchett in ein Privatzimmer gelegt, Inspector Colby, weil Sie uns gesagt haben, der Täter könnte vielleicht zurückkehren und versuchen, ein Verbrechen im Krankenhaus zu begehen. Wir haben diese Vorsichtsmaßnahme ergriffen, obwohl es, wie ich Ihnen versichern darf, für einen Besucher praktisch unmöglich ist, sich in diesem Krankenhaus despektierlich oder gar drohend zu verhalten. Es würde nicht für einen Moment toleriert und auf der Stelle unterbunden werden!«

Ich glaubte ihr aufs Wort.

»Das verstehen wir, Ma'am«, sagte Colby. »Ist der Constable noch hier, den ich Ihnen geschickt habe?«

»Er sitzt draußen vor dem Zimmer, im Gang, wie Sie angeordnet haben.« Wir kamen um eine Ecke, und sie deutete den Korridor entlang, wo der besagte Mann in Uniform saß: Eine sehr kräftige Gestalt auf einem sehr kleinen Holzstuhl.

Als der Constable Colby und mich sah, sprang er auf und salutierte. »Alles sicher, Sirs! Niemand ist reingegangen, außer dem Doktor und den Krankenschwestern.«

Die Oberschwester rauschte an ihm vorbei und in das Zimmer, und wir folgten ihr. Sie beugte sich über den Patienten. »Sie haben Besuch, Mr. Fitchett. Verstehen Sie mich?«

Die Gestalt im Bett hob eine Hand und murmelte mit leiser Stimme ein paar Worte, dann fiel die Hand kraftlos zurück auf die Bettdecke.

»Die Gentlemen sind von der Polizei und möchten mit Ihnen reden.«

Ein weiteres leises Murmeln vom Bett.

Die Oberschwester wandte sich an uns. »Sie dürfen ihn nicht überanstrengen. Er ist sehr schwach. Was immer Sie tun, er darf sich auf keinen Fall aufregen.«

Angesichts der Tatsache, dass der Patient als Folge eines gewalttätigen Angriffs in ihrer Obhut war und wir im Begriff standen, ihn deswegen zu befragen, würde es ziemlich schwierig werden zu verhindern, dass Fitchett sich aufregte. Doch wir versprachen ihr feierlich, dass wir äußerst behutsam sein würden.

Die Oberschwester bedachte uns mit einem letzten strengen Blick, dann zog sie sich zurück. Wir näherten uns dem Krankenbett.

Der arme Fitchett bot einen bemitleidenswerten Anblick. Ich hatte ihn als kleinen Mann in Erinnerung, doch in diesem Bett erinnerte er mich an eine winzige Mumie in einem Museum, etwas, das man in einem ägyptischen Grab gefunden hatte. Sein Kopf war dick bandagiert, und was von seinem Gesicht zu sehen war, war runzlig wie eine Walnuss. Eine Hand war ebenfalls in einen Verband gehüllt. Sein Blick war zunächst trüb, als er uns ansah, was mir Sorgen machte. Doch als seine alten, eingesunkenen Augen mich ansahen, war ein Flackern des Wiedererkennens darin. Die nicht bandagierte Hand hob sich, um uns zu begrüßen.

»Der Mann aus London …«, kam ein Flüstern aus dem Bett.

Ich beugte mich über ihn. »Ja, Mr. Fitchett, ich bin es. Inspector Ross von Scotland Yard. Ich freue mich, dass Sie sich an mich erinnern. Es tut mir sehr leid, Sie in einem solchen Zustand vorzufinden. Haben Sie Schmerzen?«

»Kopfweh …«, murmelte Fitchett.

»Das kann ich mir denken. Inspector Colby hier, mein Kollege, nimmt an, Sie wurden von Ihrem Gehilfen Ezra Jennings angegriffen. Ist das richtig?«

Das Glänzen in den Augen wurde hell vor Ärger. Die Hand wedelte hin und her. Ich befürchtete, dass er sich zu sehr aufregen könnte, und hoffte inständig, dass die Oberschwester nicht in diesem Moment ins Zimmer zurückkehren würde. Fitchett sagte etwas, doch ich konnte es nicht verstehen. Ich beugte mich über ihn.

»Was haben Sie gerade gesagt, Mr. Fitchett?«

»Leisten … Er wollte die Leisten.«

»Er wollte die Leisten der Stiefel, die Sie für Emily Devray angefertigt haben? Wir konnten uns bereits überzeugen, dass sie nicht mehr in Ihren Geschäftsräumen sind, weder im Schaufenster noch hinten im Lager«, sagte ich zu ihm.

»Wollte sie ihm nicht überlassen«, murmelte Fitchett. »Da hat er mich angegriffen. Halunke!« Er spie das Wort mit unerwarteter Heftigkeit aus. Dann verließ ihn seine Energie, und er schloss die Augen. Colby und ich wechselten besorgte Blicke.

»Soll ich eine Schwester holen?«, fragte Colby leise.

»Warten Sie noch einen Moment …« Ich beugte mich über den alten Stiefelmacher. »Mr. Fitchett? Können Sie mich hören?«

Zu meiner Erleichterung flatterten seine Augenlider und öffneten sich. Er sah mich trübe an, wie er es bei unserem ersten Eintreten getan hatte. Doch dann wurde sein Blick klar. Er streckte die Hand aus und packte meinen Ärmel.

»Sie müssen ihn finden! Er ist verrückt, völlig verrückt …« Die Stimme war schwach und heiser, doch die Worte waren klar und deutlich. Fitchett war noch bei Verstand, Gott sei Dank, obwohl er schwere Schläge gegen den Kopf eingesteckt hatte.

»Was können Sie uns darüber sagen, Mr. Fitchett?«

»Die Leisten waren im Fenster … ausgestellt.« Fitchetts Hand wedelte hin und her. »Mein Fehler. Falscher Zeitpunkt.«

»Ich verstehe, Sir. Was ist mit den Leisten passiert?«

»Die Leute … sie sind gekommen und haben sie angestarrt. Kamen in den Laden … wollten Stiefel von den gleichen Leisten …«

Er brach ab und begann zu husten. Colby nahm ein Glas Wasser von einem Nachttisch. Gemeinsam hoben wir Fitchetts Oberkörper behutsam an und brachten ihn dazu, ein wenig zu trinken. Der Husten verging, und er sank auf sein Kissen zurück.

»Ich beschloss … beschloss, sie aus dem Fenster zu holen und zu vernichten. Verstehen Sie?« Fitchetts Blick war flehend auf mich gerichtet. »Das Interesse der Leute war schlecht. Unanständig … ich überlegte, es wäre am besten, sie zu verbrennen, aber Ezra … er wollte sie unbedingt. Er bettelte mich an, sie ihm zu geben. Ich fragte ihn warum … ›Ihre Füße‹, war seine Antwort. Immer wieder. ›Ihre Füße‹!«

»Ah.« Ich fing an zu verstehen. »Glauben Sie, er war von der jungen Frau besessen?«

Fitchett warf die Hand hoch und packte meinen Ärmel mit unerwarteter Kraft. »Er ist verrückt. Verrückt wegen ihr! Sie müssen ihn aufhalten!«

»Ihn aufhalten? Was hat er vor?«, drängte Colby. Der Stiefelmacher war wieder zurück auf sein Kissen gesunken, erschöpft von der Anstrengung, und drehte den Kopf zu den Fenstern und dem, was dahinter von der Welt zu sehen war.

»Mr. Fitchett?«, drängte ich. »Haben Sie eine Vermutung, wo Ezra jetzt sein könnte?«

Fitchett wandte sich langsam wieder zu mir um. »Er bringt die Stiefel … zu den Steinen …«

»Zu den Steinen?« Ich sah Colby fragend an, doch der schien genauso verwirrt wie ich. »Zu welchen Steinen? Was für Steine sind das?« Ich versuchte zu raten. »Ist er zum Friedhof gegangen? Meinen Sie Grabsteine? Fitchett, ist Ezra vielleicht nach London gefahren, um die Leisten an Emilys Grab niederzulegen?«

»Nein, nein!« Fitchetts knorrige alte Hand, vernarbt von zahlreichen handwerklichen Missgeschicken im Verlauf der Jahre, deutete auf Colby. »In der Nähe. Fragen Sie ihn. Er kennt sie.«

»Denken Sie nach, Colby!«, drängte ich.

Colby runzelte die Stirn. Dann klärten sich seine Gesichtszüge, und er beugte sich über das Bett. »Meinen Sie die alten Steine? Stonehenge?«

»Ja, ja. Dahin ist er gegangen. Er hat sie dorthin gebracht … die Leisten …«

»Es sind nicht ganz zwanzig Meilen bis dorthin«, sagte Colby an mich gewandt. »Sie haben sicher davon gehört? Stonehenge?«

»Ja, ja, eine prähistorische Stätte, nicht wahr?« Ich beugte mich über Fitchett. »Sie meinen Stonehenge?«

»Ja … die alten Steine … ein magischer Ort … alter Glaube, alte Praktiken … heidnische Praktiken, keine christlichen«, krächzte der alte Mann.

»Aber warum sollte er die hölzernen Füße nach Stonehenge bringen?«

Fitchett riss plötzlich weit die Augen auf. »Weil es kurz vor der Frühjahrs-Tagundnachtgleiche ist! Ezra glaubt, wir stehen auf halbem Weg zwischen Winter und Sommer, und in seinem armen verrückten Verstand damit halbwegs zwischen Tod und Leben.«

Colby blätterte durch einen Taschenkalender. »Ja, das ist richtig. Das Wetter ist so schlecht, dass man es nicht glauben will, aber dem Kalender zufolge liegt der Winter hinter uns.«

Fitchetts Finger zupften schwach an meinem Ärmel. »Er denkt … Ezra, der törichte Kerl … Er denkt, wenn er die Leisten von ihren Füßen dorthin bringt, zu dieser besonderen Zeit, dann sieht er sie.«

»Wen sieht er? Emily?«

»Ja … sie wird kommen … Sie ist auf halbem Weg auf ihrer Reise zwischen Leben und Tod, so glaubt er. Ihr Weg und der Weg der Jahreszeiten werden sich deshalb kreuzen. Im Moment ist sie unterwegs in Richtung Tod und Winter, wo die Erde tot ist. Aber der Frühling kommt uns aus der anderen Richtung entgegen, auf seinem Weg, die Erde zu erwecken. Die Leisten, wenn sie zwischen die alten Steine gelegt werden, absorbieren seine Kraft. Sie werden sie zu sich ziehen … das jedenfalls glaubt Ezra. Sie wird umkehren auf ihrer Reise in die Welt der Toten und wieder lebendig werden. Wenn der Frühling erwacht, erwacht auch sie. Fragen Sie mich nicht, woher er das alles hat! Er ist verrückt, wie ich schon sagte. Er glaubt allen möglichen Blödsinn.«

Fitchett schloss die Augen, erschöpft von seiner langen Erklärung. Colby und ich starrten ihn staunend an. Wir konnten kaum glauben, was wir soeben gehört hatten.

»Meine Güte, es ist wie in dieser alten griechischen Sage, Sie wissen schon«, flüsterte Colby. »Orpheus und seine Frau.«

»Eurydike«, half ich ihm mit dem Namen aus.

»Genau die meine ich. Sie starb, und er hat nach ihr gesucht und wollte sie aus der Unterwelt zurückbringen. Ezra glaubt, er kann das Gleiche mit Emily machen. Sie zurückbringen. Er ist vollkommen übergeschnappt.«

»Übergeschnappt, aber nicht dumm«, murmelte Fitchett. Er hatte mit geschlossenen Augen zugehört. »Er hat sie in London gefunden, wissen Sie?«

Mein Atem stockte. Ich beugte mich tief über Fitchett. »Sie gefunden? Wen gefunden, Mr. Fitchett?«

»Die junge Miss Devray. Er ging zu dem Haus, in dem sie gelebt hat. Er hat sie dort gesehen.«

»Wie hat er sie gefunden?«

»Er ist ein gerissener Kerl, Ezra, auch wenn er diesen Unsinn glaubt«, murmelte Fitchett. »Und er ist trotzdem ein Ganove. Ich habe ihn das Handwerk gelehrt, er war ein guter Schüler. Aber trotzdem ein Halunke …«

Er war mit seinen Kräften am Ende, und seine Stimme brach ab. Hinter uns ertönten schnelle Schritte und das Rascheln von gestärktem Leinen.

»Sie müssen jetzt gehen!«, sagte die Oberschwester. Ihre Stimme duldete keinen Widerspruch, aber wir waren ohnehin fertig.

»Wir müssen zu diesen alten Steinen«, sagte ich zu Colby. »Zu diesem Stonehenge. Wenn Jennings dort ist, kriegen wir ihn.«

Es war eine Sache, einen Plan zu haben, doch eine ganz andere, ihn vorzubereiten und umzusetzen. Die Steine waren inmitten eines freien Feldes, einer flachen einsamen Ebene, auf der lediglich Schafe weideten, wie Colby mir verriet. Das Land und das Monument gehörten der Familie Antrobus, und er musste sie informieren, dass die Polizei im Begriff stand, in beträchtlicher Stärke in ihre Ländereien vorzustoßen.

»Die Steine sind für Leute interessant, die sich mit Antiquitäten beschäftigen. Sie ziehen eine Reihe von Besuchern an, darunter ziemlich hochrangige Persönlichkeiten, aber nur bei gutem Wetter. Es hat im Lauf der Jahre alle möglichen Diskussionen gegeben, was mit ihnen passieren soll. Manche sagen, man solle die umgefallenen Steine wieder aufrichten. Andere meinen, es wäre besser, sie in Ruhe zu lassen. Wiederum andere befürchten, es könnten noch mehr Steine umfallen. Es hat, soweit ich weiß, eine ganze Reihe von Komitees gegeben, aber Sie wissen ja selbst, was passiert, wenn Dinge erst mal vor ein Komitee kommen. Die Sache ist die: Jennings, falls er dort ist, wird dafür gesorgt haben, dass wir uns nicht ungesehen oder ungehört nähern können. Wir müssen genügend Leute mitnehmen, um das ganze Gebiet abzuriegeln, sonst haben wir keine Chance, ihn zu schnappen.«

Bis wir ein Team von Constables versammelt und eine Transportmöglichkeit organisiert hatten, wurde das Licht bereits schwächer, und ein klammer Nebel trieb über das freie Land. Er brachte Nieselregen mit sich, der selbst den dicken Stoff meines Übermantels durchdrang. Es dauerte nicht lange und ich war durchnässt und fing an zu frieren. Colby und ich fuhren auf einem Dogcart. Außerdem hatte man noch zwei Kremser aufgetrieben und requiriert, die den Trupp Constables transportierten. Wäre nicht der ernste Zweck unserer Fahrt gewesen, man hätte uns für eine Gruppe von Ausflüglern halten können.

Unsere Zahl war verstärkt worden durch Freiwillige, die Sir Edmund Antrobus uns geschickt hatte.

Die Straße war zwar schlammig und zerfurcht, doch passierbar. Wir wären gut vorangekommen, wäre nicht der Nebel gewesen. Dieser Nebel hier war nicht wie der Londoner Nebel, denn er trug keinen Gestank nach Schwefel und Industrie mit sich. Er war sauberer, aber zugleich irgendwie unirdisch. Er war dichter geworden und hatte sich ausgebreitet, und er spielte Streiche mit Objekten und verwandelte sie in etwas, das sie nicht waren. Darüber hinaus machte er es unmöglich, Entfernungen zu schätzen. Das natürliche Licht war nur noch ein schwacher letzter Dämmerschein, bevor wir auch nur die Hälfte unseres Weges zurückgelegt hatten. Was bedeutete, dass wir Laternen an unseren Gefährten entzünden mussten, auch wenn sie wenig dazu beitrugen, den Weg zu erhellen. Wenn Jennings uns nicht schon von Weitem hörte, würde er doch sicher die tanzenden Lichter im Nebel bemerken. Vielleicht würde er uns für mythische Kreaturen halten oder Irrlichter. Ringsum lag die Landschaft frei und verlassen und bot keinerlei Deckung. Doch es gab lebende Kreaturen dort draußen. Immer wieder tauchten unvermittelt Schafe vor uns auf und sprangen panisch davon. Wenn so etwas geschah, erschrak ich selbst jedes Mal fast zu Tode, trotz aller Bemühungen, mich an meinen rationalen Verstand zu klammern. Dies war eine uralte Landschaft, größtenteils unbewohnt, mit Ausnahme der Schafe, und doch hatte ich das Gefühl, dass von Zeit zu Zeit unsichtbare Wesen unser Fortkommen beobachteten.

Auf diese Weise ratterten und rumpelten wir ein paar Meilen weiter, bis wir in der Ferne, als hätten wir nicht Probleme genug, Donnergrollen vernahmen, wenige Sekunden später gefolgt vom Flackern eines Blitzes.

Der Donner rollte erneut heran. »Vielleicht drei Meilen entfernt«, sagte Colby, der die Sekunden gezählt hatte. Ein weiterer Blitz, ein weiterer Donner. »Es kommt näher, Herrgott noch mal!«, brummte er. »Wie weit noch?«, rief er mit lauter Stimme an den Fahrer gewandt.

»Wir sind fast da, Gentlemen«, rief der Mann über die Schulter. Er hob seine Peitsche und deutete auf etwas. »Dort vorne brennt ein Feuer, Inspector Colby!«

Colby und ich beugten uns über das seitliche Geländer des Dogcarts und späten nach vorn in die Dunkelheit. Und tatsächlich, irgendwo dort vorn flackerten und tanzten die Flammen eines Lagerfeuers.

»Da ist jemand!«, rief Colby aufgeregt. »Er hat ein richtiges Leuchtfeuer angezündet! Wie hat er das nur geschafft bei dieser Feuchtigkeit?«

Im gleichen Moment zuckte ein Blitz direkt über uns hinweg und tauchte die gesamte Umgebung in gleißendes Licht. Ich spürte die Hitze der elektrischen Entladung im Gesicht, als sich vor uns eine fantastische Szene erstreckte. Die großen Steine lagen kreuz und quer vor uns. Mir war nicht klar gewesen, wie gewaltig sie waren oder welche Macht von ihnen ausging, hier mitten in der Wildnis. Es war, als hätten Riesen Mikado gespielt und die Steine wären in einem wirren Haufen zum Liegen gekommen. Andere standen noch aufrecht inmitten ihrer gefallenen Kameraden. Wie waren sie hierhergekommen? Wer hatte sie hergebracht? Wann? Ich spürte einen Schauer, der mir über den Rücken lief. Das war in der Tat ein Ort uralter Mysterien. Ich begann zu verstehen, wieso Ezra Jennings die Leisten von Emily Devray hierhergebracht hatte, um das Ritual durchzuführen, von dem er glaubte, dass es das Mädchen wieder zum Leben erwecken würde.

Mehrere der Monolithen standen noch aufrecht, in Paaren, verbunden mit einem dritten quer darüber, und bildeten auf diese Weise einen steinernen Türsturz. Das Feuer war auf dem Boden unter einem solchen Türsturz errichtet worden. In dieser rohen Annäherung an das Bühnenportal eines Theaters konnten wir vor den tanzenden orangeroten Flammen deutlich die Gestalt eines Mannes erkennen. Er gestikulierte so wild und unwirklich in die Nacht, dass er aussah wie eine Marionette, deren Schnüre von einem unsichtbaren Puppenspieler gezogen wurden. War das Teil seines Rituals? Oder hatte er begriffen, dass wir nah waren und, falls es Jennings war, erraten, wer wir waren und aus welchem Grund wir gekommen waren? Er vollführte stoßende Bewegungen mit den Armen, als wollte er uns abwehren oder zumindest dazu bringen, dass wir blieben, wo wir waren.

Die Blitze waren abgeklungen, und der Donner hallte aus größerer Entfernung heran. Der gefürchtete Sturm zog ab. Doch das Feuer war ebenfalls ganz plötzlich mit einem letzten Aufflackern erloschen. Entweder war das Holz zu nass, oder der Mann, wer auch immer er war, hatte es ausgetreten, um uns keinen Hinweis zu geben, wo er war. Doch dazu war es zu spät – wir hatten ihn entdeckt. Andererseits hatten wir ihn noch nicht in unserem Gewahrsam. Falls er unser Mann war, befand er sich nun irgendwo dort draußen in der Dunkelheit und den wirbelnden klammen Nebelschwaden.

»Meinen Sie, es ist Jennings?«, rief mir Colby ins Ohr.

»Es könnte durchaus sein. Oder vielleicht ist es auch nur ein Landstreicher. Oder ein Schafhirte? Wir müssen anhalten und das Gelände weitläufig abriegeln!«, rief ich zurück.

Doch das ging nicht ohne einige Verwirrung und Verzögerung. Schließlich hatten unsere Männer und die Freiwilligen einen Ring um die Stätte gezogen. Ihre Positionen waren gekennzeichnet durch die Lichtpunkte der Laternen, die sie bei sich trugen. Es war alles andere als zufriedenstellend. Der Mann am Feuer hatte viel zu viel Zeit gehabt, um seine Position zu wechseln. Er hatte eventuell ungesehen zwischen den Männern hindurchschlüpfen können und war jetzt vielleicht irgendwo dort draußen und wartete in aller Ruhe ab.

»Nein«, sagte Colby, als ich ihm meine Befürchtungen mitgeteilt hatte. »Nein, er ist aus einem bestimmten Grund hier, und er muss seinen Plan durchführen, oder alles war umsonst, was er bisher getan hat, um ihn zu verwirklichen. Was schlagen Sie vor, was wir jetzt tun?«

»Wir ziehen den Kreis zusammen«, entschied ich. »Wir rücken langsam aus allen Richtungen vor, und wenn er immer noch da ist, wo wir ihn zuletzt gesehen haben, sitzt er in der Falle.«

Ich war nicht annähernd so optimistisch, wie ich klang. Colby teilte meine Zweifel. Er murmelte etwas, das ich nicht verstand, doch es war auch nicht nötig, und ich machte mir nicht die Mühe nachzufragen. Colby blies einmal in eine Trillerpfeife, und wir setzten uns in Bewegung.

Ich war mir durchaus bewusst, dass wir auf der Jagd waren. Wir jagten auf die primitive Weise, wie unsere Vorfahren es getan hatten, und versuchten unsere Beute in die Enge zu treiben. Feuchtigkeit legte sich auf meine Haut und lief am Arm entlang nach unten, mit dem ich meine Laterne hochhielt. Sie fand an Dutzenden verschiedenen Stellen einen Weg in meinen Mantel. Ich fragte mich, wie nass Jennings sein mochte, falls es in der Tat Jennings war dort draußen. Er war bereits seit einer Weile dort, doch die Elemente würden ihn nicht stören, im Gegenteil. Sie waren seine Freunde und machten uns weit mehr zu schaffen als ihm. Er musste nichts weiter tun, als unter einem der großen Steine Schutz zu suchen und uns dabei zuzusehen, wie wir durch die Nacht stolperten.

Endlich waren wir nah genug, um einen Kreis zu formen, aus

dem er nicht mehr entweichen konnte, falls er noch dort war. Aber war er noch dort? Es gab weder ein Geräusch noch eine Spur von ihm zu sehen.

Dann stieß einer unserer Helfer einen Schrei aus. Er hielt seine Laterne hoch und deutete nach unten. Colby und ich hasteten zu ihm. Der Mann war über die Stelle gestolpert, wo das Feuer gebrannt hatte. Ich schwang meine Laterne im Kreis, und mein Blick streifte etwas, das nicht dorthin zu gehören schien. Ich richtete die Laterne auf die Stelle und fand ein paar Objekte auf dem Boden. Ich ging darauf zu, hob die Laterne, und was lag vor mir? Die Leisten für die Stiefel von Emily Devray.

»Er ist hier!«, rief ich Colby erleichtert zu.

Ich bückte mich und hob die Leisten auf.

Als meine Finger das Holz berührten, erklang ein wildes Kreischen über unseren Köpfen. »Leg sie zurück!«, schrie eine Stimme. Sie schien direkt aus dem Himmel zu kommen. Der Wind fing sie ein und trug sie hinaus in die Dunkelheit. »Leg sie zurück! Sie kommt!«, heulte die Stimme mit noch mehr Nachdruck.

Der mir am nächsten stehende Mann bekreuzigte sich verstohlen. Ich blickte suchend nach oben in die Richtung, aus der der Schrei gekommen war.

Jennings hatte es irgendwie geschafft, einen der großen Monolithen zu erklimmen, der halb umgestürzt war, und balancierte unsicher auf der Spitze. Es war, als hätte sich ein großer Vogel aus einer anderen Welt darauf niedergelassen. Die gesamte Macht der uralten Steine schien sich auf ihn zu fokussieren, sodass es wirklich und wahrhaftig eine unirdische Figur war, die über uns aufragte, furchteinflößend und grotesk. Er fing an zu heulen. Seine Wut, seine Verzweiflung und sein Schmerz, alles strömte aus ihm heraus wie überfließende Elektrizität. Ich merkte, wie ringsum all die Officers mit ihren Laternen instinktiv zurückwichen. Das Heulen echote von den umliegenden Steinen, als wären die urzeitlichen Monolithe lebendig und stimmten in seinen Klagegesang ein.

»Kommen Sie runter, Ezra!«, rief ich. »Sie fallen sonst noch! Rutschen Sie einfach den Stein runter!«

Er ignorierte meine Bitte. »Leg sie zurück!«, kreischte er ein weiteres Mal mit solcher Macht in der Stimme, dass selbst ich, wie ich zugeben muss, unwillkürlich einen Schritt zurückwich und für einen Moment fast gehorcht hätte. Die Officers hatten sich unterdessen gefangen und zogen den Kreis um Ezra enger. Er war gefangen im Licht von fast einem Dutzend Blendlaternen. Sein aufgeknöpfter Mantel flatterte wild im Wind wie große Flügel. Er fuchtelte mit den Armen über dem Kopf. Der Sturm, der inzwischen weitergezogen war, machte sich mit einem fernen Rumpeln im Himmel bemerkbar, wie ein Trommelwirbel bei einem Zirkusakrobaten.

Als wäre dies sein geheimes Zeichen, warf sich Ezra von seinem Ausguck nach vorn. Er wirbelte durch die Luft wie eine gigantische Eule mit ausgebreiteten Flügeln und scharfen Klauen, bereit, ihre Beute zu schlagen. Er krachte gegen mich, und ich verlor das Gleichgewicht und landete der Länge nach auf dem Boden. Er betastete mich wütend, zerrte und riss an mir auf der Suche nach den Leisten, doch ich war fest entschlossen, sie nicht herauszugeben, koste es, was es wolle. Ich drückte sie an meine Brust und rollte mich auf den Bauch, um sie zu schützen. Jennings schrie und schlug mit den Fäusten auf mich ein.

Colby sprang herbei, um mir zu helfen, dann die anderen Officers. Sie alle warfen sich auf Jennings. Doch Jennings war auf mir, und so fand ich mich unter einem Haufen kämpfender Leiber wieder und wurde fast zerquetscht. Mir wurde schwarz vor Augen.

Als ich wieder zu mir kam, vermutlich wenige Minuten später, lag ich immer noch auf dem nassen Boden. Colby stand über mich gebeugt und brüllte auf mich ein. »Wo sind Sie verletzt?«

Ich bewegte vorsichtig Arme und Beine, doch ich spürte keine Schmerzen. »Bin ... nicht ... verletzt«, ächzte ich. »Nur keine Luft mehr gekriegt. Helfen Sie mir hoch.«

Ich wurde von mehreren Paaren helfender Hände auf die Beine gestellt.

»Wo ist er?«, stieß ich schwankend hervor. Ich musste mich an Colby festhalten wie ein Kind an seinem Kindermädchen.

»Oh, wir haben ihn in Gewahrsam genommen«, versicherte mir Colby auf seine heitere Art. »Er hat sich in sein Schicksal gefügt.«

In diesem Moment wurde ich eines wilden Schluchzens gewahr. Ich hob den Kopf und blickte in die Richtung, wo ich im Licht der Laternen eine zusammengekauerte Gestalt am Boden sitzen sah, die Beine angezogen, den Kopf auf den Knien und die Arme um die Schienbeine geschlungen. Sie weinte hemmungslos und verzweifelt.

»Die Leisten!«, rief ich in plötzlicher Panik.

»Ich habe sie hier«, versicherte Colby mir. »Wir können jetzt wieder zurück nach Salisbury.«

Als ich an der kauernden Gestalt vorbeistolperte, hob sie den Kopf, und ich erkannte Ezra Jennings' bleiches Gesicht. Die nassen Haare klebten an seinem Kopf, und seine Augen brannten.

»Sie haben die Verbindung zerstört! Sie haben sie wieder zurückgeschickt!«, schluchzte er.

»Sie wäre nie gekommen«, sagte Colby kalt.

KAPITEL ACHTZEHN

»Und?«, fragte Colby. »Wie lautet Ihre Meinung, Ross?«

Wir waren im Nieselregen und in gemächlichem Tempo nach Salisbury zurückgefahren. Eigentlich hätten wir alle in gehobener Stimmung sein müssen wegen unseres Erfolgs, doch so war es nicht. Die wilde Fahrt nach Stonehenge und die Jagd nach unserem Mann hatten uns alle befeuert. Jetzt war dieses Feuer erloschen, genau wie jenes Feuer, das Jennings bei den großen Steinen entfacht hatte. In uns herrschte ein allgemeines Gefühl von Traurigkeit, und unser Gefangener, der die meiste Zeit der Fahrt leise vor sich hin schluchzte, machte es nicht besser, auch wenn er gelegentlich seine Stimme wiederfand, um uns zu beschuldigen, wir hätten ihm Emily genommen. Ich merkte zum ersten Mal, wie unglaublich müde und hungrig ich war.

Bei unserer Ankunft wurde Jennings in eine Zelle geführt, und ein Constable erhielt den Befehl, ihn im Auge zu behalten, während wir überlegten, wie wir weiter vorgehen sollten. In Fällen wie diesem, so wussten wir aus Erfahrung, bestand immer das Risiko eines Selbstmordversuchs.

»Ist er so verrückt, wie er zu sein vorgibt?« Colby hatte eine Pfeife hervorgezogen, die er nun anzündete. Er paffte ein paar Züge, und der Raum füllte sich mit beißendem Tabakqualm. Er wirbelte um seinen Kopf herum und gab mir die Illusion, ich wäre zurück im Londoner Nebel. »Ich würde sagen, er schauspielert nicht. Er ist wirklich irre. Typen wie er kommen in jeder Gestalt daher. Oder sind Sie anderer Meinung?«, schloss Colby höflich.

»Ich weiß es nicht«, gab ich freimütig zu. »Vielleicht sollten wir einen Arzt hinzuziehen, der ihn untersucht. Einen Arzt, der sich mit Wahnsinn auskennt.«

»Es gibt einen Arzt, der sich um die Insassen einer privaten Anstalt in der Nähe kümmert«, sagte Colby. »Ich könnte ihm eine Nachricht schicken. Sein Name ist Lefebre.«

»Lefebre!«, rief ich überrascht. »Es wäre möglich, dass ich ihm schon mal begegnet bin. Ist er ein gut gekleideter Kerl mit Schnauzbart, von der Sorte, die man gemeinhin als ›schneidig‹ bezeichnet?«

»Nun ja«, gestand Colby erstaunt. »Das klingt nach ihm. Wo haben Sie ihn kennengelernt?«

»Oh, das liegt ein paar Jahre zurück, ein Fall im New Forest. Ich wurde vom Yard hingeschickt, um zu helfen. Dr. Lefebre war bereits am Tatort, weil die Familie des Verdächtigen ihn gerufen hatte. Er gilt als ausgemachter Experte. Wir könnten keinen besseren Gutachter finden.«

»Ich schicke ihm sofort eine Notiz«, sagte Colby. Dann hellte sich seine Miene auf. »Aber Sie kennen sich bereits! Vielleicht könnten Sie ihm schreiben und ihn persönlich bitten, uns zu helfen?«

Alles an diesem Fall war eigenartig – eine Merkwürdigkeit mehr schien mir kein Grund für einen Einwand. Also schrieb ich Dr. Lefebre einen Brief, in dem ich ihn an unsere frühere Bekanntschaft erinnerte und mich dafür entschuldigte, ihm Umstände zu bereiten. Er wurde per Kurier losgeschickt.

»Es wird eine Weile dauern, bis er hier ist«, sagte Colby. »Wir sollten in der Zwischenzeit versuchen, Jennings zu befragen. Dann hätten wir zumindest schon ein paar Informationen für den Doktor, wenn er eintrifft. Ich schlage vor, ich vernehme ihn wegen seines Angriffs auf Fitchett.«

Ich überlegte. »Dies ist Ihr Haus, wie wir in London sagen,

und er ist Ihr Gefangener. Wenn Sie denken, dass es in Ordnung ist, ja, es könnte uns weiterhelfen. Und wenn Lefebre denkt, dass er gesund ist und Sie eine Aussage von dem Gefangenen haben, warum er den armen Fitchett so schlimm zugerichtet hat, dann kann ich ihn vielleicht wegen Emily befragen. Es ist für mich ganz entscheidend herauszufinden, ob Fitchett recht hatte mit seinen Worten, dass Jennings das Mädchen in London aufgespürt hat, weil es möglich ist, dass wir in ihm ihren Mörder gefunden haben.«

»Das wäre ein Glücksfall für Sie«, sagte Colby vielleicht nicht ganz taktvoll, aber zutreffend.

Jennings hatte sich halbwegs beruhigt. Er saß missmutig da und lauschte, während ihm die Anschuldigung gegen seine Person vorgelesen wurde.

»Streiten Sie ab, Ihren Arbeitgeber, Mr. Tobias Fitchett, körperlich angegriffen zu haben?«, fragte Colby.

»Er wollte sie verbrennen …«, murmelte Jennings.

»Was wollte er verbrennen?«

Jennings scharrte mit den Füßen und funkelte uns an. »Ihre Füße. Sie wissen das doch. Sie haben sie jetzt. Was haben Sie mit ihnen gemacht?«

»Wir haben sie sichergestellt, falls es die Leisten sind, von denen Sie reden«, sagte Colby zu ihm. »Es sind Beweisstücke.«

»Ich will sie zurück.«

»Sie werden sie nicht zurückbekommen«, sagte Colby. »Sie sind das Eigentum von Mr. Fitchett.«

»Er will sie nicht. Ich hab es Ihnen doch gesagt. Er wollte sie verbrennen.«

»Sie dürfen sie trotzdem nicht wiederhaben. Es sind Beweisstücke. Das habe ich Ihnen doch gesagt.«

Doch Jennings scherte sich nicht darum, ob sie Beweise waren oder nicht.

»Kann ich sie denn wiederhaben, wenn Sie damit fertig sind?«

»Was ist los mit Ihnen, Mann?«, fragte Colby irritiert. »Hören Sie nicht zu? Es sind Beweisstücke, und wenn sie an irgendjemanden zurückgegeben werden, dann an Fitchett.«

»Aber er will sie nicht! Er wird sie vernichten! Verstehen Sie denn nicht?« Jennings hatte plötzlich Tränen in den Augen.

Colby warf mir einen Blick zu und wandte sich wieder an Jennings. »Ezra Jennings, Ihnen wird vorgeworfen, Mr. Tobias Fitchett vorsätzlich angegriffen und ihm schweren körperlichen Schaden zugefügt zu haben, mit dem Ziel, ihn zu berauben. Geben Sie diese Vorwürfe zu?«

Ezra beugte sich vor, und seine blassen Gesichtszüge waren mit einem Mal rot vor Leidenschaft. »Selbstverständlich habe ich ihn angegriffen! Er wollte mir die Leisten nicht geben! Ich hab ihm gesagt, ich muss sie haben! Er meinte, ›Nur über meine Leiche!‹, und wenn das der einzige Weg war, nun, dann musste ich ihn halt töten. Es war sein eigener Vorschlag, nicht meiner. Abgesehen davon habe ich ihn nicht getötet, oder? Der elende Mistkerl ist noch am Leben, und jetzt erzählen Sie mir, dass er auch die Leisten irgendwann zurückkriegt! Und dann verbrennt er sie!«

Jennings stieß ein Heulen aus, das wie von einer Todesfee klang, und fing dann erneut an hysterisch zu schluchzen.

»Ich nehme an, er wird in einer geschlossenen Anstalt landen«, sagte Colby düster, nachdem Jennings wieder in seine Zelle geführt worden war. »Soweit ich es beurteilen kann – ich glaube, er ist wirklich verrückt, egal was Lefebre sagt, wenn er hier ist.«

Es dauerte keine Stunde, bis der Arzt da war, und er begrüßte mich herzlich, den seidenen Hut in der Hand. Er sah mehr oder weniger genauso aus, wie ich ihn in Erinnerung hatte, ein Gentleman, und ein modischer obendrein, doch mit einem scharfen Auge. Er war außerordentlich elegant in einen dunklen Frack und ein blendend weißes Leinenhemd gekleidet. Er trug immer noch den sauber getrimmten dunklen Bart, an den ich mich erinnerte. Zugegeben, es gab ein paar graue Strähnen, die mir früher nicht aufgefallen waren. Doch ich hatte selbst kürzlich das eine oder andere graue Haar in meinem Schopf gefunden, auch wenn Lizzie so freundlich gewesen war, sie nicht zu erwähnen. Zusätzlich zu seiner sehr modischen Erscheinung sah ich, dass seine gestärkte Hemdbrust mit Diamantknöpfen verziert war. Ich nahm an, dass er an diesem Abend eine gesellschaftliche Verpflichtung hatte, und dankte ihm überschwänglich für sein Kommen.

»Es ist mir eine Freude, Sie wiederzusehen, Inspector! Wenn ich Ihnen irgendwie behilflich sein kann, dann nur heraus damit! Ich erinnere mich sehr gut an den Fall von Shore House«, fügte er hinzu. »Es ging um eine junge verheiratete Lady in der Familie. Ich erinnere mich auch an Ihre Begleiterin, Miss Martin!«

»Miss Martin, wie sie damals hieß, ist heute Mrs. Ross«, informierte ich ihn.

Lefebre hob die Augenbrauen. »Dann sind Sie in der Tat zu beglückwünschen, Inspector Ross! Sie werden doch, hoffe ich, Ihrer Gattin meine besten Grüße bestellen?«

Ich versprach, dies zu tun, während Colby neben mir unruhig zappelte.

Lefebre bemerkte die Ungeduld meines Kollegen. »Nun denn«, fuhr er fort. »Lassen Sie uns doch einen Blick auf diesen Gefangenen werfen, von dem Sie glauben, dass er verrückt ist.«

»Wie lange werden Sie dafür brauchen, Doktor?«, fragte Colby.

»Wenigstens eine Stunde«, antwortete Lefebre ernst. »Für

die erste Untersuchung. Sie müssen verstehen, Inspector, wenn es um den menschlichen Verstand geht, darf man niemals voreilige Schlüsse ziehen.«

Colby errötete und sah für einen Moment unbehaglich drein. Dann riss er sich zusammen. »Ich muss darauf bestehen, dass ein Officer an Ihrer Untersuchung teilnimmt. Jennings hat bereits seinen Arbeitgeber und Inspector Ross hier tätlich angegriffen.«

Lefebre war unerbittlich in Ton und Haltung. »Ihr Officer kann draußen vor der Tür sitzen«, sagte er.

Colby war sichtbar unzufrieden mit diesem Arrangement, und ich kann nicht sagen, dass ich anders empfand. Wenn etwas schiefging, würde man uns die Schuld geben. Doch Lefebre bestand darauf, dass die Untersuchung nach seinen Vorstellungen zu erfolgen hatte.

»Sie haben mich gerufen, Gentlemen, weil ich der Experte bin«, erinnerte er uns. »Ich sage Ihnen nicht, wie Sie Ihre Arbeit zu machen haben, also bitte sagen Sie mir nicht, wie ich meine zu machen habe.«

Uns blieb nichts anderes übrig, als uns zu fügen.

»Beim leisesten Anzeichen einer Unregelmäßigkeit gehen Sie sofort in diesen Raum!«, befahl Colby dem Officer, der vor der Tür sitzen würde.

Als alles vorbereitet war, wandte sich Colby an mich. »Ich schlage vor, ich schicke jemanden Kaffee und etwas zu essen holen. Lefebre meint, er braucht wenigstens eine Stunde. Ich habe seit heute Morgen nichts mehr gegessen.«

»Ich auch nicht«, sagte ich. Ich dachte sehnsüchtig an die Korinthenbrötchen, die ich mir gekauft hatte, bevor ich in London in den Zug gestiegen war. Sie waren nur eine ferne Erinnerung.

Es dauerte eine Weile, bis der Kaffee eintraf, zusammen mit zwei süßen Pies. Ich war im Zug und im Dogcart über das

Land gereist. Ich war in einem Gewittersturm bis auf die Haut durchnässt worden. Ich war von dem irren Jennings angegriffen worden und für eine kurze Zeit bewusstlos gewesen. Ich nahm an, dass mir am nächsten Morgen vom Kopf bis zu den Füßen alles wehtun würde. Wenn jemand diese Pie und einen heißen Kaffee brauchte, dann war ich dieser Mann.

Wir hatten unsere improvisierte Mahlzeit kaum beendet, als der Constable, der als Wachposten draußen vor der Tür des Vernehmungszimmers gesessen hatte, zu uns kam und uns informierte, dass Dr. Lefebre seine Untersuchung des Patienten abgeschlossen hatte.

»Gab es Probleme mit Jennings?«, fragte Colby.

»Nein, Sir. Zumindest konnte ich durch die Tür hindurch nichts hören. Es klang, als würden er und der Doktor sich sehr nett unterhalten.«

»Nun?«, fragte Colby ungeduldig, als Lefebre wieder bei uns war. »Ist er verrückt?«

»Meiner professionellen Einschätzung nach, nein, er ist nicht wahnsinnig, wenn es das ist, was Sie meinen«, erwiderte Lefebre. »Ich stimme zu, dass das, was er im Moment von sich gibt, wenig Sinn zu haben scheint. Aber eine Menge Leute reden eine ganze Menge sinnloses Zeug, ohne verrückt zu sein. Die Menschen benutzen den Ausdruck ›verrückt‹ sehr vorschnell und oftmals ungerechtfertigt. Das Subjekt zeigt Anzeichen von Wahnvorstellungen. Er ist außerdem extrem niedergeschlagen und verzweifelt. Wir haben hier einen Fall mit mehreren interessanten Aspekten. Aber mit genügend Zeit und Pflege sehe ich keinen Grund, warum er nicht wieder völlig zur Besinnung kommen sollte.«

Colby war außer sich. »Was ist mit dieser Aktion, das Mädchen von den Toten zurückzubringen mithilfe dieser Zeremonie in Stonehenge?«, protestierte er.

»Ja, das ist ganz besonders interessant«, sagte Lefebre zu uns. Er lehnte sich zurück und legte die Fingerspitzen zusammen, als säße er in einem seiner eigenen komfortablen Behandlungszimmer und nicht auf einem nackten Holzstuhl in Colbys kleinem Büro. »Er ist fest überzeugt, dass er das hätte tun können. Das ist ein Teil seiner Wahnvorstellungen ... apropos Stonehenge«, fuhr Lefebre fort. »Es ist ein faszinierender Ort, der die Fantasie beflügelt. Wie Sie vielleicht wissen, gab es viele Komitees im Lauf der Jahre, die überlegt haben, was mit den Steinen anzustellen ist, beispielsweise, ob man sie wieder aufrichten soll oder nicht. Ich glaube, der Held der napoleonischen Kriege, Lord Nelson, hat sich sehr für Stonehenge interessiert. Ich hoffe, Sie wollen nicht andeuten, er wäre verrückt gewesen?« Lefebre richtete einen leicht fragenden Blick auf Colby.

»Soweit ich weiß, hat Admiral Nelson nie heidnische Zeremonien auf der Stätte durchgeführt oder geglaubt, er könne einen Geist aus der Unterwelt heraufbeschwören!«, verteidigte sich Colby. »Ich rede nicht von Komitees aus Gelehrten und distinguierten Amateuren, ich rede von einem Mann, den ich in Gewahrsam habe und der bei wenigstens zwei Gelegenheiten extrem gewalttätig geworden ist. Sein früherer Arbeitgeber liegt im Krankenhaus, und Inspector Ross hier ...« Colby deutete auf mich. »Er wurde bewusstlos geschlagen.«

Lefebre bedachte mich mit einem professionellen Blick. »Haben Sie Kopfschmerzen, Ross? Fühlen Sie sich unwohl? Unsicher? Sehen Sie doppelt? Sie scheinen sich gut an das Ereignis zu erinnern.«

»Mir geht es ausgezeichnet, danke sehr«, entgegnete ich. »Ich habe keine Gehirnerschütterung.«

»Nun, wenn sich Symptome zeigen, gehen Sie sofort zu Ihrem Hausarzt. Um auf die alten Steine zu kommen. Wir wissen nur wenig über sie, beinahe nichts. Und wenn wir einfachen Sterblichen etwas nicht wissen, neigen wir dazu zu spekulieren. Es mag daran liegen, dass wir zutiefst neugierig sind. Es mag daran liegen, dass wir eine romantische Ader in uns haben. Oder dass wir fürchten, was wir nicht verstehen, und dass wir ängstlich nach jeder möglichen Erklärung greifen. Wir wollen Sicherheit. Wir sollten uns jedenfalls davor hüten abzutun, was andere als Erklärung betrachten.«

Lefebre lächelte knapp. »Zahlreiche Leute glauben, dass diese Steine eine besondere Bedeutung haben, und längst nicht alle von ihnen sind auch nur im Entferntesten verrückt. Ich habe gehört, dass es eine Reihe von sehr respektablen Leuten gibt mit hohem Ansehen in der Gesellschaft, die dorthin gehen und Zeremonien durchführen, die sie selbst erfunden haben.«

Lefebre vollführte eine ebenso elegante wie vage Geste mit einer bestens manikürten Hand. »Sie kleiden sich in selbst entworfene Gewänder und laufen in Prozessionen um die Steine herum und so weiter. Sie reden nicht gerne mit … mit Außenseitern darüber. Vermutlich, weil sie Spott und Häme fürchten. Ich sage nicht, dass dieser unglückselige Kerl, den Sie in Gewahrsam haben, mit ihnen in Verbindung steht. Aber genau wie sie ist er ausweichend und verschwiegen, was seine Rituale betrifft. Er ist ein Engländer mit Rechten und Freiheiten, auf die wir als Nation zu Recht stolz sind. Sein Glaube, wie exzentrisch auch immer er sein mag, erscheint mir als seine Privatangelegenheit. Er macht ihn nicht zu einem Verrückten.«

»Hören Sie, er hat seinen Arbeitgeber in der Absicht angegriffen, ihn zu ermorden, und er hat ihn für tot liegen lassen!«, argumentierte Colby. »Er hat außerdem Inspector Ross angegriffen. Das ist keine Privatangelegenheit mehr, sondern eine für die Polizei.«

»Das ist richtig«, pflichtete der Doktor ihm bei. »Aber wenn ich Sie daran erinnern darf, Sie haben mich wegen eines medizinischen Problems gerufen, nicht wegen eines Kriminalfalls. Sie wollten, dass ich seinen Geisteszustand beurteile und Stellung nehme zu irgendeinem Ritual, das er in Stonehenge durchführen wollte. Ich wiederhole, ich betrachte ihn nicht als verrückt, lediglich extrem verwirrt und in Wahnvorstellungen verfallen.«

Colby kochte schweigend vor sich hin.

Lefebre zog eine schicke goldene Halbsavonnette aus seiner Westentasche und konsultierte sie. »Ich schicke Ihnen morgen Früh meinen schriftlichen Bericht. Und nun, Gentlemen, wenn Sie mich bitte entschuldigen würden – ich habe eine Verabredung mit Freunden zum Dinner und musste bereits eine Note senden, dass ich später kommen würde. Ich möchte nicht, dass diese Verspätung noch größer wird. Es war mir ein Vergnügen, Inspector Ross, Sie wiederzusehen. Bestellen Sie Mrs. Ross meine allerbesten Grüße.«

»Also schön«, sagte Colby an mich gewandt, als Dr. Lefebre in einer privaten Kutsche abgefahren war. »Jennings ist also nicht verrückt. Aber das heißt noch lange nicht, dass wir auch nur ein einziges sinnvolles Wort aus ihm herausholen können.«

Was auch gar nicht möglich gewesen wäre, denn Jennings war, nachdem er sich in aller Breite dem Doktor erklärt hatte, in einen anhaltenden Schmollzustand gefallen und weigerte sich beharrlich, mit irgendjemandem zu reden.

»Nun ja, vielleicht fällt Ihnen ja noch etwas ein?«, fragte ich Colby.

Colby dachte nach und schnippte sodann mit den Fingern. »Natürlich! Es wäre einen Versuch wert.«

»Was denn?«, fragte ich misstrauisch und ein wenig alarmiert.

Colbys Idee war, nach dem Ältesten der Fundamentalistenkirche zu schicken, in die Ezra bekannterweise von Zeit zu Zeit ging. Ich war mir nicht so sicher – ich hatte in meiner Zeit eine Reihe von Kanzeldemagogen getroffen und festgestellt, dass sie kaum aufzuhalten waren, wenn sie einmal angefangen hatten. Aber ich behielt meine Einwände für mich.

Der Älteste stellte sich als ein sehr kleiner, sehr energischer Mann heraus mit einer hohen, aber gebieterischen Stimme. Es war sicher eine interessante Erfahrung, ihm zuzuhören, wenn er vor einer Versammlung predigte.

Sein Eintreffen riss Ezra aus seinem düsteren Schweigen. Er gab ein weiteres Mal zu, dass er seinen Arbeitgeber Tobias Fitchett angegriffen hatte. Der Streit war um die Leisten von Emily Devrays Stiefeln ausgebrochen. Ja, er hatte die Leisten nach Stonehenge geschafft, um Emilys Geist zurück in das Reich der Lebenden zu locken. Der Älteste wurde an diesem Punkt selbst ganz aufgeregt und musste fast gewaltsam daran gehindert werden, Verdammnis und Höllenfeuer auf sein Gemeindemitglied herunterzurufen, weil es heidnische Zeremonien vollzogen hatte. Colby dankte ihm für seine Hilfe und sandte ihn seines Weges. Endlich setzte Jennings seine Unterschrift unter sein Geständnis, Tobias Fitchett angegriffen zu haben.

Das genügte Colby. Er hatte den Täter für den Überfall in Fitchetts Laden. Der Tod von Emily Devray in London war mein Fall, nicht seiner.

»Glauben Sie, er hat es getan?«, fragte er. »Ich weiß, der alte Fitchett hat erzählt, Jennings hätte das Mädchen in London aufgespürt. Aber wie hat er es geschafft, ihr so nahe zu gekommen, dass er in der Lage war, sie anzugreifen?«

»Meine innere Stimme sagt mir, dass er sie umgebracht hat«, murmelte ich.

»Sie werden mehr brauchen als Ihre innere Stimme, Ross.«

»Ich denke, ich habe mehr. Sie erinnern sich an Ezra bei

Emilys Beerdigung, in seinem schwarzen Mantel und dem Bowler?«

»Ich erinnere mich«, sagte Colby stirnrunzelnd. »Er sah mehr aus wie einer der Sargträger des Bestatters.«

»Aber wie wäre es bei einer anderen Gelegenheit, nicht bei einer Bestattung?«, sagte ich. »Wenn Sie ihn auf einer Straße gesehen hätten, in der Nacht und bei schwacher Beleuchtung, groß, schlank, schwarz gekleidet? Sie hätten ihn vermutlich für irgendeinen Angestellten gehalten, oder nicht? Beispielsweise einen Anwaltsgehilfen?«

»Könnte sein«, stimmte Colby mir zu. »Worauf wollen Sie hinaus?«

»Der Butler des Haushalts, in dem Emily beschäftigt war, hat eine solche Person zusammen mit Emily beobachtet. Die beiden hatten sich heimlich im Garten hinter dem Haus getroffen. Fitchett hat uns erzählt, Jennings wäre nach London gefahren und hätte Emily dort gefunden. Ich bin sicher, es war Jennings, der von Lady Temples Butler beobachtet wurde.«

»Verrückt oder nicht, er ist jedenfalls ein gefährlicher Bursche«, erwiderte Colby.

Ich schickte ein Telegramm zum Scotland Yard, in dem ich darum bat, es unverzüglich weiterzuleiten an Superintendent Dunn, der inzwischen vermutlich Feierabend gemacht hatte und nach Hause gegangen war. Jedermanns Abendessen war gestört worden; ich sah keinen Grund, warum Dunn die einzige Ausnahme bilden sollte. Ich erklärte, dass ich über Nacht in Salisbury im Hotel bleiben würde, und bat darum, mir am nächsten Morgen Sergeant Morris nachzuschicken, damit er mir half, einen möglicherweise gewalttätigen Verdächtigen zurück nach London zu bringen.

Und so geschah es. Morris traf am folgenden Tag gegen Mittag ein. Er meinte, der Superintendent wäre sehr besorgt, was die verursachten Kosten anging, doch er wäre auch froh, dass wir endlich einen Verdächtigen in Gewahrsam hätten. Jennings machte uns keine Schwierigkeiten. Er schien die Zugfahrt nach London sogar zu genießen.

KAPITEL NEUNZEHN

Ich habe eine ganze Reihe von Mördern kennengelernt, seit ich zur Polizei gegangen bin. Wenn sie etwas gemeinsam haben, dann, dass sie sich ausnahmslos alle für sehr schlaue Burschen halten. Sie sind zu allen möglichen Verhaltensweisen imstande: höflich, mürrisch, wütend, charmant, alles, was ihrer gegenwärtigen Situation nützt. Kein gestaltwechselndes Monster aus vorzeitlichen Legenden kann sie übertreffen, was die Fähigkeit zur Metamorphose betrifft.

Und so war ich nicht überrascht, dass Jennings, als ich mich in London zu ihm setzte, um ihn wegen des Tods von Emily Devray zu vernehmen, nicht länger die verrückte Gestalt zu sein schien, die mich in Stonehenge angegriffen hatte, und auch nicht das heulende Etwas, das uns für den Verlust seiner Geliebten verantwortlich machte. Er sah beinahe genauso aus wie bei meiner ersten Begegnung mit ihm im Laden von Fitchett in Salisbury. Sein Gesicht war leer, sein Verhalten gefasst bis auf ein schwaches spöttisches Leuchten in den Augen. Er saß mir gegenüber am Tisch, die Hände verschränkt und mit leicht erhobenen Augenbrauen, als erwartete er meine Bestellung für neue Stiefel.

Morris stand an der Wand, und Biddle saß mit seinem Notizbuch neben mir, bereit, alles aufzuschreiben, vielleicht sogar ein Geständnis.

Ich fing mit einer Frage an, die Ezra sicher nicht erwartet hatte. »Sie haben eine Zeitung aus Salisbury nach London gebracht, um sie Emily Devray zu übergeben. Dachten Sie, sie wäre für Emily von Interesse?«

»Aber ja!«, rutschte es indigniert aus Ezra heraus, bevor er innehalten konnte, um die Implikationen seiner Antwort zu überdenken.

»Also haben Sie sie bis zu ihrer Adresse hier in London verfolgt. Sie haben dies bereits gegenüber Tobias Fitchett eingeräumt, daher weiß ich davon. Wie haben Sie das gemacht? Es muss schwierig gewesen sein.«

»O nein«, erwiderte Jennings ernst. »Es war ganz einfach.«

»Wie haben Sie es gemacht?«

Ezra beugte sich vertraulich vor, und in seinen Augen leuchtete so etwas wie Triumph. Das war noch so eine Sache bei Mördern, die mir in der Vergangenheit aufgefallen war. Es reicht nicht, dass sie selbst von sich überzeugt sind, sie wollen auch, dass ihre Zuhörer ihnen zustimmen. Jennings wollte meine Bewunderung.

»Ich wusste, dass sie das Haus in Salisbury verlassen würde, wo sie gelebt hatte. Das Haus von Mrs. Waterfield. Die Köchin dort, Mrs. Bates, ist Mitglied unserer Kirchengemeinde. Sie musste das Datum von Emilys Abreise wissen, also fing ich an, mich nach dem sonntäglichen Gottesdienst mit ihr zu unterhalten. Ich fragte sie, ob die Zukunft des Hauses feststünde und ob sie ihre Anstellung behalten konnte. Von ihr erfuhr ich, dass es verkauft worden war. Sie sagte, sie würde bleiben, weil die neuen Besitzer eine Köchin brauchten. Sie war sehr erfreut darüber. Doch Miss Devray würde noch am Dienstag der kommenden Woche abreisen.

Ich erzählte Fitchett, dass ich Zahnschmerzen hätte und zum Zahnarzt müsste. Ich lungerte in der Nähe des Hauses herum und hielt die Augen nach dem Karren offen, der Emilys Koffer abholen würde. Und tatsächlich, ich sah den Gepäckträger, wie er die Sachen raustrug, und ich folgte dem Karren. Er brachte die Koffer zum Bahnhof, und sie wurden auf dem Bahnsteig gestapelt, um in den Kofferwagen des Zugs nach London geladen zu werden. Sie waren mit großen Etiketten beschriftet. Ich schlenderte vorbei und las die Adresse. Es war wirklich alles ganz einfach.« Jennings breitete die Hände aus, als wollte er mir die Unschuld seiner Aktionen demonstrieren.

Es klang verschlagen, doch es war clever. Fitchett hatte gesagt, dass sein Gehilfe einen scharfen Verstand besaß. Biddle in der Ecke neben mir schrieb wild in sein Notizbuch. Jennings schien ihn überhaupt nicht zu bemerken, oder falls doch, beachtete er ihn nicht.

»Sie hatten in Salisbury Bekanntschaft mit Miss Devray geschlossen?«

Jennings bedachte mich mit einem tadelnden Blick. »Gewiss nicht! Sie war eine respektable junge Dame. Ich hatte sie in der Stadt gesehen, immer wieder, und sie war mir aufgefallen, aber sie hatte eine gute Erziehung genossen, und ich konnte nicht einfach auf der Straße zu ihr gehen und sie ansprechen. Sie hatte eine stille, gesittete Ausstrahlung, und selbstverständlich war sie sehr hübsch. Ich hätte nie gedacht, dass ich sie je aus größerer Nähe sehen würde. Nicht mal in der Kirche, wissen Sie, weil sie und Mrs. Waterfield immer in die Kathedrale gingen. Ich hingegen gehe nur in die Kapelle. Ich gehe nicht zu Prozessionen mit Kreuzen und Chorknaben in Spitzenhemden.«

Er hielt nachdenklich inne. »Dann, eines Tages, kam sie zusammen mit Mrs. Waterfield in den Laden. Das änderte die Dinge.« Ein schwaches Lächeln huschte bei der Erinnerung über sein Gesicht. »Sie bestellten die Stiefel, und Mr. Fitchett zeichnete den Umriss ihrer Füße auf Papier, von ihren Füßen in Strümpfen.« Sein Blick wurde trübe. »Sie waren wunderschön. Sie hatte perfekte Füße. Ich habe noch nie so liebliche Füße gesehen. Ich habe Mr. Fitchett geholfen, diese Stiefel anzufertigen, wissen Sie?«, fügte er stolz hinzu. »Ich habe die Absätze gemacht. Mr. Fitchett hat gesagt, ich hätte sehr gut gearbeitet.«

Jennings selbstzufriedener Gesichtsausdruck verblasste und wich einem mehr vertrauten, anklagenden Blick. »Was haben Sie mit diesen Stiefeln gemacht?«

»Sie sind bei ihren restlichen Dingen. Beweisstücke, wie die Leisten.«

»Ich will sie immer noch wiederhaben, wissen Sie?«

Ich würde mich nicht wieder in diese Diskussion ziehen lassen. »Haben Sie danach versucht, die Bekanntschaft von Miss Devray zu machen? Wenn ich Sie richtig verstehe, haben Sie das vorher nicht getan. Aber jetzt war sie in Mr. Fitchetts Geschäft.«

Ezra zögerte, wand sich und schien für einen Moment hin- und hergerissen zwischen dem Wunsch, mich zu beeindrucken, und der Weigerung, mir weitere Informationen zu geben. Das Verlangen anzugeben obsiegte.

»Na ja, ich hätte sie bestimmt nicht angesprochen, bevor sie im Geschäft war, wie ich schon sagte. Aber das war wie eine formelle Vorstellung, oder nicht? Jetzt wusste sie, wer ich war. Und so, ja, eines Sonntagsnachmittags habe ich sie auf der Wiese vor der Kathedrale gesehen.«

»Sie haben vor ihrem Haus gewartet und sind ihr gefolgt?«, mutmaßte ich.

Ezra bedachte mich mit einem missmutigen Blick. »In gewisser Weise. Wie dem auch sei, sie war auf dem Rasen und ich ging zu ihr und habe sehr höflich mit ihr geredet, sogar den Hut gezogen. Ich entschuldigte mich für die Störung und erinnerte sie daran, dass ich für Mr. Fitchett arbeitete und dass ich mich fragen würde, ob sie mit ihren Stiefeln zufrieden war. Sie hatte die Stiefel an!«, fügte er stolz hinzu.

»Sie sagte ja, danke sehr, sehr zufrieden. Ich sagte, ich würde es Mr. Fitchett ausrichten.« Auf seinen Wangen erschienen rote Flecken. »Ich sagte ihr, ich hätte die Absätze gemacht.«

»War sie beeindruckt?«, fragte ich vorsichtig.

Ezra lächelte. »Ja, ich glaube, das war sie. Und das sollte sie jedenfalls auch. Ich habe sehr gute Absätze gemacht. Mr. Fitchett hatte es selbst gesagt. Wie dem auch sei, sie fragte, wie lange ich denn schon für Mr. Fitchett arbeiten würde. Also sagte ich es ihr. Sie bat mich, ihm ihre Grüße zu bestellen, und dann, na ja, dann ist sie weitergegangen.«

»Haben Sie Mr. Fitchett von dieser Begegnung erzählt?«

Jennings seufzte gereizt. »Natürlich nicht! Ich hätte keine ruhige Minute mehr gehabt!«

»Hatten Sie danach noch weitere Gelegenheiten, mit Mrs. Devray zu reden?«

Er schüttelte den Kopf. »Nicht in Salisbury, nein. Na ja, die alte Lady starb dann irgendwann, und das ganze Haus war in Trauer, und Miss Devray ist nicht mehr viel nach draußen gegangen.«

»Erzählen Sie mir, was passiert ist, nachdem das Haus verkauft worden war und Miss Devray aus Salisbury fortgehen musste. Sind Sie einfach nach London gefahren und haben sie aufgesucht? Haben Sie an Lady Temples Tür geklopft?«

»Selbstverständlich nicht!« Ezras schockierter Gesichtsausdruck verriet mir, dass er mich für vollkommen ahnungslos hielt, was Höflichkeit anging. »Ich las in der Zeitung, dass der neue Besitzer in Mrs. Waterfields Haus eingezogen war. Es waren ein Reverend und seine Schwester, mit Namen Bastable. Mrs. Bates war überglücklich, wie sie mir nach dem Gottesdienst erzählte. Ich dachte mir, Emily würde gerne alles darüber erfahren, also schrieb ich ihr und sagte ihr, dass ich sonntags nach London kommen könnte und sie besuchen würde, wenn sie es gestattet.«

»Und Sie würden ihr die Zeitung mitbringen und jede Frage beantworten, die sie über die Vorgänge in Salisbury hätte, richtig?«

Er sah mich misstrauisch an. »Sie wissen über alles Bescheid, wie?«

»Nicht alles, nein. Ich warte darauf, dass Sie es mir erklären. War sie nicht überrascht, dass Sie ihre neue Adresse in London kannten?«

»Ich erklärte ihr, ich hätte sie von Mrs. Bates. In gewisser Weise stimmte das ja auch, es war keine *wirkliche* Unwahrheit«, fügte Jennings ernst hinzu.

Ich hätte professioneller vorgehen sollen, als Colby und ich bei Bastable waren, überlegte ich reumütig. Ich hätte darauf bestehen müssen, mit Mrs. Bates zu reden, ohne dass ihr Arbeitgeber zugegen war, selbst wenn Bastable Einwände vorgebracht hätte. Als respektabler Bürger hätte er es mir letzten Endes nicht verweigern können. Ich hätte früher mehr über diese Geschichte erfahren und wäre Jennings früher auf die Schliche gekommen. Ich tröstete mich mit dem Gedanken, dass Mrs. Bates vermutlich keine Ahnung gehabt hatte, dass sie etwas Falsches getan hatte. Sie hatte nicht wissen können, dass ihre harmlose Unterhaltung mit dem jungen Mann dazu geführt hatte, dass Emily Devray in London einen tödlichen Besuch gehabt hatte. Sie hätte sich vielleicht nicht einmal daran erinnert, nach dem Kirchenbesuch mit Jennings geredet zu haben.

»Und was dann? Hat Emily Ihnen geantwortet?«, fragte ich. Meine Stimme klang selbst in meinen eigenen Ohren matt. Ich glaubte, den Rest der Geschichte zu kennen, doch ich musste sie aus seinem eigenen Mund hören.

»Ja, hat sie«, berichtete Jennings stolz. »Sie schrieb mir, und sie bat mich, nicht zum Haus zu kommen, weil sie nicht wollte, dass unter der Dienerschaft geredet wurde. Sie sagte, es gäbe eine Tür in den Garten, in der Mauer zur Straße. Sie würde sie am Sonntagabend öffnen und mich einlassen. Ich habe ihren Brief aufbewahrt.«

»Ich weiß«, sagte ich. »Ihre Unterkunft in Salisbury wurde von der Polizei durchsucht. Inspector Colby hat mir heute Morgen telegrafisch mitgeteilt, dass der Brief von Emily Devray gefunden wurde.«

»Das ist mein Brief!«, brüllte Jennings. Er verlor die Beherrschung. Seine dunklen Augen glitzerten tückisch, und sein bleiches Gesicht lief dunkelrot an. »Sie haben kein Recht, ihn zu lesen! Er ist privat!«

Biddle erhob sich halb von seinem Stuhl. Morris war einen Schritt vorgetreten. Ich signalisierte beiden, sich zurückzuhalten. Morris trat zurück, und Biddle setzte sich wieder hin.

»Er ist ein Beweisstück, Mr. Jennings«, sagte ich. »Genau wie die Stiefel und die Leisten. Also, ich weiß aus dem Brief, dass das, was Sie mir bisher erzählt haben, der Wahrheit entspricht.«

»Na dann!«, schnappte Jennings. »Dann wissen Sie ja auch, was passiert ist. Ich brachte die Zeitung nach London. Ich hab sie im Garten getroffen und ihr sämtliche Neuigkeiten von zu Hause erzählt, weil sie Salisbury als ihr Zuhause betrachtete. Sie war sehr froh, alles zu hören.«

Das wird wohl so sein, dachte ich. Lady Temple hatte mir erzählt, dass Emily oft von Salisbury gesprochen hatte, auf eine Weise, die nahelegte, dass sie Heimweh hatte.

»Sie wurden gesehen«, sagte ich.

»Wer hat mich gesehen?«, fragte Jennings. »Niemand in London kennt mich.«

»Der Butler hat Sie gesehen. Er kam von der Abendandacht zurück und sah, wie Sie zur Gartenpforte gingen und anklopften. Er wusste nicht, wer Sie sind, aber Sie trugen einen langen schwarzen Mantel und einen Bowler, ist es nicht so? Genau wie bei Emilys Beerdigung?«

Jennings war betroffen. Er fing an, auf seinen Fingernägeln zu kauen. Ich wollte nicht, dass er wieder anfing zu schmollen.

»Sie haben eine regelmäßige Geschichte daraus gemacht, ist es nicht so? Ihre Besuche bei der jungen Lady?«, ermunterte ich ihn.

Ich konnte den Widerstreit in seinem Kopf beinahe sehen. Er wollte einerseits vorsichtig sein, nicht zu viel verraten, aber er wollte sich auch brüsten. Wie ich gehofft hatte, obsiegte das Verlangen, sich zu brüsten.

»Ich bin die folgenden Sonntage immer nach London gefahren, bis … bis zu diesem letzten. Jedes Mal habe ich Emily im Garten besucht. Aber es war sehr kalt und feucht da draußen, also gingen wir in den kleinen Schuppen. Emily meinte, sie hätte Angst, man könnte uns vom Haus aus sehen. Sie sagte, der Butler würde immer darauf achten, was jeder so treibt. Und jetzt erzählen Sie mir, dass er mich gesehen hat. Nun, er hat jedenfalls nie was zu ihr gesagt.«

Jennings verstummte. Er schien zurückzusinken in jene übellaunige Tagträumerei, die ich bereits aus Salisbury kannte.

»Erzählen Sie mir vom letzten Sonntagsbesuch, den Sie ihr abgestattet haben«, sagte ich langsam. »Was ist passiert, als Sie Emily zum letzten Mal gesehen haben, in diesem Gartenschuppen?«

»Wir haben über Salisbury geredet. Sie war erfreut, weitere Neuigkeiten zu erfahren. Dann bin ich gegangen und wieder nach Hause gefahren.« Er starrte mich aus seinen dunklen Augen an. »Sie war noch am Leben, als ich gefahren bin.«

»Ich kenne einen Experten hier in London«, sagte ich zu ihm. »Er hat sich auf Blutflecken spezialisiert. Ich beabsichtige, ihm Ihren schwarzen Mantel zur Untersuchung zu überlassen.«

Jennings war geschockt und konnte es nicht verbergen. »Ich glaube Ihnen nicht«, sagte er.

»Glauben Sie es oder nicht, Ezra, wenn es auch nur den kleinsten Blutspritzer auf diesem Mantel gibt, wird der Spezialist ihn finden.«

»Und was, wenn ich behaupte, dass ich mir in die Hand geschnitten habe, als ich das letzte Mal in der Werkstatt gearbeitet habe?«

»Sie wollen mir sicherlich nicht weismachen, dass Sie Ihren besten Sonntagsmantel zur Arbeit tragen, oder? Diese Ausrede funktioniert nicht.«

Ich wusste, dass eine Jury das vielleicht anders sehen würde, doch je mehr Zuversicht ich zeigte, desto unsicherer und verwirrter wurde Ezra Jennings.

»Nun denn, Ezra, kommen wir zurück auf diese letzte Unterhaltung mit Miss Devray. War sie denn nicht überrascht über die Regelmäßigkeit Ihrer Besuche? Jeden Sonntagabend waren Sie da! Fand sie das nicht eigenartig?«, wollte ich von ihm wissen.

»Warum zum Teufel sollte sie?«, brüllte Jennings. »Warum sollte ich sie nicht besuchen?«

»Sie muss angefangen haben sich zu fragen, warum Sie das taten. Hatte sie angedeutet, dass sie sich wundert, was diese Aufmerksamkeit Ihrerseits hervorrief?«

»Ich habe ihr den Hof gemacht, oder etwa nicht?«, schnarrte er.

»Ihr den Hof gemacht? Gütiger Himmel!«, rief ich. »Wusste Emily Devray, dass es das war, was Sie gemacht haben?«

Im Gesicht des jungen Mannes waren so viele Emotionen, so viele widersprüchliche Wünsche, dass es sich bis ins Groteske verzerrte. Ich fühlte mich an einen jener alten Fratzenschneiderwettbewerbe auf den ländlichen Jahrmärkten erinnert. Ich wartete geduldig. Endlich sprach Jennings mit steifer, gequälter

Stimme, die nur mühsam aus seiner Kehle zu kommen schien. »Ich habe mich deutlich zu erkennen gegeben«, sagte er. »Ich habe sie gefragt, ob sie mich heiraten will.«

»Sie haben *was*? Wann?«

»Dieses letzte Mal«, sagte Jennings missmutig.

»Ich bin sicher, Ezra, Miss Devray war sehr erschrocken. Sie mögen vielleicht für sich selbst entschieden haben, dass sie begriffen haben müsste, dass sie ihr den Hof machen, aber ich für meinen Teil vermag das nicht wirklich zu glauben.«

Sein Gesicht nahm langsam einen hässlichen dunklen Rotton an, der vom Hals nach oben stieg. Er funkelte mich an. »Warum nicht? Sie sollten nicht so überrascht sein, genauso wenig wie sie es hätte sein sollen! Ich hatte sie immerhin regelmäßig besucht, oder?«

»Also war sie überrascht? Sie hatte nicht vermutet, dass Sie ihr den Hof machen. Sehen wir den Tatsachen ins Auge, Ezra. Sie glauben doch selbst nicht, dass ein paar Besuche und Treffen in einem Gartenschuppen dasselbe sind, wie … wie einer Dame Avancen zu machen?«

»Na ja, ich konnte ja schließlich kaum an die Vordertür klopfen, oder? Dieser neugierige Butler, von dem Sie geredet haben … er hätte mich nicht reingelassen.«

»Ja, ja, das verstehe ich«, sagte ich hastig. »Sie mussten sich heimlich mit Miss Devray treffen. Aber … nun ja, Sie waren wohl kaum ein richtiger Bewerber. Vielleicht dachte sie, Sie wären ein lieber Freund. Aber heiraten …?«

Ezra beugte sich vor, und seine Augen brannten vor Leidenschaft. »Ich habe ihr gesagt, dass ich beste Aussichten habe! Mr. Fitchett sagte, ich wäre der beste Geselle, den er je hatte. Ich wollte mich selbstständig machen. Sie hätte zurückkommen können, nach Hause, nach Salisbury, und dort leben, wo sie sein wollte.«

Ich wartete, bis das Echo seiner Worte verklungen war. »Und Miss Devray hat Ihr Angebot abgelehnt, Ezra, ist das so?«

»Ja«, murmelte er mürrisch.

»Sie hat es – und damit auch Sie – rundweg abgelehnt, ohne Bedenkzeit.«

»Ja!«

»Und Sie wurden wütend?«

Er sah mich trotzig an. »Ich hatte ein Recht, wütend zu sein! Ich hatte ihr einen respektvollen Antrag gemacht. Sie wollte ihn nicht einmal überdenken!«

»Als Sie in Stonehenge wütend auf mich waren, haben Sie mich angegriffen«, erinnerte ich ihn. »Als Sie auf Mr. Fitchett wütend waren, weil er die Leisten von Miss Devray verbrennen wollte, haben Sie ihn angegriffen. Sagen Sie mir, Ezra, haben Sie Emily Devray angegriffen, als Sie wütend auf sie waren?«

»Ich hatte ein Recht, wütend zu sein!«, wiederholte Jennings. »Sie hat mich beleidigt. Sie hat schlimme Dinge gesagt. Ich mag nur ein Stiefelmacher sein, aber ich bin ein ehrbarer Mann, und ich hatte ihr ein ehrenhaftes Angebot gemacht! Sie hätte doch wenigstens sagen können …« Seine Stimme brach, und er hatte Mühe, sie zu kontrollieren. »Sie hätte wenigstens sagen können, dass sie darüber nachdenken und mir ihre Antwort schreiben würde. Aber nein, sie …« Seine Gesichtszüge verzerrten sich erneut, diesmal zu einem Ausdruck tiefster Qual. »Sie hat mich ausgelacht! Ich habe sie geliebt, und sie hat mich ausgelacht!«

Oh, Emily, dachte ich. *Dieses Lachen war dein Todesurteil.* »Und dann wurden Sie sehr wütend, nicht wahr, Ezra? Was haben Sie dann gemacht?«

»Ich habe sie an den Schultern gepackt und geschüttelt. Hart geschüttelt, damit sie aufhört zu lachen und um ihr eine Lektion zu erteilen. Sie musste begreifen, dass man mich nicht so behandelt. Niemand behandelt mich so! Und sie hat aufgehört zu lachen. Sie hatte Angst vor mir. Ich war froh darüber.«

Jennings lächelte kalt bei der Erinnerung. »Sie fing an, sich zu wehren, wollte sich befreien. Aber ich hatte sie festgehalten, ich hatte sie in meiner Gewalt. Ich wollte, dass sie das weiß!«

»Und?«, fragte ich, weil er verstummte und mit diesem kalten Grinsen im Gesicht dasaß. Er sah mich an, und ich bemerkte die Berechnung in seinen Augen.

»Ich ließ sie los, weil ihre Berührung plötzlich so … so unangenehm schien. Ich stieß sie von mir, weg von mir …«

Diesmal wartete ich.

»Und sie fiel«, sagte Jennings. »Sie schlug mit dem Kopf gegen diesen Apparat zum Grasschneiden. Sie stand nicht wieder auf. Ich dachte, sie spielt mir etwas vor. Sie wissen schon, so tun, als wäre sie bewusstlos. Also beugte ich mich über sie und zog sie auf die Beine.« Seine Stimme war sehr leise geworden, und ich musste mich anstrengen, um ihn zu verstehen. »Sie schien mich anzustarren, für einen Moment, nur einen kurzen Moment, und dann erlosch das Leben in ihren Augen. Sie war tot.« Er runzelte die Stirn und schien verwirrt. »Ich weiß nicht, warum. Wenn sie sich ordentlich benommen hätte, wäre das alles nicht passiert.«

»Es ist Ihnen nicht in den Sinn gekommen, Hilfe zu holen?«

»Wozu denn noch?«, sagte Jennings. »Sie war tot. Haben Sie mich nicht verstanden?« Er beugte sich vor, und ich sah, dass er angefangen hatte zu schwitzen. Seine Stimme wurde schriller, und das Funkeln kehrte in seine Augen zurück. Morris stellte sich – ganz leise für einen Mann von seiner Statur – hinter ihn, bereit, ihn festzuhalten. Jennings beachtete ihn überhaupt nicht; vielleicht hatte er den Sergeant überhaupt nicht bemerkt.

»Sie hätte nicht sterben müssen!«, schrie Jennings, und seine Stimme echote durch das kleine Zimmer. »Ich habe sie nur weggestoßen! Ich habe sie weggestoßen, weil sie mich ausgelacht hat! Sie hatte kein Recht, mich auszulachen, mir wehzutun! Es war nicht meine Schuld, dass sie gestürzt ist. Es war ihre eigene Schuld. Und es war ihre eigene Schuld, dass sie mit dem Kopf gegen dieses Ding geknallt ist und dass sie … dass sie so gestorben ist!« Er sprang auf die Beine.

Für einen kurzen Moment sah ich erneut diese irre Kreatur auf dem vorzeitlichen Monolithen in der Ebene von Salisbury, bereit, sich auf mich zu stürzen. Doch wo ich damals eine Seele gesehen hatte, die voll Trauer und Leid war, erblickte ich diesmal nur ein Theaterstück.

Morris hatte ihn bei den Schultern gepackt und stieß ihn zurück auf den Stuhl. Jennings wehrte sich kurz gegen den kraftvollen Griff des Sergeants, dann gab er nach. Er fing an zu weinen, und Tränen rannen über seine Wangen. Kein Theater diesmal, sondern tiefstes Selbstmitleid.

»Es war nicht meine Schuld! Es war ihre! Sie hat sich das alles selbst zuzuschreiben!«, schluchzte er.

»Wissen Sie, Ezra, Sie klingen wie jeder andere nach außen hin respektable Bursche auch, der in seinem eigenen Haus seine Frau schlägt«, sagte ich zu ihm. »Ein mieser kleiner Dreckskerl, der meint, er hätte das Recht, seiner Frau ein blaues Auge zu schlagen. Diese Typen tun es entweder, weil es ihnen Spaß macht, anderen Schmerzen zu bereiten, oder weil sie betrunken sind oder weil sie denken, die Welt außerhalb ihrer eigenen vier Wände weiß sie nicht zu schätzen, so wie Sie dachten, Emily wüsste Sie nicht zu schätzen und Ihr Angebot, Sie zu heiraten.

Diese Dreckskerle haben Dutzende verschiedene Gründe, und nicht einer davon entschuldigt, was sie getan haben. Dann, eines Tages, schlagen sie einmal zu hart zu, und die Frau ist tot. Und dann sitzen sie da, genau wie Sie jetzt, und heulen sich die Augen aus dem Kopf und erzählen mir, es wäre nicht ihre Schuld gewesen, sondern die der Frau.«

»Es *war* aber ihre Schuld!«, sagte Jennings schmollend. »Sie hat sich über mich lustig gemacht.«

»Was haben Sie als Nächstes getan?«

Er zuckte die Schultern. »Ich hab sie fallen lassen, einfach so. Aber sie sah unordentlich aus, deswegen hab ich sie wieder hochgezogen. Ihr Kopf hat geblutet, und wenn Blut an meinem Mantel ist, werden Sie behaupten, dass es von ihr stammt. Und ich denke, Sie kennen außerdem viele clevere Spezialisten, die das auch behaupten werden! Wie dem auch sei, ich hab sie an die Wand gelehnt, in einer respektableren, sitzenden Haltung. Dann bin ich gegangen. Ich hab sie zurückgelassen. Ich konnte ja sonst nichts mehr tun, oder?«

»Wie sind Sie gegangen?«

»Genauso, wie ich gekommen bin natürlich! Ich bin nach draußen in den Garten, durch die Pforte und auf die Straße, und dann bin ich nach Hause gefahren, nach Salisbury. Niemand hat mich weggehen sehen. Nicht mal dieser neugierige Butler. Es war stockdunkel und sehr neblig. Sie haben einen furchtbaren Nebel hier in London, wissen Sie? Der allein sollte reichen, um von hier wegzuwollen und in Salisbury zu leben.«

Er hatte auf die Tischplatte gestarrt, während er geredet hatte, und nun verstummte er. Für einige Minuten herrschte Schweigen, lediglich durchbrochen vom Kratzen von Biddles Bleistift auf Papier. Irgendwie wollte ich Ezras Gedanken nicht unterbrechen. Es war eine traurige Geschichte, aber so viele Verbrechen haben einen traurigen Hintergrund. Deswegen sind sie nicht weniger böse.

Schließlich sah Ezra Jennings auf und beugte sich zu mir vor wie jemand, der etwas Vertrauliches erzählen will. »Ich habe einen Fehler gemacht, wissen Sie?«

»Tatsächlich?«, fragte ich. »Welcher wäre das?«

»Das ist doch offensichtlich. Sie sind doch angeblich ein Detective, oder? Kommen Sie nicht von alleine drauf? Ich hätte ihr die Stiefel von den Füßen ziehen sollen, bevor ich sie in diesem Schuppen zurückgelassen habe. Ich hätte sie mit zurück nach Salisbury nehmen sollen. Sie hätten nicht gewusst, wo sie nach ihr suchen sollen. Sie wären nicht in Fitchetts Laden gekommen, und ich hätte die Stiefel sicher verwahrt. Ich hätte sie in den Händen halten können.«

Er kauerte über dem Tisch und sah mich durchtrieben an. »Ich hätte mit den Stiefeln zu den Steinen gehen können. Sie hätten nichts davon gewusst, und auch nicht Ihr Kollege in Salisbury, dieser Colby. Sie hätten mich nicht bis zu den Steinen verfolgt und die Dinge unterbrochen. Sie wäre zurückgekommen. Ich bin absolut sicher. Die Verlockung durch die Stiefel wäre noch viel größer gewesen als die der Leisten.«

»Glauben Sie das tatsächlich immer noch?«, fragte ich verblüfft.

Ich musste zugeben, ich war erschüttert. Ich sah auch aus dem Augenwinkel, dass Biddle aufgehört hatte zu schreiben und aufmerksam lauschte. Als ich ihm einen ernsten Blick zuwarf, nahm er hastig sein Notizbuch auf und schrieb weiter. Lediglich Morris zeigte sich völlig ungerührt.

»Oh, ich sehe, Sie glauben es nicht«, sagte Jennings mit einer Spur Verachtung. »Niemand sonst glaubt es. Aber das spielt überhaupt keine Rolle. *Ich glaube es.* Das wäre passiert. Und diesmal hätte ich sie in meiner Gewalt gehabt. Weil ich sie zurückgebracht hätte, wäre sie mein gewesen, vollständig mein! Sie hätte tun müssen, was ich wollte.« Er stieß ein leises Kichern aus. »Und wenn sie nicht gehorcht hätte, hätte ich sie wieder zurückgeschickt. Alles wäre gut gewesen.«

Er ließ sich auf seinen Stuhl zurücksinken. »Aber Sie haben

alles verdorben!«, sagte er schmollend. »Einfach alles! Die Polizei, der alte Fitchett, jeder Einzelne von Ihnen!«

Dann änderte sich sein Verhalten erneut. Sein abweisender Gesichtsausdruck verschwand, und kalte Berechnung kehrte zurück. Er grinste mich herablassend an.

»Sie werden mich nicht hängen«, sagte er zuversichtlich. »Ich bin nämlich verrückt, wissen Sie?«

Ich war sprachlos. Doch ich riss mich zusammen. »Ein Experte hat Sie untersucht«, sagte ich. »Ein anerkannter Experte auf dem Gebiet der Geisteskrankheiten. Er hat Sie für gesund erklärt.«

»Oh, dieser schicke Kerl mit den Diamantknöpfen auf seiner Hemdbrust?« Ezra winkte ab. »Ich weiß ja nicht, wo Sie den aufgetrieben haben. Er war nicht wie einer von den anderen Ärzten, die ich je gesehen habe. Ein netter Kerl, zugegeben, und er hat mich nicht belächelt wegen dem, was ich ihm erzählt habe, nicht wie Sie! Wie dem auch sei, man wird einen anderen Arzt holen, der mich hier in London untersucht, und ein Richter muss sich an das halten, was der feststellt. Und jeder andere Arzt wird feststellen, dass ich verrückt bin. Da können Sie sicher sein, ganz sicher!«

»Wirklich eine seltsame Geschichte«, sagte Dunn, als er Ezras Geständnis gelesen und sich meinen Bericht angehört hatte. »Verraten Sie mir, Ross, glauben Sie, der Kerl ist ein Irrer? Vergessen Sie, was Lefebre gesagt hat. Wie ist Ihre Meinung?«

»John Colby aus Salisbury ist sicher, dass Jennings verrückt ist. Aber ich bin es nicht«, antwortete ich. »Ich halte ihn für besessen und von Wahnvorstellungen geplagt, wie Lefebre es beschreibt, aber ich denke auch, dass er ein gerissener, schlauer Kerl ist. Jennings ist ein einfallsreicher, cleverer Kerl, ein geborener Schauspieler. Seine Verteidigung wird darauf bestehen, dass er von einem anderen Arzt untersucht wird. Darin hat Jennings durchaus recht. Und jetzt hat er Zeit, sich zu überlegen, was er sagen wird, um vielleicht den nächsten Experten an der Nase herumzuführen.«

»Hmmm«, sagte Dunn. »Diese Geschichte in Stonehenge ... sie legt nahe, dass er tatsächlich Wahnvorstellungen hat, wie dieser Lefebre es nannte. Glaubt er tatsächlich diesen Unsinn von den Leisten, die den Geist der Toten zurück ins Reich der Lebenden rufen?«

Ich zögerte. »Ich weiß es nicht, Sir. Es wäre möglich. Andererseits ist es so, wie Dr. Lefebre gesagt hat. Er ist frei zu glauben, was er will. Die Menschen glauben alle möglichen Dinge. Sie sind nicht notwendigerweise verrückt, nur weil das, was sie glauben, ungewöhnlich oder fremdartig ist. Vielleicht unterscheidet sich Jennings nicht so sehr von jenen, die spirituelle Séancen besuchen, nur, dass er nicht in einem respektablen Salon an einem Tisch sitzt, während ein Medium die Verstorbenen im Namen der Anwesenden heraufbeschwört. Stattdessen hat er es allein gemacht. Er ist nach Stonehenge gegangen, um ein Ritual durchzuführen, das er sich selbst ausgedacht hat.«

Als Dunn mich völlig unbeeindruckt ansah, fügte ich hastig hinzu: »Emily Devray starb von seiner Hand. Tobias Fitchett ist immer noch sehr schwach nach dem gewalttätigen Angriff. Wenn jemand ein Gewaltverbrechen begeht, ist es an uns Gesetzesbeamten, ihn aufzuspüren und unter Arrest zu stellen. Es ist keine Frage ihres Glaubens. Es kommt allein darauf an, was sie getan haben.«

Dunn seufzte. »Die Zeitungen werden seine Geschichte lieben«, sagte er.

KAPITEL ZWANZIG

Ich verließ das Gebäude von Scotland Yard und trat hinaus in den Londoner Nebel. Er war mit all seiner unheilvollen Wucht zurückgekehrt. Wer wusste schon, welche Missetaten dort draußen, verborgen in seinen rauchigen nasskalten Nischen, begangen wurden? Die Polizei würde am Ende von einigen erfahren. Andere würden für immer verborgen bleiben. London ist voller Geheimnisse. Genauso ist es mit dem menschlichen Herzen. Viele dieser Geheimnisse kommen ebenfalls nie ans Licht.

Ich brauchte eine gehörige Zeit, um meinen langsamen Weg nach Hause zu finden und an meine Feuerstelle, wo Lizzie mich bereits sorgenvoll erwartete.

»Ich bin so froh, dass dieser Fall abgeschlossen ist«, sagte sie, nachdem ich ihr erzählt hatte, was passiert war. »Es hat mir von Anfang an nicht gefallen, dass du mit der Aufklärung befasst warst. Er hatte immer etwas Unnatürliches an sich. Ich weiß, du glaubst nicht, dass Jennings verrückt ist. Aber andere tun es vielleicht, und er wird vielleicht nicht hängen, sondern in irgendeine Anstalt weggesperrt. Vielleicht lässt man ihn dort sogar seinem Handwerk nachgehen.«

»Mit all seinen scharfen Messern und anderen möglicherweise tödlichen Werkzeugen?«, rief ich aus. »Ich hoffe nicht! Nein, nein, meine Liebe, das halte ich für extrem unwahrscheinlich. Aber wer weiß schon, was Richter und Jurys und all die anderen bei einer Gerichtsverhandlung entscheiden?«

»Er wollte sie nicht töten, wenigstens ist es das, was er dir gesagt hat, und vielleicht stimmt es ja.« Meine Frau hatte offensichtlich beschlossen, den Anwalt des Teufels zu spielen. Sie mag eine gute Diskussion. Ich meine damit keinen Streit. Wir streiten nur selten. Aber sagen wir mal so, wir haben manchmal sehr lebhafte Diskussionen.

»Ich weiß nicht, ob es wahr ist.« Ich legte meine Seite der Debatte dar. »Ich weiß, dass er einen furchtbaren Wutanfall erlitten hat, als ich seinen Plan durchkreuzte, und auch damals, als der arme Fitchett ihm in die Quere kam. Es ist mehr als wahrscheinlich, dass er in dem Moment, als Emily ihn abwies, den Wunsch hatte, sie zu töten. Mindestens jedoch, ihr aus Rache richtig wehzutun. Sollen andere das entscheiden, Lizzie. Ich sammle lediglich Beweise und finde den Täter eines Verbrechens, wenn ich Glück habe. Wenn du wissen möchtest, wie es weitergeht, lies die Zeitungen. Dunn meint, die Presse würde sich hungrig auf die ganze elende Geschichte stürzen!«

Das Feuer knisterte auf dem Rost. Ein leises Klappern einer Pfanne zeigte, dass Bessie in der Küche bei der Arbeit war. Sie würde die ganze Geschichte von Biddle erfahren, wenn er das nächste Mal kam. Es war zu viel gehofft zu glauben, er würde sie für sich behalten. Bessie würde auf Einzelheiten bestehen.

»Konntest du Miss Eldon oder Miss Bernard besuchen?«, fragte ich meine Frau.

Sie seufzte. »Heute nicht. Ich war mit Bessie auf dem Gemüsemarkt einkaufen, doch der Nebel war so dicht, dass wir volle zwei Stunden gebraucht haben, bis wir fertig waren! Aber Miss Eldon und ich haben besprochen, was wir für Rose tun können, sobald das Wetter wieder besser wird. Und das wird es irgendwann!«

»Und was habt ihr beschlossen?«, fragte ich mit einer dunklen Ahnung.

»Ich habe Miss Eldon vorgeschlagen, dass wir Rose in der Kutsche von Wally Slater mitnehmen könnten und mit ihr durch die Parks der Stadt fahren. Sie würde niemandem begegnen und hätte keine Schwierigkeiten. Aber sie käme für ein oder zwei Stunden aus den vier Wänden dieses Hauses.«

»Hast du mit Mr. Bernard darüber gesprochen?«

»Noch nicht.«

»Dann schlage ich vor, du wartest noch eine Weile, bis das Wetter besser geworden ist.« Ich zögerte. »Lizzie, ich weiß, du hast die besten Absichten, genau wie Ruby Eldon. Aber sei vorsichtig. Bernard liebt seine Tochter abgöttisch, vielleicht sogar obsessiv. Die Art und Weise, wie er sie vor der gesamten Gesellschaft abgeschirmt hat, lässt diesen Schluss zu. Ihr habt Bemerkenswertes erreicht, du und Ruby. Aber seid vorsichtig. Obsessive Liebe, egal welcher Art, ist sehr gefährlich. Miss Rose zu Hause zu besuchen ist eine Sache, aber sie aus dem Haus zu holen, fort von den wachsamen Blicken ihres Vaters, um mit ihr durch London zu fahren, das ist eine ganz andere. Es könnte ein Schritt zu viel sein. Er könnte Nein sagen und eure Besuche gänzlich verbieten.«

»Aber Rose wäre außer sich!«, protestierte Lizzie. »Und er liebt sie! Er würde ihr nicht willentlich schaden wollen.«

»Vergiss nur nicht, dass Liebe und Logik manchmal nicht Hand in Hand gehen.« Ich seufzte. »Ich habe schreckliche Dinge gesehen, begangen nicht aus Hass, sondern aus einer verwirrten, verdrehten Art von Liebe. Manchmal denke ich, Liebe ist eines der stärksten und gefährlichsten aller Motive.«

Das Feuer knackte und knisterte, und mit einem Rascheln fielen die Kohlen zusammen und in das rote Glühen der Flammen. Es war nicht schwer, sich bei diesem Anblick verschiedene Dinge vorzustellen. Eines davon war Ezra Jennings, wie er im Nieselregen auf dem frühzeitlichen Stein stand und herausfordernd schrie, während der Wind durch seine Haare peitschte.

Dicke Luft im schottischen Idyll – und Hamish hat die Nase voll

M. C. Beaton
HAMISH MACBETH
RIECHT ÄRGER
Kriminalroman
Aus dem Englischen
von Sabine Schilasky
208 Seiten
ISBN 978-3-404-18333-3

Dem schottischen Dorfpolizisten Hamish Macbeth stinkt's gewaltig. Sein gesamtes Leben steht kurz vor dem Kollaps. Er wurde – was für ein Horror! – befördert, und sein neuer Chef ist ein Schwachkopf. Zudem hat ein unheimlicher »Nichtsesshafter« – ein Hippie! – seinen rostigen Van einfach mitten in Lochdubh abgestellt. Hamish kann den Ärger bereits förmlich riechen. Und damit liegt er wieder mal genau richtig. Medikamente verschwinden aus der Arztpraxis, Geld kommt abhanden, ehemals freundliche Nachbarn verhalten sich plötzlich so gar nicht mehr nachbarschaftlich, und die Lage eskaliert! Hamish hat alle Hände voll zu tun, damit wieder Ruhe Einzug ins Dorf hält …

Lübbe

Ein echter Mord – oder alles nur Theater?

Ngaio Marsh
EIN SCHUSS
IM THEATER
Ein Fall für Roderick
Alleyn
Aus dem
neuseeländischen
Englisch von
Dr. Holger Hanowell
272 Seiten
ISBN 978-3-404-17977-0

Auf der Bühne des Londoner »Unicorn-Theaters« spielt man die letzte Szene eines Kriminalstücks. Ein Pistolenlauf richtet sich auf den Mörder – und dann der Schuss! Meisterhaft, wie der Schauspieler Arthur Surbonadier zusammenbricht! Kriminalchefinspektor Roderick Alleyn verlässt das Parkett und eilt hinter die Bühne: Er weiß – dieser Mord war nicht gespielt.
Ein Fall für Roderick Alleyn – und ein Klassiker der Detektivliteratur

Lübbe